Maarten 't Hart

Der Nachtstimmer

PIPER

Zu diesem Buch

Gabriel Pottjewijd reist in eine Hafenstadt im Süden von Holland, um eine der berühmten Garrels-Orgeln zu stimmen. Dort aber dröhnt die Schiffswerft, die Ankerketten klirren – und die feindseligen Kleingeister, denen er allerorts begegnet, machen ihm das Leben schwer. Nur die sonderbare Lanna steht ihm beim Orgelstimmen geduldig zur Seite, und langsam freundet sich Gabriel auch mit ihrer kratzbürstigen Mutter Gracinha an. Bis ausgerechnet er, der liebenswert neurotische Eigenbrötler, in den Verdacht gerät, Gracinha verführen zu wollen.

»Eine Groteske rund um Religion und Musik, Liebe und Sprache, um die Schrullen und Abgründe der Menschen.« *WAZ*

»In was für einem Buch ist man hier bloß gelandet, denkt man, wenn man nach dem Lachanfall wieder Luft kriegt. Und schon geht es weiter, dieses ausufernde Fabulieren, das sich um Dramaturgie, Spannungsökonomie und sonstige Formfragen nicht die Bohne schert.« *Süddeutsche Zeitung*

Maarten 't Hart, geboren 1944 in Maassluis, studierte Verhaltensbiologie, bevor er sich als freier Schriftsteller niederließ. 1997 erschien auf Deutsch sein Roman *Das Wüten der ganzen Welt*, der zu einem überragenden Erfolg wurde. Nicht zuletzt seine autobiografischen Werke machen ihn zu einem der renommiertesten europäischen Gegenwartsautoren, dessen Bücher sich allein im deutschsprachigen Raum millionenfach verkauft haben.

Gregor Seferens, geboren 1964, wurde 2000 mit dem Else-Otten-Übersetzerpreis und 2007 mit dem James-Brockway-Preis ausgezeichnet. Er gehört zu den renommiertesten Übersetzern aus dem Niederländischen und überträgt u. a. Harry Mulisch, Anna Enquist, Geert Mak und Joost Zwagerman ins Deutsche.

Maarten ’t Hart

DER NACHT-STIMMER

Roman

Aus dem Niederländischen
von Gregor Seferens

PIPER

Mehr über unsere Autorinnen, Autoren und Bücher:
www.piper.de

Wenn Ihnen dieser Roman gefallen hat, schreiben Sie uns unter Nennung des Titels »Der Nachtstimmer« an *empfehlungen@piper.de*, und wir empfehlen Ihnen gerne vergleichbare Bücher.

Von Maarten 't Hart liegen im Piper Verlag vor:
Das Wüten der ganzen Welt
Die Netzflickerin
Die schwarzen Vögel
Bach und ich
Das Pferd, das den Bussard jagte
Die Sonnenuhr
In unnütz toller Wut
Der Flieger
Der Psalmenstreit
Die Jakobsleiter
Der Schneeflockenbaum
Unterm Scheffel
Ein Schwarm Regenbrachvögel
Gott fährt Fahrrad
Unter dem Deich
Das Paradies liegt hinter mir
Magdalena
Die grüne Hölle
So viele Hähne, so nah beim Haus
Der Nachtstimmer

Unser Versprechen für mehr Nachhaltigkeit
• Klimaneutrales Produkt
• FSC®-zertifiziertes Papier
• Hergestellt in Europa

FSC www.fsc.org
MIX
Papier | Fördert gute Waldnutzung
FSC® C021394

Ungekürzte Taschenbuchausgabe
ISBN 978-3-492-31885-3
1. Auflage August 2022
4. Auflage Januar 2024

Titel der niederländischen Originalausgabe:
»De nachtstemmer« bei Uitgeverij De Arbeiderspers, Amsterdam 2019

Umschlaggestaltung: Cornelia Niere
Umschlagabbildung: akg-images / Eyck, Jan van, um 1390 – 1441
(in Zusammenarbeit mit Hubert van Eyck)
Satz: Eberl & Koesel Studio, Kempten
Gesetzt aus der Adobe Garamond Pro
Gedruckt von ScandBook in Litauen
Printed in the EU

Das Stimmen einer Pfeifenorgel ist eine mühsame Arbeit, die ein scharfes Gehör, Umsicht, Körperbeherrschung, logisches Denken, Sinn für praktisches Handeln und zu all dem noch Geduld und Ausdauer des Stimmers erfordert. Nur in einem Raum, in dem vollkommene Stille herrscht, und mit einem geschickten Helfer an den Manualen kann er seine Aufgabe pflichtgemäß erfüllen und bei einer großen Orgel und günstigen Klimabedingungen auch Befriedigung in seiner Arbeit erfahren.

A. P. Oosterhof und A. Bouwman, *Orgelbaukunde*

Eine Reise um die Welt

In dichtem Nebel stießen 1980 bei Winsum zwei Blaue Engel zusammen. Neun Tote, einundzwanzig Verletzte. Eine der Toten war Lore. Seitdem habe ich, wenn ich mit dem Zug unterwegs bin, die wegen ihrer Farbe sogenannten Blauen Engel möglichst vermieden. Jetzt ließ es sich allerdings nicht umgehen. In Godlinze nahm ich am Montag, nachdem ich im Laufe des Vormittags meine Arbeit dort vollendet hatte, den Bus nach Loppersum. Dann stieg ich in den Blauen Engel nach Groningen um. Ich hatte fünf Minuten Zeit, um in den Zug nach Amsterdam umzusteigen, musste dafür aber zu einem anderen Bahnsteig. Ich kam gerade noch rechtzeitig und landete in einem neuen, wegen der Form der Lokomotive sogenannten Hundekopf. In Zwolle wurde der Hundekopf aus Leeuwarden angekoppelt, und danach raste der Zug durch die Heidelandschaft Veluwe. In Amersfoort musste ich nur zum gegenüberliegenden Gleis gehen und dort den Schnellzug – natürlich ebenfalls ein Hundekopf – nach Rotterdam nehmen.

Es kommt nicht oft vor, dass die Firma Auerbach & Wüste mich für so einen großen Auftrag so weit in die Ferne schickt. Und mich wundert es auch, dass ich ihn angenommen habe. In Ostfriesland gibt es schließlich genug zu tun, und noch dazu lässt es sich in Norddeutschland angenehm arbeiten. Garantiert äußerst höfliche, freundliche Menschen. Nette kleine Hotels. Und immer kann man dort gut essen und trinken, der unvermeidlichen Bratwurst zum Trotz. Seltsam, dass die Menschen in Ostfriesland, Luftlinie nicht weit von Groningen entfernt, so viel netter und zuvorkommender sind als die Groninger. Denn auch wenn man reimt: »Schön, wie die gold'nen Ähren sprießen, schuf Gott die Drenter, Groninger und Friesen, und aus der Spreu und andren Resten, schuf er die Drecksäcke im Westen«, kann man nicht sagen, dass Drenter, Groninger und Friesen wirklich nette Menschen wären. Ostfriesen, das sind nette Menschen. Groß gewachsen durch die Bank und, o, was für schöne, platinblonde Frauen! Mit einer dieser Frauen, aus Norden stammend, Serviererin in meinem Hotel, bin ich, als ich mich dort wegen des bis dahin größten Auftrags in meiner noch jungen Laufbahn gut einen Monat aufhielt, nach Feierabend durch die verlassenen Straßen geschlendert. Als ich dann wieder daheim war, in meinem Haus in der Geuzenstraat in Heiligerlee, habe ich vergeblich versucht, sie zu vergessen. Und so habe ich die Grenze noch einmal überquert und ihr kurzerhand kühn einen Antrag gemacht. Sie sah mich, Tränen schossen ihr in die Augen, sie brachte kein Wort mehr über die Lippen, und schließlich nickte sie in einem fort mit dem hübschen kleinen Kopf, um den der Schöpfer verschwenderisch viele, sehr helle, fast weiße Locken angebracht hatte.

Wie sich zeigte, liebte Lore Gesellschaft, während ich ein Einzelgänger bin; wir passten also nicht zueinander. Dennoch kommt es mir so vor, als sei mein Leben zum Stillstand gekommen. Nach ihrem Tod habe ich, von Natur aus alles andere als reiselustig, einen Auftrag in Mariana, Brasilien, angenommen. Was für ein Ritt! Und welch unglaublicher Aufwand, meine Arbeit dort einigermaßen befriedigend zu erledigen. Nun ja, das war auch in Porto und Faro so gewesen. Portugal – herrliche Weine, köstliche Mahlzeiten mit deliziösem Bacalhau, das schon, doch einmal und nie wieder, denn was man dort an Orgeln vorfindet, ist entsetzlich schlecht gepflegt und kann daher auch nicht mehr so recht in Ordnung gebracht werden.

In Rotterdam stieg ich um. Bei dem am Gleis wartenden Zug handelte es sich um eine sogenannte Mausenase, was mich verwunderte, denn soweit ich wusste, war die Mausenase 1984 außer Dienst gestellt worden. Wurde auf den Nachtverbindungen etwa noch heimlich mit der Mausenase gefahren? Oder fehlte es der Bahn an Material, und man hatte eine alte Mausenase aus dem Eisenbahnmuseum geholt? So wie viele Männer, die klassische Musik lieben, interessiere ich mich auch brennend für Züge und Straßenbahnen. Dafür muss man sich wirklich nicht schämen. Auch der Komponist Antonín Dvořák war ein Eisenbahnenthusiast. Seinen zukünftigen Schwiegersohn, Josef Suk, eines der größten Talente der tschechischen Musik, hat er einmal losgeschickt, um am Prager Bahnhof die Nummern der dortigen Lokomotiven zu notieren. In Suks Augen war dies ein verrückter Auftrag, und er kehrte mit einer falschen Nummer zu seinem Schwiegervater in spe zurück. Der rief zornig: »Die Nummer kann nicht richtig sein, diese Lokomotive fährt jetzt in der Gegend von Brünn.« Seine Tochter Otylka hat er daraufhin davor gewarnt, diesen Trottel von Suk zu heiraten. Otylka aber lachte ihren Vater aus und nahm Suk dennoch zum Mann. Als sie 1905, kurz nachdem ihr Vater im Jahr zuvor verschieden war, an Herzversagen starb, war Suk untröstlich. All sein Frohsinn, der für so viele prachtvolle Momente in seinen frühen Werken gesorgt hatte, etwa in dem entzückenden *Scherzo fantastique*, war Vergangenheit. Stattdessen komponierte er vier schmerzvolle, großartige Orchesterwerke à la Mahler. Trauerarbeit, wie es sie nie zuvor und nie wieder danach in der klassischen Musik gegeben hat.

Was ich sah, als ich mit der muffig riechenden, keuchenden und klappernden Mausenase unterwegs war, erstaunte mich. Angeblich sind die Menschen im Westen ja wohlhabender als in Groningen, doch was ich zu Gesicht bekam, war grau und verfallen, und je weiter wir in Richtung Nordsee ächzten, umso schlimmer wurde es. Die Mausenase hielt an, fuhr wieder los, hielt erneut und fuhr dann im Zuckeltrab zwischen potthässlichen, vollkommen verfallenen Lagerschuppen hindurch. Immer langsamer kroch sie über die Schienen. Fast schien es so, als wäre das Absicht: Werte Fahrgäste, sehen Sie, das ist nun das wohlhabende Rhein-Maas-Delta. So farblose Lagerschuppen, kaputte Ziegeldächer, verwitterte Simse und verwahrloste Schornsteine hatte ich noch nirgendwo gesehen, ganz zu schweigen von dem grauen, schäbig zwischen den Steinen aufsprießenden Gänsefuß. Welch eine Trostlosigkeit, dachte ich, und dann erschienen auf den Zugfenstern auch noch glitzernde Regentropfen. Draußen nieselte es offenbar. Es war Ende September, doch es wirkte wie Ende November. Nachdem wir über eine Hafenbrücke gerumpelt waren, hielt der Zug erneut. Musste ich hier schon aussteigen? Nein, noch nicht. Am nächsten Bahnhof. Die Türen öffneten sich, ein unangenehmer, scharfer Wind wehte herein. Reisende stiegen fröstelnd ein. Der Schaffner schloss die Türen, die Pfeife ertönte, die Mausenase setzte sich wieder in Bewegung. Tatsächlich, es folgte tatsächlich noch ein Stück Polderland, auch wenn es nicht im Entferntesten an den weitläufigen Johannes Kerkhovenpolder in Ostgroningen erinnerte, wo ich aufgewachsen bin. Alles war hier kleiner, dumpfer. Ich sehnte das Ende meiner Reise herbei. Seit meiner Abfahrt in Godlinze waren jetzt gut sechs Stunden vergangen. Es wurde bereits dunkel, der Abend begann.

Mir gegenüber saßen zwei hoch aufgeschossene Burschen, die über eine Tätowierung auf dem Rücken diskutierten. Was sollte es werden, ein Fisch oder ein Vogel? Der Kleinere der beiden sprach sich für einen Vogel aus.

»Und welchen Vogel willst du dir stechen lassen?«, fragte sein Kumpel.

»Einen orangefarbenen Stärling mit knallgelbem Schnabel.«

»Ach, ich nehme lieber einen Kreuzwels. Damit zeigt man zumindest, wofür man steht.«

»Schon, aber so ein Kreuzwels ist furchtbar teuer.«

»Ein Stärling etwa nicht? Allein der Scheißschnabel kostet dich jede Menge Kohle.«

»Beim Kreuzwels musst du für jede einzelne Schuppe blechen.«

»Und beim Stärling für jede Feder.«

So stritten sie sich in einem fort. Selten habe ich zwischen den Schienen ein so merkwürdiges Gespräch gehört.

Als die Mausenase ihre Fahrt wieder verlangsamte, standen etliche Fahrgäste plötzlich auf und machten sich auf den Weg zur Spitze des Zuges. Wollten die alle unbedingt vorne aussteigen? Aber wieso? Quietschend bremste die Mausenase. Nachdem wir an einem Friedhof vorbeigefahren waren, tauchte die Bedachung eines Bahnhofs auf. Wir schoben uns darunter, und die Mausenase kam knirschend zum Stehen. Die Fahrgäste rissen die Türen auf, sprangen hinaus und rannten davon. Ich beobachtete das Ganze und wunderte mich. Dass man rennt, um einen Zug noch zu bekommen, ja, das hat eine gewisse Logik. Aber dass man rennt, nachdem man aus einem Zug ausgestiegen ist … das war mir ein Rätsel. Dennoch hasteten diese Menschen davon, als würden sie verfolgt. Im wilden Galopp brausten sie den Bahnsteig entlang Richtung Ausgang. Ich verspürte eine Art Drang, ein Kribbeln mitzurennen, doch ich widerstand ihm. Solange nicht klar war, warum all die Leute, fast wie in blinder Panik, zum Ausgang flitzten, erschien es mir unsinnig, es ihnen gleichzutun. Es brannte doch nicht? Nein, es war kalt, und es regnete in Raten. Es herrschte trübes Wetter, und ein merkwürdiger, wenig angenehmer Geruch zog mir in die Nase. Dann senkten sich am Ausgang ganz langsam die Schranken, und etwa ebenso langsam dämmerte mir, warum die anderen Fahrgäste sich so beeilt hatten. Man wollte noch vor Schließung der Schranken vom Bahnsteig herunter sein. Denn sonst würde man warten müssen, bis der Zug, mit dem man gekommen war, seine Fahrt fortgesetzt hatte. Und das erforderte viel Geduld, wie sich nun zeigte, denn die elende Mausenase stand einfach da, ohne irgendwelche Anstalten zur Abfahrt zu machen. Der Schaffner schlenderte am Zug auf und ab, schloss hier und da eine Tür und wartete offenbar auf ein Zeichen des Stationsvorstehers, der aus dem grauen Bahnhofsgebäude getreten war.

So geschah es, dass ich mutterseelenallein unter einer dichten Wolkendecke im Nieselregen vor den geschlossenen Schranken stand. Auf der anderen Seite der Gleise war niemand mehr zu sehen, alle ausgestiegenen Fahrgäste hatten sich auf den drei Straßen, die zum Bahnhof führten, im Handumdrehen aus dem Staub gemacht.

Die schrille Pfeife des Schaffners ertönte. Wahrhaftig, es tat sich doch noch etwas, aber, ach, wie langsam rumpelte die Mausenase vorüber, und ebenso langsam hoben sich die Schranken. Ich überquerte die Gleise und betrat den Bahnhofsvorplatz. Wohin jetzt? Nach links, in die dunkle Platanenallee? Oder geradeaus, auf die schwarze Silhouette der Kokerwindmühle zu? Oder nach rechts zum Friedhof, an den Gleisen entlang? Es war niemand da, den ich nach dem Weg hätte fragen können. Wo ich hinmusste, hatte ich auf einen Zettel geschrieben, der längst wieder verloren gegangen war. Doch das war kein Problem. Weil ich es mir aufgeschrieben hatte, war es mir im Gedächtnis geblieben. Seemannsheim, auf der Wip. Die war in der kleinen Stadt ganz offenbar die einzige Übernachtungsmöglichkeit. Wieso aber gab es keinen ordentlichen Straßennamen? Wieso nur die vage

Andeutung »auf der Wip«? Und was sollte das überhaupt bedeuten? War es möglich, dass es in der Stadt eine Straße namens Wip gab? Das erschien mir recht unwahrscheinlich. Und selbst wenn dem so war, wäre da doch niemand gewesen, den ich nach dem Weg hätte fragen können. In manchen Städten stehen Taxis am Bahnhof, oder es gibt einen spärlich beleuchteten und bewachten Fahrradunterstand, in den man hineingehen und eine Frage stellen kann. Hier jedoch konnte von Betriebsamkeit, von Taxis oder einem Fahrradunterstand gar keine Rede sein. Und es näherte sich auch niemand, um mit dem Zug zu fahren. Totenstille, wenn man einmal von dem trostlosen Geräusch absah, das ein Plastikkaffeebecher verursachte, der vom Wind über den Bahnhofsvorplatz geweht wurde. Gestank. Halbwüchsiger Regen. Zunehmende Dunkelheit.

Was tun? In der Ferne bemerkte ich einen Kirchturm. In diese Richtung also? Nach links, die unheimlich finstere Allee entlang? Ich ging los und sah rechts von mir die Rückseiten verfallener Häuser mitsamt ihren farblosen Veranden. Als ich am Ende der Allee angekommen war, stand dort ein Fahnenmast, der mit einer doppelten Schnur versehen war. Schon bei der sanftesten Brise schlägt ein solches Tau mit einem recht kläglichen, unheimlichen Geräusch gegen den hölzernen Mast und halst einem Gefühle der Trauer und Vergeblichkeit auf. Dort, wo ich am Fuße des Fahnenmasts stehen geblieben war, konnte man links abbiegen und erneut die Gleise überqueren, man konnte rechts eine Straße nehmen, die ein Stück weiter als Sackgasse zu enden schien, geradeaus musste man über eine Brücke gehen, oder man spazierte schräg rechts an einem Binnenhafen entlang in Richtung Kirche. Ich vermutete, dass die Kirche im Zentrum des Städtchens stand. Sollte ich mich also dorthin wenden? Ich ging am matt glänzenden Wasser entlang und stellte fest, dass der Gestank, der mir schon zuvor aufgefallen war, immer stärker wurde. Was für ein Mief! Lebte man hier denn immer in diesem widerlichen Gestank?

Als ich die Straße namens Haven halb durchschritten hatte, tauchte plötzlich aus einem Seitensträßchen, das laut einem an der Mauer befindlichen blauen Schild mit weißer Schrift Wijde Slop hieß, ein groß gewachsener Bursche auf.

»Kann ich dich etwas fragen?«, rief ich.

»Was gibt's?«, erwiderte der schmierige Kerl.

»Wo ist das Seemannsheim?«

»Da«, sagte der Junge und deutete in die Richtung eines vornehmen, großen Hauses mit einem Türmchen.

»Ist das das Seemannshaus?«

»Hab ich das gesagt? Nein, Mann, das ist nicht das Seemannsheim, das ist das alte Rathaus, das Seemannsheim liegt dahinter, auf der Wip. Du findest es von selbst, wenn du vor deinem Arsch herläufst.«

Mir war nicht ganz klar, was der Bursche mit der rätselhaften Wendung »vor deinem Arsch herläufst« meinte (bedeutete sie so etwas wie »der Nase nach gehen«?), aber ich stiefelte los und sah, dass sich der Hafen links von mir zu einem großen Becken erweiterte. Am gegenüberliegenden Ufer ragte die Kirche empor, deren Turm schon vom Bahnhof aus zu sehen gewesen war. Was für ein imposanter Steinhaufen, dachte ich, und ging am alten Rathaus vorbei, überquerte die Straße und sah mit einem Mal auf einem kleinen Schild über dem Schaufenster einer Bäckerei »Wip« stehen. Ein Stück weiter bemerkte ich eine weiße Fassade, auf der mit großen Buchstaben das Wort »SEEMANNSHEIM« angebracht war. Neben der Eingangstür hing ein kleines Schild mit der Aufschrift »INHABER: J. BOETEKEES«. Was für ein sonderbarer Name, dachte ich.

Die Eselin des Bileam

Vorsichtig drückte ich gegen die Tür des Seemannsheims. Tatsächlich, sie war offen, ich brauchte nicht zu klingeln. Doch als ich, nachdem ich durch eine der Türen in der kleinen Eingangshalle, von der eine Treppe nach unten und eine nach oben führte, in den Schankraum des Seemannsheims gelangte – oder was immer es auch sein mochte –, da starrte mich von hinter der Zapfanlage ein mürrisch wirkender Mann misstrauisch an. Auf seinem Nasenrücken ruhte eine riesige Brille, in der die Gläser fehlten. War das der Inhaber J. Boetekees?

»Was willst du?«, schnauzte der Mann und wischte dabei, ohne seinen giftigen Blick durch das glaslose Brillengestell von mir zu wenden, heftig mit einem grauen Lappen die Zapfanlage ab.

»Ich bin hier …«

Ehe ich zu Ende sprechen konnte, tauchte eine kräftige rothaarige Frau mit einer geblümten Schürze auf.

»Das ist natürlich der Bekannte von Krijn, der hier übernachtet.«

»Ich weiß von nichts«, knurrte der Mann.

»Natürlich weißt du das, stell dich nicht so blöd an, Krijn Lagrauw war vorgestern hier, um uns noch einmal daran zu erinnern.«

»Halt, warte … Aber das sollte … das sollte doch …«

»Was willst du sagen? Das sollte doch ein feiner Herr sein, während dies eher ein netter Habenichts ist?«

»Nein, nein, ich habe nur einen Herrn mit Koffern erwartet … Woher soll ich …«

»Na, dieser Globetrotter hat doch eine Art Weekender dabei.«

»Weekender? Weekender, Mensch, Sjaan, wo hast du dieses Wort denn plötzlich her? Einen Seesack, willst du wohl sagen.«

»Krijn Lagrauw?«, fragte die Frau mich. »Sagt Ihnen das was?«

»Ja, das ist meine Kontaktperson hier«, erwiderte ich, »den hatte ich am Telefon.«

»Fein. Dann werde ich Ihnen sogleich Ihr Zimmer zeigen. Dort können Sie sich dann ein wenig frisch machen, denn Sie sehen aus, als hättest du den ganzen Tag hinter einem Müllwagen geschuftet.«

Es wunderte mich, dass ich plötzlich mitten im Satz geduzt wurde, doch ich ließ mir nichts anmerken. Stattdessen fragte ich: »Und kann ich hier dann auch eine Kleinigkeit essen?«

»Das ist nicht im Preis inbegriffen«, knurrte der Mann mit dem grauen Geschirrtuch.

»Wir können jederzeit einen Strammen Max für dich braten«, sagte die Frau, »mit einer Scheibe Brot oder, wenn du mehr willst, Kartoffeln mit einem Röschen Blumenkohl und einem Schnitzel zubereiten. Dann hole ich schnell was auf dem Zuidvliet, der Laden dort hat sowieso lang auf, und was das Geld angeht, das regle ich schon noch mit Krijn, das wird schon nicht so teuer werden. Du kannst auch zum Lunchroom Strijbos tappern, der ist hier um die Ecke, auf dem Markt, da gibt es eine Portion Pommes und dazu eine saftige Bulette.«

»Würde ich machen«, sagte der Mann hinter dem Tresen, »denn nachher haben wir alle Hände voll zu tun. Dann ist hier die Versammlung der Vereinigung Schrift und Bekenntnis.«

»Ja«, bestätigte die Frau, »die Herrschaften tagen einmal im Monat an einem Donnerstagabend bei uns.«

»Die machen Bibelstudien«, ergänzte der Mann, »und ganz ausnahmsweise treffen sie sich heute einmal nicht am Donnerstag. Das kann man im Kalender rot anstreichen …«

»Worüber die reden, ist oft total bekloppt«, sagte die Frau, »aber schaden tut es bestimmt nicht, wenn man ein offenes Ohr dafür hat, auch wenn es immer ziemlich bedeutungsvoll zugeht. Sie fangen schon um sieben an, denn unser alter Bürgermeister Schwarz nimmt stets an dieser Runde teil, und der will gerne beizeiten ins Bett. Gleich kommen sie. Doch mach du dich erst mal frisch, und dann brate ich dir zwei Spiegeleier mit zwei Scheiben Milchweißbrot dazu, und damit setzt du dich einfach in die hinterste Ecke … Da störst du nicht, und du kannst dennoch alles hören und genießen. Oder willst du vielleicht lieber FGK?«

»FGK, was ist das?«

»Kennst du das nicht? Wo kommst du denn her? Das ist gutbürgerliche Küche: Fleisch, Gemüse, Kartoffeln.«

»Wenn es nicht zu viele Umstände macht …«

»Ach was, das ist keine große Sache. Folge mir.«

Sie führte mich in ein unansehnliches Hinterzimmer mit Blick auf verwitterte Dächer und den kümmerlichen Turm einer anderen Kirche, dessen Kupferbeschlag sich grün gefärbt hatte. In dem Raum standen ein eisernes Bettgestell mit einer schmuddeligen Tagesdecke, eine Waschschüssel und eine mit Wasser gefüllte Kanne. Meine Werkzeugtasche legte ich auf die Tagesdecke. Ich spritzte mir ein wenig Wasser ins Gesicht und widerstand dem Drang, mich kurz aufs Bett zu legen. Sonst würde ich nach der langen Zugfahrt Schwierigkeiten haben, wieder aufzustehen. Außerdem musste ich unbedingt zur Toilette.

Als ich, durch einen unglaublich engen Flur, dort angelangt war, erinnerte ich mich, eben weil der Flur so eng war, an die Seitenstraße namens Wijde Slop. So etwas nannte man doch vornehm eine *Contradictio in adiecto*, denn per Definition war ein Slop, was nichts anderes als Gasse bedeutet, eng; eine weite Gasse, das war also ausgeschlossen, und die Seitenstraße war tatsächlich nicht breiter gewesen als eine normale Gasse. Also was nun, breit oder Gasse? Tja, wenn die Menschen hier nicht rannten, um den Zug zu erreichen, sondern im Gegenteil, um so schnell wie möglich vom Bahnsteig wegzukommen, und wenn man hier Brillen ohne Gläser trug, dann durfte man sich über ein Paradox wie Wijde Slop wohl nicht wundern.

Als ich zurück in den Schankraum kam, waren dort bereits rund zwanzig Männer versammelt, größtenteils, so mein Eindruck, einfache Handwerker, allerdings im Sonntagsanzug mit unlängst hineingebügelter Falte in den unförmigen Hosen und reihum mit Sicherheitskrawatten geschmückt. Es wunderte mich, dass man solche Krawatten, die auch Clipkrawatten genannt werden, überhaupt noch trug. Während die rothaarige Frau mich in einer Art Nische verbarg, hörte ich, wie die Versammlung eröffnet wurde. Ein Begrüßungswort, ein nicht gereimter Psalm aus der Bibel, feierlich vorgetragen von einem Mann mit schwarzen Bartstoppeln, der Bruder van Vuuren genannt wurde, ein Gebet, in dem der Segen des Allerhöchsten auf diese Versammlung herabgefleht wurde, gefolgt von Psalm 19, Vers 4 a cappella (mit ungewollten, kanonartigen Verzierungen), das Protokoll der letzten Versammlung, und dann erhielt Bruder Koevoet das Wort. Er werde, so kündigte er an, über den Esel des Bileam sprechen.

Und während mir die Frau ein wenig verstohlen einen Teller mit einem ziemlich großen Schnitzel, grünen Bohnen anstatt der versprochenen Blumenkohlröschen und merkwürdig blassen, fast weißen, auffällig mehligen Kartoffeln reichte, hörte ich einen ebenso unterhaltsamen wie geharnischten Vortrag über die Ungläubigen, die die Frechheit besaßen, am Wahrheitsgehalt der Geschichte über den Esel in Numeri 22 zu zweifeln – nein, nein, die Eselin, betonte Bruder Koevoet, die, wie er in Klammern hinzufügte, bereits auf die Eselin vorauswies, auf der Jesus beim Einzug in Jerusalem geritten war, kurzum, die, nachdem sie dreimal von Bileam geprügelt worden war, gesagt hatte: »Was habe ich dir getan, dass du mich nun geschlagen hast dreimal?«

Und ich saß da, in meiner Nische, schaute auf die fast durchsichtigen Kartoffeln, die so blass wie Briefpapier wirkten, und dachte: Was für ein Ort, wo bin ich hier in Gottes Namen bloß gelandet? Und das zudem noch mit einer Mausenase, wo die Mausenasen doch längst außer Dienst gestellt sind. Glauben all diese in ihre ordentlichen Sonntagsanzüge gesteckten Lohnabhängigen denn wirklich, dass es einst eine Eselin gab, die ihr Maul geöffnet hat, um eine – im Übrigen berechtigte – Frage zu stellen? Aber dann, nachdem Bruder Koevoet zu Ende gesprochen hatte, traute sich doch ein noch recht junger Mann, unverblümt zu bemerken: »Dieser Bileam war dort ganz allein mit seinem Esel. Niemand war dabei. Wer weiß, möglicherweise hat sich der sture Bileam die ganze Geschichte nur aus den Fingern gesogen. Niemand kann den Vorfall bestätigen, denn, wie schon gesagt, es war niemand dabei.«

Tumult im Saal. Was spiele das schon für eine Rolle? Es stehe in der Heiligen Schrift, der Heilige Geist sei schließlich zugegen gewesen, und der habe dafür gesorgt, dass die Ereignisse, inklusive des Engels des Herrn, der dabei eine so aufsehenerregende Rolle gespielt habe, wahrheitsgetreu im Bibelbuch Numeri festgehalten worden seien. Außerdem stehe in 2. Petrus 2, Vers 16, im Neuen Testament also, dass das stumme lastentragende Tier mit Menschenstimme geredet habe.

Hastig ein paar Bohnen aus der Konservendose herunterschluckend, dachte ich: Die sind verrückt, die Brüder, aber am verrücktesten ist immer noch, dass sie nicht einmal ihre Bibel genau kennen, denn in Kapitel 22 steht doch deutlich, dass Bileam in Begleitung von zwei Jungen war. Da konnte ich mich nicht mehr zurückhalten, trat also aus meiner Nische und sagte: »Nehmen Sie es mir nicht übel, werte Brüder, dass ich mir die Freiheit nehme, etwas beizutragen. Der junge Bruder von vorhin sagte, es sei niemand dabei gewesen, als die Eselin das Wort ergriff, doch in Numeri 21 steht glasklar: ›Er aber ritt auf seiner Eselin, und zwei Knechte waren mit ihm.‹«

Totenstille im großen Saal des Seemannsheims. Dann Rascheln und Blättern in den mitgebrachten Taschenbibeln. Schließlich erklang die Stimme des Mannes, der als Vorsitzender aufgetreten war.

»Ja, das steht dort. In Vers 22.«

»Numeri 22, Vers 22, leicht zu merken«, sagte Bruder Koevoet, »und vielen Dank, wer immer Sie sein mögen.«

Dies war, wie ich wohl wusste, eine Einladung, meinen Namen und meine Antezedenzien zu offenbaren und auch gleich zu verraten, warum ich dort, in diesem Seemannsheim, mit FGK bewirtet wurde. Doch ich hatte keine Lust, meinen Namen preiszugeben, denn ich weiß aus Erfahrung, dass der meist als Anlass zu heimlicher Heiterkeit aufgefasst wird.

Zum Glück stellte Bruder Koevoet eine weitere Frage: »Was führt Sie in unseren Ort? Wohnen Sie hier im Haus?«

»Ja, ich werde hier wohl einige Tage wohnen, denn ich habe den Auftrag, die Garrels-Orgel in der Groote Kerk zu stimmen. Ich vertrete den angestammten Stimmer der Firma Pels & Van Leeuwen, denn der ist offenbar schon seit einiger Zeit krank. Ich schätze, ich werde vier, fünf Tage damit zu tun haben, es sei denn, es gibt viele überfällige Wartungsarbeiten; dann wird es wohl etwas länger dauern.«

»Sie kommen wie gerufen«, sagte Bruder van Vuuren, »neulich war davon die Rede, dass jetzt, wo es so langsam anfängt, Winter zu werden, die Orgel in der Immanuëlkirche unbedingt durchgeschaut werden muss. Könnten Sie sich diese Orgel auch gleich mal vornehmen? Dann kümmere ich mich als Präses des Kirchenrats darum, dass Sie den Auftrag bekommen, jetzt, wo Sie schon mal da sind.«

»Was ist das für eine Orgel?«

»Tja, das kann ich so aus dem Stand nicht sagen, aber es handelt sich um die Orgel der orthodox-reformierten Immanuëlkirche, sie ist von nach dem Krieg und kommt aus Deutschland.«

»Es handelt sich um eine Seifert-Orgel mit dreiundvierzig sprechenden Stimmen«, warf einer der anderen Brüder ein.

»Das ist ein großes Instrument«, erwiderte ich, »und eigentlich stimme ich keine modernen Orgeln. Ich bin Spezialist für Schnitger-Orgeln, und für Orgeln von Schnitger-Schülern. Die Orgel hier in der Groote Kerk wurde von Rudolf Garrels gebaut, einem der besten Schüler Schnitgers.«

»Für jemanden, der jahrhundertealte Schnitger-Orgeln stimmen kann, ist so eine schöne, moderne Orgel doch eine Kleinigkeit, nicht?«

»O ja, ich bin absolut in der Lage, die Orgel kurz durchzusehen, und ich will das auch durchaus tun, wenn der Kirchenrat mir den Auftrag erteilt. Wenn ich schon einmal hier bin.«

»Wir bringen die Sache auf den Weg«, sagte Bruder van Vuuren begeistert. »Ich werde es gleich morgen Abend im Kirchenrat ansprechen. Und welchen Namen darf ich dann nennen?«

Der Augenblick war gekommen, jetzt musste ich und kam nicht länger darum herum:

»Gabriel Pottjewijd.«

Es hielt sich in Grenzen. Fand man ein »breites Töpfchen«

hier nicht sonderbar? Oder wurde doch gelacht? Setzte das leise Kichern hier nur langsamer ein als anderswo? Ich tat so, als hörte ich nichts, und sagte: »Darf ich den Mitgliedern der Vereinigung, die, wie mir zu Ohren kam, Schrift und Bekenntnis heißt, noch etwas anderes im Hinblick auf Bileam vorlegen, das mich schon beschäftigt hat, als ich noch klein war?«

»Nur zu, Bruder Pottjewijd«, sagte van Vuuren.

»Bileam schlägt seine Eselin dreimal. Nachdem das arme Tier zum dritten Mal geschlagen wurde, fragt es: ›Was habe ich dir getan, dass du mich geschlagen hast nun dreimal?‹ Das Huftier kann also zählen. Und dann sagt Bileam: ›Dass du mich höhnest‹, und fügt noch hinzu: ›Ach, dass ich jetzt ein Schwert in der Hand hätte, ich wollte dich erwürgen!‹ Angenommen, man sitzt auf einem Esel oder einer Eselin, und man schlägt das Tier dreimal, und nach dem dritten Mal sagt das Tier: ›Was habe ich dir getan?‹ Wie würde man darauf zu allen Zeiten reagieren?«

An den sitzenden Brüdern vorbei ging ich durch den Schankraum nach vorne. Ich schaute in all die mir zugewandten treuherzigen Gesichter und fragte noch einmal: »Wie würde man reagieren, wenn ein Tier plötzlich mit einem spricht?«

Es wunderte mich, dass niemand antwortete. Offenbar hatte kein einziger dieser frommen Männer jemals über diese einfache Frage nachgedacht, auf die es offensichtlich nur eine Antwort geben konnte.

»Ich weiß ganz genau, wie ich reagieren würde«, sagte ich. »Ich wäre so erstaunt, dass es mir die Sprache verschlagen würde. Oder schlimmer noch, ich würde mich zu Tode erschrecken. Und ich kann mir keinen Menschen vorstellen, der nicht vollkommen perplex wäre. Ein Tier, das, wie sich plötzlich zeigt, sprechen und zählen kann! Das ist unglaublich! Das ist doch ein Weltwunder. Aber dieser Bileam findet es anscheinend völlig normal, dass seine Eselin sprechen und zählen kann. Er ist ganz und gar nicht verwundert, mehr noch, er sagt, hätte er ein Schwert, würde er seine Eselin – wohlgemerkt das Tier, das plötzlich sprechen kann – am liebsten töten. Ich weiß noch, dass ich als Kind unter den Zuhörern von Pastor Meijnen aus Utrecht war, einem orthodox-reformierten Prediger. Der predigte über Bileam, und er fand es offenbar auch nicht sonderbar, dass Bileam nicht verblüfft war, denn er sprach mit keinem Wort davon. Damals dachte ich – ich schätze, ich war etwa zehn Jahre alt –, eigentlich kann es nur einen einzigen Grund dafür geben, dass Bileam sich nicht darüber wundert, dass seine Eselin sprechen kann …«

Ich schaute in die Runde der ernst lauschenden Brüder und fragte mich: Wie ist es bloß möglich, dass all diese Männer dieses verrückte, unwahrscheinliche Bibelmärchen so widerstandslos akzeptieren? Wie kann das sein? Sprechende Schlangen, Wände aus Wasser, schwimmende Beile, sprechende Esel, mit einem Mal rückwärts laufende Uhren, Jona drei Tage im Bauch eines Fischs, Raben, die das Frühstück bringen, ja, sogar die ganze Welt, die einfach angehalten wird, als wäre es nichts, eine wundersame Speisung, Spaziergänge auf dem Wasser, die Auferstehung von den Toten – heiliger Bimbam, die ganze Bibel voller Unsinn und Ammenmärchen, und doch wird alles anstandslos geglaubt.

Ich wiederholte es noch einmal: »Dass Bileam sich nicht wundert, dass seine Eselin sprechen kann, und nicht erstaunt ist darüber, ja mehr noch, dass er sie sogleich töten will … Tja, das kann doch nur eins heißen: Er fand es vollkommen normal, dass sie das Wort ergriff, denn sie hatte ihn früher schon des Öfteren, wenn sie geschlagen worden war, gefragt: ›Warum schlägst du mich?‹«

Stabat Mater Dolorosa?

Vorsichtig schlug ich die Decke und das Laken beiseite und kroch ins Bett. Sofort kam es mir so vor, als würde ich versinken. Nicht die allerbeste Matratze, dachte ich. Ich sank tiefer und tiefer, es schien fast, als würde das Versinken nie ein Ende haben. Irgendwann war die Elastizität dann aber doch erschöpft, und die Kuhle in der Matratze war so tief, dass es tiefer nicht mehr ging. Doch die eigenartige Empfindung des Immer-tiefer-Sinkens blieb. Das muss wohl eine Art Sinnestäuschung sein, dachte ich. Aber egal, wie mies die Qualität einer Matratze ist, letztendlich ist am Boden, auf dem das Bett steht, Schluss. Dann kann man nicht noch tiefer sinken. Und dennoch – ich sank immer weiter, immer tiefer. Ich zog in Erwägung aufzustehen und nachzusehen, ob irgendwas mit der Matratze nicht stimmte, aber der mit Nichtstun verbrachte Tag hatte mich so ermüdet, dass ich es nicht über mich brachte, mich zu erheben. Also blieb ich liegen, sank tiefer und sagte mir: Ich sinke nicht mehr, es hat nur den Anschein, als würde ich sinken. In diesem fürchterlichen Ort ist schließlich nichts so wie sonst, hier rennen die Menschen nicht, um einen Zug zu erreichen, sondern sie laufen los, sobald sie ausgestiegen sind, hier kann man auf der Wippe übernachten, hier trägt man Brillen ohne Gläser, hier glaubt man noch uneingeschränkt an sprechende Eselinnen, die zählen können.

Nach meiner Bemerkung über das große Erstaunen, das einen erfüllen müsste, wenn ein Tier plötzlich zu sprechen begänne, und meiner These, dass Bileam deshalb nicht verwundert gewesen war, weil er schon öfter erlebt hatte, dass seine Eselin das Wort ergriff, hatte es eine heiße Diskussion über die Frage gegeben, ob man sich tatsächlich wundern würde, wenn ein Tier auf einmal mit einem spräche.

»Ich selbst habe zwei tolle Esel«, hatte einer der Brüder gesagt, »und ich verstehe immer, was sie wollen und was sie nicht wollen. Sie plappern mit ihren Ohren. Auch miteinander. Wenn man mit ihnen zugange ist und scharf auf den Stand der Ohren achtet, ist man so daran gewöhnt, genau zu wissen, was in ihnen vorgeht, dass man sich wirklich nicht wundern würde, wenn eines der Tiere plötzlich etwas sagte. Schließlich reden sie die ganze Zeit mit einem.«

Ein anderes Mitglied der Vereinigung hatte die Ansicht vertreten, dies gelte auch für Hunde. »Die sind ein offenes Buch für jeden, der genau hinschaut. Ein Hund sieht dich auf eine bestimmte Art und Weise an, und dann weißt du genau, was er meint: ›Herrchen, es ist Essenszeit, wo bleiben meine Hundebrocken?‹ Oder: ›Herrchen, ich will raus, nimm mich an die Leine und komm mit. Herrchen, halt dich zurück, lass deine Frau ruhig reden.‹ Und sie reden ja nicht nur mit den Augen, sondern auch mit ihrem Schwanz.« Diese Beobachtung erntete große Zustimmung.

Ein anderer Bruder hatte seine Erfahrungen mit Pferden ausführlich mit den Brüdern geteilt. Auch die kommunizierten offenbar mit den Ohren. Ohren weit nach vorn: in bester Laune. Ohren weit nach hinten: Angst und Verzweiflung. Wenn ein Pferd schnaubte, dann war es offenbar quietschvergnügt.

Und von Schnauben zu Sprechen sei es schließlich nur ein kleiner Schritt. Also, dass Bileam nicht erstaunt war – nicht der Rede wert.

Ein Bruder mit zwei metallenen Zangen anstelle von Händen hatte eingeworfen, Eva im Paradies sei auch überhaupt nicht verwundert gewesen, als die Schlange zu ihr gesprochen habe. Warum also hätte Bileam verwundert sein sollen?

Ein fünfter Bruder präsentierte keine eigenen Erfahrungen mit Tieren, sagte jedoch: »Dieser Bileam kannte seine Eselin gut, er wusste, wie sie dachte, und natürlich hatte er schon oft von ihr geträumt. Und in diesen Träumen hat sie immer wieder zu ihm gesprochen, sodass Bileam bereits daran gewöhnt war. Im Traum hat auch schon mal ein Tier mit mir geredet.« Daraufhin war ein etwas naiv aussehender, noch jüngerer Bruder aufgesprungen und hatte gestottert: »Ich ... ich ... hab auauau...auch mal ge...geträumt, dass ein Tier zu mir sagte: ›Job, du siehst sehr gut aus, aber ich selbst habe doch das schönere Gesicht.‹« Worauf ein alter Bruder erwidert hatte: »Von was für einem Tier hast du denn geträumt, Bruder Oosterlee? Von einem Krokodil?«

Und so war es also doch noch ein fröhlicher Abend geworden im Seemannsheim, mit all den Männern der Vereinigung Schrift und Bekenntnis, der schließlich mit einem Gebet und dem Singen von Psalm 19, Vers 6 endete. Auswendig hatte ich in den Psalm, komischerweise mit tränennassen Augen, eingestimmt:

Du gibst von meiner Pflicht,
O Gott, mir klar Bericht.
Ich kenn das Endziel schon:
Wer dir vertraut, Herr dieser Welt,
Und an dein Gebot sich hält,
Der findet großen Lohn.
Doch, Herr, nie kommt der Tag,
An dem man es vermag,
Sein Irren zu ergründen.
O, Bronn der höchsten Güte,
Was reinigt mein Gemüte
Von den verborg'nen Sünden.

Jetzt versank ich endgültig. Hatte ich vielleicht am Ende des Abends, inmitten dieser fröhlichen Brüderrunde, doch ein wenig zu viel jungen Genever getrunken? Wie eigenartig, dachte ich, dass diese strenggläubigen Calvinisten gegen alles Mögliche sind, Tanz, Theater, Kino, Kartenspiel, Kabarett. Bis vor Kurzem verlangten sie von ihren Frauen sogar noch, lange Röcke und beim Kirchgang Hüte zu tragen, und auch von der Sonntagsheiligung weichen sie um keinen Deut ab und spucken Feuer, wenn es um Abtreibung oder Sterbehilfe geht. Nur beim Alkohol pflegen sie eine lockere Moral, und das ist doch wirklich schwer nachzuvollziehen, gerade weil die Bibel recht oft vor Wein und Schnaps warnt. Auch mein Vater, seinerzeit Presbyter der orthodox-reformierten Gemeinde in Heiligerlee-Westerlee, war dem Alkohol durchaus zugetan. Ach, mein Vater! Steinalt jetzt und todunglücklich, weil seine fünf Kinder der Reihe nach vom Glauben abgefallen sind. Allerdings hielt ich, weil ich Orgelstimmer bin und damit auf kirchliche Aufträge angewiesen, ebenso wie viele Organisten (und wahrscheinlich auch nicht wenige Pastoren) den Schein aufrecht und tat so, als sei ich noch gläubig. Ich selbst wäre gern Organist geworden, doch es fehlte mir dazu an Talent, ungeachtet meines absoluten Gehörs, und deshalb habe ich mich für den Beruf des Orgelstimmers entschieden. Nun ja, entschieden, ich bin hineingerutscht. Ein schöner Beruf, man kommt ein bisschen herum, aber das bringt freilich auch mit sich, dass man ständig von zu Hause weg ist und in fremden Betten schlafen muss. Denn eine Orgel stimmt man in der Regel nicht an einem Tag, wenn es sich nicht gerade um so eine schöne kleine Schnitger-Orgel mit acht sprechenden Stimmen wie die in Nieuw-Scheemda handelt. Übrigens sind diese kleinen Instrumente oft derart kompakt gebaut, dass man nirgendwo rankommt.

Ich sank tiefer und hörte immer mehr Schiffshörner, ich hörte das leise Rasseln von Ankerketten, ich hörte Stimmen, und mir war schon klar, dass ich in dieser Nacht nicht allzu gut schlafen würde. Die erste Nacht in einem fremden Bett schlafe ich nie gut, und das seltsame Gefühl des Versinkens spielte mir weiterhin Streiche. Es war, als hätte ich einen Jetlag.

Wie merkwürdig doch, so eine Männervereinigung mit so vielen Mitgliedern, bestimmt dreißig Kerle hatten da am Ende im Schankraum gesessen, dreißig Männer, die offenbar alle – mit einer Ausnahme vielleicht – glaubten, dass eine Schlange und eine Eselin seinerzeit mit menschlicher Stimme gesprochen hatten. Nun ja, als Kind hatte ich auch daran geglaubt, und an all die anderen Dinge, an den feurigen Wagen und die Pferde des Propheten Elia, an die zehntausend Tiere in den Stapelkäfigen in Noahs Arche und sogar an das schwimmende Beil aus 2. Könige 6, über das mein Vater, der doch alles, was in der Bibel stand, mir nichts dir nichts glaubte, immer wieder gesagt hatte: »Ein schwimmendes Beil, nein, das kann nicht sein, da hat man sich verguckt, das war der weiße Bauch eines toten Fischs, der gleich unter der Wasseroberfläche trieb.«

Komischerweise hatte mich aber nicht derartiger Unsinn ins Zweifeln gebracht, sondern das *Stabat Mater* von Pergolesi. Wie schön hatte ich das gefunden, als ich es mit etwa fünfzehn zum ersten Mal hörte, bei einem Freund zu Hause, auf Schallplatte. *Stabat mater dolorosa.* Auf der Plattenhülle stand die Übersetzung: »Die zutiefst betrübte Mutter stand weinend beim Kreuz, als ihr Sohn dort hing.« Ja, alles schön und gut, aber wie war Maria so schnell aus Nazareth, wo sie schließlich immer noch wohnte, nach Jerusalem gekommen? Und wie hatte sie erfahren, dass ihr Sohn gekreuzigt werden würde? Wenn sie von Nazareth aus in aller Eile auf einem Esel nach Jerusalem geritten wäre, so hätte sie doch niemals rechtzeitig dort sein können, denn Nazareth liegt (ich habe das auf der Karte nachgemessen) Luftlinie einhundert Kilometer von Jerusalem entfernt, und wenn man der kurvigen Straße folgte (und was sonst hätte sie tun können?), dann waren es fast einhundertfünfzig Kilometer. Oder war sie bereits in Jerusalem? Wenn ja, warum? Und selbst wenn sie bereits in der Stadt war, wie hat sie dann erfahren, dass Jesus gekreuzigt werden sollte? Von wem? Von einem Jünger? Mutter Maria weinend am Fuß des Kreuzes – ach, wie tieftraurig. Aber war es auch wirklich so gewesen? Der einzige Evangelist, der explizit darüber berichtet, dass Mutter Maria am Fuß des Kreuzes gestanden hat, ist Johannes. Pastoren habe ich das Problem vorgelegt und immer dieselbe Antwort erhalten, nämlich dass im Matthäusevangelium gesagt wird: »Und es waren viele Weiber da, die von ferne zusahen, die da Jesu waren nachgefolgt aus Galiläa und hatten ihm gedient. Unter welchen war Maria Magdalena und Maria, die Mutter des Jakobus und Josef, und die Mutter der Kinder des Zebedäus.«

Voilà, es war doch offensichtlich, Mutter Maria war ihrem Sohn aus Galiläa gefolgt. Befriedigt hatte mich das nicht. Die Mutter Jesu war doch nicht dieselbe Frau wie die Mutter der Kinder des Zebedäus? Nein, irgendwas stimmte da nicht. *Stabat mater dolorosa* – o, herrlich, und ein Quell der Inspiration für viele Komponisten, nicht nur für Pergolesi: Rossini (welch ein wunderbares Werk), Dvořák (siehe Rossini), Haydn, Vivaldi, Liszt, Rheinberger, Poulenc (auch so ein wunderschönes Stück), Boccherini, Szymanowski – aber es war vollkommen unerklärlich und unbegreiflich, wie Mutter Maria dort am Fuß des Kreuzes hatte stehen können.

Eigenartig, so hatte sich bei mir eine Schraube in der Metallkonstruktion des Glaubens gelöst, und diese lose Schraube hatte zu klappern angefangen, sie ließ sich nicht negieren, und danach hatten sich sukzessive andere Schrauben gelöst, und mit einem Mal war die stabile Metallkonstruktion in sich zusammengestürzt, und ich hatte bestürzt konstatiert: Ich glaube, ich glaube nicht mehr. Und das Merkwürdigste an alldem war noch, dass ich später oft dachte: Na ja, dass Maria am Fuße des Kreuzes gestanden hat, ist überhaupt nicht auszuschließen, jedenfalls ist es längst nicht so unmöglich wie sprechende Schlangen und Esel oder wie ein Spaziergang übers Wasser. Doch das änderte nichts, das gab mir meinen Glauben nicht zurück. Und das, obwohl der Glaube tatsächlich so etwas Unvergängliches in sich trug und den Bau von allerlei Kirchen zur Folge hatte, in denen nun die Orgeln von Arp Schnitger standen, jenes Arp Schnitger, von dem oft gesagt wurde, er sei der Stradivari unter den Orgelbauern gewesen. Nun, dem stimmte ich vollkommen zu, mein Gott, was für schöne Instrumente, selbst in Mariana in Brasilien standen sie. Was war das für eine Reise gewesen, einmal und nie wieder. Und wenn man sich vorstellt, dass Schnitger nicht einmal dort war, nein, die Orgel wurde in einundsechzig Kisten über den Ozean transportiert und von einem Lehrling zusammengebaut, ebenso wie die Schnitger-Orgeln in Porto und Faro.

Wieder hörte ich ein Schiff tuten. Was für Elend, so ein falsches, dumpfes, widerborstiges Geräusch mit so vielen schrillen Obertönen. Und stündlich schlug die Glocke der Kirche, in der mit Sicherheit die von mir zu stimmende Garrels-Orgel stand. Nein, aus dem Schlafen wurde nicht viel in dieser ersten Nacht im Seemannsheim auf der Wip, obwohl ich doch träumte, in der Morgendämmerung. Ich träumte von der riesigen Ziege unseres Nachbarn Ai Kack im Johannes Kerkhovenpolder am Dollart.

Was die Menschenleere angeht, kann der Johannes Kerkhovenpolder sich mit jeder anderen einsamen Gegend auf dieser weiten Welt messen. Als Kind habe ich darunter jedoch nicht gelitten. Jeden Morgen ging ich frohgemut auf den todstillen, schmalen Polderwegen zur Grundschule in Woldendorp.

Früher war der Polder ein Teil des Dollart, und erst am Ende des neunzehnten Jahrhunderts wurde das Flutland stellenweise eingedeicht und trockengelegt.

Trockengelegtes Land ist so flach wie ein unbenutzter Flugplatz. In dieser Leere wohnten wir, mein Vater, meine Mutter, zwei ältere Brüder, zwei ältere Schwestern und ich in einem ärmlichen Arbeiterhäuschen. Und in rund einem Kilometer Entfernung ragte unnahbar der Bauernhof von Ai Kack aus den Getreidefeldern auf.

Eines Sonntagmorgens waren meine Eltern und meine Geschwister zum Gottesdienst nach Delfzijl aufgebrochen, natürlich zu Fuß, denn Radfahren war damals am Sonntag nicht erlaubt. Offenbar fanden sie, ich sei noch zu jung, um den etwa zehn Kilometer langen Fußmarsch zur Kirche zu bewältigen.

Nachdem die ganze Horde losgezogen war, schlenderte ich zum Hof von Ai Kack. Er hieß eigentlich anders, aber das war nun einmal sein Spitzname. Soweit ich wusste, war er Presbyter, und daher ging ich ohne langes Nachdenken davon aus, dass auch er mit seiner Frau zum Gottesdienst gegangen war. Mir schien dies eine gute Gelegenheit, das riesige Grundstück sowie den Bauernhof mit seinen schönen Ställen einer gründlichen Inspektion zu unterziehen. Zu anderen Zeiten war daran nicht zu denken, denn wenn man auch nur einen Fuß auf Ai Kacks geweihte Erde setzte, jagte er einen umstandslos mit der Mistgabel davon. Was mich dort am meisten faszinierte, war eine riesige schneeweiße Ziege namens Drieke, die frei herumlaufen durfte und die den Pferden immer wieder einen Schrecken einjagte und die stets auf mich zugerannt kam, wenn sie mich auf dem Schulweg vorbeikommen sah, und mich dann mit ihrem furchteinflößenden Kopf freundlich anstupste und ein ganzes Stück neben mir herlief. Die Ziege hatte also eine große Schwäche für mich, und es schmeichelte mir umso mehr, dass ein Tier so verrückt nach mir war, weil sie meine Brüder und Schwestern nicht ausstehen konnte. Auf sie stürmte Drieke, den Kopf tief gesenkt, immer los wie eine Dampframme. Wenn sie mich sah, begann sie dagegen sogleich, noch ehe sie hüpfend auf mich zukam, fröhlich zu meckern. Und jedes Mal, wenn ich mit meinen Fingern liebkosend in ihrem dichten Fell wühlte und in ihre großen Augen schaute, hatte ich, wider besseres Wissen, das Gefühl, dass sie jeden Moment etwas zu mir sagen würde wie die Eselin des Bileam.

Als ich an jenem Sonntagmorgen, eventuell Daheimgebliebene dennoch fürchtend, so vorsichtig wie möglich den Hof von Ai Kack betrat, wo die friedlich scharrenden und ebenfalls frei herumlaufenden Hühner alle auf mich zurannten, weil sie hofften, ich hätte etwas Essbares für sie mitgebracht, da hörte ich meine weiße Herzensfreundin leise meckern. »Wo bist du?«, flüsterte ich leise, denn ich wagte es nicht, meine Stimme zu erheben. Man konnte nie wissen, ob auf dem Hof nicht doch jemand lauerte. Vorsichtig schlich ich um den Heuhaufen herum. Vor einem schwarzen Schuppen stand meine weiße Gefährtin, und hinter ihr erhob sich Ai Kack. Er kehrte mir den Rücken zu. Dennoch zog ich mich zurück und verschanzte mich, so gut es ging, hinter seinem Heuhaufen.

Zwischen trocknenden Grashalmen hindurchspähend, konnte ich recht gut beobachten, was sich vor dem schwarzen Schuppen abspielte. Das Erste, was mir auffiel, waren die baumelnden Hosenträger. Sie schaukelten hin und her, weil sich Ai ziemlich heftig bewegte. Ich erklärte es mir so, dass er versuchte, seine Ziege mit aller Macht vorwärts zu schieben. Allerdings umklammerte er das Tier gleichzeitig mit seinen riesigen Pranken, sodass es keinen Schritt tun konnte. Weil seine Hosenträger in der Luft hingen, bemerkte ich dann, dass ihm die Hose auf den Füßen lag. Darüber schlotterte wie eine weiße Fahne ein Teil seiner langen Unterhose. Wieso hat er, um Drieke vorwärts zu schieben, Hose und Unterhose heruntergelassen, und warum bleiben Drieke und Ai, obwohl er immer kräftiger und wütender mit dem Unterleib gegen den Hintern der Ziege stößt, auf derselben Stelle stehen, fragte ich mich. Ich wurde aus dem Ganzen nicht schlau, sah aber, dass die gewaltige Anstrengung beinahe Ai Kacks Kräfte überstieg. Seine Wangen waren leuchtend rot, und auf seiner mir leicht zugewandten linken Schläfe sah ich Schweißperlen glitzern. Immer kräftiger stieß Ai gegen den Hintern seiner herrlichen Ziege, und die blieb seelenruhig auf derselben Stelle stehen, ungeachtet der brutalen Gewalt. Unbekümmert, erhaben und stoisch, ja, allem Anschein nach sogar vollkommen ungerührt, verspeiste sie eine riesige Brennnessel, die Stück für Stück in ihrem Maul verschwand. Offenbar hatte sie ein besonders schmackhaftes Exemplar erwischt.

Da stieß Ai Kack einen lang gezogenen heiseren Schrei aus, und ich dachte: Jetzt stirbt er. Auf den Schrei folgte ein eigenartiges, hinfälliges, beinahe röchelndes Stöhnen, das immer leiser wurde und schließlich in der warmen Frühlingsluft erstarb. Über seiner zerknitterten Hose und der schmuddeligen Unterhose sackte Ai Kack in sich zusammen, wobei er sich mit beiden Händen am Fell des Tieres festklammerte. Es sah so aus, als würde er sich mithilfe des Ziegenfells auf den Beinen halten. In dem Moment übrigens, in dem Ai den heiseren Schrei ausstieß, schaute sich Drieke kurz mit halb geschlossenen Augen zu ihm um. Ich hatte Bammel, dass sie mich durch die Halme hindurch bemerken, sich losreißen und auf mich zulaufen könnte, was jetzt, auch wenn mein Herz immer höher sprang, sobald sie fröhlich tänzelnd auf mich zukam, wohl besser nicht geschehen sollte. Äußerst vorsichtig schob ich mich nach hinten und suchte dann, als ich nicht mehr entdeckt werden konnte, so schnell wie möglich das Weite, wobei ich immer durch das hoch aufgeschossene, stets nicht gemähte Grün am Wegesrand lief, weil Trespen,

Disteln und Schafgarbe meine Schritte dämpften. Niemand folgte mir, als ich den Polderweg erreichte, doch auch dort lief ich fast bis zu unserem Haus weiter auf dem Wegesrand.

In den darauffolgenden Monaten wurde ich, wenn die Wunderziege wieder fröhlich meckernd auf mich zurannte, den Gedanken nicht los, dass die paarhufige Schönheit irgendwann einmal, an einem ganz gewöhnlichen Montag unter einem ganz gewöhnlichen Wolkenhimmel wie die Eselin des Bileam reden und mir anvertrauen würde: »Das, was du damals gesehen hast, musste ich jeden Sonntag während des Gottesdienstes über mich ergehen lassen.«

Mutter und Tochter

Das ohrenbetäubende, beinahe gespenstisch gellende Heulen einer Dampfpfeife riss mich aus dem Schlaf. Ich fuhr in meiner Seemannsheimbettstatt senkrecht in die Höhe, und es war, als sänke ich immer noch. »Was war das?«, stammelte ich. Die Antwort bekam ich erst, als ich an demselben Tisch, an dem man mir am Abend zuvor FGK serviert hatte, beim Frühstück saß: drei Scheiben Weißbrot, zwei gekochte Eier, eine Scheibe feuchten Käse, eine große, halb volle Tasse Tee.

»Das war die Pfeife der Kistenfabrik von van Toor«, sagte Sjaan, die mich bediente. »Die tönt immer genau um sieben Uhr.«

»Aber das ist doch schrecklich, was für ein Geräusch, Grundgütiger, es kreischt immer noch in meinen Ohren.«

»Die Leute hier sind daran gewöhnt, sie sind froh darüber. So brauchen sie keinen Wecker.«

»Es hörte sich an wie ein einziger, langer, schrecklicher Verzweiflungsschrei.«

»Die Leute hier würden die Pfeife vermissen, wenn es sie nicht mehr gäbe, und beklagt hat sich ihretwegen noch niemand.«

»Ich finde es einen überaus grausamen Start in den Tag.«

»Wenn du hier wohnen würdest, wärst du auch froh über die Pfeife.«

»Wenn ich hier wohnen würde, würde ich eine Bürgerinitiative für die Abschaffung der Pfeife gründen.«

»Du reagierst aber mucksig auf Lärm.«

Das Wort »mucksig« kannte ich nicht, aber ich wollte mir auch nicht anmerken lassen, dass ich es nicht kannte, und fragte daher: »Warum trägt Herr Boetekees eine Brillenfassung ohne Gläser?«

»Das weiß kein Mensch«, erwiderte Sjaan, »und ich rate dir, ihn auch nicht danach zu fragen, denn dann erntest du nur ein Grummeln und Brummeln.«

»Seltsame Gegend hier«, sagte ich.

»Willst du damit etwa andeuten, dass andere Gegenden nicht seltsam sind? Das glaubst du doch selbst nicht.« Fröhlich summend wandte sie sich ab, sich selbst begleitend, indem sie mit einem Eierlöffel auf einen Teller trommelte.

Und jetzt? Würde mein Kontaktmann Krijn Lagrauw mich abholen? Brachte der mich dann zu der Kirche, deren Orgel ich stimmen sollte? Und wer würde mir beim Stimmen assistieren? Meistens werden die Schüler des Organisten dazu verdonnert. Einer der Schüler nimmt dann Platz auf der Orgelbank und muss der Reihe nach die Tasten eines bestimmten Registers drücken. Jede einzelne Taste korrespondiert mit einer Pfeife (außer bei den gemischten Stimmen), und während der Ton dieser einen Pfeife erklingt, muss ich, in den düsteren Eingeweiden der Orgel hockend, diese Pfeife stimmen. Manchmal ist das im Handumdrehen erledigt, manchmal muss die Taste aber auch sehr lange gedrückt werden, und dann hallt die ganze Zeit nur dieser eine Ton durch die Kirche. Das Ganze ist eine diffizile Angelegenheit, man muss allerlei beachten, und derjenige, der auf der Orgelbank sitzt, wird wahnsinnig vor Langeweile. Es müssen immer recht viele Tastendrücker rekrutiert werden, denn länger als zwei Stunden oder so hält man es nicht aus, immer nur eine Taste zu drücken und dem einen Ton dieser einen Pfeife zu lauschen, bis diese gestimmt ist und der Stimmer ruft: »Nächste Taste!« Oder einfach nur: »Ja.«

Nicht Krijn Lagrauw kam mich im Seemannsheim abholen, sondern der Organist der Groote Kerk. Ein bemerkenswert freundlicher, bescheidener Mann mit Brille, die sogar Gläser hatte. Er wirkte wie ein gemütlicher Mathematiklehrer. So sehen Organisten meistens aus. In der Regel ist ihr Haar ein wenig zu lang, außer natürlich, wenn sie dem weiblichen Geschlecht angehören. Dann handelt es sich fast immer um eigenartige, flamboyante Erscheinungen, die ihr Haar oft zu einem Pferdeschwanz zusammengebunden haben. Je mehr Pferdeschwanz, umso besser spielen sie meist. Doch sie sind selten, diese Pferdeschwanzorganistinnen. Gut, es gibt auch sehr ernste, manchmal sogar niedergedrückt dreinschauende Organistinnen mit einem Krankenkassenbrillchen auf der Nase, die Marie-Claire Alain oder Jeanne Demessieux ähneln, aber doch alle weniger gut spielen als diese beiden Französinnen. Wie dem auch sei, hier in diesem verschrobenen Städtchen, wo alles anders war als anderenorts, wo die Bevölkerung kollektiv um sieben Uhr von einer kreischenden Dampfpfeife geweckt wurde, war der Organist offenbar doch vom selben Schlag wie überall sonst auf der Welt, sogar in Portugal und Brasilien, wie ich habe feststellen dürfen.

»Gut geschlafen?«, fragte der bescheidene Mann.

»O nein, aber das ist nicht ungewöhnlich; die erste Nacht in einem fremden Bett schlafe ich immer schlecht. In den kommenden Nächten wird es bestimmt besser.«

»Zum Glück, denn Sie werden hier bestimmt eine ganze Weile beschäftigt sein. Es muss einiges gemacht werden an der alten Dame.«

Dass Organisten ihr Instrument liebkosend »Mädel« oder auch »Mädchen« nennen, habe ich häufig erlebt, das wundert mich nicht mehr. »Alte Dame« war mir dagegen neu.

»Ja, man hat mich auch gebeten, die Orgel in der Immanuëlkirche hier und da ein wenig nachzustimmen.«

»Wirklich? Wie ist es denn dazu gekommen?«

»Im Seemannsheim wurde gestern Abend eine Versammlung der Männervereinigung Schrift und Bekenntnis abgehalten, und während dieser Zusammenkunft kam man dahinter, dass ich hier bin, um die Garrels-Orgel zu stimmen. Daraufhin sagte der Präses des orthodox-reformierten Kirchenrats, dass ich mir doch auch, wo ich eh schon mal hier sei, die Orgel der Immanuëlkirche vornehmen könnte.«

»Merkwürdig, soweit ich weiß, macht das immer jemand von der Firma Seifert. Aber vielleicht hat die gerade keine Zeit. Oder man findet, es ist zu teuer, jemanden aus Deutschland kommen zu lassen. Oder die Leute von Seifert wollen nicht so weit reisen, nur um ein wenig nachzustimmen.«

»Wie ist die Orgel?«

»Auch ein Instrument zum Gernhaben, ziemlich groß, aber wegen der elektropneumatischen Traktion schwierig zu spielen. Man sitzt unten gleich neben der Kanzel, und nach dem Bruchteil einer Sekunde hört man von oben den Ton kommen, dessen Taste man gedrückt hält. Daran muss man sich erst mal gewöhnen. Ich schlage vor, wir machen uns auf den Weg.«

Wir gingen die Wip hoch, bogen in die Hoogstraat ein, die wir bald schon durchschritten hatten, und steuerten dann auf die Brücke »über dem Noordger« zu, wie der Organist mir erklärte. Wir schlenderten über das Kerkeiland und standen drei Minuten nach unserem Abmarsch vom Seemannsheim bereits am Eingang des majestätischen Gebäudes.

»Die Kirche«, sagte der Organist, »ist eine exakte Kopie der Noorderkerk in Amsterdam. Die Leute hier haben den Amsterdamern die Baupläne abgeluchst und die Kirche noch einmal gebaut. So sparte man schon mal die Kosten für den Architekten. Und das prachtvolle Instrument, das übrigens erst ein Jahrhundert später, von 1730 bis 1732 gebaut wurde, war das Geschenk eines reichen Junggesellen, Govert van Wijn, der mit der Lachsfischerei ein Vermögen gemacht hatte. Niemand weiß, welche Summe van Wijn Rudolf Garrels für die alte Dame gezahlt hat. Ich glaube, dieses Instrument ist das einzige in den Niederlanden, von dessen Preis man keinen blassen Schimmer hat.«

»Und wie kam man auf die Idee, Garrels den Auftrag für die Orgel zu geben?«

»Er hat in einem Dorf ganz in der Nähe ein recht kleines Instrument gebaut – ein solches Juwel, dass man ihn auch hier engagiert hat. Leider ist diese andere Garrels-Orgel, ebenso wie die Garrels-Orgel in Klundert, während des Zweiten Weltkriegs durch Brand zerstört worden. Die hiesige Orgel übrigens auch um ein Haar, beim Bombenangriff der Engländer am 18. März 1943. Dass es die andere Garrels-Orgel nicht mehr gibt, ist wirklich schade, denn besonders viele haben wir in den Niederlanden nicht. Eine steht in der altkatholischen Kirche in Den Haag, eine in Purmerend und eine, die zur Hälfte von Garrels gebaut wurde, in Anloo. Diese hier ist aber ganz sicher sein größtes Instrument«, sagte der Organist.

»Dieser Garrels war ein Deutscher, er kam aus Norden, genau wie meine Frau, und lebte beinahe zur selben Zeit wie Bach«, sagte ich.

»Ja, er ist im selben Jahr gestorben, 1750, wurde aber zehn Jahre vor Bach geboren, sodass er mit seinen fünfundsiebzig Jahren recht alt geworden ist. Aber wieso halte ich Ihnen einen Vortrag über Garrels-Orgeln? Das wissen Sie natürlich alles besser als jeder andere. Kommen Sie, wir wollen mal sehen, ob der Küster die Kirche bereits aufgeschlossen hat.«

Das war der Fall. Wir traten ein. Mein Blick fiel sofort auf den Orgelprospekt.

»Da schau her«, sagte ich. »Garrels hat die größten Frontpfeifen in die Mitte gesetzt, was Schnitger in der Regel nicht tat, aber das hier sieht schon beeindruckend aus. In Purmerend hat Garrels sie an den Außenseiten platziert, so wie

Schnitger es meist gemacht hat – so bekommt man doch einen ganz anderen Orgelprospekt. Er wirkt dann viel breiter. Der hier ist dagegen streng und gewaltig, und überhaupt, was für ein schöner Raum und was für eine merkwürdige Decke.«

»Man erzählt sich, dass die Gewölbe aus den Dauben von Heringstonnen gemacht sind. Tja, alles hier erinnert an Fischerei und Seefahrt; auf dem großen Schild sind Heringsbüse und Huker zu sehen. Damit wurden jahrhundertelang Fische gefangen. Und der kupferne Türknopf der Kanzel zeigt Jona in dem Augenblick, als er vom Fisch wieder ausgespuckt wird. Bei Gelegenheit müssen Sie …«

»Sollen wir uns duzen?«

»Meinetwegen. Also: Bei Gelegenheit musst du dir das einmal ansehen, das ist wirklich etwas Besonderes. So etwas findet man sonst nirgendwo.«

»Ebenso wie die Dampfpfeife der Kistenfabrik heute Morgen, o Mann, was für ein irrsinniger Lärm.«

Durch die Tür unter der Orgelempore verließen wir das Kirchenschiff und gelangten in einen Raum, an dessen Ende eine sehr lange Treppe hinauf zur Orgel führte.

»Grundgütiger, was für eine furchteinflößende Treppe. Zum Glück leide ich nicht unter Höhenangst.«

»An die Treppe gewöhnt man sich«, sagte der Organist.

»Vermutlich. Nun ja, in fast allen alten Kirchen muss man über solche Gruseltreppen nach oben steigen.«

»Jetzt gleich«, sagte der Organist, »bringt eine Mutter eine junge Dame hierher, die dir assistieren wird. Es handelt sich um einen seltsamen Fall, ein geistig behindertes Mädchen, um es nett auszudrücken – wobei, Mädchen, sie ist bereits fünfzehn oder sechzehn Jahre alt und tut nichts lieber, als die Taste einer Orgel endlos lang gedrückt zu halten. Ich weiß wirklich nicht, wie man herausgefunden hat, dass sie ganz wild darauf ist, beim Stimmen zu helfen; das muss passiert sein, bevor ich hier angestellt wurde. Nach allem, was ich gehört habe, hat sie eine Weile Musikstunden bekommen, und weil sie bei meinem Vorgänger Unterricht hatte, wurde sie auch einmal gebeten, hier in der Kirche beim Stimmen zu helfen. Das fand sie offenbar so wahnsinnig toll, dass sie seither immer kommt, wenn gestimmt werden muss. Wie dem auch sei, das arme Ding ist ihr Gewicht in Gold wert. Schließlich macht es jedes Mal wieder ziemlich viel Arbeit, Freiwillige zu finden, die bereit sind, eine Taste nach der anderen zu drücken. Hier ist es ganz einfach, hier hat man eine feste Mitarbeiterin. Schade ist nur, dass ihre Mutter so eine Kratzbürste ist, aber das muss dich nicht weiter interessieren. Sie bringt ihre Tochter, bleibt meist den ersten Tag über in der Kirche sitzen und nimmt sie am späten Nachmittag wieder mit nach Hause. Und mittags sind die beiden eine Weile fort, um ein Butterbrot zu essen.«

O je, dachte ich, auch das noch. Nimmt das denn hier kein Ende: Menschen, die vor dem Zug weglaufen, eine normale Gasse, die Wijde Slop heißt, ein Deichhügel, der Wip genannt wird, ein Gastwirt mit einem Monstergestell ohne Gläser auf der Nase, eine wahnsinnig gewordene Dampfpfeife, Glaubensbrüder, die einen ganzen Abend über eine sprechende Eselin beratschlagen, Jona, der auf die Kanzel gespuckt wird, und jetzt auch noch irgendein irres Mädchen, das mir assistieren soll, im Schlepptau ihre bösartige Mutter.

Ehe ich die Treppe zur Orgel hinaufgehen konnte, tauchte plötzlich der Küster auf. Er war von großer, magerer Gestalt und hatte eine Brille auf der Nase, die mit schrecklich dicken Glasbausteinen versehen war. Hinter den Gläsern spähten mich zwei Knopfaugen an. Ich fühlte mich ziemlich unwohl unter den kühlen Blicken dieses äußerst misstrauisch dreinschauenden Küsters.

»Sie sind der Herr Pottjewijd?«, fragte der Herr bärbeißig.

»Ja«, erwiderte ich und streckte ihm die Hand entgegen. Die wurde schlicht ignoriert. Der Küster stand da wie eine Art Scharfrichter, die Lippen ein kaum sichtbarer Strich.

»Ein Kaffee um halb elf?«, knurrte er mit einer derart unverhüllten Abneigung in der Stimme, dass ich sagte: »Nein, muss nicht sein.«

»Muss nicht sein? Muss nicht sein? Kommt überhaupt nicht in die Tüte, ein Kaffee um halb elf. Milch? Zucker?«

»Kein Zucker, ein Wölkchen Milch.«

Der Küster stapfte davon.

»Was für ein Ekel«, murmelte ich in mich hinein, aber der Organist hörte es dennoch und sagte: »Nur keine Angst. Eigentlich ist er ein herzensguter Kerl, dieser Joris de Koeier. Er gibt sich nur ein bisschen merkwürdig. Er ist in der Sandelijnstraat in einem der für unbewohnbar erklärten Häuser aufgewachsen, als das zweitjüngste von vierzehn Kindern. Auch so ein Verstoßener, wie es sie hier ach so viele gibt. Ich habe mich enorm an die frommen Menschen gewöhnen müssen, als ich hergezogen bin. Die meisten Prediger, die hierher berufen werden, beten schon ein halbes Jahr nach ihrem Amtsantritt dafür, den Ruf in eine andere Gemeinde zu erhalten. Untereinander haben die Leute hier den größten Spaß, ständig nichts als Streiche und Scherze, und unaufhörlich sind sie darauf aus, einen zum Narren zu halten. Hier ist jeden Tag 1. April, aber Fremde, die können ihnen gestohlen bleiben. Wenn man hierherzieht, ist man schlichtweg Import, und Import bleibt man.«

Wir stiegen die lange Treppe hinauf. Für einen Moment kam ich mir wie ein Äquilibrist vor. Es war, als würde ich niemals oben anlangen, als müsste ich für immer weiter Treppen steigen.

Die Orgelempore erwies sich als unerwartet geräumig, und saß man einmal auf der Orgelbank, hatte man kein so klaustrophobisches Gefühl wie in vielen anderen Kirchen.

»Herrlich viel Platz hier«, sagte ich, »meistens ist das nicht so. In Naarden habe ich einmal in der Kirche gestimmt, in der immer die Matthäuspassion aufgeführt wird. An der Orgel kommt man sich vor wie in einer Mausefalle.«

»Da hast du recht. Doch hier ist es anders. Ja, hier sitzt man wie ein König. Ich habe schon mal eine Liste mit allen Übeln auf die Orgelbank gelegt, es gibt recht viele Hänger, vor allem das Dulzian im Hauptwerk ist eine Katastrophe. Außerdem klemmen diverse Schleifladen, und überall diese komischen Nebengeräusche, vor allem im Oberwerk – tja, es gibt jede Menge zu tun. Ich habe alles feinsäuberlich für dich aufgeschrieben. Wenn du irgendetwas brauchst, an Eisenwaren, dann gibt es hier ganz in der Nähe den Laden von Smitje de Smit. So verrückt dein Wunsch auch sein mag, sie haben es, bis hin zu Schreckschusspistolen. Und du kannst alles auf die Rechnung der Kirchenverwaltung setzen lassen, bei Smitje de Smit weiß man Bescheid.«

»Ich habe zwar allerlei Sachen dabei, doch meistens braucht man noch das eine oder andere Holzwerk.«

»Dann sag mir Bescheid, ich kenne hier auch einen ganz vorzüglichen Schreiner, Piet Pons. Der will eigentlich nicht für uns arbeiten, denn seiner Ansicht nach wandern die Reformierten mit dem eingebildeten Himmel nach ihrem Tod geradewegs in die Hölle, doch wenn ich ein wenig insistiere und nebenbei fallen lasse, dass ich da ganz bei ihm bin und die meisten Reformierten für entsetzlich leichtfertig halte, dann macht er schon mal eine Ausnahme. Moment … hörst du? Da kommt die Frau mit ihrer Tochter. Mach dich auf was gefasst.«

Das Geräusch hoher Absätze auf dem Steinfußboden der Kirche klang oben auf der Orgelempore wie die absichtlich schrille, bösartige Ankündigung eines Erdbebens. Nachdem es die Tür unter der Empore passiert hatte, erstarb es mit einem Mal, und vom Hinaufsteigen der Treppe vernahm man nichts. Das lag zweifellos an den akustischen Eigenschaften der verschiedenen Räume, aber es hatte auch etwas Gespenstisches. Im spärlichen Licht der Empore wirkte das Erscheinen der beiden Frauen dann auch wie eine Epiphanie. So jedenfalls empfand ich es. Womit auch immer ich gerechnet hatte – damit nicht, nicht mit diesen wundersamen Madonnen, eine bereits etwas ältere Frau von Mitte vierzig mit mattschimmerndem öligem Haar, das sie merkwürdig zusammengedreht und halb versteckt am Hinterkopf trug, und ein Mädchen mit ganz ähnlichem, doch offenem Haar; dieses Mädchen – eigentlich schon eine junge Frau – war unübersehbar die Tochter der dunkelhaarigen Dame, denn sie sahen einander frappierend ähnlich. Beide hatten das gleiche breite Gesicht und schräg stehende Augen. Unbegreiflich war nur, dass die Mutter bildschön war, die Tochter aber ganz und gar nicht, obwohl ich doch bei F. B. Hotz gelesen hatte: »Wenn die Mutter schön ist, ist die Tochter schöner.« Und mein Vater hatte immer gesagt: »Wenn du wissen willst, wie die Frau, die dir gefällt, später aussieht, schau dir ihre Mutter an.«

Die Ältere der beiden trug ein pfauenblaues Kostüm, die Tochter einen einfachen grauen Rock mit einem schwarzen Blazer dazu. Die Mutter hatte zwar einen dünnen Strich um ihre Augen gezogen, ihre Wimpern ein wenig mit Mascara getuscht und, allem Anschein nach, auch einen Hauch Lippenstift aufgetragen, doch sie war alles andere als stark geschminkt. Ihre Tochter kam dagegen ganz natürlich daher – keine Spur von Make-up.

»Sie also der Stimmer«, sagte die Frau unvermittelt und streng zu mir, ohne auch nur den Anflug eines Lächelns.

»Ja, ich bin der Stimmer«, sagte ich.

»An denken, Sie gut passen an meine Tochter.«

Passen an meine Tochter, dachte ich, was meint sie damit? Was soll ich für sie anpassen? O, Moment, sie meint natürlich, dass ich aufpassen soll, und benutzt nur die falsche Vorsilbe.

Wo sie wohl herstammte, fragte ich mich dann. Kam sie vielleicht aus der Türkei oder Marokko? Oder möglicherweise doch von ganz woanders? Und es müsste doch auch heißen »daran denken«, dachte ich, aber sie lässt das »dar« weg. Mir fiel sogleich meine verstorbene Ehefrau ein, die auch immer darüber geklagt hatte, wie schwer es sei, meine Sprache zu lernen, obwohl sie doch so nah mit dem Deutschen verwandt schien. Welche Schwierigkeiten musste es also jemandem bereiten, dessen Muttersprache vollkommen anders war.

»Ich werde gut auf Ihre Tochter aufpassen«, sagte ich.

»Ich verlasse mich drauf«, sagte die Frau. Sie nahm einen Stuhl aus Peddigrohr, stellte ihn schräg hinter das Rückpositiv und nahm Platz. Sie will selbst auf ihre Tochter aufpassen, dachte ich, aber warum wird mir dann so nachdrücklich aufgetragen, »an sie zu passen«?

Ihre Tochter ließ sich so geschmeidig auf der Orgelbank nieder, dass man meinen konnte, sie habe diese Bewegung viele Male geübt, und zog dann, als wäre es vollkommen selbstverständlich, das Stimmregister, Oktav 4 im Hauptwerk. Sie wusste also, dass man immer mit dem Oktav 4 beginnt. Es kommt vor allem darauf an, dort eine gute Temperatur hineinzulegen, mit anderen Worten: dieses Register sehr gut zu stimmen und es anschließend offen zu lassen, sodass man die Töne des Registers, das man anschließend stimmt, mit denen des Oktav 4 vergleichen kann. Stimmt man Oktav 4 nicht gut, dann setzt sich jede Schwingung zu viel oder zu wenig in den übrigen Registern fort; was ziemlich üble Folgen haben kann, vor allem in den gemischten Stimmen.

Der Organist sagte: »Schau, du kannst sofort anfangen.«

»Ja, wir machen uns an die Arbeit«, gab ich zurück, und

das Mädchen drückte, als verstünde sich das von selbst, die am weitesten rechts gelegene Taste auf dem mittleren Manual. Dünn hallte der hohe Ton durch das Kirchenschiff.

»Warte noch einen Moment, bis ich zu der Pfeife geklettert bin«, sagte ich. »Ich gebe dir dann ein Zeichen, wenn du loslegen kannst.«

Das Mädchen antwortete nicht, nahm aber den Finger von der Taste. Offenbar verstand sie, was ich meinte.

»Ich muss leider weg«, sagte der Organist, »aber du brauchst mich ja auch nicht mehr, es erklärt sich alles von allein.«

Und das war am ersten Stimmtag tatsächlich der Fall. Das Mädchen war ein Wunder. Ich musste fast nichts erklären oder demonstrieren. Offenbar hatte sie dem festen Stimmer der Garrels-Orgel bereits so oft als Tastendrückerin assistiert, dass sie wusste, in welcher Abfolge die unterschiedlichen Register des Hauptwerks nach dem Stimmregister an der Reihe waren. Und sie wusste auch, dass man ein Register, nachdem man es gestimmt hat, gerne noch einmal kontrolliert, indem man den Stimmhelfer Oktaven spielen lässt. Schade war nur, dass die Mutter um zwölf Uhr nach Hause wollte und das Mädchen mitnahm, um erst gegen zwei mit ihrer Tochter wiederzukommen. Wozu eine so lange Pause? Und warum aßen sie ihr Mittagsbutterbrot nicht rasch in der Kirche?

Ebenso wie Arp Schnitger hatte auch sein Schüler Garrels die Pfeifen im Hauptwerk in einer Terzaufstellung platziert. Durchaus nachvollziehbar, denn dann klingt die Orgel ein klein wenig schöner, doch für den Stimmer ist eine solche Terzaufstellung lästiger als eine chromatische oder – bei Pfeifen, die im Sichtfeld stehen – eine pyramidische. Wenn man jedoch wie ich fast ausschließlich Schnitger-Orgeln stimmt, ist man so an die Terzaufstellung gewöhnt, dass man sie nicht mehr als lästig empfindet.

Um fünf Uhr – ich hätte gern noch eine Weile weitergemacht – sagte die Mutter: »Jetzt genug. Wir nach Hause. Du zufrieden mit meiner Tochter?«

»O«, erwiderte ich, »Ihre Tochter ist ein Gottesgeschenk. Wenn man eine Orgel stimmt, sieht man sich jedes Mal mit zwei Problemen konfrontiert: Man muss in den finsteren Orgelkästen mehr oder weniger auf Gefühl arbeiten, auch wenn es hier und da Handlampen gibt, die aber meist nur eine Notlösung sind. Und man muss fast immer mit einem sich sehr bald langweilenden Tastendrücker arbeiten, der nie richtig versteht, was man will, und so pendelt man dann zwischen Pfeifenwerk und Orgelbank hin und her, um Dinge zu erklären. Ihre Tochter aber kann offenbar Gedanken lesen, sie weiß ja sozusagen, was ich vorhabe, bevor ich es selbst weiß. Es ist schlichtweg wunderbar.«

»Du hören, Lanna, was er sagt?«, fragte die Mutter die Tochter.

Das Mädchen nickte, sagte aber nichts und schien für das ihr zuteilgewordene Lob vollkommen unempfänglich zu sein. Bei der Mutter war das anders: Auf ihrem bildschönen Antlitz zeigte sich tatsächlich so etwas wie ein Lächeln.

Eine Schiffswerft

Der erste Stimmtag war geradezu ein Mirakel. Auch dank meiner vortrefflichen Assistentin kam ich erstaunlich gut voran. Am Ende des zweiten Tags aber, erneut in meinem Seemannsheimbett versinkend, erinnerte ich mich an den Satz des Organisten: »Es erklärt sich alles von allein.« In der Tat, vollkommen richtig, daran war nichts auszusetzen, doch offenbar war dies eine Art Beschwörung gewesen, eine Phrase von jemandem, der es besser wusste und der mir daher ziemlich unlösbare Probleme aufgehalst hatte. Denn als ich am Mittwochmorgen wirklich Anstalten machen wollte, das Stimmen des Hauptwerks fertigzustellen, und das Mädchen gebeten hatte, zunächst einmal alle Tasten des mittleren Manuals der Reihe nach zu drücken, um mir so einen Eindruck von den Klangverhältnissen und dem Zustand des 16 Fuß Dulzian zu verschaffen, da war – Lanna hatte gerade einmal drei Tasten gedrückt, und die Turmuhr der Kirche hatte neun Schläge zu Gehör gebracht – ein erschütternder Lärm ausgebrochen. Das Klirren von Ankerketten, das grässliche Heulen von pneumatischen Bohrern sowie allerlei anderes Donnerdröhnen, bis hin zu Vorschlaghämmern, die auf eiserne Schiffsrümpfe niedergingen.

Was ist das, dachte ich, glaubt man hier etwa, ich wäre unter solchen Umständen in der Lage, die Orgel zu stimmen?

In Hamburg, wo ich vor inzwischen auch schon langer Zeit nicht weniger als vier Schnitger-Orgeln gestimmt habe, hat es auch schrecklich viel Lärm gegeben – Verkehrslärm vor allem. Und dort habe ich, nach Rücksprache mit meinen Auftraggebern, beschlossen, nachts zu stimmen. Sollte der Krach anhalten, wäre das hier natürlich auch eine Möglichkeit, doch wer sollte dann die Tasten drücken? Das Mädchen? Nachts? Das fände ihre Mutter sicher nicht gut, auch wenn sie vorhin, nachdem sie ihre Tochter hergebracht hatte, wieder gegangen war (offenbar war sie am Vortag zu der Überzeugung gelangt, dass sie mir ihre Tochter gefahrlos anvertrauen konnte).

Ich kletterte aus dem Pfeifenwerk herab und fragte das Mädchen: »Weißt du, woher der Lärm kommt?«

Sie schaute mich freundlich an, zuckte die Achseln und schwieg. Versteht sie meine Frage, dachte ich, kann sie überhaupt normal reden?

»Ich gehe und suche den Küster«, sagte ich. »Ich muss wissen, woher dieser Lärm kommt und ob er den ganzen Tag anhält. Wenn dem so ist, dann ist an Stimmen nämlich gar nicht zu denken. Dann muss ich mich zunächst um all die Hänger kümmern, mich der Schleifladen erbarmen und an der Windanlage schrauben.«

Nichts deutete darauf hin, dass das Mädchen verstand, was ich gesagt hatte, aber es blieb geduldig auf der Orgelbank sitzen, als ich losging, und drückte ab und zu eine der schwarzen Tasten, sodass mein Gang hinab und durch die Kirche von einer Art gespenstischer, aleatorischer Musik in Fis-Dur begleitet wurde – ein Stück, das Arvo Pärt komponiert haben könnte, einfach nur einige Töne nacheinander, ohne erkennbaren Rhythmus oder Zusammenhang. Nun denn, dachte ich, Hauptsache, sie ist artig. Ich streifte durch die Kirche, kein Küster zu sehen. War er vielleicht im Konsistorium? Nein, das war ebenfalls leer. Wo steckte das Ekel nur?

In einem recht kleinen Raum an der Nordostseite der Kirche, einer Art Anbau, fand ich den Küster schließlich. Er saß dort mit einem in dezentem Schwarz gekleideten Mann, der sich sogleich und ohne Aufforderung als Bestatter vorstellte und mir mitteilte: »Am kommenden Freitag findet hier am Nachmittag eine Trauerfeier statt. Da können Sie eine Weile nicht stimmen.«

»Gut zu wissen«, erwiderte ich. »Nehmen Sie es mir nicht übel, dass ich störe, aber dieser Lärm? Woher kommt der, und wird das den ganzen Tag so weitergehen?«

»Schiffswerft De Haas«, sagte der Küster, »dort wird immer schwer geschuftet. Bis fünf Uhr. Und manchmal noch länger, mitunter bis in die späten Abendstunden, wenn es mal wieder um den Eilauftrag irgendeines Emirs geht.«

»Wurde denn gestern auf der Werft nicht gearbeitet?«

»Gestern haben sie zum ersten Mal einen Eurokutter zu Wasser gelassen und aus diesem Anlass ein großes Fest veranstaltet. Alles lag still, und darum kannst du Gift darauf nehmen, dass sie heute noch einen Zahn zulegen.«

»Alles schön und gut, aber dann gibt es ein Problem. Wenn von draußen ein so gewaltiger Lärm hereinkommt, kann ich nicht stimmen.«

»Ist das Ihr Ernst? Die Fachleute der Firma Pels & Van Leeuwen, die Jahr für Jahr hier waren, haben jedes Mal anstandslos die komplette Orgel gestimmt, während man auf der Schiffswerft wie wahnsinnig mit Vorschlaghämmern zugange war.«

»Tja, das waren dann andere Stimmer, als ich einer bin. Ich kann Ihnen aber versichern, dass all meine Kollegen ebenfalls bei der Arbeit durch Lärm gestört werden. Übrigens handelt es sich meist um Verkehrslärm.«

»Na also, den gibt es hier überhaupt nicht, und das Hämmern, Herr Pottjewijd, kommt von ziemlich weit her, von der anderen Seite des Wassers.«

»Weniger Lärm, wenn er über das Wasser kommt?«

»Aber sicher«, erwiderte der Küster.

»Welch ein blühender Unsinn«, sagte ich, »und selbst

wenn es zuträfe, so wäre es dennoch unmöglich, eine Orgel zu stimmen, während in der Nähe mit pneumatischen Bohrern und mit Vorschlaghämmern gearbeitet wird.«

»Wenn tagsüber hier in der Kirche eine Trauerfeier abgehalten wird, setzt man bei De Haas die Arbeit einfach fort«, warf der Bestatter ein.

»Das stelle ich mir ziemlich störend vor«, sagte ich. »Aber gut, bei einer Trauerfeier kommt es weniger auf die Feinheiten an als beim Stimmen.«

»Allerdings kann man den Pastor dann manchmal beim besten Willen nicht mehr verstehen«, sagte der Bestatter treuherzig, »das ist auch nicht schön.«

Es lag mir, irritiert, wie ich war, auf der Zunge zu antworten: »Ach, Pastoren, die haben doch nie etwas Besonderes zu erzählen, es ist doch immer derselbe Unsinn, schon seit Jahrhunderten.« Doch das behielt ich zum Glück für mich. Stattdessen sagte ich: »Vorläufig habe ich genug andere Dinge an der Orgel zu reparieren. Da werde ich jetzt erst einmal mit anfangen, und das Stimmen muss dann eben warten, bis es leiser wird. Aber da ist noch die junge Dame. Was soll ich mit der machen? Die hat dann nichts zu tun.«

»Ach, das macht nichts«, sagte der Küster, »die ist so simpel, die lässt du einfach auf der Orgelbank sitzen und nennst ihr hin und wieder eine Taste, die sie drücken soll. Dann ist sie zufrieden, und sie fällt dir nicht weiter zur Last.«

»Meinst du die Tochter von Kapitän Edelenbos?«, fragte der Bestatter.

»Ja, von der reden wir.«

»Ach herrje, wenn du mich fragst, so hat die junge Frau den schönsten Lockenkopf in der ganzen Stadt, nur leider ist sie so debil wie ein Äffchen.«

»Besonders debil kann sie nicht sein«, wandte ich ein. »Sie hat mir gestern ganz hervorragend assistiert. Sie versteht, was man ihr sagt, ist zugegebenermaßen nicht sonderlich gesprächig, aber geistig behindert ist sie auf keinen Fall – das war jedenfalls mein Eindruck.«

»Tja, den Eindruck teile ich ganz und gar nicht«, sagte der Bestatter, »aber so gut kenne ich sie nun auch wieder nicht. So schönes Haar, und so hoffnungslos arm an Geist.«

»Arm an Geist ist noch sehr freundlich ausgedrückt, schwer gestört, meinst du wohl. Und dass die versteht, was der Herr Stimmer sagt, will ich wohl glauben, denn besonders kompliziert ist es ja nicht: Jetzt die Taste, Mädchen, jetzt die nächste ... Ich denke, das würde sogar meine Katze kapieren.«

Der Küster deutete auf den einzigen freien Stuhl im Raum und sagte: »Jetzt, wo du schon mal hier bist, Pottjewijd, lass dich doch nieder, dann muss ich nicht gleich wieder zu dir rauf, dann gieß ich dir hier schon mal einen Becher Erquickung ein, und du kannst dich von dem Lärm da draußen erholen.«

Am liebsten hätte ich die Einladung ausgeschlagen, aber der Küster schenkte bereits Kaffee aus einer großen Kanne in eine blaue Riesentasse, auf der der Name des Hafenstädtchens stand. Ihm brüsk den Rücken zuzukehren wäre wohl sehr unhöflich gewesen, und so setzte ich mich.

Der Bestatter sagte zum Küster: »Habe ich dir schon erzählt, wer gestorben ist und am Freitag beerdigt wird?«

»Nein, du hast mir noch nicht anvertraut, wer der Glückliche ist.«

»Okke Hokke wurde gehimmelt. Ganz plötzlich, er war gerade achtzig geworden.«

»Das ist doch der Kerl aus dem Stort, nicht? Sein Leben lang ist er mit Nel Noordzij verlobt gewesen.«

»Ja, genau der«, bestätigte der Beerdigungsunternehmer und wandte sich dann an mich: »Soll ich Ihnen mal was über diesen Okke Hokke erzählen? Als er gerade zwanzig war, bandelte er mit einem schüchternen Mädchen an, das hinten in der Lange Straat wohnte, ganz in der Nähe von 't Paard z'n Bek. Am Sonntagmorgen marschierte Okke den ganzen langen Weg vom Stort durch die Lange Straat, um sein Mädchen abzuholen und mit ihr zur Kirche zu gehen. Nach dem Gottesdienst brachte er sie wieder brav nach Hause, trank dort eine Tasse Kaffee, und am Nachmittag ging das Ganze dann von vorne los. Alles in allem war er den ganzen Sonntag damit beschäftigt. Tja, und schließlich verlobten sich die beiden, und er holte seine Verlobte weiterhin jeden Sonntag zweimal ab, um mit ihr zur Kirche zu gehen. Das hat er dann fünfzig Jahre lang so gemacht, über Heiraten wurde nie geredet. Okke und Nel blieben ihr ganzes Leben lang verlobt, und das Einzige, was sie gemeinsam unternahmen, war, am Sonntag zweimal zusammen zur Kirche zu gehen und nach dem Gottesdienst Kaffee zu trinken. Als sie fünfzig Jahre lang verlobt waren, sagte Nel zu Okke, ob sie nicht doch mal heiraten sollten, worauf Okke erwiderte: ›Wer würde uns denn schon noch nehmen?‹«

Obwohl ich genervt war und, wie meine Mutter es ausgedrückt hätte, »im Schmollwinkel hockte«, lachte ich laut auf. Ich trank meinen Kaffee, bedankte mich beim Küster, verließ den Anbau und ging zurück in die Kirche. Dort hörte ich, wie das Mädchen auf einem wunderbaren schubertschen Schleichweg über die schwarzen Tasten von Fis-Dur zu Cis-Dur modulierte, und begab mich wieder zur Eingangstür. Auf der Straße angekommen, marschierte ich raschen Schrittes um die Kirche herum und stellte fest, dass die Schiffswerft De Haas ganz in der Nähe lag, nämlich direkt am Ufer eines schmalen Ausläufers des Hafenbeckens. Den Lärm, der sich von dort über die Stadt ergoss, konnte man geradezu grotesk nennen. Und von weiter weg kamen noch andere Geräusche hinzu: Sprachrohre erklangen, das nachdrückliche Klirren von Ankerketten. An der Hafenmauer hatte ein Binnenschiff festgemacht, das mithilfe einer schrägen Rinne, die vom Kai in den Laderaum reichte, mit Kies beladen wurde. Das dabei entstehende leichte Rumpeln passte erstaunlich gut zu den Vorschlaghämmern.

Bis es Zeit für das Mittagsbutterbrot war, rückte ich an diesem letzten Mittwoch im September in der Orgel einem Hänger nach dem anderen auf den Leib. Jetzt muss ich natürlich zunächst einmal erläutern, was ein Hänger ist. Ein Hänger ist ein Ton, der weiterklingt, auch wenn man den Finger von der eben gedrückten Taste genommen hat. Wenn man eine Taste drückt, und es kommt kein Ton, dann ist das ziemlich ärgerlich, aber auf einen einzelnen Ton kann man schon mal verzichten; eine Pfeife jedoch, die nicht aufhört, einen Ton von sich zu geben, ist eine Katastrophe. Vor allem während eines Gottesdienstes oder eines Konzerts. Zum Glück kann man das Register, in dem es einen Hänger gibt, unbenutzt lassen, doch wenn es viele Hänger sind, die sich ordentlich auf die verschiedenen Register verteilen, dann ist man als Organist sehr eingeschränkt. Es kommt dann der Moment, in dem sich so viele Hänger addieren, dass das Instrument unbespielbar ist. Glücklicherweise lässt sich so ein Hänger in der Regel leicht beseitigen. Doch wenn es viele sind – und die Garrels-Orgel hatte viele Hänger –, dann ist man für einige Stunden beschäftigt. Ich war daher auch noch längst nicht fertig, als es zwölf schlug. Nachher weiter, dachte ich, jetzt erst mal ein Butterbrot oder etwas in der Art. Doch was sollte ich mit meiner Assistentin tun, die all die hängenden Tasten nach der Reparatur wunderbar folgsam genau so lange gedrückt hielt, wie ich es ihr sagte?

»Möchtest du etwas essen?«, fragte ich sie.

Sie sah mich überaus freundlich an, nickte erst und schüttelte dann den Kopf.

So komme ich nicht weiter, dachte ich, was soll ich in Gottes Namen bloß tun? Ich habe überhaupt keine Lust, den elenden Küster zu fragen, ich kaufe uns einfach ein paar Rosinenbrötchen beim Bäcker an der Ecke von Wip und Hoogstraat. Und so sagte ich zu ihr: »Ich geh los und besorge was zu essen. Willst du mitkommen?« Das Mädchen nickte, rutschte von der Orgelbank, und wenig später gingen wir nebeneinander über eine Brücke und die Hoogstraat hinunter zum Bäcker. Mir war irgendwie doch seltsam zumute. Da ging ich nun, neben einer Person, die mit ihrem langen schwarzen Haar, das weit über ihren Rücken herabfiel, offenkundig Aufmerksamkeit erregte. Radfahrer, die sich von hinten näherten, verlangsamten die Geschwindigkeit, wenn sie an uns vorüberfuhren, um sich zu uns umzuwenden. Anscheinend erwarteten sie beim Anblick des üppigen schwarzen Haars, es mit einer Schönheit zu tun zu haben, denn man sah ihnen jedes Mal die Enttäuschung an, wenn sie das Gesicht des Mädchens erblickten. Dennoch genoss ich den kleinen Spaziergang im goldenen Licht der Septembersonne sehr. Ein Mann will schließlich nur deshalb eine schöne Frau haben, damit andere Männer ihn um sie beneiden. Liegt man mit einer Frau im Bett, ist es meistens recht dunkel, man kann folglich kaum etwas sehen. Dann muss eine Frau nicht wunderschön sein, da zählen andere Qualitäten. Ich amüsierte mich also über all die Radfahrer, die von hinten kamen und durch Lannas Lockenkopf in die Irre geführt wurden. Wie sie, solange sie noch hinter uns fuhren, eifersüchtig auf mich waren, weil ich mit dem Mädchen die Hoogstraat entlangflanierte.

Dann tauchte jedoch, noch ehe wir die Bäckerei erreicht hatten, von der Wip her kommend, ihre Mutter auf, und als die uns sah, beschleunigte sie ihre Schritte und fuhr mich an: »Was du abhaben? Du wohin mit meiner Tochter?«

»Wir gehen kurz zum Bäcker dort an der Ecke und wollen Rosinenbrötchen kaufen.«

»Du meiner Tochter nichts geben. Ich ihr Essen geben.«

Daraufhin schleuderte sie mir auf Portugiesisch allerlei

Verwünschungen an den Kopf, die mit dramatischen Armbewegungen einhergingen. Das hörte nicht auf, bis dort auf der Hoogstraat zum ersten Mal, seit ich meine Assistentin kennengelernt hatte, ihre Stimme erklang. Sie sagte: »*Não, mamãe, é um bom homem.*«

Als ich in Porto und Faro sowie im Urwald, in Mariana, gestimmt habe, habe ich insgesamt genug Portugiesisch aufgeschnappt, um zu verstehen, dass das Mädchen mich verteidigte. Hinzu kommt übrigens, dass ich damals vor meiner Abreise einen Linguaphone-Kurs absolviert habe. Das hat sich als sehr nützlich erwiesen, denn weder in Portugal noch in Brasilien konnte ich mich mit meinem englischen Kauderwelsch verständigen. Von dem, was die Mutter darauf in flinkem Portugiesisch antwortete, verstand ich allerdings kein Wort. Wohl aber hörte ich, wie das Mädchen nachdrücklich wiederholte: »*É um bom homem.*« Und sie fügte noch hinzu: »*Sim, sim, é um homem simpático*«, und das beruhigte die Mutter einigermaßen. Dennoch packte sie ihre Tochter recht ungestüm am Arm und schleppte das Mädchen mit sich, die Havenkade entlang. Voller Groll schaute ich Mutter und Tochter hinterher und dachte: Ich habe es vermasselt. Das war ein kurzes Vergnügen, die sehe ich nie wieder.

Pastor Berenschot

Natürlich ist es nicht besonders verwunderlich, dass man sich, wenn man eine Tochter hat, die geistig behindert und zudem auch noch so erstaunlich folgsam ist, Sorgen macht, das Mannsvolk könne darauf aus sein, sich an ihr zu vergreifen. Folglich wacht man über sie wie ein Zerberus. Dennoch war ich, um es einfach auszudrücken, ziemlich gekränkt und sprachlos. Während ich den ganzen Nachmittag mutterseelenallein in der großen und recht kühlen Kirche mit der Garrels-Orgel beschäftigt war, konnte ich an nichts anderes denken als an die aufbrausende Wut der Mutter, von der ich sonst nur wusste, dass sie offenbar aus Portugal stammte. Wie mochte sie in dieses eigenartige, betriebsame, laute Hafenstädtchen gelangt sein? Wie dem auch sein mochte, mir schien es ein wenig übertrieben, dass sie so zornig geworden war. Ich war mit ihrer Tochter auf dem Weg zum Bäcker gewesen – was konnte harmloser sein? So viel Böses konnte sich doch nicht hinter einem Spaziergang verbergen, der nur den Erwerb von einigen Rosinenbrötchen zum Ziel hatte. Gewiss, mit einem Rosinenbrötchen kann man den ersten Schritt einer Annäherung tun, doch das wäre, angesichts der schwer zu ergründenden Fügsamkeit dieses zarten, aber leider recht plumpen Mädchens, auch ohne Rosinenbrötchen in der Kirche bereits leicht möglich gewesen. Wie merkwürdig übrigens, dass eine so rätselhafte Erscheinung (quasi ein Abbild ihrer wunderschönen Mutter und dennoch unattraktiv) mich bald kaum noch berührte, auch weil am ganzen

Vormittag kein vernünftiges Wort aus dem Mündchen des Mädchens gekommen war. Erst bei der Begegnung mit den Radfahrern auf der Hoogstraat war es mir wieder bewusst geworden, dass ich an der Seite einer jungen Frau ging, die, wenn man sie von hinten sah, märchenhaft wirkte.

Am Nachmittag vermisste ich sie nicht. Auf der Werft wurde immer noch mit pneumatischen Bohrern und Vorschlaghämmern gearbeitet, und im Hafen tuteten alle naslang Binnenschiffe, Lotsenboote und Hochseeschlepper. Folglich hätte ich mit dem Stimmen sowieso nicht weitermachen können, und ein Tastendrücker hätte mir nur im Weg gesessen. Eine schlichte Tasse Tee hätte ich jedoch durchaus zu schätzen gewusst, aber der Küster ließ sich ebenfalls nicht blicken. Die Turmuhr schlug zu jeder halben Stunde einmal und zu jeder Stunde so oft, wie es brauchte, um die Uhrzeit anzugeben. Kurzum, die Zeit verstrich, so wie sie immer verstreicht, es sei denn, man ist mit Lichtgeschwindigkeit unterwegs. Oder verstehe ich da die Relativitätstheorie falsch? Wie dem auch sei, Punkt halb fünf vernahm ich das Geräusch von Schritten auf dem Steinfußboden der Kirche. Wer mochte das sein, der da so bedächtig näher kam? Eine Stimme erklang: »Sind Sie noch da, Herr Pottjewijd?«

»Ich bin noch da«, rief ich zurück.

»Soll ich kurz nach oben kommen? Oder bedürfen Sie vielleicht einer alkoholischen Erfrischung? Wenn ja, lade ich Sie herzlich auf die Noordvlietterrasse ein.«

Ich schaltete das Windwerk der Orgel aus, stieg hinunter in den Vorraum und ging ins Kirchenschiff. Ein recht hochgewachsener Mann mit Vollbart und einer furchterregenden Brille folgte mit seinen kurzsichtigen Augen meinem Auftritt. Das ist garantiert ein Pastor, dachte ich.

Er streckte die Hand aus, und ich schüttelte sie, während er sagte: »Ich freue mich, Sie kennenzulernen, Berenschot mein Name. Ich bin Pastor hier, nicht dieser Kirche, sondern der orthodox-reformierten Gemeinde. Der Präses des Kirchenrats rief mich an und sagte, Sie seien möglicherweise durchaus geneigt, unsere schöne Seifert-Orgel hier und da ein wenig nachzustimmen. Nicht dass ich hierüber entscheide, aber ich dachte, na los, ich bin sowieso in der Gegend, und da frage ich doch einfach mal kurz nach. Gehen wir rüber zum Lokal? Haben Sie Lust?«

»Ja, dazu habe ich sehr wohl Lust, eine Tasse reformierten Tee hat man hier offenbar nicht für mich übrig, und ich sitze daher schon seit Stunden auf dem Trockenen.«

»Das trifft sich ja. Folgen Sie mir, vor Kurzem hat man im Noordvliet ein Plattbodenschiff festgemacht und Sitzmöbel und Tischchen daraufgestellt, und jetzt kann man dort tatsächlich etwas trinken. Eine Treckschute, die zum Caféschiff befördert wurde. Ein Wunder, wissen Sie, denn um das Gaststättengewerbe ist es hier schlecht bestellt. Es wird mir ein Vergnügen sein, Ihnen auf der Terrasse ein orthodox-reformiertes Bierchen zu spendieren. Wie ich gehört habe, wohnen Sie im Seemannsheim. Tja, es ist doch wirklich nicht zu glauben, dass dies die einzige Übernachtungsmöglichkeit hier in der Stadt ist.«

Als wir die Brücke vom Kerkeiland zum Festland überquert hatten, sagte der Pastor: »Wir steigen jetzt gerade die Breede Trappen hinab. Einst hat Govert van Wijn, der auch die Orgel gestiftet hat, der Stadt eine breite Deichtreppe geschenkt, die man dann später in zwei schmale Treppen zu beiden Seiten der Schleuse aufgespalten hat. Dennoch spricht man hier immer noch von den Breede Trappen, unveränderlich mit Großbuchstaben und nach alter Rechtschreibung mit zwei e. Tja, versuchen Sie nur einmal, hier etwas zu verändern, da haben Sie praktisch keine Chance. Was für ein Städtchen! Ich bin jetzt seit zwei Jahren hier und wundere mich immer noch jeden Tag. Ich habe mich sehr an die Bevölkerung gewöhnen müssen. Sofort wird man geduzt, und dann wird einem alles geradeheraus ins Gesicht gesagt. Ein wenig Zuvorkommenheit sucht man vergeblich, wohingegen ich es in Peize ganz anders gewohnt war.«

»Ach, Sie waren Pastor in Peize? Dort gibt es eine wunderbare Orgel, der Schnitger, als sie noch in der Pelstergasthuiskerk in Groningen stand, ein freies Pedal hinzugefügt hat.«

»Aha, eine Berufsdeformation, nenne ein Dorf oder eine Stadt, und Sie berichten sogleich über die dortige Orgel. Bevor ich nach Peize gegangen bin, war ich Pastor in Eenum, meine erste Predigerstelle. Was für eine Orgel …«

»Welch ein Zufall, in Eenum steht eine der am besten erhaltenen Schnitger-Orgeln, ein kleines Instrument, zehn sprechende Stimmen, angehängtes Pedal.«

»Davon habe ich in meiner Zeit dort wenig mitbekommen. Nun ja, ich ging nicht in die reformierte Kirche, das war eine andere Welt. Dort feiern die reichen Bauern Gottesdienst, und zu mir kamen die armen Schlucker – von wegen Ökumene, Ökumene, die war damals noch so weit entfernt.«

Als wir uns auf der Noordvlietterrasse niedergelassen hatten, sagte der Pastor: »Von Hennenhals habe ich gehört, dass Frau Edelenbos Ihnen auf der Hoogstraat den Kopf gewaschen hat.«

»Hennenhals, Frau Edelenbos? Wovon reden Sie?«, fragte ich.

»Hennenhals ist einer der Kontaktbereichsbeamten. Wer ihn sieht, versteht sofort, welchem Umstand er seinen Spitznamen verdankt. Nun, dieser Hennenhals war vorhin auf dem Zuiddijk unterwegs, er hat von dort aus beobachtet, was Ihnen auf der Hoogstraat widerfuhr, und es sofort überall herumerzählt. Es ist nämlich so, dass in diesem Nest nie etwas passiert, und wenn dann einmal etwas vorfällt, dann weiß auch gleich die ganze Stadt, dass es passiert ist, und wenig später steht es mit allen Details in *De Schakel*, das ist die Lokalzeitung. Darin war zum Beispiel auch schon zu lesen, dass Sie kämen und die Orgel stimmen würden.«

»Ich bin verblüfft«, sagte ich, »doch diese Frau Edelenbos … O, Moment, ja natürlich, der Bestatter hat diesen Namen auch erwähnt. Diese Frau ist also mit Kapitän Edelenbos verheiratet.«

»War mit Kapitän Edelenbos verheiratet. Bedauerlicherweise ist der gute Mann im Golf von Morbihan ums Leben gekommen. Er war Kapitän auf einem der Hochseeschlepper von Smit & Co, der *Schwarzmeer*, glaube ich, doch das war, bevor ich hierhergekommen bin. Ganz genau weiß ich es also nicht, und was ich auch nicht verstehe, ist, was er dort im Golf von Morbihan zu suchen hatte. Sie schleppten dort – aber wieso in solch einem Freizeitgewässer – einen großen Schwimmkran, und von dem stürzte plötzlich ein schweres Teil herab, aber wie das damals Kapitän Edelenbos hat treffen können – ich weiß es wirklich nicht. Man sollte doch meinen: So ein Schwimmkran hängt in gehörigem Abstand vom Schlepper an ein paar Trossen, und wenn irgendwas nicht stimmt, dann geht der Kapitän doch nicht hin, um nachzusehen; dafür hat er schließlich seine Leute. Wie dem auch sei, er ist dennoch ums Leben gekommen, und das hatte irgendwas mit dem Schwimmkran zu tun.«

Ich saß dort herrlich in der Septembersonne, trank einen Schluck von dem Bier, das der Pastor für mich bestellt hatte, und fragte dann: »Wissen Sie sonst noch etwas über diese Frau Edelenbos? Stammt sie aus Portugal?«

»Natürlich, ich kann Ihnen jede Menge über diese spektakuläre Frau Edelenbos erzählen. Sie ist hier mit all ihren Launen und Mucken sozusagen *Talk of the Town*. Aber ob das alles wahr ist, was man sich so erzählt … da habe ich so meine Zweifel, mir scheinen das übertriebene Geschichten zu sein. Aus Portugal stammt sie allerdings nicht, o nein, sie kommt aus Brasilien, aus der Hafenstadt Belém, jedenfalls wenn das eine Hafenstadt ist, und das kann eigentlich gar nicht anders sein, denn wie hätte Kapitän Edelenbos sonst sehen sollen, dass sie an der *Schwarzmeer* vorbeischwamm, als die irgendwo dort die Mündung des Amazonas hinauffuhr? Manche behaupten, sie wurde von einem Hammerhai verfolgt … ach nein, von einem Schwarzen Kaiman. Bei ihm war es Liebe auf den ersten Blick, zumindest erzählt man sich das hier, aber ich kann mir nicht vorstellen, dass man augenblicklich sein Herz verliert, wenn man von der Brücke eines Schiffs herab irgendwo in der Tiefe eine Frau vorbeikraulen sieht, ob sie nun von einem Hammerhai, pardon, einem Schwarzen Kaiman verfolgt wird oder nicht. Und wie tritt man mit ihr in Kontakt? Rätsel über Rätsel. Nein, er wird sie wohl an Land getroffen und sie dann auf ein Getränk eingeladen haben; so kam dann eins zum anderen, und schließlich hat sie ihrer Heimat Lebewohl gesagt und ist mit ihm in die Niederlande gekommen. Eingewöhnen konnte sie sich hier jedoch von Anfang an nicht – nun ja, ich weiß das alles nur vom Hörensagen, sie ist nicht Teil meiner Gemeinde, und wenn sie denn getauft ist, dann vermutlich katholisch. Ich habe noch nie mit ihr gesprochen, halten Sie mir daher zugute, dass ich alles, was ich berichte, aus zweiter Hand habe. Doch sonderlich eingebürgert … nein. Und unsere schöne Sprache sprechen … nein. Eine immer wiederkehrende Geschichte ist, dass Hennenhals sie eines strahlenden Sommertags splitternackt und mit einem Speer in der Hand jenseits der Weverskade mitten im Vliet entdeckt und ihr einen Einlauf verpasst haben soll. In den Altarmen des Amazonas soll sie einst, ebenfalls mit einem solchen Speer, Kreuzwelse gefangen haben, wie es da drüben in Brasilien üblich zu sein scheint, denn diese Tiere dümpeln gern im Brackwasser. Also hat sie es hier auch versucht … Aber glauben Sie das? Zunächst einmal: Wo soll sie hier einen solchen Speer herbekommen haben? Doch nicht bei Smitje de Smit, selbst wenn es nichts gibt, was die nicht liefern können. Und dann … splitternackt im Vliet, das kann mir keiner erzählen. Das Wasser dort ist so trüb, dass man gar nicht erkennen könnte, ob jemand nackt ist oder nicht. Und außerdem: Was hätte sie überhaupt fangen können in diesem flachen Vliet mit seinem Schlammboden, in den man einsinkt? So einen Kreuzdingenskirchen jedenfalls nicht. Einen Hecht? Einen Karpfen? Eine Schleie? Eine Brachse? Eine Rotfeder? Und was hatte Hennenhals dort eigentlich zu suchen? Das ist außerhalb der Stadt, der Ort gehört nicht mehr in seinen Zuständigkeitsbereich. Und warum sollte es strafbar sein, nackt mit einem Speer im Vliet zu stehen? Wie kommen die Leute bloß auf eine solche Geschichte?«

Ich beschloss, den gesprächigen Pastor ein wenig zu frotzeln, und sagte daher: »Das ist eine sehr schöne Geschichte, sie könnte direkt aus der Bibel stammen. Im Alten Testament hantieren die Menschen auch ständig mit Speeren herum, aber ich erinnere mich nicht, dass an irgendeiner Stelle mit Speeren gefischt wird. Ich glaube, im Alten Testament werden nirgendwo Fische gefangen; nur im Buch Hiob wird ein Angelhaken erwähnt, mit dem ein Krokodil aus dem Wasser gezogen wird. Im Neuen Testament hingegen, da wird oft gefischt, allerdings nie mit Speeren. Viel Erfolg hatten die Jünger übrigens nicht beim Fischen, denn bei der wundersamen Speisung der Fünftausend verfügt Jesus lediglich über zwei Fische. Aber kein Problem, mit fünf Broten und zwei Fischen gelingt es Jesus trotzdem, fünftausend Männer zu sättigen, wobei deren Frauen und Kinder noch dazukommen, deren Zahl nicht genannt wird, weil die natürlich nicht der Rede wert sind.«

»O, aber solche Geschichten darf man doch nicht wörtlich nehmen, das sind Mythen, im Dienst der Verkündigung.«

»Das habe ich in meiner Jugend von der Kanzel der orthodox-reformierten Kirche in Heiligerlee aber anders gehört«, erwiderte ich.

»Da schau her, Sie kommen aus Groningen, genau wie ich, wir können einander die Hand geben. Und sind Sie immer noch orthodox-reformiert? Oder haben Sie wie so viele andere der Kirche mittlerweile den Rücken gekehrt?«

»Seit ich angefangen habe zu arbeiten, verbringe ich meine Zeit in Kirchen. Es gibt niemanden, der sich so oft und so lange in Kirchen aufhält wie ich.«

»Ja, aber stehen Sie auch noch hinter der Botschaft, die dort verkündet wird? Wenn ich die Worte über Ihr Arbeitsleben und Ihre Sicht der wundersamen Brotvermehrung auf mich wirken lasse, dann habe ich das Gefühl, dass dem nicht mehr so ist. Aber das spielt am Ende keine Rolle. Gläubige und Ungläubige stehen sich heutzutage sehr viel näher, als das früher der Fall war – die Gläubigen sind die weißen und die Ungläubigen die schwarzen Tasten auf dem Klavier. Die einen können nicht ohne die anderen. Ein jeder hofft doch, dass das Leben etwas mehr zu bedeuten hat als das unverbindliche, alltägliche Gerede. Höhere Weihe, Ritual, wirkliche Ereignisse, Tiefgang, etwas, das größer ist als wir selbst – danach sehnen wir uns alle. Deshalb malen wir, musizieren wir, schreiben Bücher, spielen und stimmen Kirchenorgeln, und deshalb steigen so merkwürdige Überbleibsel wie ich jeden Sonntag in einem schwarzen Talar und mit einem weißen Beffchen auf die ehrwürdige Kanzel.«

Ein Bibelregal

Ich ging davon aus, dass ich meine Assistentin nie wiedersehen würde, doch am nächsten Morgen erschien ihre Mutter, als wäre nichts geschehen, mit dem Mädchen in der Kirche. Sie brachte Lanna auf die Orgelempore und sagte zu mir: »Gestern, ich ein wenig sehr böse, sorry, du nicht böse auf mich, hoffe ich. Lanna will dir gern weiter helfen.«

»Das ist schön zu hören, aber zum Stimmen komme ich heute noch nicht, wegen all dem schrecklichen Lärm da draußen. Doch halt, vielleicht kann ich mich an die gemischten Stimmen machen.«

»Ich sie hierlassen. Später, um halb eins, etwas essen. Ich komme her, wir dann zu mir nach Hause, du bei mir Suppe und Butterbrot. Einverstanden?«

»Gerne«, erwiderte ich und dachte dabei: Sie will nicht, dass ich ein zweites Mal mit ihrer Tochter in der Stadt unterwegs bin. Aber warum? Ist das denn so schlimm? Warum ist ihr das suspekt, während ich doch hier den ganzen Vormittag lang alles Mögliche mit dem Mädchen anstellen könnte? Oder geht sie davon aus, dass unerwünschte Intimitäten in der Kirche undenkbar sind? So naiv kann sie doch nicht sein, oder? Wie merkwürdig übrigens, dass sie, obwohl sie offenbar schon viele Jahre hier lebt, immer noch so unbeholfen unsere Sprache spricht.

»Das sagst du so einfach«, meinte ich, meine Lore rufen zu hören. »Niederländisch ist unheimlich schwierig. Niederländisch ist keine Sprache, Niederländisch ist eine Halskrankheit.«

»Tja, du hast die Sprache nach zwei Jahren trotzdem gut beherrscht.«

»Ja, aber Prinz Bernhard nicht, und abgesehen davon: Niederländisch und Deutsch sind einander ähnlicher als Niederländisch und Portugiesisch. Was das Niederländische so schwierig macht, ist, dass ihr die Töne hinten aus der Kehle wringt, während man Deutsch vorne im Mund spricht. Ganz heiser wird man davon.«

»Ach, aber es ist doch so berührend, ein Ausländer, der versucht, deine Sprache zu sprechen. Ehe man sichs versieht, hat es einen erwischt.«

»Ja, sieh dich nur vor.«

»Diese brasilianische Furie? Ich bitte dich. Eine Frau, die wütend wird, wenn man auf dem Weg zu einem Rosinenbrötchen sittsam und tugendhaft mit ihrer Tochter durch die Straßen schlendert?«

Merkwürdig, dass man mit Toten noch jahrelang in Gedanken solche Gespräche führen kann. Dass die Toten sich dann immer zum Hüter der Moral aufschwingen. Und dass man nach einem solchen fiktiven Gespräch in bodenloser Trauer versinkt.

Also stürzte ich mich erneut verbissen auf die Hänger. Denn wenn man glaubt, man habe sie alle gefunden und sorgfältig beseitigt, dann schaltet man am nächsten Morgen das Windwerk wieder an, zieht ein paar Register, und siehe da: In vollem Glanz sind einige Hänger wieder da, ja, manchmal sind sogar neue hinzugekommen. So musste ich mir, nebenbei Drehpunkte säubernd, erneut allerlei Laden, Ventile und Züge vorknöpfen. Schließlich waren alle Fehler behoben, bis auf einen Hänger, der nicht einmal verstummte, wenn keine Register mehr offen waren. Erst wenn man das Windwerk ausschaltete, erstarb der Ton und verhallte im Kirchenschiff.

»Den verwahren wir uns für morgen«, sagte ich zu meiner

wunderlichen Assistentin. »Lass uns jetzt schauen, ob wir die gemischten Stimmen des Hauptwerks stimmen können. Die sind, wenn man danebensitzt, so laut, dass sie die Vorschlaghämmer der Schiffswerft wahrscheinlich übertönen.«

Das war tatsächlich der Fall, und so stimmte ich die gemischten Stimmen, was immer ziemlich viel Arbeit macht. In den gemischten Stimmen spricht ein einziger Ton mehrere Pfeifen gleichzeitig an, die in einer Reihe nebeneinanderstehen. Eine solche Reihe nennt man einen Chor, und man muss mit Quasten für die großen und Pfeifenreinigern für die kleinen Pfeifen die Chöre, die man nicht stimmt, verschließen, damit diese nicht mit den zu stimmenden resonieren. Weil die penetranten Töne der gemischten Stimmen einen taub machen, stecke ich mir immer, wenn ich sie stimme, solche Ohrpfropfen in den Gehörgang, wie sie auch Orchestermusiker benutzen. Sie lassen das Geräusch zwar durch, dämpfen es aber. Außer den Mixturen gelang es mir außerdem, die Register Scharff und Kornett zu stimmen, ohne dass die Schiffswerft mich sonderlich störte. Und so konnte ich, trotz der Firma De Haas, auf einen fruchtbaren Vormittag zurückblicken, als gegen halb eins Lannas Mutter kam, um uns abzuholen.

Wir gingen also erneut die Hoogstraat herunter, und an der Stelle, wo sie mich ausgeschimpft hatte, fragte sie nun übertrieben freundlich: »Wie heißt du?«

»Gabe«, sagte ich. »Das kommt von Gabriel.«

»Du Gabriel?«, fragte sie erstaunt. »Ist Engelname. Aber Gabe auch schön. Ich auch mit einem G, aber kein Engelname, Gracinha.«

Gracinha wohnte, wie sich zeigte, am Haven, ganz in der Nähe des bizarren Wijde Slop, und zwar in den zwei oberen Etagen eines Hauses, die offenbar überaus gründlich renoviert worden waren. Aus den hintereinander gestaffelten Zimmern hatte man einen einzigen langen Raum gemacht, in dessen hinterem Teil sich eine offene Küche befand. An einer der Wände hing die erstaunlich schöne Abbildung eines länglichen Fischs mit stark gegabeltem Schwanz und Flossen wie Flaggen. Fürchterlich lange Barteln verunstalteten das Maul. War dies vielleicht so ein Kreuzwels, auf den sie mit einem Speer Jagd gemacht hatte? Vom großen Fenster an der Vorderseite aus hatte man einen prächtigen Ausblick auf das Hafenbecken und die Groote Kerk, obwohl ein ziemlich deplatziertes Mehrparteienhaus vor der Kirche stand.

»Du wohnst hier an einem der schönsten Orte dieses Städtchens«, sagte ich.

»Ja, jetzt schön, früher dort drüben Stinkfabrik, Salatölfabrik De Ploeg. Zum Glück abgebrannt, doch jetzt hässliche Apartments, und der Gestank der Fabrik hört nicht auf, niemand weiß wieso, aber schrecklich.«

Sie stellte eine geheimnisvolle Suppe auf den Tisch und sagte: »Ich mache überbackenen Toast für dich.«

»Das ist zu viel der Ehre. Ein einfaches Butterbrot reicht.«

»Nichts da, ich mache für dich Toast mit Schafskäse.«

»Nun denn, gerne, und die Suppe riecht auch sehr lecker. Ein brasilianisches Rezept?«

»Wie du wissen, ich aus Brasilien?«

»Hab's gestern von einem Pastor erfahren.«

»Du nicht glauben, was man über mich erzählt, auch nicht dem Pastor. Alles Lügen.«

»Du kommst also nicht aus Belém?«

»Das auch schon gehört?«

»Ja, von diesem Pastor.«

»Was er sonst noch erzählt?«

»Dass du im Vliet mit einem Speer Fische gefangen hast.«

Hätte ich das mal lieber nicht gesagt! Und dabei erwähnte ich nicht einmal, dass sie angeblich splitternackt im Wasser gestanden hatte. Sie schlug mit dem Waffeleisen, mit dem sie eigentlich den Toast hatte machen wollen, auf den Gasherd.

Es klang beinahe so, als würde ein Vorschlaghammer auf einen Schiffsrumpf niedergehen.

»*Mentiras*«, rief sie, »*mentiras*«, und es folgte eine wütende Tirade auf Portugiesisch. Ihre Tochter schlug die Hände vor die Augen und rief: »*Não, mamãe, não, mamãe.*«

In solch einer Situation wechselt man am besten so schnell wie möglich das Thema, und so sagte ich ungezwungen, als wenn nichts wäre: »Ich war einmal in Brasilien.«

Und siehe da, das traf ins Schwarze. Gracinha war augenblicklich abgelenkt und fragte: »Du in Brasilien gewesen? Urlaub?«

»Nein, nein, ich musste dort eine Orgel stimmen, in Mariana.«

»Du in Mariana gewesen«, rief sie voller Verwunderung, »da meine Mutter herkommen!«

»Ja, in Mariana, mitten im Urwald.«

Die überflüssige Hinzufügung »mitten im Urwald« erwies sich jedoch als törichter Fehler.

»Mariana nicht im Urwald, Mariana große Stadt, Hügel drumherum, ein bisschen Wald, kein Urwald.«

»Tja, wenn man so wie ich in Groningen im Johannes Kerkhovenpolder aufgewachsen ist, in dem es drei verirrte Pappeln und eine mickerige Silberweide gibt, dann wähnt man sich, wenn man ein paar Fichten sieht, ganz schnell im Urwald, insbesondere in einem Land wie Brasilien.«

»In Mariana kein Urwald, glaube nicht, dass du dort warst.« Sie wedelte drohend mit dem Waffeleisen und rief: »Lügenbold.«

Es erstaunte mich gewaltig, dass sie mir ein so ungebräuchliches Wort vor die Füße warf. Lügenbold, wer benutzt das heutzutage noch? Woher kannte sie das Wort? Ich fragte jedoch nicht weiter und sagte stattdessen: »Ich kann beweisen, dass ich in Mariana war, ich habe noch Fotos von dieser Reise. Die kann ich dir einmal zeigen.«

»Wie du hingekommen?«

»Mit dem Flugzeug nach Rio de Janeiro, und dann mit dem Bus von Rio nach Mariana.«

»Wie lange im Bus gesessen?«

»Etwa zehn Stunden, aber wir hatten Verspätung. Unterwegs ist ein Reifen geplatzt, der dann gewechselt werden musste.«

»In welcher Kirche du stimmen?«

»In einer Kathedrale. Aber wie die hieß? Nossa Senhora da Assunção, glaube ich, Heilige Maria des Waffeleisens.«

»Du nicht lachen, bitte, und mich nicht auf die Schaufel nehmen.«

Sie ist ganz bestimmt katholisch, dachte ich erschrocken, ja, was denn sonst. Aber was machte das schon? Weil ich mich nicht zu fragen traute, schaute ich im Wohnzimmer umher, konnte aber nirgendwo ein Kruzifix, ein Heiligenbildchen oder ähnlichen katholischen Gruselkitsch entdecken. In einer Nische stand lediglich ein kleiner Tisch, auf dem ein riesiges Buch lag, das mir nach einem Erbstück aussah, wohl eine uralte Staatenbibel, deren Verschlussbänder schon seit Jahren nicht mehr aufgeknotet worden waren. Das Wohnzimmer war auffallend schlicht eingerichtet, was mir durchaus gefiel, auch wenn ich kein Freund von offenen Küchen bin. Aus derselben wallte plötzlich der Geruch von Verbranntem ins Wohnzimmer.

»O, dein Toast, er verbrannt. Ich mache neu«, rief sie.

»Ach was, ein wenig braun, das macht doch nichts, das ist im Gegenteil gerade lecker.«

»Nichts da, ich neu machen.«

Noch mindestens dreimal wiederholte ich, dass ich den angebrannten Toast problemlos essen könnte, doch sie blieb stur. Als der Toast dann endlich dampfend auf dem Teller neben meiner Suppe lag, konnte die einfache Mahlzeit ihren Anfang nehmen. Mutter und Tochter machten sich äußerst behutsam über die Suppe her, als glaubten sie nicht, dass diese schmecken könnte. Was für eine Geziertheit! Ich schaute zur Mutter, ich schaute zur Tochter. Dass Letztere geistig behindert war, dafür fand ich keinerlei Anhaltspunkte. Abgesehen von ihrer Schweigsamkeit war sie vollkommen normal. Beim Stimmen und Beheben der Hänger hatte sie mir erneut vortrefflich assistiert und immer die richtigen Tasten gedrückt. Gut, die Tasten konnte ich beschreiben, und es wäre vielleicht anders gewesen, wenn ich zum Beispiel hinten aus der Orgel gerufen hätte: »Drück einmal das As.« Aber das wäre auch schwierig mit Helfern gewesen, die selbst Orgel spielen konnten, denn dann musste man immer noch erklären, welches As man hören will; auf einer Orgel gibt es schließlich pro Manual mindestens vier und manchmal sogar fünf As, und bei drei Manualen kommt man so schnell auf zwölf bis fünfzehn mögliche Töne.

Was also stimmte nicht mit der Tochter? Hatte sie sich nicht normal entwickeln können, weil sie zu Hause bei ihrer Mutter nur Portugiesisch hörte, während in der Spielschule ausschließlich Niederländisch gesprochen wurde? War sie überhaupt in die Spielschule gegangen? Hatte sie jemals Kontakt zu Kindern in ihrem Alter gehabt? Gerne hätte ich die Mutter danach gefragt, doch es erschien mir unpassend, in Anwesenheit der Tochter über sie zu reden. Ich musste warten, bis ich einmal allein mit dieser Gracinha sprechen konnte, wobei sich nur die Frage stellte, wann sich eine solche Gelegenheit ergeben würde. Dass das Mädchen debil war, wie der Küster behauptet hatte, konnte ich mir nicht vorstellen. So wirkte sie schlicht nicht. Aber was fehlte ihr dann? Und gab es keine Therapie dagegen?

Ich werde meinen Bruder fragen, dachte ich. Ach, könnte er sie doch bloß einmal in Augenschein nehmen, aber wie sollte ich meinen ortstreuen Bruder aus Groningen, wo er als Kinderpsychiater arbeitet, in die Provinz Südholland locken?

Oder andersherum: Wie soll ich es jemals bewerkstelligen, dass Mutter und Tochter mit mir nach Groningen reisen? Oft denke ich: Der Mensch ist wie eine Kirchenorgel, mit einer begrenzten Zahl von sprechenden Stimmen. Ob er oder sie spricht, hängt von der Stimmung ab, und auch darin ähnelt er einer Orgel. Wenn er gut gelaunt ist, wenn also sanfte Flötenregister gezogen sind, bekommt man liebliche Töne zu hören. Ist die Stimmung durchweg übel, dann ist es, als habe man das Scharff, das Sifflet und die Mixturen offen stehen. Doch bei diesem Mädchen, dieser jungen Dame, sah es so aus, als würde das Windwerk nicht funktionieren, ja mehr noch, als wäre – sieht man einmal von dem Moment ab, in dem sie *»Não, mamãe«* gerufen hatte – die Orgel ganz verschlossen.

Mein ältester Bruder wird immer wütend, wenn ich sage, der Mensch sei wie eine Kirchenorgel. Nun ja, was versteht der schon von Orgeln? Ihn stört der starre Klang. Er will Streicher, Holzbläser, Kupfer, Schlagwerk, Akkord, das kann man nachvollziehen. Eine Kirchenorgel hat einen etwas harten, starren Klang, das stimmt, aber der Mensch ist auch nicht gerade flexibel, vor allem mit zunehmendem Alter. Also, lieber Bruder, einigen wir uns darauf, dass alte Menschen wie kleine Kirchenorgeln sind.

Als die einfache Mahlzeit beendet war, sagte Gracinha zu mir: »Du heute Nachmittag allein. Ich mit Lanna zum Krankenhaus. Sie hat … bei ihr muss … ich nicht kennen das holländische Wort … *marca de nascença* … muss untersucht werden.«

»Heute Nachmittag komme ich allein zurecht«, erwiderte ich. »Mit dem Stimmen wird es wahrscheinlich sowieso nichts mehr, weil der Lärm draußen so enorm ist. Allein schon die Schiffswerft …«

»Warum du nicht dorthin? Mit großer Tute, und du dann diese wunderschöne Mondlied singen.«

»Welches Mondlied?«, fragte ich verdutzt und dachte dann sofort an die berühmte Mondarie aus der Oper *Rusalka* von Dvořák.

Die Tochter eilte zu der Staatenbibel, knotete die Bänder auf, schlug sie auf, und prompt verwandelte das Buch sich in ein Regal, ein Bibelregal. Bisher hatte ich so ein Ding nur einmal im Museum gesehen, und so erstaunte es mich sehr, hier solch ein Spielzeug aus dem siebzehnten Jahrhundert auf dem Tisch liegen zu sehen. Dessen ungeachtet schlug die Tochter, als wäre es ganz selbstverständlich, einen Fis-Dur-Akkord an und sang, sich selbst begleitend: »Schau, der Mond scheint durch die Wipfel, Freunde, stellt die Arbeit ein.« Ach, Grundgütiger, was für eine schöne Singstimme sie hatte, und es kam noch hinzu, dass, während sie sang, die merkwürdige Plumpheit aus ihrem Gesicht zu weichen schien. Wieder dachte ich: »Ich werde aus der Sache nicht schlau. Was hat es nur auf sich mit diesem angeblich behinderten Mädchen, das nicht nur augenblicklich begreift, welches Lied ihre Mutter meint, sondern das zudem auch noch singen kann, die Töne wunderbar treffend und in gutem Niederländisch, wobei es sich mit einem Mal die Schönheit der Mutter aneignet und sich selbst auf dem zweifellos kostbaren Erbstück, dem Bibelregal, begleitet, als wäre es Gerald Moore? Seltsam ist nur, dass sie alles in Fis-Dur spielt. Man würde doch erwarten, dass eine Sechzehnjährige ein solches Lied, wenn sie es auswendig spielt, in F-Dur beginnt. Das ist eine einfache Tonart. Fis-Dur mit all den Kreuzchen ist dagegen ziemlich schwierig. Aber gerade weil es ziemlich schwierig ist, fällt es umso schwerer zu glauben, das Mädchen sei geistig behindert. Oder war es möglicherweise eine Folge ihrer geistigen Behinderung, dass sie nur mit den schwarzen Tasten spielen konnte? Skrjabin hatte auch eine Vorliebe für Tonarten mit vielen Kreuzchen und b-chen, und der war, was man auch sonst über ihn sagen mag, ganz bestimmt nicht geistig behindert. Na ja, vielleicht aber doch bekloppt, vor allem am Ende seines Lebens. Man nehme nur einmal den mittleren Satz seines Klavierkonzerts. In Fis-Dur, nicht weniger als sechs Kreuzchen also, aber was für eine atemberaubend schöne Musik.«

Schwarz stimmen

So viel stand inzwischen fest: Ich konnte schuften, wie ich wollte, um die Garrels-Orgel so gut wie möglich wieder bespielbar zu machen, aber es war offensichtlich, dass sie dringend gründlich auf Vordermann gebracht werden musste. All meine Arbeit war also im Grunde unnütz. Viel besser wäre es gewesen, gleich mit der Restaurierung zu beginnen. Aber dies gilt für viele Kirchenorgeln, und das große Problem dabei ist immer wieder: Wo bekommt die Kirchenverwaltung, der Kirchenrat oder die Gemeinde das Geld her, um die stets sauteure Restaurierung zu finanzieren? Ohne Zuschüsse vom Staat ist an ein solches Unternehmen gar nicht zu denken, es sei denn, die Gemeinde kann sich an ein paar freigiebige Millionäre wenden. Hinzu kommt noch, dass man in immer mehr Kirchen Warmluftheizungen installiert, denn der liebe Gott möge verhüten, dass die Gemeindemitglieder während des Gottesdienstes frösteln. Für die Kirchenbesucher eine gute Sache, denn wenn man so eine elende Heizung einschaltet, ist es in null Komma nichts zwanzig Grad warm in der Kirche. Doch die warme und trockene aufsteigende Luft ruiniert die Orgel. Was waren das noch für goldene Zeiten, als man abgehärtet genug war, das Wort Gottes, selbst wenn es fror, in bitterer Kälte anzuhören, mit höchstens einer warmen Feuerkieke unter den Füßen. So eine Feuerkieke konnte man zudem gut gebrauchen, wenn man anderer Meinung als der Prediger war. Dann konnte man ihn nämlich damit bewerfen. In Domburg ist einmal ein Pastor, der von einer Feuerkieke getroffen wurde, von der Kanzel geradewegs in den Himmel gefahren.

Also musste ich mich am Riemen reißen, an diesem stillen Donnerstagnachmittag in der Groote Kerk waren meine Mühen doch ziemlich vergeblich. Um dieses Gefühl zu vertreiben, stürzte ich mich auf das defekte Windwerk. Ach, wie muss das in früheren Zeiten gewesen sein! Kein Elektromotor, um einen ständigen Luftstrom und einen konstanten Luftdruck zu garantieren. Nein, ein oder zwei Tagediebe, die man in der Regel einfach von der Straße holte, wie Mendelssohn in einem seiner Briefe berichtet, und die dann die Pedale der Blasebälge für ein paar Cent mit beiden Füßen auf und ab bewegen mussten. Sonderlich stabil wird die Windversorgung da nicht gewesen sein. Man war vollkommen abhängig von der Kraft der Blasebalgtreter. Der Ton wird mal ein wenig dünn und dann wieder viel zu kräftig gewesen sein. Will man also auf authentische Weise Orgel spielen und die Werke Bachs so aufführen, wie sie zu Zeiten des Komponisten geklungen haben, dann wird man zuallererst auf die wunderbar elektrisch betriebene Windversorgung verzichten und auf Blasebalgtreter zurückgreifen müssen. Doch das tun die Verfechter der historischen Aufführungspraxis nie. Also hört man Bach nie so, wie er seinerzeit geklungen hat. Man kann davon ausgehen, dass ein so überwältigendes Werk wie die Toccata in F, bei deren Aufführungen die Orgel heute beinahe von der Wand fällt, sich damals doch recht dünn angehört hat.

Um halb vier brachte mir der Küster tatsächlich eine Tasse reformierten Tee und ein katholisches Marienplätzchen. Auch fragte er, ob ich mit der Arbeit vorankäme und ob er sonst noch etwas für mich tun könne.

»Vielen Dank für das Angebot«, sagte ich ein wenig gereizt, »aber im Moment brauche ich keine Hilfe.«

Durch seine Glasbausteine musterte er mich, als lehnte ich eine freundliche Geste ab, weil ich dahinter einen unehrenhaften Vorschlag vermutete. Merkwürdig, dass manche Menschen einem kalte Schauder über den Rücken jagen, obwohl sie wahrscheinlich noble Absichten haben. Ich war froh, als der Küster wieder ging und seine dröhnenden Schritte auf dem steinernen Kirchenfußboden verklangen. Doch kurze Zeit später bedauerte ich, seine Hilfe ausgeschlagen zu haben, weil der eine Hänger im Prästant des Oberwerks, den ich bisher nicht repariert hatte, sich so nicht beseitigen ließ. Ich kam einfach nicht ran. Also stieg ich die Treppe hinunter, suchte den Küster und fragte ihn, ob er eine ordentliche Leiter habe.

»Hab ich«, erwiderte er, »aber wozu brauchst du die?«

»Ich kann von innen nicht an den Fuß des Prästant auf dem Oberwerk kommen, wo der Hänger ist. Also will ich versuchen, von außen mit einer Leiter hinzugelangen, die wir von oben auf das Rückpositiv stellen.«

»Gütiger Himmel, das ist lebensgefährlich. Willst du hier den Heldentod sterben?«

»Nein, ich würde gern den Hänger beseitigen.«

Wir schleppten die Leiter nach oben, ich kletterte auf das Rückpositiv, hob die Leiter hinauf, die der Küster mir reichte, stellte sie ab und stieg sie hoch. Die reinste Akrobatik, natürlich, aber eine große Kirchenorgel zu stimmen, das ist, da beißt die Maus keinen Faden ab, eine Zirkusnummer ohne Publikum, und einen Hänger nicht zu reparieren geht gegen meine Ehre. Ich gelangte also durch die offene Ornamentik am Fuß des Prästant an die betreffende Stelle, und nach einigem Gefummel hatte ich den verdammten Hänger schließlich doch beseitigt.

»Hut ab«, sagte der Küster, nachdem wir die Leiter wieder nach unten getragen hatten, »Hut ab.«

Er schätzt die Spezialisten von Pels & Van Leeuwen, dachte ich, aber jetzt ist ihm doch wohl klar, dass auch ich mein Handwerk verstehe.

Rund eine Stunde nach meiner Akrobatiknummer erklang erneut das Geräusch von Schritten. Der schon wieder, schoss es mir durch den Kopf, Pastor Berenschot. Er war es tatsächlich, doch diesmal kam er nicht allein. Zu viert stiegen sie auf die Orgelempore.

»Guten Tag, Herr Pottjewijd«, sagte Berenschot. »Ich habe Herrn van Vuuren mitgebracht, Ihnen von der Männervereinigung Schrift und Bekenntnis wohlbekannt, dazu den Rendanten unseres Kirchenrats, Herrn Tuitel, sowie den Presbyter Bravenboer. Wir würden mit Ihnen gern konkretere Verabredungen wegen der Wartung der Seifert-Orgel treffen. Sollen wir das hier tun? Oder lieber auf der Terrasse, wo wir beide gestern ein so fruchtbares Gespräch geführt haben?«

»Ein orthodox-reformiertes Bierchen könnte ich jetzt durchaus gebrauchen«, sagte ich.

»Ja, Hopfen und Malz, Gott erhalt's«, reimte Berenschot, und die anderen Gemeindemitglieder stimmten ihm zu. So stiegen wir vorsichtig die enge Treppe zur Orgelempore hinab und spazierten zu dem Plattbodenschiff auf dem Noordvliet. Unterwegs konnte ich mich des Eindrucks nicht erwehren, dass die vier Herren bereits ordentlich gebechert hatten. Auf jeden Fall waren sie erkennbar erhitzt.

Noch ehe wir richtig mit Getränken versorgt waren, fragte Pastor Berenschot mich: »Herr Pottjewijd, darf ich Ihnen eine Gewissensfrage stellen?«

O, mein Gott, dachte ich, was kommt jetzt? Worauf will er hinaus? Muss ich mich für den Umstand verantworten, dass eine problematische junge Frau mir assistiert?

Doch nein, nachdem ich mit einem kurzen Nicken zu erkennen gegeben hatte, eine solche Frage zu akzeptieren, fragte er: »Wären Sie bereit, eine Orgel in einer Moschee zu stimmen?«

Worauf will er hinaus, dachte ich, und was hofft er zu hören? Dass ich sage: »Nein, auf keinen Fall?« Das wäre eine lächerliche Antwort, denn in Moscheen gibt es keine Kirchenorgeln.

»Auf der ganzen weiten Welt gibt es keine einzige Moschee mit einer Orgel«, sagte ich, um Zeit zu gewinnen und ihn aus der Reserve zu locken.

»Das ist mir natürlich bekannt, aber angenommen, es stünden Orgeln in islamischen Gotteshäusern.«

»Was mich angeht, käme es darauf an, um was für ein Instrument es sich handelt. Im Prinzip stimme ich nicht in katholischen Kirchen, denn ich lehne den pädophilen Papismus ab. Allerdings habe ich in Portugal in einem Kloster und einer Kathedrale eine Ausnahme gemacht, und auch in Brasilien war ich in einer Kathedrale tätig, weil in diesen drei Gebäuden nun mal eine Schnitger-Orgel steht. Gäbe es eine Moschee mit einer Schnitger-Orgel, dann würde ich, wenn man mich fragt, auch dort stimmen – obgleich nicht von Herzen.«

»Sie würden es also nicht prinzipiell ablehnen, dort zu stimmen?«

»Nein, wichtig wäre mir die Erhaltung der Schnitger-Orgel. Jede Schnitger-Orgel ist ein Geschenk an die Menschheit, auch wenn sie in einer Moschee steht. Oder in einem Hindutempel oder einem buddhistischen Kloster. Oder in Kapitän Nemos U-Boot.«

»Sie würden eine solche Orgel also auch stimmen, wenn sie in einem Bordell stünde«, folgerte Rendant Tuitel.

»Aber sicher, es handelt sich schließlich immer noch um kostbares Kulturerbe, und ein solches Instrument kann ja im Bordell und in einer Moschee auch irgendwann abgebaut und in einer Kirche ruckzuck wieder aufgebaut werden. Doch eine Orgel in einem Bordell, ach, wissen Sie … auf so einen Gedanken bin ich, ehrlich gesagt, noch nicht gekommen.«

Die sowieso schon ungesund rote Gesichtsfarbe des Rendanten Tuitel nahm einen noch etwas tieferen Rotton an, und er wollte gerade etwas Giftiges erwidern, als Pastor Berenschot ihm zuvorkam und gereizt sagte: »Bordell? Bordell? Was soll das? Wir schweifen ab. Es geht um die Moschee. Vor einer Stunde haben wir auf einem Hochzeitsempfang aus verlässlicher Quelle erfahren, dass vier Bauunternehmer Angebote für die Errichtung einer Moschee im Deichpolder eingereicht haben und dass die Firma Booster offenbar am günstigsten abgeschnitten hat. Der wird jetzt also die Moschee bauen.«

»Und dieser Bauunternehmer …«

»Genau, dieser Bauunternehmer ist Mitglied unserer Gemeinde. Man würde doch nicht glauben, dass ein orthodox-reformierter Bauunternehmer jemals auch nur auf die Idee kommen könnte, ein Angebot für ein solches Bauprojekt zu machen … Nie, nie und nimmer.«

Van Vuuren, Tuitel und Bravenboer nickten zustimmend.

»Sie, Herr Pottjewijd, denken, dass Sie imstande wären, dort eine Orgel zu stimmen, wenn es sich nur um eine Schnitger-Orgel handelt, aber ist Ihnen bewusst, dass Sie damit bereits einen Schritt in Richtung Abgrund machen? Wie kommt ein orthodox-reformierter Bauunternehmer in Gottes Namen dazu, ein Angebot für einen Götzentempel abzugeben?«

Um der Frage zu entgehen, ob ich auch der Ansicht sei, es gehöre sich nicht für einen orthodox-reformierten Bauunternehmer, daran auch nur zu denken, fragte ich: »Was wollen Sie dagegen tun?«

»Das haben wir vorhin auf dem Empfang bereits ausgiebig besprochen. Wir könnten ihn, um einfach mal ein Zeichen zu setzen, vom Heiligen Abendmahl ausschließen.«

»Aber erst, wenn er dabei bleibt, den Bau zu errichten, nachdem wir ihm erklärt haben, dass er irregeht«, warf Rendant Tuitel ein.

»Das muss man ihm nicht erklären«, sagte Presbyter Bravenboer. »Der wird unwiderruflich mauern, ganz gleich, was man tut. Ein solches Megaprojekt ... das lässt er sich nicht entgehen. Nehmen wir doch einfach nur mal so ein hohes Minarett mit Silberbeschlag – Mannomann, was das allein schon kostet.«

»Wir können nicht gegen ihn vorgehen«, sagte Präses van Vuuren, »wir stehen mit dem Rücken zur Moscheewand. Er wird sagen: ›Wo steht in der Schrift, dass man keine Moschee bauen darf?‹, und dann muss man antworten: ›Das wird in der Bibel an keiner Stelle ausdrücklich verboten, aber es liegt doch auf der Hand, dass man sich so etwas als orthodox-reformierter Bauunternehmer nicht in den dicken Kopf setzt.‹ Am Ende stellt Booster die Moschee dort pontifikal hin, inklusive Minarett und allem Drum und Dran, und ihr werdet sehen, dass er auch noch unseren Bruder Leen Stigter für die Elektroinstallation dazuholt und Siem Kouwenhoven für die Bodenbeläge und Petrus Leune für die Malerarbeiten und Bram Boudesteijn für die Stuckaturen und Klaas Kabel für die Sanitäranlagen und Sander Robbemond für die Heizung und Witold Warnaar für die Glasarbeiten und noch ein paar andere Mitglieder unserer Gemeinde, und so wird das Ganze ein durch und durch orthodox-reformiertes Projekt, halleluja. Tja, so wie ich das sehe, muss man dann allen Gläubigen, die da mitmachen, beim Besuch der Presbyter kräftig die Leviten lesen, man muss ihnen vor Augen führen, dass sie gewaltig unter die Räuber gefallen sind, bis sie in Gewissensnot geraten. Und dann sind sie von ganz allein bereit zu büßen, indem sie ihren festen Jahresbeitrag zur Gemeinde ordentlich erhöhen. Auf diese Weise profitieren wir doch wunderbar von dem vielen Geld für diese hohen Minarette. Denn was sollte man sonst tun, meines Wissens steht nirgendwo in der Schrift, dass man keine Moscheen mit Minaretten bauen darf, das steht nirgends.«

»Trotzdem finde ich …«, sagte Pastor Berenschot, »wir könnten dennoch erwägen, Bruder Booster den Zugang zum Heiligen Abendmahl zu verwehren.«

»Und was soll das bringen? Unser Freund Booster wird sich eins grinsen. Und überhaupt, auf welcher Grundlage?«, fragte Rendant Tuitel. »Müssen wir dann nicht auch seinem Personal, das zum größten Teil ebenfalls Mitglied unserer Gemeinde ist, den Zugang zum Tisch des Herrn verwehren? Dann fehlt uns ein ganzer Tisch. Und was ist mit den noch nicht Konfirmierten, die in seinen Diensten stehen? Das sind inzwischen auch eine ganze Menge.«

»Und gleichzeitig schreitet die Islamisierung unseres Landes und unseres Volkes fort«, bemerkte Berenschot missmutig.

»Sodass Königin Beatrix ihre nächste Thronrede mit einem Kopftuch halten wird«, sagte ich mit angemessener Grabesstimme.

»Ganz so schlimm wird es wohl nicht werden«, wandte van Vuuren ein.

»Da bin ich mir nicht so sicher«, meinte Tuitel. »Ehe man sichs versieht, liest eine Enkelin unserer Königin mit einem Kopftuch die Thronrede vor.«

Tiefes Schweigen setzte ein. Hinter der Groote Kerk begann die Sonne bereits zu sinken.

Schließlich sagte der Pastor: »Weswegen wir hier sind: Die Seifert-Orgel, dreiundvierzig sprechende Stimmen. Sie muss nicht komplett gestimmt werden, aber es wäre fantastisch, wenn Sie dies und das wieder in Ordnung brächten. Wie viel würde uns das kosten?«

»Zur Zeit beträgt der übliche Tarif sechzig Gulden pro sprechende Stimme, was bei dreiundvierzig sprechenden Stimmen dann 2580 Gulden macht. Aber wenn nur hier und da ein wenig nachgestimmt werden muss, könnte es vielleicht die Hälfte sein.«

»Ich nehme an, diesen Betrag verlangen Sie, wenn Sie auf Rechnung stimmen. Natürlich wäre es noch um einiges günstiger, wenn Sie bereit wären, schwarz zu stimmen.«

»Damit fange ich gar nicht erst an«, erwiderte ich, »denn so was spricht sich herum. Dann wollen alle Gemeinderäte, dass ich schwarz stimme, und früher oder später bekomme ich große Schwierigkeiten mit dem Finanzamt. Und mit meinem deutschen Arbeitgeber. Nein, Sie erhalten eine ordentliche Rechnung der Firma Auerbach & Wüste, bei der ich angestellt bin.«

»Ich kann Ihnen versichern, dass es unter uns bleibt, wenn Sie ausnahmsweise einmal ... Schauen Sie, wir haben nur sehr begrenzte Mittel, wir krebsen finanziell herum. Ständig verlieren wir Gemeindemitglieder, wir müssen jeden Cent mühsam zusammenkratzen, und daher ...«

»Das verstehe ich gut, aber ich arbeite nicht schwarz. Was Steuern angeht, ist die Schrift erheblich deutlicher als in Bezug auf Minarette. Lesen Sie es nur in Matthäus 22 nach, und daher: Es tut mir leid, aber schwarz stimmen, das mache ich nicht. Da müssen Sie sich einen andern suchen.«

»Gute Stimmer gibt es nicht wie Sand am Meer.«

»Das ist wahr, es erfordert einige Fachkenntnis, das weiß ich aus Erfahrung. Jetzt bin ich einmal hier und kann die Seifert-Orgel bequem durchsehen. Nutzen Sie diese Gelegenheit.«

»Wann könnten Sie damit beginnen?«

»Schon morgen. In der Groote Kerk kann ich wegen des ohrenbetäubenden Lärms der Schiffswerft an Werktagen nicht stimmen. Ich hoffe, dort am kommenden Samstag und Sonntag weitermachen zu können. Aber möglicherweise hört man die Werft auch in der Immanuëlkirche. Tja dann ... Ich komme erst einmal tagsüber vorbei und lausche. Wer weiß, vielleicht kann ich dort ja an den Wochentagen etwas ausrichten.«

»Bei uns wird am Sonntag jedenfalls nicht gestimmt«, sagte Pastor Berenschot. »Nicht nur finden an diesem Tag zwei Gottesdienste statt, wir ehren auch den Sonntag.«

»Dafür habe ich natürlich vollstes Verständnis«, sagte ich und dachte: Aha, jetzt macht der Pastor plötzlich auf gesetzestreu, was die Sonntagsheiligung angeht, so als wolle er wettmachen, dass er vorhin eine lockere, wenig schriftgetreue Moral in Bezug auf das Bezahlen von Steuern an den Tag gelegt hat. In Gesellschaft seiner Gemeindemitglieder ist er außerdem nicht so jovial, wie wenn man allein mit ihm spricht.

Wir erhoben uns. So beiläufig wie möglich fragte ich die Männer: »Könnt ihr mir übrigens sagen, wo ich eine portugiesische Bibel herbekomme?«

»Was willst du denn damit?«, fragte van Vuuren verwundert.

»Ich möchte mein Portugiesisch ein wenig aufpolieren.«

»Mit der Bibel?«

»Weil ich schon als Kind gern gelesen habe, wir zu Hause aber nur ein Buch hatten, nämlich die Heilige Schrift, habe ich früher ständig darin gelesen. Ich kenne die Bibel daher mehr oder weniger auswendig, und wenn ich sie in einer Fremdsprache lese, weiß ich oft Wort für Wort, was dort steht, und sehe, wie all die überbekannten Texte in der Fremdsprache lauten. Auf die Weise lernt man spielerisch, eine Fremdsprache zu lesen. Es ist wirklich eine fantastische Methode, die ich jedem nur empfehlen kann.«

»Davon habe ich noch nie gehört« sagte Pastor Berenschot. »Wozu Gottes Wort nicht alles dienen kann.«

»Eine Bibel auf Portugiesisch«, sagte Presbyter Bravenboer, »bekommst du vielleicht bei Kris Kloppenburg in der Joubertstraat in 't Hoofd. Der sammelt Bibeln, kauft oft ganze Partien wegen eines einzigen besonderen Exemplars, und dann besitzt er anschließend jede Menge Bibeln, für die er keine rechte Verwendung hat. Aber sie wegwerfen, das geht natürlich nicht. Die Heilige Schrift stopft man nicht einfach so in den Müll. Sein Haus platzt daher beinahe aus allen Nähten vor lauter Bibeln. Bestimmt befindet sich darunter auch eine portugiesische Ausgabe, denn er besitzt sie inzwischen in so ziemlich allen Sprachen, die auf dieser Welt gesprochen werden.«

»Nun mach mal halblang«, sagte Rendant Tuitel, »soweit ich weiß, gibt es siebentausend Sprachen. Demnach müsste er mindestens siebentausend Bibeln in unterschiedlichen Sprachen besitzen.«

»Ob er so viele Bibeln hat, weiß ich natürlich nicht. Aber als er noch im Haus seiner Eltern in der Hendrik Schoonbroodstraat gewohnt hat, war das Haus mit Bibeln vollgestapelt. Es war ein Drama, als er, weil die Hendrik Schoonbroodstraat abgerissen wurde, umziehen musste: Kartons voller Bibeln mussten mit einer hölzernen Schubkarre in die Joubertstraat transportiert werden. Hunderte Mal sind wir mit der Schubkarre hin- und hergefahren. Und mit dem Gespann des Kartoffelschalensammlers. Gütiger Gott, du weißt nicht, was dich erwartet, wenn du bei ihm reinkommst. Überall Bibeln, in riesigen Stapeln, sogar auf den Treppenstufen. Seine Frau hat ihn verlassen. Sie konnte es nicht mehr ertragen. Sie hatte ihm verboten, noch mehr Bibeln anzuschaffen, aber er schleppte sie von überallher in seine Höhle. Tja, gebraucht sind sie für 'nen Appel und 'n Ei zu haben, da ist das mit dem Liegenlassen leicht gesagt, wenn du verrückt nach Bibeln bist.«

Hendrik Schoonbroodstraat

Einen Stadtplan gab es, wie sich herausstellte, im Seemannsheim nicht. Aber die Frau, die Sjaan hieß und die mich zum dritten Mal mit FGK versorgte, verriet mir, wo ich die Joubertstraat finden konnte.

»Am Haven entlang, über die Gleise, und dann bist du auf dem Hoofd. Geradeaus gehen, Richtung Mole, dann auf halber Strecke links abbiegen, das ist die Joubertstraat. Früher wohnte er übrigens, wie ich mich noch erinnere, in der Hendrik Schoonbroodstraat.«

»Und wer war dieser Hendrik Schoonbrood?«

»Ehrlich gesagt, habe ich nicht den blassesten Schimmer. Die meisten Straßen auf dem Hoofd sind nach Helden aus dem Burenkrieg benannt, doch ob Hendrik Schoonbrood auch im Burenkrieg gekämpft hat … Moment, ich frage Joop.«

Sie ging hinüber zum Tresen und rief: »Joop, weißt du, ob Hendrik Schoonbrood im …«

»Mein Gott, wovon sprichst du? Woher soll ich das wissen? Lass mich in Ruhe, wieso sollte mich das interessieren, Henkie Schorfbock …«

Nachdem ich das mir kredenzte FGK verzehrt hatte, machte ich mich auf den Weg und ging, als ich auf Höhe von Gracinhas Wohnung am Haven war, mit mir selbst ernsthaft ins Gericht.

Willst du ihr wirklich mit einer gewissen Kenntnis des Portugiesischen imponieren? Und wozu? Und glaubst du denn tatsächlich, du kannst diese Sprache am Ende halbwegs akzeptabel sprechen, wenn du mithilfe der portugiesischen Bibel dein höchst bescheidenes Portugiesisch, das du in Portugal und Brasilien aufschnappen konntest, aufgefrischt hast? Um dahin zu kommen, müsstest du den Linguaphone-Kurs wiederholen. Die Bibel auf Portugiesisch zu lesen wird sinnlos sein, das würde dir nur etwas bringen, wenn dir jemand aus dieser Bibel vorläse und du das Gehörte übersetzen müsstest. Damals, als du im Antiquariat Riemer in Groningen nach langem Suchen eine ungarische Bibel ergattern konntest, hat das doch auch nichts genützt, obwohl du so schrecklich verliebt warst in das ungarische Flüchtlingsmädchen in deiner Klasse, oder?

Das ließ sich natürlich nicht von der Hand weisen, doch ich ging fest entschlossen weiter. Jetzt, da mein Aufenthalt in dieser seltsamen Stadt länger dauerte, als meine ursprüngliche Planung vorgesehen hatte, wäre es angenehm, etwas zum Lesen zu haben. Vorzugsweise Lektüre, bei der ich nebenbei etwas lernte, das ich später gebrauchen könnte. Hinzu kam noch, dass es mir immer viel Vergnügen bereitet hatte, die Bibel in einer Fremdsprache zu lesen. Vor allem Deutsch habe ich auf diese Weise lesen gelernt, ach ja, das schöne Deutsch der Lutherbibel! Ungarisch hatte sich dagegen als außerordentlich schwierig erwiesen. Welch eine hoffnungslos komplizierte Sprache! Dem wiederum stand gegenüber, dass ich mit der King-James-Übersetzung angenehme Stunden verbracht habe. Diese englische Bibel hatte ich schon für den Fall angeschafft, dass irgendwann einmal ein nettes englisches Mädchen in unseren Ort kam. Wenn man die Bibel in einer anderen Sprache liest, dann erweitert man damit auch den eigenen Blick auf die Heilige Schrift. Plötzlich stellt man fest, dass all die Texte, die einem in der Kindheit als letztgültige Wahrheiten aufgedrängt worden waren, sich auch ganz anders anhören können als im Niederhebräisch der nicht genug zu lobenden Staatenübersetzung. Zumindest ist es mir so ergangen, und ich habe die Bibel auch begierig auf Italienisch und Schwedisch gelesen. Warum also nicht auch auf Portugiesisch? Das war zwar eine Folge meiner Begegnung mit Gracinha und ihrer wunderlichen Tochter, aber deswegen musste man doch nicht gleich irgendwelche Hintergedanken haben, dem Pastor zum Trotz, der mir einen so befremdlichen Blick zugeworfen hatte, als ich die portugiesische Bibel erwähnte.

Als ich ihr Haus hinter mir gelassen hatte, tauchte schon bald das augenscheinlich stinknormale Sträßchen auf, dem man den rätselhaften Namen Wijde Slop gegeben hatte. Ich brachte es nicht über mich, achtlos daran vorbeizugehen, nein, ich bog vorsichtig in den Wijde Slop ab, folgte ihm und sah, dass auf der linken Seite eine Straße abging, die Zandpad hieß, obwohl weit und breit kein Sand zu sehen war und auch von einem Pfad nicht die Rede sein konnte. Schließlich kam ich an eine Kreuzung, wo ich nach rechts in eine ziemlich schmale Straße abbiegen konnte, die sich auf einem Schild als Fenacoliuslaan zu erkennen gab. Auch das verwunderte mich, denn wenn man »Laan« hört, stellt man sich doch eine recht breite, von Bäumen gesäumte Straße vor, während hier, jedenfalls in diesem Teil der schmalen Straße, kein einziger Baum zu sehen war.

Auch diese baumlose Allee führte zum Bahnübergang, und jenseits der Gleise tauchte das graue Wohnviertel ’t Hoofd auf. Ausnahmsweise einmal war offensichtlich, wo der Name herkam: Ging man weiter geradeaus, gelangte man zur Havenhoofd genannten Mole. Und ich ging geradeaus, vorbei an der Joubertstraat, denn ich wollte mir zuerst die Hafenmole und den dahinterliegenden Fluss ansehen. Je näher ich meinem Ziel kam, umso mehr schien die schöne Septemberabenddämmerung in einen nasskalten Winterabend überzugehen. Vom Fluss her wehte eine grässliche Art

Boreas über den Kai. Die Luft war feucht und kondensierte auf meiner dünnen Sommerjacke. Ich erschauerte. Am Fluss angekommen – und was für ein Fluss, ein mächtiger Strom mit hohl glucksendem Wasser, übersät mit Binnenschiffen, Frachtschiffen und Booten, die, obwohl es noch nicht vollkommen dunkel war, bereits hell erleuchtet waren –, schlenderte ich eine Weile auf der Hafenmole umher. Es schien, als treibe zwischen den Schiffen eine düstere Wolke auf dem Wasser, von der aus Nebelfetzen landeinwärts geschickt wurden. Ich entdeckte an der Hafenmole einen wie eine äußerst breite Treppe konstruierten Anlegesteg. An der untersten Stufe dieses Stegs hatte ein Schiff mit grünen und roten Leuchten festgemacht. Das war bestimmt die Fähre zu der gegenüberliegenden Insel. Die konnte also, abhängig von den Gezeiten, an den entsprechenden Stufen des Stegs anlegen. Über den ziemlich laut kabbelnden Fluss glitt geräuschlos noch so eine grüne Fähre in Richtung eines ebenso gebauten Anlegestegs.

Durch eine stille Straße mit hübschen Häusern zu meiner Rechten und etwas weniger hübschen zu meiner Linken ging ich zurück. Die De la Reystraat, so der Name der Straße, stieß in etwa mittig auf die Joubertstraat. Ich klingelte bei Nummer 30. Entsetzlich langsam öffnete sich die Tür. Niemand war zu sehen. Im Halbdunkel bemerkte ich Treppenstufen, auf denen sich links und rechts Bücherstapel auftürmten, zwischen denen höchstens noch eine zwanzig Zentimeter breite Fläche ausgespart war. Irgendwo da oben hatte offenbar jemand am Türöffnerseil gezogen. Eine raue Zitterstimme ertönte.

»Wer da?«

»Gabe Pottjewijd!«, rief ich nach oben.

»Kenn ich nicht.«

Ich sah verschlissene Pantoffeln die Treppe herunterkommen, Hosenbeine, ein ausgefranster Seemannspullover –

schließlich das bleiche Gesicht eines krummen, kahlen Mannes, der mich äußerst misstrauisch ansah.

»Was gibt's?«, fragte er.

»Sie wurden mir vom Presbyter Bravenboer von der orthodox-reformierten Gemeinde empfohlen.«

»Bravenboer? Ist das einer von den Bravenboers aus der Hoekerdwarsstraat?«

»Könnte sein, ich weiß nicht, wo er wohnt, aber er erzählte mir, dass Sie Bibeln sammeln. Und er sagte auch, Sie würden manchmal ganze Partien kaufen, wenn darunter einige schöne Exemplare sind. Aber es sind natürlich auch Bibeln dabei, die Sie nicht brauchen, und meine Hoffnung ist nun, dass sich unter den Letzteren möglicherweise eine Bibel in portugiesischer Sprache befindet, denn eine solche suche ich, und wenn Sie so eine haben, würde ich Ihnen die gern abkaufen.«

»Was für'n langer Vortrag. Aber wenn ich Sie richtig verstanden habe, suchen Sie eine portugiesische Bibel. Wozu brauchen Sie die, wenn ich fragen darf?«

»Um darin zu lesen.«

»Häh? Eine Bibel, um darin zu lesen? Da komme ich gerade nicht so richtig mit.«

»Ich habe früher einmal ein wenig Portugiesisch gelernt. Das will ich jetzt aufpolieren.«

»Ho, Moment, ich verstehe nur Bahnhof. Du willst in der Bibel lesen? Aber die Bibel ist doch kein Lesebuch? Sie ist das Wort Gottes höchstselbst.«

»Na ja, aber man kann doch trotzdem darin lesen.«

»Schon, aber das macht doch kein Sterblicher. Bei Tisch liest man nach dem Essen ein kleines Stück daraus vor, und der Pastor liest in der Kirche ein saftiges Periskop ...«

(Perikope, wollte ich einwerfen, ein Periskop ist so ein Ding an einem U-Boot, mit dem man übers Wasser schauen kann, doch ich ließ es bleiben. Wozu hier den Schulmeister spielen? Ganz abgesehen davon, dass das Periskop eigentlich ganz passend war, hier in diesem Hafenstädtchen.)

»… aus dem er dann den Text für seine Predigt nimmt. Aber selbst leise darin lesen, als wäre sie ein Lesebuch … Nee, davon habe ich, ehrlich gesagt, noch nie gehört. Und wenn man schon darin lesen möchte, warum dann nicht in der Muttersprache? Aber gut, jeder nach seinem Geschmack … Und jetzt willst du in einer portugiesischen Bibel lesen, um … Was sagtest du vorhin … aufpolieren, was aufpolieren? Einen Tisch? Eine Sprache ist doch kein Möbelstück.«

»Nein, gewiss nicht, mit aufpolieren meinte ich auffrischen, meine Kenntnisse auffrischen.«

»Auffrischen – ojemine, jetzt versteh ich überhaupt nichts mehr, auffrischen … mit der Heiligen Schrift … Ja, aber die ist doch kein feuchter Putzlappen … Grundgütiger … Nun ja, meinetwegen, du möchtest eine portugiesische Bibel haben. Die hab ich bestimmt irgendwo, denke ich, wahrscheinlich mehr als eine, denke ich, auf ein Exemplar kann ich also wohl verzichten, doch das muss ich erst einmal in meinem Karteikasten kontrollieren. Ich habe nämlich so viele Bibeln, dass ich eine Kartei angelegt habe. So kann ich leichter herausfinden, wo welche Bibel biwakiert … Wenn Sie nun also … Es tut mir leid, ich kann Sie nicht bitten heraufzukommen, im Haus herrscht ein himmelschreiendes Durcheinander, und auch wenn Sie nicht so aussehen, als hätten Sie böse Absichten … Mir ist es lieber, Sie kommen nicht herauf, ich sag es einfach, wie es ist, man hört heutzutage so komische Geschichten … Neulich erst, hier um die Ecke, in der Generaal de Wetstraat … Frau Cats, die früher mit ihren Katzen am schönen Stronikaadje gewohnt hat, das man ja unbedingt abreißen musste, die hat so einen Leichtmatrosen reingelassen … Drei Tage später mussten wir sie begraben. Wenn Sie jetzt also einen kleinen Spaziergang machen … Gehen Sie zur Hafenmole, schnappen dort ein wenig … Sie sprachen vom Auffrischen … Schnappen Sie dort ein wenig frische Luft, und kommen Sie dann wieder her. Dann suche ich derweil eine portugiesische Bibel für Sie.«

»In Ordnung«, sagte ich, »ich stehe dann in etwa zwanzig Minuten wieder vor Ihrer Tür.«

»Welche Art von Bibel hast du dir denn vorgestellt? Eine Taschenbibel? Eine große Bibel? Eine halbwüchsige Bibel? Ein Zwischenmaß? Kleine Schrift, wäre das schlimm? Na ja, du möchtest dich damit auffrischen, also ist es wohl egal, ob die Schrift groß oder klein ist.«

»Eine Taschenbibel wäre ideal.«

»Dann tauche ich jetzt in meinen Karteikasten und sehe dich nachher wieder.«

Es war inzwischen dunkel geworden. Ich schlenderte erneut durch die schmalen Straßen zur Hafenmole. Vom Fluss her wölkten widerlich riechende Nebelschwaden zu den Burenkriegstraßen hinüber. Es war, als regnete es, doch der Regen fiel nicht herab, er stieg auf. Nach einer Weile war ich ziemlich durchnässt. Rot und grün ausstaffiert, schwebte die geräuschlose Fähre wieder über den Fluss, jetzt in umgekehrter Richtung.

Mir kam ein sehr gebeugt gehender Mann entgegen, der mit einer Kopfbedeckung ausgestattet war, die am ehesten noch an einen Obstkorb erinnerte. Als er an mir vorbeiging, lupfte er das Ding grüßend und rief: »Na so was, Sie hier, ich erkenne Sie wieder, ich habe das Foto in *De Schakel* gesehen. Der Herr Gabriel Pottjewijd, der Orgelstimmer höchstpersönlich dreht eine Hafenmolenrunde wie ein ganz gewöhnlicher Mensch. Darf ich Ihnen die Hand drücken, mein Name ist IJzerhard Paalvast.« Er ergriff meine Rechte und schüttelte sie, als habe er vor, meine Hand so zu lädieren, dass ich nie wieder würde stimmen können.

»Als ich Ihren Namen in *De Schakel* las, musste ich sofort an den Schriftsteller Bordewijk denken, denn Ihre beiden

Namen ähneln einander, drei Silben, in der ersten ein o, in der zweiten ein e und ein ij in der dritten Silbe. Haben Sie einmal den berühmten Roman von Bordewijk gelesen, *Karakter*? Für zehn Cent lieh ich mir das Buch auf dem Markt bei Fortuyn, der Buchhandlung mit angeschlossener Leihbibliothek, und was las ich in dem Ding? Irgendwo gegen Ende? Dass das Wasser der Berge mit dem Wasser der See in Rotterdam eine ewige Hochzeit feiert. Wie kommt Bordewijk darauf? Hier an der Biegung bei Het Scheur begegnen sich das Wasser der See und das Wasser der Berge. Hier wird die Hochzeit gefeiert und nirgendwo sonst. Riechen Sie nur! Geht man von hier aus nach Osten, dann riecht man das Süßwasser. Geht man von hier aus nach Westen, strömt einem die salzige Seeluft in die Nase. Hier, auf der Höhe dieses Städtchens, ist die ewige Hochzeit. Oder wollen Sie das etwa bestreiten?«

»Nein, warum sollte ich?«

»Ist es nicht ein Juwel, dieses Städtchen?«

»Wenn es ein Juwel ist, dann aber ein bizarres. Nehmen wir nur einmal den Wijde Slop …«

»Was haben Sie an dem auszusetzen?«

»Dass der Name so eigenartig ist. Ein Slop ist eine Gasse, und die ist per Definition eng, eine breite Gasse, das geht also gar nicht.«

»O doch, o doch, und ich setz noch einen obendrauf. Früher fuhr durch die Gasse eine Schmalspurbahn. Eine Gasse mit einer Schmalspurbahn, wo sonst auf der Welt findet man das? Ach, dieses Städtchen … diese Stadt …« Er nahm Haltung an und deklamierte:

Mein Städtchen, so schön, wohin ich auch schau.
Hier leben, nenn ich das höchste Glück.
Ich liebe den Hafen mit all dem Radau,
der klingt mir im Ohr wie holde Musik.

»Der Radau ist aber ziemlich lästig, wenn man die schöne Garrels-Orgel stimmen muss«, sagte ich.

»Das kann ich mir vorstellen, und ich grüße Sie. Ich mach mich dann mal wieder auf den Heimweg«, sagte IJzerhard Paalvast, erneut das Körbchen lupfend.

Als ich in die Joubertstraat zurückkehrte, stand der Bibelsammler bereits in der Türöffnung seines Hauses und wartete auf mich.

»Schau mal, was ich hier für dich habe«, sagte er. »Eine prima Taschenbibel auf Portugiesisch, sie lag hier auf der Treppe, vierte Stufe von unten, sie lag vorhin zum Greifen nahe. Ich hatte nämlich sonst nirgendwo Platz für sie, und Verwendung habe ich für sie auch nicht, denn laut meiner Kartei besitze ich zwölf Bibeln auf Portugiesisch ... Na ja, nicht dass ich in der Lage wäre, selbst genau herauszubekommen, in welcher Sprache all die Bibeln sind, doch dafür habe ich zum Glück meine gewitzten Enkel ... Die helfen ihrem Opa ... Tja, aber das geht dich ja auch nichts an. Hier deine Bibel auf Portugiesisch ... Sehr besonders, findest du nirgends, fünf Gulden und viermal fünfundzwanzig Cent krieg ich dafür. Die Fünfundzwanzig-Cent-Münzen sind für meine Enkel, aber das hast du dir wahrscheinlich schon gedacht.«

Ich fand das ziemlich teuer für ein so abgegriffenes Exemplar, doch ich hatte keine Lust zu feilschen. Also gab ich dem Sammler zwei Zweiguldenfünfzig-Münzen und einen Gulden, denn kleiner hatte ich es nicht.

Er händigte mir im Gegenzug die Taschenbibel aus und sagte: »Oft kommen Leute, hochgewachsene junge Burschen meistens, die versuchen, eine Bibel für lau zu bekommen, weil die Seiten aus so schön dünnem Papier sind. Dann reißen sie die Seiten raus und drehen sich eine Fluppe nach der anderen, mit Zware Van Nelle. Und sparen so ein paar Päckchen Zigarettenpapier von Mascotte. Natürlich Sünde, aber das kann ich noch nachvollziehen. Doch eine Bibel kaufen, um sich damit aufzufrischen, das habe ich noch nie gehört. Viel Erfolg dabei.«

Nachdem ich zum Seemannsheim zurückgekehrt war, vertiefte ich mich in die portugiesische Bibel. Bei einer kargen Vierzig-Watt-Lampe las ich eine Weile – all die geliebten Bibelpassagen, das erste Kapitel der Genesis, die Geschichte von Josef und seinen Brüdern, Psalm 23, Psalm 84, Psalm 91, Psalm 121, das Buch Jesaja (dieses Buch ist durchweg unglaublich, sprachlich das Schönste in der ganzen Bibel, obwohl das Buch Prediger Salomo auch nicht ohne ist), die Geschichte von den verdorrten Gebeinen in Hesekiel 37, die wieder lebendig werden, das Buch Jona, von dem Father Mapple in *Moby-Dick* sagt, es sei »einer der kürzesten Stränge in der mächtigen Ankertrosse der Heiligen Schrift. Und doch, welche Tiefen der Seelen …«, und von dort gleich weiter zur großartigen Sprache des Briefs an die Hebräer: »Denn ihr seid nicht gekommen zu dem Berge, den man anrühren konnte und der mit Feuer brannte, noch zu dem Dunkel und Finsternis und Ungewitter, noch zu dem Hall der Posaune und zur Stimme der Worte, da sich weigerten, die sie hörten, dass ihnen das Wort ja nicht gesagt würde. Sondern ihr seid gekommen zu dem Berge Zion und zu der Stadt des lebendigen Gottes, dem himmlischen Jerusalem, und zu einer Menge vieler tausend Engel, und zu der Gemeinde der Erstgeborenen, die im Himmel angeschrieben sind.«

Stimmen!

Dank der kreischenden Dampfpfeife der Kistenfabrik wurde ich am Freitagmorgen erneut äußerst unsanft geweckt. Gerade träumt man noch friedlich vom brasilianischen Binnenland, doch im nächsten Moment fährt man mit Gänsehaut am ganzen Leib hoch. Würde man sich jemals an so etwas gewöhnen? Ich konnte es mir nur schwer vorstellen.

Nach dem Frühstück las ich in meinem Zimmer noch eine Weile in der portugiesischen Bibel. Einige Passagen, die mir möglicherweise beim Umgang mit Gracinha zupasskommen konnten, prägte ich mir ein. Ich ging davon aus, sie würde in der Annahme, dass ich mich wieder in die Groote Kerk begab, gegen neun mit ihrer Tochter am Hafen entlangkommen. Daher wartete ich an der Ecke von Hoogstraat und Haven auf sie. Als ich die beiden bemerkte, murmelte ich gleichsam als Beschwörung: »Denn ihr seid nicht gekommen zu dem Berge, den man anrühren konnte und der mit Feuer brannte, noch zu dem Dunkel und Finsternis und Ungewitter, noch zu dem Hall der Posaune«, und versuchte, mich daran zu erinnern, wie die portugiesische Version dieser Textstelle lautete. Den ersten Teil des Satzes hatte ich vergessen, doch im Gedächtnis war mir geblieben: *»... e à escuridão, e às trevas, e à tempestade; e ao sonido da trombeta«*. Das war schön und auch leicht zu merken, vor allem *»e ao sonido da trombeta«*. Und passend war es auch, denn die Orgel der Groote Kerk hatte sowohl ein Trompetenregister als auch, im Pedal, ein Posaunenregister. Ein 32 Fuß zudem! Aber wie merkwürdig, dass in der portugiesischen Bibel von einer Trompete die Rede war und in der niederländischen von einer Posaune. Wie mochte es im griechischen Text heißen? In der norwegischen Übersetzung war, wie ich mich erinnern konnte, sogar von einem Horn die Rede, während in der englischen Fassung wiederum die Trompete genannt wurde. Tja, die Bibelübersetzer sind nicht nur bei Musikinstrumenten vollkommen ahnungslos, sondern auch und vor allem bei der Benennung von Tieren und Mineralien. Also reimen sie sich irgendetwas zurecht, und am Ende findet man in den diversen Bibelübersetzungen die unterschiedlichsten Bezeichnungen für dasselbe Tier oder Gestein, ungeachtet des Heiligen Geists, der den Bibelübersetzern selbstverständlich immer beisteht.

Die Tochter sah mich und winkte. Sogleich griff ihre Mutter ein und drückte Lannas Arm nach unten. Winken war offenbar nicht erlaubt. Als sie näher kamen, sah ich, dass ihre Augen Feuer spien, und das besserte sich auch nicht, als ich, den Flammen trotzend, fröhlich verkündete, dass wir zur Immanuëlkirche gehen würden.

»Warum?«, fragte sie mich giftig.

»Weil ich da heute die Orgel nachstimme. In der Groote Kerk kann ich jetzt wegen des Lärms von der Schiffswerft nicht arbeiten. Außerdem findet dort heute Nachmittag eine Trauerfeier statt.«

Mürrisch und ohne ein weiteres Wort folgte sie mir, ihre Tochter an der Hand führend, die Wip hinunter, über den Markt, über die Brücke und durch die Nieuwe Kerkstraat in die Lange Boonestraat 9. Dort wurden wir bereits vom Organisten der Immanuëlkirche erwartet, einem recht gedrungenen, dunklen Mann mit langen Haaren und einer verhältnismäßig scharfen Stimme.

»Sie sind der Stimmer«, sagte er, als würde er mich bereits

seit Jahren kennen, »und Sie haben sich offensichtlich auch schon der Dienste Lanna Edelenbos' versichert. Nun, das ist wunderbar. Dann können wir, was mich betrifft, gleich an die Arbeit gehen.«

Wir begaben uns in die Kirche, ein hohes, großes, helles Gebäude in der Form eines Achtecks mit zwei breiten Seiten. Die Septembersonne schien unbändig durch die farbigen Fenster ins Innere. So weit das Auge reichte, Bänke, Bänke und nochmals Bänke aus hellem Kiefernholz. Und auf der Galerie noch viel mehr Kiefernholzbänke! Beim Betreten des riesigen Raums sah ich, dass eines der bunten Fenster die Geschichte des Propheten Elia zeigte, der mit einem feurigen Wagen und feurigen Pferden in den Himmel hinauffährt. Unten im Fenster fing der Prophet Elisa den Kamelhaarmantel auf, den Elia bei seiner Himmelfahrt verliert. Noch immer gibt es Millionen orthodoxe Christen, die glauben, dies sei auch wirklich so geschehen. Ebenso wie das, was dann folgt. Mit dem Kamelhaarmantel schlägt Elisa auf das Wasser des Jordan. Sofort teilt sich der Fluss, und es bildet sich ein Weg, auf dem Elisa trockenen Fußes ans andere Ufer gelangt. Dort aber wird er von Heranwachsenden als »Kahlkopf« verhöhnt, woraufhin zwei Bären aus dem Wald kommen und zweiundvierzig Kinder zerreißen. Eine nette Geste des Herrgotts! Dann wandert Elisa weiter und trifft die Witwe von Zarpath, die über einen Krug verfügt, aus dem sie endlos Öl gießen kann! Und so geht das immer weiter, die Wunder überschlagen sich nur so wie Feuerfalter über feuchtem Grasland.

Ein anderes großes buntes Fenster zeigte Hiob auf dem Misthaufen. Seine drei Freunde, die alle auffallend schöne Gewänder tragen, besuchen ihn. Sie sehen aus wie frisch gewaschen, gestärkt und anschließend auch noch fachmännisch gebügelt. Auf dem Misthaufen – Hiob selbst wirkt übrigens auch noch kerngesund – wühlt ein reizendes Ferkel herum. Unbiblisch, davon steht in der Bibel kein Wort.

Obendrein ist Schweinefleisch den Juden ja bekanntlich verboten.

Zu beiden Seiten des riesigen muschelförmigen Schalldeckels, der über der Kanzel angebracht war, prangten in offener Stellung zwei Hälften der Seifert-Orgel auf zwei recht weit auseinanderliegenden Galerien. Eine Kirchenorgel mit Stereoeffekt! Eine wirkliche Verkleidung der Pfeifen fehlte, sie standen offen und sichtbar auf den Galerien. Und das, obwohl Oosterhof und Bouwman in ihrem meisterhaften Buch über die Orgelbaukunde bereits auf der ersten Seite schreiben: »In den zwanziger Jahren wurden einige Orgeln ohne Gehäuse gebaut, sodass alle Pfeifen der Orgel sichtbar sind. Es hat sich jedoch gezeigt, dass der Orgelklang stark verliert, wenn sie nicht durch ein wenig tiefes hölzernes Gehäuse umschlossen werden, das aus zwei Seitenwänden, einer Rückwand und einem Deckel besteht. In jenen Jahren hatte man offenbar die Bedeutung eines hölzernen Gehäuses für den Orgelklang vergessen.« Ungeachtet dieser weisen Worte fehlte hier also das Gehäuse, was mir allerdings sehr angenehm war, denn so kam man überall mühelos ran, musste nicht klettern oder kriechen, außer vielleicht bei den Pfeifen, die im Schwellkasten standen. Und was außerdem enorm erfreulich war: Man hörte nichts von der Schiffswerft, die ja doch wohl voll in Betrieb sein musste. Offensichtlich stand die Immanuëlkirche inmitten der Knoten der pneumatischen Schallwellen.

Der Organist platzierte Lanna auf der Orgelbank hinter dem Spieltisch, der gleich neben der Kanzel stand. Anschließend brachte er mich zum rechts von der Kanzel befindlichen Hauptwerk auf die Empore, und ich stürzte mich auf die Oktav 4-Fuß. Währenddessen hatte sich Gracinha in den Kirchenraum begeben und sich missmutig in eine der Bänke gesetzt. Offenbar war in dieser Kirche Aufsicht unverzichtbar. Nun, mir sollte es recht sein, ich war oben beschäftigt, und ihre Tochter saß unten und drückte artig eine Taste nach der anderen. Das einzige Problem war, dass ich ziemlich laut von der Orgelempore hinunterrufen musste. Sonst verstand Lanna mich nicht.

Wenn ich gedacht hatte, Gracinha würde mich wieder zu sich nach Hause auf ein einfaches, aus einem Toast und einem *caldo verde* bestehendes Mittagsmahl einladen, dann hatte ich mich schwer getäuscht. Als die Turmuhr der Groote Kerk zwölf schlug, stieg sie aus ihrer Bank, ging zum Spieltisch und forderte ihre Tochter auf, mit ihr nach Hause zu gehen. Mir schenkte sie keinerlei Beachtung. Ich wurde nicht schlau aus der Frau. Was hatte ich verbrochen? Gestern Nachmittag hatten wir doch, nachdem wir uns an Toast und Suppe gelabt hatten, freundlich voneinander Abschied genommen, und sie hatte mir versprochen, am nächsten Tag ihre Tochter vorbeizubringen. Und jetzt das! Oder hatte ihre schlechte Laune nichts mit mir zu tun? So viel steht jedenfalls fest: Wir sprechen oft von Charakter, doch der Charakter spielt in der Regel nur eine untergeordnete Rolle; Menschen unterliegen Launen und Grillen und Stimmungen! Im einen Moment sind sie fröhlich und aufgeweckt, im nächsten ärgern sie sich über irgendetwas schwarz und mit ihnen ist nichts anzufangen. Garantiert, es ist die Stimmung, die bestimmt, wie man sich verhält, und genau wie bei einer Kirchenorgel sind allerlei Stimmungen möglich, von äußerster Fröhlichkeit bis hin zu tiefster Niedergeschlagenheit. Es kommt nur darauf an, welche Register gerade gezogen sind. Selbst ein Geizhals kann, wenn er gut gelaunt ist, Geld verjubeln (da kann ich ein Lied von singen). Ich erwähnte es schon, meine Mutter sagte oft, wenn ich schlechte Laune hatte: »Hockst du wieder im Schmollwinkel?« Und wenn ich fröhlich war, sagte sie: »Schau an, er ist in Folio.«

Gracinha war, wie sich gegen zwei Uhr zeigte, als sie mit ihrer Tochter wieder in der Immanuëlkirche erschien, aus ihrem Schmollwinkel hervorgekommen. Während ich im Hauptwerk das Gemshorn durchging und ihre Tochter die Tasten drückte, schlenderte sie durch die Kirche, plauderte mit dem Küster, der sich hin und wieder blicken ließ, puderte ihre Nase, machte es sich in einer der Bänke bequem und stand wieder auf. Sie war anscheinend unruhig, hatte aber ganz offensichtlich keine schlechte Laune mehr, denn in der Teepause war sie die Liebenswürdigkeit in Person. Was für eine Erleichterung! Als ich am späten Nachmittag die Schalmei im ziemlich finsteren Schwellwerk (es lag dort eine Handlampe, doch die war kaputt) fertig gestimmt hatte und in den Kirchenraum hinabstieg, um zu verkünden, dass es, was mich anging, für diesen Tag genug sei, fragte sie mich: »Wo du essen heute Abend?«

»Es wird wohl wieder FGK im Seemannsheim werden.«

»FGK? Was ist das?«

»Das ist die Abkürzung für Fleisch, Gemüse, Kartoffeln. Das F kann auch Fisch bedeuten. Vielleicht bekomme ich heute das F für Fisch.«

»Leckeres Essen dort?«

»Was heißt lecker …? Es ist Nahrung, es stillt den Hunger, mehr kann man dazu nicht sagen. Das Wort *lecker* wäre da nicht angebracht, das Wort *widerlich* aber auch nicht.«

»Du dann vielleicht bei uns essen? Ich kochen gut, sehr gut, nicht wahr, Lanna?«

»*Sim*, Mama, *sim*.«

»Lanna weigert, Niederländisch reden.«

»Irgendeine Ahnung, warum?«, fragte ich Gracinha.

»Weiß nicht. Verstehe nicht. Sie will nicht. Wir untereinander immer Portugiesisch.«

»Lanna, warum willst du nicht Niederländisch sprechen?«, wandte ich mich an die Tochter.

Das Mädchen sah mich freundlich an und sagte: *»Eu não posso falar holandês.«*

»Das bedeutet: Ich kann kein Niederländisch sprechen«, erklärte ihre Mutter, »aber sie kann sehr wohl, besser als ich. Sie will nicht.«

»*Eu não posso*«, beharrte das Mädchen.

»Dann bleibt mir nichts anderes übrig, als Portugiesisch mit ihr zu sprechen«, sagte ich. »Den ein oder anderen einfachen Satz kriege ich wohl hin. *Que bom que eu posso ir e comer.*«

Gracinha klatschte in die Hände, wobei sie ganz nebenbei meine Aussprache verbesserte, und sagte: »Ich dir Portugiesisch beibringen, und du mich lehren, besser Holländisch sprechen.«

Pass auf, dachte ich, so hat es auch mit Lore angefangen. Sie hatte mir Deutsch beigebracht und ich ihr Niederländisch, wir lachten über unsere dummen Fehler, korrigierten die Aussprache des anderen, und währenddessen schlenderten wir unermüdlich durch die Straßen von Norden. Nicht, dass es ein Problem gewesen wäre, dass wir uns auf diese Weise ineinander verliebten, aber ich wollte mich auf keinen Fall an diese brasilianische Schönheit verlieren. Daraus konnte nun wirklich nichts Gutes werden. Aber, ach, wenn man sie nur ansah, war man bereits vollkommen verwirrt. Sie war unglaublich schön. Welch ein Glück, dass sie so offenkundig schrecklich schlecht gelaunt sein konnte und dann so unnahbar war. Sie hatte bestimmt noch zahlreiche andere wenig einnehmende Eigenschaften. Bestimmt mochte sie diesen grauenhaften Fado, den mochten schließlich alle blödsinnigen Portugiesen. Und klassische Musik widerte sie zweifellos an. Ich wettete zehn zu eins, dass sie römisch-katholisch war – tja, eine papistische Freundin, das war nun wirklich das Letzte, wonach ich strebte. Außerdem kam sie aus einem warmen Land, war also garantiert eine Frostbeule; wenn ich mit ihr zusammenwohnen würde, müsste ich mich immer in viel zu stark geheizten Zimmern aufhalten. Aber gut, worüber machte ich mir Sorgen? Noch zwei Tage Nachstimmen in der Immanuëlkirche und noch drei oder vier in der Groote Kerk, dann war der Auftrag erledigt, und ich konnte wieder nach Heiligerlee zurückfahren.

»Ich werde schnell im Seemannsheim Bescheid geben, dass ich dort heute nicht esse, und dann komme ich um … Wann soll ich da sein?«

»Du um sieben Uhr kommen«, sagte Gracinha.

Und dann essen wir natürlich erst um acht oder so, dachte ich; schon wieder so etwas Unangenehmes, ich esse nämlich am liebsten um halb sechs, denn so hat man im Anschluss noch einen sehr langen Abend vor sich, mit dem man alles Mögliche anstellen kann. Lange und spät speisen, ich hasse das, doch ich wettete zehn zu eins, dass Gracinha zu denen gehörte, die lange Gelage liebten. Nun, umso besser, je mehr schlechte Eigenschaften, umso kleiner war die Gefahr, dass ich mich in sie verknallte. Gottlob übrigens, dass es noch so banale Ausdrücke wie *verknallen* gibt – allein schon ihre Verwendung minimiert eventuelle Risiken. Wobei noch hinzukam, dass ich jetzt auf der Hut war. In Norden war ich überhaupt nicht vorsichtig gewesen, damals hatte ich nicht den blassesten Schimmer gehabt, was mit mir geschah. Damals dachte ich nur: Irgendwie fühle ich mich komisch – ob ich vielleicht eine Grippe bekomme? Doch als ich wieder zu Hause war, begann das Nagen, und ich konnte an nichts anderes mehr denken als an die langen Spaziergänge mit Lore Hengelbrock in dem uralten Städtchen Norden, das fast unversehrt den Zweiten Weltkrieg überstanden hatte.

Hübsch langweilt, an hässlich gewöhnt man sich

Von meinem deutschen Schwager hatte ich immer zu hören bekommen: »Hübsch langweilt, an hässlich gewöhnt man sich.« Ein netter Aphorismus, aber ob er auch stimmt? Auf jeden Fall kam ich nach dem Essen zu der Erkenntnis, dass das wunderschöne Aussehen Gracinhas mich auch in einigen Jahren nicht langweilen würde. Oder irrte ich mich da, weil ich mit dergleichen noch keine Erfahrung hatte? Lore war sehr attraktiv gewesen, aber zum Glück längst nicht so atemberaubend schön wie diese Gracinha. Gelangweilt hat Lore mich übrigens nie, doch diese brasilianische Schönheit war so vollkommen anders, sie narrte mich ständig. Ihr Äußeres lenkte mich ab, sodass ich nicht mehr nüchtern über sie nachdenken konnte. Und es war nicht nur ihr Äußeres, sondern auch ihr leichter Gang und ihre geschmeidigen Schritte, die mir den Kopf verdrehten. Dazu ihre zierlichen Gesten und das lustige, oft noch sehr unbeholfene Niederländisch. Es war doch unbegreiflich, dass jemand, der sich schon so lange in unserem Land aufhielt, nicht einen Satz ohne Fehler über die Lippen brachte. Aber was spielte das schon für eine Rolle? Schließlich konnte sie sich verständlich machen. Oder tat sie es absichtlich? Wusste sie intuitiv, dass man mit ungrammatischen Sätzen und einer ungewohnten Satzmelodie Rührung hervorruft? Vor Rührung muss man auf der Hut sein. Tatsächlich ist sie gefährlicher als Verliebtheit, denn Verliebtheit endet unweigerlich irgendwann, während Rührung andauern kann. Außerdem steckt in Rührung auch etwas von Geringschätzung. Wenn man gerührt ist, schaut man auf jemanden herab. Man meint, man sei demjenigen überlegen, durch den man gerührt wird. Oft vollkommen zu unrecht übrigens.

Ach, all das ging mir durch den Kopf, als ich erneut in dem schrecklichen Seemannsheimbett versank, wobei ich mir auch noch die ganze Zeit übel nahm, dass ich so auf ihr Äußeres fixiert war. Als spielte es auch nur einen Moment lang eine Rolle, wie man aussah.

»Idiot, du hast zu viel getrunken«, murmelte ich in mein Kopfkissen. Der portugiesische Wein – wo bekam sie den überhaupt her? – hatte so verdammt gut geschmeckt. Und ja, wie ist das, wenn man trinkt? Man nimmt sich vor, es bei einem Glas zu belassen, doch nachdem man dieses Glas getrunken hat, denkt man: Ach komm, noch eins wird wohl nicht schaden. Entscheidend ist also, das erste Glas nicht anzurühren. Tut man es doch, reißt man mit diesem ersten Glas eine Barriere nieder, und wenn die erst einmal aus dem Weg geräumt ist, folgt schon bald ein zweites und drittes Glas. Und ab dem vierten Glas weiß man schon gar nicht mehr, wie viele Gläser man eigentlich getrunken hat.

Und dann das Essen! Mannomann, was für eine Mahlzeit. Ganz bestimmt kein FGK, und vielleicht auch deshalb so köstlich, weil ich bereits drei FGK-Mahlzeiten im Seemannsheim hinter mir hatte. Mir ist es eigentlich nicht besonders wichtig, ob das Essen lecker ist, ehrlich gesagt, bin ich sogar der Ansicht, dass das Essen nicht allzu appetitlich sein sollte, denn je besser es schmeckt, umso mehr tut man sich auf den Teller. Und umso dicker wird man. Im Prinzip bin ich ein Befürworter der Schmalhansküche, doch so ein brasilianisches Diner – jummie.

Vorab eine Papaya, in kleine Stücke geschnitten und mit Limettensaft besprenkelt.

»Ist gut gegen *demência*«, hatte Gracinha gesagt und dann hinzugefügt: »Jeden Tag, den man Papaya isst, lebt man einen Tag länger.«

»Wenn das wahr wäre«, hatte ich erwidert, »dann stirbt man nie, wenn man jeden Tag Papaya zu sich nimmt.«

»Ist wahr«, sagte Gracinha darauf, »aber Papaya nicht jeden Tag zu kaufen.«

Während wir also Papaya aßen, hatte Gracinha mich plötzlich gefragt: »Wenn du immer Orgeln im Dunkeln stimmen, warum nicht arbeiten mit einer Grubenlampe?«

Das Wort war gleichsam im Wohnzimmer hängen geblieben. Eine Grubenlampe. Ich hatte darauf nichts erwidert, und daher fuhr Gracinha fort: »Mein Vater immer solche Lampe auf dem Kopf.«

»War dein Vater Grubenarbeiter? In Brasilien? Gibt es denn Minen in Brasilien?«

O, o, wie sich zeigte, war dies erneut eine dumme Frage.

»Wir sehr viele Minen in Brasil, Brasil vielleicht das Land mit den meisten Minen auf der ganzen Welt: Zinn, Eisen, Zirkon, Titan, Gold, Silber, Bauxit, Steinkohle, Kupfer, Mangan, Diamanten, ach, und noch viel, viel mehr. In der Schule gelernt, aber Hälfte schon wieder vergessen.« Dabei hatte sie mich angesehen, als wollte sie mich mitsamt der Papaya verschlingen.

Nach der Papaya gab es einen Schmortopf mit Schweinefleisch, Huhn und Speck; aber auch Krabben, Riesengarnelen und Kohl waren darin. Auf den ersten Blick keine Kombination, die mir jemals in den Sinn gekommen wäre, wenn ich einmal kochen müsste, doch sie schmeckte außergewöhnlich gut. So gut, dass ich dämlicherweise meinen leeren Teller, völlig gedankenlos, so wie ich es als Kind zu Hause getan hatte, hochhob, um die letzten köstlichen Soßenreste abzulecken. So etwas verbietet sich natürlich in zivilisierten Kreisen.

Noch erhitzt von ihrem Wutanfall wegen der brasilianischen Minen, hatte Gracinha mich völlig verdutzt angestarrt, während ich zwanghaft weiterleckte. Aber das war nichts im Vergleich zur Reaktion ihrer Tochter. Die hatte mit ausgestrecktem Finger auf mich gezeigt und ein paarmal aufgeregt und mit funkelnden Augen gerufen: *»Mamãe, mamãe, olha, ele está lambendo o prato dele.«*

Es folgte ein schwacher Versuch meinerseits, die Missetat zu rechtfertigen.

»Desculpe, desculpe«, hatte ich gerufen, »früher bei uns zu Hause hat meine Mutter uns Kinder immer aufgefordert, die Teller abzulecken. Dann bekam man etwas mehr in den Magen, und der Abwasch war auch einfacher. Bei uns herrschte nun mal Armut. Und diese Soße war so unglaublich lecker …«

Eisiges Schweigen schloss sich an meine Erklärung an, und deshalb hatte ich, um die unangenehme Stille zu durchbrechen, meinem Lobgesang auf die Soße noch angefügt: »Wenn wir dann alle auf diese Weise unsere Teller gereinigt hatten, nahm mein Vater die Bibel, die bei uns auf dem Kaminsims lag, und las daraus ein Kapitel vor.«

Wieso hatte ich das erzählt? Um zu zeigen, dass wir, auch wenn wir unsere Teller ableckten, dennoch keine Banausen waren? Um die Aufmerksamkeit auf etwas anderes zu lenken? Um deutlich zu machen, dass man früher bei uns zu Hause auf die merkwürdigsten Dinge gefasst sein musste – Teller ablecken, in der Bibel lesen? Erst reinigen, dann heiligen?

Nach dieser unglücklichen Aktion konnte ich in der verbleibenden Zeit für Lanna, die mich offenbar – keine Ahnung, warum – sowieso schon sehr nett fand, überhaupt nichts mehr falsch machen, während ich es mir mit der Mutter (definitiv?) verdorben zu haben schien. Das schloss ich aus der brüsken Art, mit der sie den Tisch abgeräumt hatte. Sie hatte mich nach dem Vorfall kaum noch angesehen. In der offenen Küche stand, wenn ich mich nicht irrte (allerdings konnte ich das von meinem Sitzplatz aus nicht so richtig erkennen), auch noch ein Dessert bereit, drei Schüsselchen mit Schokoladenmousse, doch die wurden nicht mehr aufgetragen.

Also hatte ich zu Gracinha gesagt, dass ich besser aufbreche, weil ich beizeiten im Bett sein wolle, um am nächsten Morgen möglichst früh aufzustehen und mich in der Groote Kerk ans Stimmen zu machen.

»Am Samstag wird auf der Werft nicht gearbeitet, und darum muss ich die Gelegenheit nutzen. Vielleicht ist es für Lanna noch zu früh, aber ich kann mit dem Stimmen des Rückpositivs beginnen. Das steht genau hinter dem Spieltisch, sodass ich von dort aus immer ein Bleistäbchen auf die Taste legen kann, deren Pfeife ich mir vornehmen will. Morgens komme ich also allein zurecht, obwohl es natürlich viel bequemer wäre, wenn Lanna mir zur Hand ginge.«

Daraufhin hatte Gracinha etwas auf Portugiesisch zu ihrer Tochter gesagt, das ich nicht verstand. Die Tochter erwiderte etwas, das ich ebenso wenig verstand. Protestierte sie ihrer Mutter gegenüber? Mir kam es so vor, doch sicher bin ich nicht. Wie dem auch sei, Gracinha sagte jedenfalls schroff, sie werde Lanna um neun Uhr zur Kirche bringen.

Nachdem ich die Wohnung der beiden verlassen hatte, war ich noch kurz zur Groote Kerk gegangen. Wie praktisch, dass der Küster gleich nebenan wohnte. Ich klingelte an seiner Tür, und es öffnete eine Frau, die ziemlich verhärmt aussah. Ich nannte ihr den Grund meines Kommens, und sie erwiderte: »Ich hole Joris.«

Misstrauisch starrte der Küster mich wenig später durch seine Glasbausteine an.

»Morgen wird auf der Werft nicht gearbeitet«, sagte ich. »Die Gelegenheit will ich nutzen und früh mit der Arbeit beginnen.«

»Wie früh?«

»Um sieben.«

»In Ordnung, ich schließe die Kirche um halb sieben auf. Aber mach dir keine falschen Hoffnungen. Wenn irgendein Kutter eher heute als morgen fertig sein muss, dann wird bei De Haas auch am Samstag tüchtig malocht.«

»Das wäre übel.«

»Vielleicht hast du Glück. Doch wer wird dir so früh am Morgen helfen? Die Krabbe, Fräulein Edelenbos?«

»Ich fange mit dem Rückpositiv an, da komm ich gut ran und lege ein Bleistäbchen auf die entsprechende Taste ...«

»Ja, aber dann musst du doch wie ein Pavian ständig hin- und herklettern. Das ist nicht bequem. Ich helfe dir, solange das Mädchen nicht da ist.«

Ich dankte und verabschiedete mich. Bevor ich mich jedoch ins Seemannsheim begab, rief ich aus einer Telefonzelle auf dem Markt noch meinen Bruder an.

»Ich stimme momentan eine wunderbare Garrels-Orgel«, sagte ich zu ihm, »und dabei hilft mir ein Mädchen, das kein Wort Niederländisch sprechen kann oder will und das von den Leuten hier, wenn sie nett sein wollen, als geistig behindert beschrieben wird, und wenn sie nicht nett sein wollen, als debil. Aber sie ist ganz bestimmt nicht debil, sie kennt die Namen der Tasten, sie kann ein Nikolauslied spielen und dazu singen, sie ...«

»Moment, sie kann nicht sprechen, wohl aber singen? Das ist seltsam.«

»Sie kann sprechen, aber wenn sie den Mund aufmacht, kommt nur Portugiesisch raus.«

»Grundgütiger, mein Bruder wieder, was du sagst, hat weder Hand noch Fuß. Fang noch einmal ganz von vorne an. Du stimmst eine Orgel. Gut, das ist mir klar. Und so wie üblich gibt es jemanden, der die Tasten drückt, wenn du wie eine Art Jona im Bauch des Wals mit deinen Werkzeugen in der Orgel biwakierst. Und der Tastendrücker ist ein Mädchen … wie alt?«

»Etwa sechzehn, schätze ich.«

»So jung? Ist das denn zu verantworten? Erlaubt das Arbeitsschutzgesetz das? Nun ja, nicht mein Problem. Und das Mädchen spricht kein Niederländisch?«

»Ihre Mutter sagt, es weigert sich, Niederländisch zu sprechen.«

»Mutter? Wo kommt die auf einmal her?«

»Die Mutter hat in Brasilien den Kapitän des Hochseeschleppers *Schwarzmeer* kennengelernt, als das Schiff im Hafen von Belém lag, und diesem Kapitän ist sie dann in die Niederlande gefolgt. Der Kapitän kam allerdings bei einem Unfall ums Leben, und jetzt wohnt die Mutter mit ihrer Tochter in einem Haus am Haven. Wie sich das ergeben hat, weiß ich nicht, aber das Mädchen wird hier immer gerufen, wenn gestimmt werden muss, und so …«

»Aha, und die Mutter? Ist sie nett?«

»Sie ist eine Xanthippe, diese Mutter, ich verstehe mich nicht besonders gut mit ihr. Das Mädchen aber ist fantastisch. Sie findet es herrlich, mir zu helfen; allerdings ist sie ein wenig seltsam, sie erinnert mich manchmal an Drieke. Und deshalb rufe ich dich an, denn ich hoffe, du kannst mir …«

»Drieke? Die Ziege unseres Nachbarn? Läuft das Mädchen etwa hinter dir her?«

»Nein, nein, das mit der Ziege kam mir nur plötzlich in den Sinn, das hätte ich nicht erwähnen dürfen. Aber ich weiß nicht so recht, wie ich es sagen soll, ich tappe ein wenig im Dunkeln …«

»Hat sie schräg stehende Augen? Kommt sie gut an die Tasten, oder muss sie sich nach vorne beugen, weil ihre Arme sehr kurz sind?«

»Nein, ganz und gar nicht, ihre Arme sind normal, hübsch sogar, und lang. Sie kommt überall ran.«

»Aha, also kein Downsyndrom. Aber was dann? Eigentlich müsste ich sie einmal sehen.«

»Tja, ich kann nicht mit ihr zu dir kommen, und du hierhin, das ist natürlich auch Unsinn, aber ich hatte die Hoffnung, dass du möglicherweise trotzdem eine Idee hast, was dem Mädchen fehlen könnte.«

»Hm … Offensichtlich ist sie musikalisch, zumindest macht es ihr Freude, Geräusche zu erzeugen, und wenn du exakt angibst, welche Taste sie zu drücken hat, weiß sie auch, welche du meinst.«

»Ja, das stimmt. Sie sieht ganz normal aus, überhaupt nicht wie jemand, bei dem eine Schraube locker ist. Aber sprechen – nein, jedenfalls nicht auf Niederländisch. Allerdings hin und wieder einen Satz auf Portugiesisch. Ich begreife das nicht. Sie ist doch bestimmt hier aufgewachsen und hat, selbst wenn zu Hause Portugiesisch gesprochen wurde, in der Spielschule von den anderen Kindern Niederländisch gelernt …«

»Spielschule? Wovon sprichst du? In welcher Zeit lebst du denn bitte? Das ist ein Wort aus unserer Kindheit, von 1950. Inzwischen ist fast ein halbes Jahrhundert vergangen. Mann, Mann, geh doch mal ein wenig mit der Zeit. Spielschule … Und wer sagt, dass das Mädchen hier in einer Kindertagesstätte oder in der Grundschule war? Möglicherweise hatte die Mutter, die hübsche Witwe, ja schon ein Kind, bevor sie in die Niederlande gekommen ist. Finde erst einmal heraus, ob dieses Mädchen überhaupt das Kind des Kapitäns ist, ich glaube es nämlich nicht. Ich glaube, das Mädchen wurde hierher gebracht, als es, sagen wir, vier Jahre war, und dass dieser Umzug so traumatisch gewesen ist, dass es sich gleichsam aus Protest weigert, Niederländisch zu sprechen. Wobei, aus Protest? Es kann auch sein, dass wir es hier mit einem Fall von selektivem Mutismus zu tun haben: Ich selbst habe das noch nie gesehen, aber so was kommt mitunter vor. Augenscheinlich ganz normale Kinder, die aber nicht reden. Und warum nicht? Es gibt ein paar Theorien, doch ob die zutreffen? In Anbetracht dessen, was du über die Freude am Tastendrücken und Singen erzählst, würde ich übrigens davon ausgehen, dass es sich hier um einen Fall von schwerem Autismus handelt. Einem Stimmer zu helfen ist todlangweilig, das weißt du besser als jeder andere. Wenn es jemanden gibt, der das nicht langweilig findet, der stundenlang durchhält, dann muss es sich wohl zwangsläufig um einen Autisten handeln, das kann fast nicht anders sein. Tja, und wenn dem so ist, dann ist da leider nicht viel zu machen. Ich würde mich also an deiner Stelle glücklich schätzen, dass so jemand deinen Weg gekreuzt hat, und wenn die brasilianische Mutter auch nur einigermaßen erträglich ist, dann heiratest du sie, und du hast, wo immer du zum Orgelstimmen hinmusst, stets deine autistische Stieftochter zur Hand, die dir helfen kann.«

»Red keinen Blödsinn, deine Fantasie geht mal wieder mit dir durch. Die Mutter ist eine Hexe.«

»Das sagst du jetzt schon zum zweiten Mal ... Ich erinnere mich noch gut, du hast einmal in Deutschland gestimmt, in Nordom oder so, und dort bist du auch einer Hexe begegnet. Ich weiß noch, damals hast du von einem Satansweib gesprochen, und im Handumdrehen warst du mit dieser Frau verheiratet, ja, ja, mein Bruder ... Ich wünschte, meine Patienten wären so wie du ... Dann müsste man nicht lange reden und wüsste doch gleich, wo der Hase im Pfeffer liegt. Eine Hexe ... aus Brasilien ... mit langen pechschwarzen Haaren und großen, dunklen Augen und schlanken Beinen, da kannst du drauf wetten, und vielleicht noch einem kleinen Schuss Indianerblut. Zudem auch noch Witwe ... Was für eine einmalige Gelegenheit, was für ein Glückspilz, mein Bruder!«

»Auf Wiederhören«, sagte ich, doch er rief: »Halt, warte

kurz, ich erinnere mich noch gut daran, dass du dir damals, als du in diesem Kaff Nordom gestimmt hast, eine deutsche Bibel gekauft hast, eine Lutherbibel. Das fand ich seinerzeit so amüsant, dass ein Teil der Strategie für die Eroberung einer Frau darin bestehen kann, sich eine Bibel zu kaufen, denn zuvor hattest du auch schon eine ungarische, eine französische, eine englische und eine italienische Bibel irgendwo aufgetan, zweifellos auch jedes Mal wegen eines Mädchens …«

»Woher weißt du, dass ich fremdsprachige Bibeln gesammelt habe?«

»Die hast du einfach im Haus herumliegen lassen, man fand sie überall. Aber wie dem auch sei, eine Bibel zu kaufen, wenn man ein Auge auf eine Frau jenseits der Grenze geworfen hat, das ist doch wohl so ziemlich das Letzte, was einem normalen Menschen in den Sinn kommt. Hast du denn jetzt, wenn ich fragen darf, eine portugiesische Bibel erworben?«

»Wo sollte ich hier in dieser kleinen Hafenstadt bitte eine portugiesische Bibel auftreiben können?«

»Das wäre hier in Groningen auch ziemlich schwierig, das leuchtet ein. Schade ist es aber trotzdem, denn nachher gehe ich zur Geburtstagsfeier deines anderen Bruders, ja, ja, du hast hinterhältigerweise wieder dafür gesorgt, dass du nicht in der Nähe bist und demnach auch nicht hinmusst, aber ich bin der Dumme. Sei's drum, es wäre schön gewesen, wenn ich dort hätte erzählen können: ›Gabriel ist wieder grenzüberschreitend auf Freiersfüßen.‹ Und wenn man mich dann gefragt hätte, woher ich das weiß, hätte ich geflüstert: ›Er hat seiner umfangreichen Sammlung fremdsprachiger Bibeln ein brasilianisches Exemplar hinzugefügt.‹«

Jetzt lag ich in meinem Seemannsheimbett und dachte: Wie bist du nur darauf gekommen, ganz unvermittelt Drieke zu erwähnen? Erinnerte mich Lanna etwa an Drieke? Wieder sah ich vor mir, wie wir eines Winterabends unseren Graupenbrei mit Butter und Sirup aßen, als plötzlich laut an das Wohnzimmerfenster gepocht wurde. Mein Vater sprang auf, zog den aus Mehlsäcken gemachten Vorhang beiseite und spähte nach draußen. Ein gutes Stück über dem Fensterbrett entdeckten wir mit einiger Anstrengung – wir schauten nämlich aus dem im Übrigen nicht sonderlich hell erleuchteten Wohnzimmer in die Dunkelheit – einen weißen Fleck, der sich bei näherer Betrachtung als der wunderschöne Kopf von Drieke entpuppte. Wie war Ai Kacks Ziege dorthin gekommen? Und was machte sie da? Warum pochte Drieke mit dem Kopf gegen die Scheibe? Mein Vater verließ das Zimmer, zog sich in der Waschküche rasch die Holzschuhe an und erschien wenig später vor dem Fenster. Weil er fürchtete, die Ziege könnte mit einem Kopfstoß die Scheibe zu Bruch gehen lassen, versuchte er, das Tier vom Fenster wegzuziehen. Wir sahen von drinnen, dass sie sich heftig wehrte, und mein damals noch nicht so gelehrter Bruder eilte ebenfalls nach draußen, um meinem Vater bei seinen Bemühungen behilflich zu sein. Es nützte nichts. Drieke wehrte sich mit aller Kraft, und man versuche nur einmal, eine so große, muskulöse Ziege wegzuzerren. Das schafft man nicht, ein solches Tier ist bärenstark.

Ich ging schließlich auch in die Waschküche, schlüpfte in meine Holzschuhe, lief nach draußen und rief leise: »Drieke, komm her.«

Die Ziege sah mich, beendete ihren Widerstand, meckerte entzückt und kam auf mich zu, meinen Vater und meinen Bruder seelenruhig hinter sich herziehend. Sie schnupperte zunächst an meinen Händen, drückte dann den Kopf gegen meinen Bauch und schmiegte sich an mich.

»Da schau her«, rief mein Bruder, »das Vieh hat ein Auge auf unseren Gaby geworfen. Wie ist das bloß möglich, was sieht die Ziege in ihm?«

»Mich wundert's nicht«, sagte mein Vater, »er ist nun mal

ein herzallerliebstes Bürschchen. In ihm ist, auch wenn er manchmal im Schmollwinkel hockt, nicht ein Deut Böses, ja, ja, das hat Driekemanns verdammt gut erkannt. Tja, uns bleibt wohl nichts anderes übrig, als dass Gabe das Tier zu Ai Kack zurückbringt und wir hinterhertrotten, um Ai nachdrücklich zu raten, die Ziege in Zukunft saugut einzusperren. Denn sonst steht sie in null Komma nichts wieder vor unserem Fenster und pocht an die Scheibe, weil sie sich nach unserem Gabe sehnt. Ja, ja, das gibt's manchmal bei Tieren, die sind, was das angeht, wie Menschen, die können sich auch an jemanden verlieren. Als ich seinerzeit Knecht in der Nähe des Klosters der Grauen Mönche war, da hatten wir ein Schaf, das in eine Kuh verschossen war. Immer wieder zwängte sich das Tier unter die Kuh, es passte da genau drunter, und dann sah man an den Augen des Schafs, dass es im siebenten Himmel war. Die Kuh ließ sich das alles gefallen, doch eines Tages wurde sie zum Schlachter gebracht, und das Schaf siechte dahin und war innerhalb kürzester Zeit tot.«

Sirene

Am Samstagmorgen konnte ich dann endlich wieder an der Garrels-Orgel weitermachen. Zuerst musste ich natürlich die noch verbliebenen Pfeifen des Hauptwerks stimmen. Mit der 8'-Trompete darin war ich, unterstützt durch den Küster, schon recht weit, als ich das Geräusch einer sich behutsam öffnenden und wieder schließenden Tür zu hören meinte. Hatte jemand die Kirche betreten? Das Geräusch von Schritten war nicht zu vernehmen. Oder etwa doch? Schlich da jemand wie auf Samtpfoten über den harten Steinfußboden? Am Samstagmorgen um Viertel nach acht? Das war doch nicht sehr wahrscheinlich. Dennoch hatte ich das Gefühl, irgendjemand streife dort unten heimlich herum. Wozu? Warum? Angenommen, es handelte sich um einen Dieb, was konnte er schon stehlen? Die uralte Bibel auf der Kanzel? Uralte Kanzelbibeln waren in der Unterwelt zweifelsohne sehr gefragt, aber eine solche Bibel stiehlt man doch nicht in aller Frühe an einem Samstagmorgen? Hatten Diebe nicht andere Arbeitszeiten?

Ob der Küster etwas gehört hatte? Gerne hätte ich ihn kurz gefragt: »War da nicht ein Geräusch?« Wenn tatsächlich jemand durch die Kirche streunte, musste er es doch bemerkt haben. Und wenn ihn das beunruhigte, hätte er bestimmt irgendwas wie »Ich geh kurz runter und schaue, wer da ist« gerufen. Ging es mich überhaupt etwas an, wenn möglicherweise gerade ein Kirchenraub stattfand? Vor Jahren hatten wir, mein Tastendrücker und ich, beim Stimmen der Schnitger-Orgel in der deutschen Gemeinde Cappel schon einmal mit einem Eindringling zu tun gehabt, doch der war damals vom Küster erwischt und mit einem Klingelbeutel, der an einem langen Stock befestigt gewesen war, zur Kirche hinausgeprügelt worden. Eine gefürchtete Waffe, so ein Klingelbeutel, und ähnliche Kampfgeräte hingen, wie ich bereits bemerkt hatte, auch hier in der Groote Kerk, an einem Wandbrett mit großen Knöpfen.

Ich fuhr mit dem Stimmen fort. Dennoch fand ich es keine angenehme Vorstellung, dass sich dort unten in der Kirche jemand mit bösen Absichten aufhielt. Es störte mich in meiner Konzentration, und das war sehr nervig, denn beim Stimmen kommt es auf jede Kleinigkeit an. Ich hatte bereits so viele Orgeln gestimmt, ich war schon so erfahren, und dennoch verspürte ich immer eine gewisse Unsicherheit. Könnte man nur rein stimmen, dann wäre es einfacher, doch man stimmt gleichschwebend temperiert, und das bedeutet, dass alle Töne innerhalb einer Oktave minimal falsch sind. Die Quint kaum falsch, die Terz ziemlich falsch und die Septime sehr falsch. Nur die Oktave selbst ist nicht falsch. Nun denn, ich machte meine Arbeit immer so gut wie möglich, und ich war, vor allem in Deutschland, als Stimmer hochgeschätzt. Woher rührte also diese Unsicherheit?

Es schlich jemand durch die Kirche, dessen war ich mir jetzt ziemlich sicher. Ich stieg aus dem Hauptwerk hinab, ging zum Spieltisch und sagte zum Küster: »Mir ist, als würde unten jemand so geräuschlos wie möglich durch die Kirche gehen.«

»Ja, ich meinte auch, etwas gehört zu haben«, erwiderte der Küster. »Lass uns zusammen hinuntergehen und nachschauen, dann sind wir zwei gegen einen.«

»Es sei denn, da unten sind sie auch zu mehreren«, gab ich zu bedenken.

»Den Geräuschen nach zu urteilen ist dort, wenn überhaupt, nur einer«, sagte der Küster.

Wir gingen hinunter und betraten das Kirchenschiff, sahen niemanden, hörten allerdings das Geräusch einer Tür, die so vorsichtig wie möglich geöffnet und wieder geschlossen wurde.

»Wer mag nur an einem Samstagmorgen in aller Frühe hier herumschnüffeln«, sagte der Küster. »Ich werde daraus ums Verrecken nicht schlau. Was gibt es hier denn zu holen?«

»Eine jahrhundertealte Kanzelbibel?«

»Hier und da hat man die bereits mit einer Kette an der Kanzel befestigt, das ist richtig«, sagte der Küster. »Doch diesen Weg haben wir nicht gewählt, wir bevorzugen andere Methoden, um das Diebespack hinter die Fichte zu führen.«

»Wie denn?«, fragte ich, mich über den Ausdruck »hinter die Fichte führen« wundernd, denn den hatte ich noch nie gehört.

»Darf ich nicht sagen. Amtsgeheimnis. Aber wir sind darauf vorbereitet. Wir wissen, dass die Herren Diebe nach dem Wort des Herrn hungern und dürsten. Sie sollen also ruhig kommen. Aber heute lieber nicht. Tja, wir könnten die Tür abschließen, doch dann kommen nachher die Sirene und ihre Tochter nicht rein, kehren wieder um, und ich muss weiter die Tasten drücken. Dazu habe ich verdammt wenig Lust. Also, was machen wir? Soll ich meine Frau mal schnell von der Anrichte pflücken und ihr einen Schnellkurs im Tastendrücken geben? Oder trinken wir einen Tee? Schließlich ist es fast neun Uhr. Und vielleicht kommt die Sirene ja früher.«

Wir gingen in das kleine Büro, wo ich den Küster am Mittwoch angetroffen hatte. Er öffnete dort eine Tür und rief: »Tee!« Dann bedeutete er mir, Platz zu nehmen.

»Der Tee kommt gleich«, sagte er, während er sich selbst ebenfalls setzte. »Zigärrchen?«

»Nein, vielen Dank. Ich rauche nicht.«

»Was ich nicht verstehe«, sagte der Küster, »ist, dass er selbst«, und er zeigte nach oben, »nicht besser auf seine eigenen Sachen achtet. Es wäre für ihn doch ein Leichtes, einem Dieb, der es auf so eine alte Kanzelbibel abgesehen hat, auf dem Weg zur Kirche den Magen umzudrehen, sodass der Kerl den Himmel für einen Dudelsack hält und aus dem Mund kackt. Danach geht man garantiert nicht weiter. Und es muss ja nicht einmal ein so drastischer Eingriff sein, ein wenig Übelkeit würde schon reichen. Was das angeht, greift er, wie ich finde, ziemlich hart durch, wenn er Usa auf der Stelle erschlägt, nachdem der arme Bursche versucht hat, die Bundeslade vor dem Umkippen zu bewahren.«

»Wer weiß, wie viele Diebstähle der Herrgott vereitelt hat, weil sich die Ganoven auf dem Weg zum Ort des Verbrechens übergeben mussten.«

»Ja, da hast du einen Punkt, das ist wahr, darüber habe ich noch nie nachgedacht. Tja, du bist bestimmt länger zur Schule gegangen, ich wünschte, ich wäre da auch länger geblieben, dann hätte ich garantiert etwas Besseres als Küster werden können. Jetzt muss ich mein ganzes Leben kleine Brötchen backen.«

»Küster scheint mir aber gar kein so schlechter Beruf zu sein.«

»Man verdient jedoch verdammt wenig. Besonders anstrengend ist die Arbeit nicht, aber das Problem ist: Auch wenn man den ganzen Tag nur faul herumsitzt, hätte man doch gerne, dass die Leute denken, man habe sich die Seele aus dem Leib geschuftet.«

Er zog heftig an dem Zigarillo, den er sich angezündet hatte. Eine enorme Rauchwolke füllte den Raum. Er hustete ein paarmal und fuhr dann fort: »Und, hast du Frau Haas von der Werft schon getroffen?«

»Nein, nicht dass ich wüsste.«

»Eigentlich ist sie nicht zu übersehen«, sagte er.

»Wieso nicht?«

»Sie ist die Puppe mit den großen Ohren.«

Darüber musste der Küster selbst so lachen, dass er sich wieder am Zigarillorauch verschluckte. Er hustete herzzerreißend, und während er hustete, brachte seine verhärmte Frau den Tee.

Nachdem wir ein paar Schlucke getrunken hatten, sagte mein Gegenüber: »Was die Bibel betrifft, über die wir vorhin gesprochen haben, so habe ich über mehrere Stationen erfahren, dass du dir ein portugiesisches Exemplar zugelegt hast, um dich zu erfrischen.«

»Himmelherrgott«, stöhnte ich, »wird dergleichen hier sofort herumerzählt?«

»Ja, natürlich, das ist ja schließlich ziemlich verrückt – jemand, der eine portugiesische Bibel kauft, um sich damit ein wenig zu erfrischen.«

»Aber nicht doch, um meine Portugiesischkenntnisse ein wenig aufzufrischen.«

»Ach, so ist das, da hat Kloppenburg dich falsch verstanden … Nicht so verwunderlich, eigentlich, denn der ist auch nicht länger zur Schule gegangen als ich und backt noch viel kleinere Brötchen. Das ist ein ganz armer Schlucker.«

»Aber er hat doch eine sehr schöne Bibelsammlung.«

»Das ganze Haus ist voll damit, von unten bis oben«, sagte der Küster entrüstet.

»Sie lagen sogar in hohen Stapeln auf den Treppenstufen«, sagte ich.

»Es gibt in seinem Haus nicht einen Stuhl, auf dem man sitzen kann, auf jedem liegt ein Stapel Bibeln, ja, ja, dieser Kloppenburg … Der ist verrückt wie ein Stachelschwein, doch wen wundert's, es gibt hier so viele, die nicht alle Sprossen in der Leiter haben. Und dann muss man oft auch noch froh sein, wenn es dabei bleibt. Moment, jetzt geht mir ein Licht auf. Du willst deine Portugiesischkenntnisse auffrischen, weil du … Sei auf der Hut … pass bloß auf … Bei der Sirene haben sich hier schon viele eine blutige Nase geholt. Und wenn man die superschnuckelige Mutter umgarnt hat, bekommt man die wenig anziehende Tochter dazu, ach, ach, die ist geistig behindert und wird nie auf eigenen Beinen stehen, um die muss man sich bis ins Grab kümmern. Halt, ich höre etwas. Wenn man vom Teufel spricht.«

Wir gingen in die Kirche. Mutter und Tochter traten aus dem Eingangsportal. Beide begrüßten mich aufs Herzlichste, und das, obwohl ich mich am Abend zuvor beim Essen danebenbenommen hatte. Das war offenbar bereits vergeben und vergessen.

Gracinha sagte fröhlich: »Ich dir helfen heute Morgen, ich drücke Tasten. Lanna eine Weile dir zuschauen. Kann sie lernen. Sie später vielleicht auch Orgelstimmer.«

»Meinetwegen«, sagte ich, »so habe ich es auch gelernt.«

Obwohl das Mädchen nichts sagte und lediglich ab und zu nickte, hatte ich doch das Gefühl, dass es durch die Beobachtung meiner Tätigkeiten etwas lernte. Außerdem erklärte ich ihr immer, was ich gerade machte. Ich brachte ihr den Unterschied zwischen labialen und lingualen, zwischen offenen und gedackten, zwischen metallenen und hölzernen Pfeifen bei. Ich zeigte ihr, dass man bei den Metallpfeifen die Metallzunge auf- oder abrollt, je nachdem, ob die Pfeife höher oder tiefer klingen soll, und dass man bei gedackten Pfeifen den Hut ein wenig nach unten klopft oder mit der Hand vorsichtig nach oben zieht. Beim Stimmen der Lingualpfeifen demonstrierte ich, wie man durch das Herabschieben der Stimmkrücke den Ton höher und durch das Heraufschieben den Ton tiefer klingen lässt. Ich erklärte ihr auch, dass man möglichst vermeiden muss, die Pfeife mit der Hand zu berühren, denn schon ein wenig Körperwärme hat Einfluss auf die Tonhöhe der Pfeife. Ob aus ihr mal eine Orgelstimmerin werden würde? Soweit ich wusste, hatte ich keine Kollegen weiblichen Geschlechts. Und erst recht keine Kollegen, die nie etwas sagten. Orgelstimmerin – schön und gut, aber dann müsste sie mit den Küstern und Kirchenverwaltern Niederländisch sprechen. Es sei denn, sie stimmte ausschließlich in Portugal und Brasilien sowie in all den anderen Ländern auf der Erdkugel, wo Portugiesisch gesprochen wird. Ich wusste nicht genau, welche das waren, aber ich meinte mich zu erinnern, dass es auch in Afrika Länder gab, in denen Portugiesisch Amtssprache war. Aber gab es dort Kirchen mit Pfeifenorgeln?

Gracinha erwies sich dagegen leider als zu unwissend, um gut als Stimmhelferin fungieren zu können. Jedes Mal musste Lanna kurz zu ihr hingehen, um zu erklären, was genau ich wollte. Nach dem vollständigen Stimmen der 8'-Trompete war das Oberwerk an der Reihe. Lanna nahm zum Glück wieder auf der Orgelbank Platz, denn mit ihr zusammen ins Oberwerk zu klettern, erschien mir dann doch weniger wünschenswert, obwohl es natürlich die perfekte Gelegenheit gewesen wäre, um zu testen, ob sie Höhenangst hat. Leidet man darunter, dann sollte man lieber einen anderen Beruf ergreifen. Vielleicht sollte man, bevor man sich zum Orgelstimmer ausbilden lässt, erst ein Praktikum im Zirkus machen, als Trapezkünstler. Denn auch bei dieser Garrels-Orgel waren, vor allem im nun anstehenden Oberwerk, allerlei akrobatische Fertigkeiten gefordert.

Nicht alle Stimmen des Oberwerks standen, wie sich zeigte, in Terzaufstellung. Das war ziemlich verwirrend, und so ging es mit dem Stimmen nicht recht voran. Hinzu kam, dass ich immer wieder die merkwürdigsten Kapriolen machen musste, um überall ranzukommen und hinzuklettern, wodurch ich viel Zeit verlor. Und es war so schrecklich dunkel, weswegen ich fortwährend überlegte: eine Grubenlampe, was für eine gute Idee. Aber wo bekomme ich die her? Und so kam es, dass ich, als es Zeit für die Mittagspause war, lediglich 2'-Oktav, 4'-Prästant und 8'-Bahrpfeife abgearbeitet hatte.

Obwohl es Samstag war und auf der Schiffswerft De Haas nicht gearbeitet wurde, war es im Übrigen alles andere als totenstill. Immer wieder trompeteten Nebelhörner – das machte einen komplett verrückt. Als ziemlich störend erwies sich auch das entrüstete Kreischen der Mantelmöwen, das mal aus der Ferne zu hören war und mal derart nahe schien, dass man hätte meinen können, sie flögen im Kirchenschiff herum. Ich konnte mich nicht erinnern, jemals zuvor irgendwo gestimmt zu haben, wo so viele Mantelmöwen ununterbrochen ihr hektisches Kreischen hören ließen, nicht einmal in Norden, und das liegt doch nicht weit vom Wattenmeer entfernt. Ach, Norden, meine schöne Zeit in Norden, mit Lore. Stimmte das, was mein Bruder behauptet hatte? Hatte ich sie, als ich wieder zu Hause war, ein Satansweib genannt? Ich konnte mich nicht daran erinnern. Nun ja, seit ihrem Tod waren meine Erinnerungen von allem bereinigt, was möglicherweise weniger angenehm gewesen war. Es schien beinahe so, als habe es zwischen mir und Lore nie irgendwelche Verstimmungen gegeben.

Als die Turmuhr zwölf schlug, rief Gracinha, die die ganze Zeit über neben Lanna auf der Orgelbank gesessen hatte, zu mir hinauf: »Jetzt Pause?«

»Einverstanden«, erwiderte ich.

Kurze Zeit später gingen wir durch die Hoogstraat.

»Ich machen Toast für dich. Und Suppe«, ließ sie mich wissen und führte dann im Gehen ein intensives Gespräch mit ihrer Tochter. Ach, wie schade, dass ich kaum verstehen konnte, was sie sagten. Ich schnappte nur auf, dass Gracinha ihre Tochter fragte, ob sie sich eine Zukunft als Orgelstimmerin vorstellen könne. Lanna erwiderte, wenn ich es richtig verstanden habe, dass ihr dies ein schwieriger Beruf zu sein schien – womit sie natürlich vollkommen recht hatte. Es ist schlichtweg Sisyphusarbeit, doch was soll ich machen? Ich kann nichts anderes. Aber was heißt das schon? Am Ende ist alle Arbeit Sisyphusarbeit. Denn alles, was auf dieser Welt gemacht wird, wird irgendwann noch einmal gemacht.

Ködern

Ich saß also erneut in ihrem Wohnzimmer, wieder wurde ein Toast für mich zubereitet, und zum zweiten Mal waberte, weil sie nicht aufpasste, der Geruch von verschmortem Brot durch die Küche.

»Pass auf«, rief ich, »der Toast verbrennt!«

Gracinha warf mir einen regelrecht vernichtenden Blick zu und knurrte: »Du Toast mir überlassen, du nicht einmischen.«

»*Desculpe*«, sagte ich.

»Du kannst *sorry* sagen. Ich verstehe. Portugiesisch nicht nötig. Du nur Portugiesisch mit mir sprechen, um mich ködern.«

»Wie kommst du darauf? Wer sagt denn, dass ich dich ködern will?«

»Jeder Mann will mich ködern.«

»Ich bin nicht jeder Mann.«

»Nein, du anders als Männer hier, du ... du ... das Wort ... aus...«

»Ich weiß nicht, was du meinst.«

»Weißt du wohl. Du aus... du abgekocht ... Du mich ködern mit Portugiesisch. Aber ich auch abgekocht, ich viel Erfahrung mit Männern, zu viel. Du schlauer vorgehen als andere Männer, aber du willst dasselbe, alle Männer wollen dasselbe ... Du musst wissen, ich nicht nett, nicht freundlich, nicht angenehm mit Menschen. Du großen, weiten Bogen um mich machen, denn du *bom homem*, aber ich ...

ich … Du Portugiesisch können, nun ja, ein bisschen, ich *xântipe* – du wissen, was *xântipe* ist?«

»Ja, das Wort gibt es in unserer Sprache auch, eine Xanthippe: eine böse Frau, eine Teufelin, ein Drachen, eine Furie, eine Miesepetra, und was es sonst noch an Bezeichnungen gibt.«

»Bin ich alles. Und noch viel mehr. Und ich werde einen neuen Toast für dich machen.«

Sie bereitete einen neuen Toast zu, und der zweite kam ohne weitere Zwischenfälle aus dem Waffeleisen.

Daher sagte ich: »Du magst eine *xântipe* sein, aber du kannst leckeren Toast machen, wenn auch jedes Mal in zwei Etappen.«

»Etappen? Was bedeutet das?«

Mein Gott, wie sollte ich ihr das jetzt erklären? Mir fiel auf die Schnelle nichts ein, also sagte ich: »Vergiss es, das ist zu kompliziert.«

»Schade. Aber sollen wir Vereinbarung machen? Du mir besseres Niederländisch beibringen und ich dir ein bisschen Portugiesisch?«

»Das hast du schon mal vorgeschlagen. Aber macht nichts, ich finde, das ist ein wunderbarer Vorschlag.«

»Schon früher vorgeschlagen? Kann sein, mein Gedächtnis schlecht. Daher auch große Mühe mit Niederländisch. Sehr schwierige Sprache. Mein Mann hat geholfen, aber der ist tot. Unfall.«

»Meine Frau auch. Bei einem Zugunglück ums Leben gekommen.«

»Ach, wir also in einem Schiff. Du auch Kinder?«

»Nein. Lore, meine Frau, wollte sehr gern welche haben, aber sie kamen nicht.«

»Hier keine Kinder bekommen, ich hatte schon Kind, als ich Kapitän kennengelernt habe.«

»O, Lanna ist also in Brasilien geboren.«

»Ja, ich noch nicht verheiratet und auf einmal schwanger, noch sehr jung. *Escãndalo*, du verstehen?«

»Ja, ja, das Wort gibt es bei uns auch, Skandal.«

»Dann lernte ich niederländischen Mann kennen, Kapitän auf Schlepper, ich schon ein Kind für ihn kein Problem. Ich also mit nach Holland.«

»Aber jetzt, wo er nicht mehr lebt, könntest du zurück nach Brasilien. Hast du das nie in Erwägung gezogen?«

»Will nicht zurück. Brasilien wunderschön, aber man fühlt auf der Straße nie sicher. Hier lange nicht so schön wie dort, hier Wetter schlecht, meistens nieselig und trüb, hier fast immer kalt und feucht, doch hier fühlt man überall sicher, überall. Mir hier vor nichts bang, dort immer Angst, keine große Angst, aber Angst. Dort immer Gefahr, hier nirgendwo Gefahr. Hier abends im Dunkeln auf der Straße – manchmal zwar lästige Jungen, die laut rufen, oder Mann, der eine Weile hinter einem hergeht. Bisschen unheimlich, das schon, aber nicht gefährlich. Hier Mann Schlag mit Regenschirm verpassen – er krümmt zusammen. Dort Mann Schlag verpassen, du kriegst zehn Schläge zurück. So viel Gewalt in Brasilien, so viel Gewalt.«

»Ich denke nicht, dass du hier immer davon ausgehen kannst, dass ein Mann sich zusammenkrümmt, wenn du ihm einen Schlag mit dem Regenschirm verpasst. Manche Männer schlagen garantiert zurück.«

»Falsch. Schon so oft hier einem Mann einen Schlag mit Regenschirm verpasst. Zurückschlagen – niemals.«

»Aber allzu oft wird es hier doch wohl nicht die Veranlassung geben, einen Mann zu schlagen?«

»Ach nein? Woher weißt du? Du langweiliger, unauffälliger, freundlicher Mann, doch ich schöne Frau. Oder etwa nicht?«

»Aber ja, du bist eine deliziöse Erscheinung.«

»Deliziös? Ich? Wort kenne ich nicht.«

»Bezaubernd dann eben – kennst du das?«

»Ja, *encantadora*, o ja, das bin ich, hier, nicht in Brasilien. Dort Millionen schöne Frauen, dort falle ich nicht auf, die meisten schöner als ich. Aber hier falle ich auf, daher stechende Männeraugen immer auf mich gerichtet, egal, wo ich gehe und stehe. Ständig Kerle auf Baugerüsten mir nachpfeifen. Und es gibt sehr viele Baugerüste in den Niederlanden, überall Baugerüste.«

»Es ist ein schweres Schicksal, eine schöne Frau zu sein.«

Es schmeichelte mir durchaus nicht, als langweilig bezeichnet zu werden, aber ich dachte: Bestimmt kennt sie den Gefühlswert des Wortes »langweilig« nicht, denn sonst hätte sie mir das nicht so unverblümt ins Gesicht gesagt. Dennoch kam es mir so vor, als bisse sich das Wort mit Widerhaken in mir fest. Und das, obwohl ich oft genug von mir selbst gedacht habe: Eigentlich bist du ja doch ein langweiliger, öder Kerl. Warum störte es mich dann, dass sie mich als langweilig bezeichnet hatte? Wie konnte ich herausfinden, wie Gracinha mich auf Portugiesisch charakterisieren würde? Vielleicht benutzte sie dann ein ganz anderes, weniger unerfreuliches Wort als »langweilig«. Aber das konnte ich sie schwerlich fragen.

Als Lanna und ich wieder in der Kirche waren, schwirrte mir das elende Wort weiterhin im Kopf herum. Dabei musste ich mich auf das Stimmen der 4'-Flöte im Hauptwerk konzentrieren. Was spielte es schon für eine Rolle, dass sie mich langweilig und unauffällig genannt hatte?

Um halb sechs kam Gracinha ihre Tochter holen, und sie fragte mich: »Wo du heute Abend essen?«

»Im Seemannsheim. Wo sonst? Man kriegt hier nirgendwo eine anständige Mahlzeit.«

»Du Lust, wieder bei uns zu essen?«

»O, das wäre fantastisch, aber ich bin … Ich habe … gestern …«

»Ja, du keine *maneiras*, du schlingen wie *porco*. Aber ist doch gut? Du nicht gewohnt, du mit wenig zufrieden. Denk dran, nicht wieder wie Hund den Teller ablecken. Dann du nie wieder bei uns essen.«

»Nein, das mache ich nicht, ich habe meine Lektion gelernt.«

»Gut, ich sehe dich später, sieben Uhr.«

Ich versuchte noch, den Küster für ein Stündchen Tastendrücken anzuheuern, doch der ging, als ich ihn gefunden hatte, beinahe wütend auf mich los.

»Samstag, später Nachmittag, wenn es schon fast Essenszeit ist? Bist du komplett übergeschnappt?«

»Draußen ist es jetzt totenstill.«

»Mag sein, aber ich habe etwas Besseres zu tun. Und es dauert nicht mehr lange, dann stellt meine Frau das Essen auf den Tisch.«

»Dann vielleicht morgen früh, vor dem Gottesdienst?«

»Am Sonntag? Wenn ich mir die Hacken abrennen muss, um den Gottesdienst vorzubereiten? Nein, nein, dazu habe ich nicht die geringste Lust. Aber ich werde Jaap mal in den Hintern treten, der hat auch einen Schlüssel und ist am Sonntag oft schon um halb sieben in der Kirche, um schon mal die Psalmen und Lieder durchzugehen, die gesungen werden sollen.«

»Jaap? Wer ist Jaap?«

»O Mann, ist das zu glauben, den hast du doch schon kennengelernt. Das ist nicht sonderlich intelligent von dir. Jaap ist unser Organist, er hat sich dir ausführlich vorgestellt.«

»Schon, aber seinen Vornamen hat er damals nicht genannt.«

»Mag sein, aber wenn ich sage, dass er am Sonntag oft schon früh hier ist und dass er einen eigenen Schlüssel hat, dann kannst du dir doch denken, wen ich meine. So viele haben schließlich keinen eigenen Schlüssel, die Putzfrau noch, und das ist es dann auch schon mehr oder weniger. Tja, dumm geboren, wenig dazugelernt, aber es kann ja nicht jeder Professor werden, und auch für Trottel gibt es Bedarf.«

Ich drehte mich um und verließ die Kirche. Es wurde bereits dunkel, und der Himmel hing tief über der Stadt, das Wetter war »nieselig und trüb«, um mit Gracinha zu sprechen. Ich ging zum Seemannsheim, um zu sagen, dass ich auch an diesem Abend eingeladen sei und daher kein FGK brauchte. Joop Boetekees sagte nichts darauf, gab mir lediglich ein Zeichen, dass er mich gehört hatte, und fuhr fort, mit einem Lappen energisch über die Theke zu wischen. Was war er nur für ein merkwürdiger Kerl – aber nun ja, davon gab es hier viele.

Ich ging die Wip hinunter und an einer kleinen Gracht entlang, die Zuidvliet hieß. Das Wasser stand unglaublich hoch zwischen den Ufermauern. Es musste nur noch etwa zwanzig Zentimeter steigen, um links und rechts auf die Straße zu strömen. Dass das Wasser in einer Gracht so hoch stand, hatte ich nie zuvor gesehen. Wo eine Straßenlampe leuchtete, schien das Wasser mit den um sie herumwabernden Nebelschwaden zu verschmelzen. Viele Straßenlampen leuchteten übrigens nicht. An ihnen hatte man ganz offensichtlich gespart. Es sah fast so aus, als habe man die Gaslaternen von früher einfach umgebaut. Ach, wie schön es hier einst mit den Gaslaternen gewesen sein muss. Das war doch die wahre Wirklichkeit, dieses demutsvolle, zaudernde Licht, so behutsam auf die feucht glänzenden Steine des Pflasters geworfen. Irgendwelcher Pflanzenwuchs war nirgends zu entdecken, Blumen oder Sträucher, dagegen schien man in dieser Stadt eine große Abneigung zu haben. Doch halt – standen dort, ganz in der Ferne, nicht tatsächlich ein paar Bäume entlang des Wassers, genau wie in der Allee, durch die ich in die Stadt spaziert war? Ich konnte es nicht richtig erkennen, es war schon zu dunkel. Und so still – wie bedauerlich, dass ich jetzt nicht stimmen konnte, jetzt, da die Welt vom Lärm verlassen war, um mit dem Dichter J. C. Bloem zu sprechen.

Langweilig hatte sie mich genannt, langweilig und unauffällig. Sie hatte recht, ich war langweilig. Ich hatte einen langweiligen Beruf, ich beschäftigte mich mit Kirchenorgeln. Es gab da ein Programm im Klassikradio – dort spielten prominente Menschen ihre Lieblingsplatten. Vorab sagte man ihnen: Bitte, keine Kirchenorgel, sonst schalten die Leute sofort auf einen anderen Sender um. Wenn Orgeln und Organisten schon nicht besonders beliebt waren, wie verhielt es sich dann mit Orgelstimmern? Die kamen nicht im Radio, vom Fernsehen ganz zu schweigen. Über sie wurden keine Romane oder Erzählungen geschrieben – wobei allerdings erwähnt werden muss, dass der Isländer Halldór Laxness zumindest einen Roman verfasst hat, in dem ein Organist vorkommt. Und natürlich, nicht zu vergessen: *20 000 Meilen unter dem Meer* von Jules Verne. Darin steht eine Kirchenorgel an Bord eines U-Boots! Doch nie spricht Verne davon, dass das Instrument hin und wieder gestimmt werden muss. Nein, als Orgelstimmer zählte man nicht dazu, das war ein Beruf mit geringem Ansehen, ein Beruf also, für den es auch keine anständige Ausbildung gab.

Ich ging bis zu der Stelle, wo die Bäume standen, bog in eine Straße ein, die Rusthuisstraat hieß, gelangte zum Noordvliet und ging an dessen totenstillem Ufer zurück zum Markt. In weiter Ferne hörte ich sehr leise das Grummeln von Donner. Ein Gewitter! Ein Blitz leuchtete auf, der den Turm der Groote Kerk in ein gespenstisches Licht tauchte. Dann war es wieder stockdunkel. Auf der anderen Seite des Vliet ging auf gleicher Höhe mit mir ein Mann. Es war fast so, als habe der Mann es auf mich abgesehen, als könnte er mich jeden Moment von jenseits des Wassers unter Beschuss nehmen. Welch ein Unsinn, dachte ich, was ist denn plötzlich in dich gefahren, dass du dich fürchtest? Dass du Gefahren zu sehen meinst, die gar nicht da sind? War das alles eine Folge dieses einen elenden Worts mit zehn Buchstaben? War ich wirklich so empfindlich? Und außerdem, es hätte noch schlimmer kommen können, sie hätte Wörter wie »freudlos« und »apathisch« benutzen können. Worüber beklagte ich mich also? Ich ging die Breede Trappen hinauf, gelangte auf den Deich, bog ab und schlenderte westwärts. Von dem Mann, der soeben noch am anderen Ufer entlanggegangen war, konnte ich keine Spur mehr entdecken. Ich hatte die ganze Welt für mich allein. Also ging ich bis zum Ende des Deichs, wo ich wieder nach links abbiegen konnte, und gelangte dann bald in ein seltsames Viertel mit niedrigen Häusern.

Überall Totenstille. Fenster, hinter denen die dichten Vorhänge hermetisch geschlossen waren. Nirgendwo konnte man hineinschauen, obwohl doch immer behauptet wird, dass die Holländer die Vorhänge nie zuziehen, sodass man in ihre Wohnzimmer sehen kann. Tja, in diesem Hafenstädtchen jedenfalls war das nicht der Fall, und während ich so herumspazierte, hörte ich eine Katze jämmerlich miauen. Die Katze – oder der Kater – miaute erst hoch, dann tief, so wie Katzen es immer tun, ein Intervall von b zu gis (doch ganz praktisch, wenn man das absolute Gehör hat). Ich pfiff das Intervall nach, und während ich pfiff, kam mir ein Thema in den Sinn. O, mein Gott, dachte ich, das schon wieder, das ist das fortgeschrittene Alter, früher hätte ich sofort gewusst, von wem dieses wunderschöne Thema stammt. Ich pfiff und pfiff, aber ich kam nicht darauf, und wie immer, wenn mir eine kleine Melodie oder ein kurzes Thema einfällt, schien es, als gebe es nichts Wichtigeres, als zu wissen, was mir da eingefallen war. Das Thema summte immer reicher, immer vollständiger durch meinen Kopf. Von wem, ach, von wem stammte es bloß? Handelte es sich um ein Klavierstück?

Nein, sicher nicht. Ein Orgelwerk? O nein, bestimmt nicht. Es war ein Stück, das ich unglaublich liebte, das wusste ich sofort. Aber von wem war es, und woraus stammte es?

Ich ging weiter und weiter und dachte nicht mehr an das Wort, das mich getroffen hatte. Ich dachte nur noch an die wunderschöne Melodie, deren Ursprung mir nicht einfallen wollte. Stammte sie aus einer Symphonie? Nein, ich war mir nahezu sicher, dass sie nicht aus einer Symphonie stammte. Sie war … sie war … Streicher, nur Streicher! Auch jetzt gab es noch so viele Möglichkeiten, so viele schöne Serenaden für Streicher, in denen diese Melodie vorkommen konnte, Tschaikowski, Dvořák, Elgar, Larsson, Suk, Badings, Bruch. Fand sie sich in einer der nicht genug zu lobenden Serenaden von Suk? Nein, sie war bestimmt jünger, sie stammte aus einer Komposition des zwanzigsten Jahrhunderts. Die Frage war nur, welche? Wer konnte sich so etwas Unglaubliches ausgedacht haben? Bartók? Britten, war es ein Stück von Britten, etwa seine sublime Serenade für Tenor, Horn und Streicher? Nein, die klingt anders. O Gott, wo stammte diese Melodie bloß her, an die mich das Miauen einer Katze erinnert hatte? Von einem Russen? Prokofjew? Schostakowitsch? Aus dessen grandiosem achten Streichquartett? Nein, nein, es war ein größerer Komponist als Schostakowitsch, viel größer. Doch wer, wer nur? Strawinsky? Natürlich, Strawinsky, der war es! Die Tränen schossen mir in die Augen, ich hatte die Antwort, Strawinsky war es. Und aus welchem Werk? Aus welchem Werk? Nur Streicher, gab es von Strawinsky eine Komposition ausschließlich für Streicher? Nein, wohl nicht, bei ihm kamen immer auch Bläser und Schlagwerk zum Einsatz, und meistens auch ein Klavier. Doch halt, ja klar … natürlich: *Apollon musagète*, das war es, und zwar nicht die fantastische Coda mit den verschiebenden Rhythmen, sondern der Satz davor, das »Pas de deux«. Ja, das »Pas de deux«, das war ja vielleicht doch das schönste Musikstück, das im zwanzigsten Jahrhundert geschrieben wurde, so wie das *Air* von Bach das schönste Musikstück des achtzehnten Jahrhunderts ist und das Trio des Scherzos aus Schuberts Streichquartett in G-Dur das schönste Stück aus dem neunzehnten Jahrhundert. Geduldig und gemächlich – es war schließlich kein Stück, das schnell gespielt werden wollte – gelangte ich schließlich zur Havenkade. Auf der anderen Seite des Wassers sah ich Licht in ihrer Etage, und ich dachte: Wenn sie doch nur einen Plattenspieler hätte, dann könnte ich in ihrer Wohnung kurz *Apollon musagète* von Strawinsky auflegen. Doch nein, das war bestimmt nicht möglich, ich würde so manierlich wie nur irgend möglich essen und höflich Konversation betreiben müssen, und wie angebracht wäre es doch, wenn ich jetzt hier irgendwo einen Blumenstrauß oder eine Flasche Wein beschaffen könnte, um ihr die zu überreichen. Doch daran war nicht zu denken, nichts wies darauf hin, dass man um diese Zeit, an einem Samstagabend, irgendwo in diesem Hafenstädtchen noch einen Blumenstrauß oder eine Weinflasche kaufen konnte. Wenn man mit Pfingstrosen oder Rheinwein zu Besuch kam, war man dann weniger langweilig? Langweilig und unauffällig? Ich? *So what?* Ich war wahrhaftig nicht der Einzige.

Langweilig

Als ich ihr langes Wohnzimmer folglich ohne Rheinwein und Pfingstrosen betrat, konnte ich Lanna nirgends entdecken. Und als das Essen aufgetragen wurde, saßen wir ohne Lanna am Tisch.

»Wo ist deine Tochter?«, fragte ich.

»Schon im Bett, ist krank.«

»Vorgestern warst du mit ihr im Krankenhaus, wegen … wegen … Wie nanntest du das noch?«

»*Marca de nascença*, ich weiß nicht auf Niederländisch. Runder brauner Fleck auf ihrem Rücken.«

»Ein Muttermal vielleicht.«

»O ja, so heißt auf Niederländisch. Aber alles in Ordnung mit *marca* … mit Muttermal, zum Glück. Nein, sie nur leichte Grippe, wird wieder gesund. Wir jetzt reden über sie, ohne sie – du ganz anders mit ihr umgehen als andere Leute, sie sehr glücklich, sie von dir lernen, sie … ach, sie nicht wie andere Kinder, andere Mädchen … Sie mit mir nach Holland gekommen, als sie vier war, sie hier zur Schule, kam schluchzend heim, wollte nicht mehr, weil Kinder sie bis ins Blut ärgern.«

»Nicht bis ins Blut, sondern bis aufs Blut.«

»Gut, ja, du mich verbessern, wenn ich Fehler mache. Stört mich überhaupt nicht. Du noch etwas auftun.«

»Gerne«, sagte ich, »es schmeckt wieder unglaublich gut. Solche Mahlzeiten bin ich überhaupt nicht gewohnt.«

»O, o, du mich wieder ködern. Nicht tun!«

»Aber ich darf doch wohl sagen, dass ich dein Essen köstlich finde.«

»Ganz normales Essen, nichts Besonderes.«

»Für mich schon, aber gut: Ich sage nichts mehr übers Essen. Wir sprachen von deiner Tochter.«

»Leute hier denken, sie ist schwach … schwach … weißt du, was ich meine?«

»Schwachbegabt vielleicht?«

»Ja, richtiges Wort, das denken man hier, schwachbegabt. Denkst du das auch?«

»Sie ist eine vortreffliche Stimmassistentin. *Muito bem.* Wenn sie also schwachbegabt ist, dann nicht, was Tonleitern und das Drücken von Tasten angeht.«

»Ja, aber das hat mit Musik zu tun, und darin ist sie wirklich gut, supergut. Sie kann Lieder spielen auf diesem komischen Ding, das mein Mann von seinem Großvater geerbt hat, und der auch von seinem Großvater. Einmal hören reicht, sie spielt dann nach.«

»Ich hoffe, du findest es nicht schlimm, aber ich habe mit meinem Bruder über deine Tochter gesprochen, mein Bruder ist Kinderpsychiater, und er denkt, dass sie autistisch ist.«

»Autistisch – was das ist?«

»Tja, das ist auch nur ein Begriff, und ich weiß darüber nicht viel, aber typisch für Menschen mit Autismus ist, dass soziale Kontakte ihnen sehr viel Mühe bereiten. Oft können sie eine Sache ganz besonders gut, und ansonsten machen sie manchmal den Eindruck, geistig behindert zu sein. Und sie können stundenlang dasselbe tun, ohne dass es sie langweilt.«

»Denkst du … er hat recht?«

»Nun ja, vieles deutet darauf hin.«

»Darum du also so geduldig mit ihr?«

»Äh, nein, ich habe auch gar nicht das Gefühl, besonders geduldig mit ihr zu sein. Aber vielleicht bin ich ja selbst auch ein wenig autistisch, ich arbeite gern in stillen, leeren Kirchen, ich bin ebenfalls ziemlich unsozial, und ich kann eigentlich auch nur eine Sache gut, nämlich Orgeln stimmen. Das kann ich tagelang machen, obwohl es eine recht eintönige Arbeit ist. Ansonsten tauge ich zu nichts. In der Spielschule habe ich alle anderen Kinder zum Sandkasten hinausgeprügelt, weil ich ihn ganz für mich allein haben wollte.«

»Spielschule? Nie gehört.«

»Entschuldige, so nannte man das früher, heute heißt das Kindertagesstätte. Oder vielleicht ist das Wort auch bereits wieder veraltet, Kinderspielstätte oder so ähnlich sagt man heute, aber natürlich ist ›Spielschule‹ hundertmal schöner. Schade, dass ein so schönes Wort abgeschafft wurde. Wie nennt man eine Spielschule auf Portugiesisch?«

»*Jardim de infãncia.*«

»Ah, genau wie im Deutschen, *Kindergarten*. Bist du früher in den *jardim de infãncia* gegangen?«

»O nein, meine Eltern waren nicht reich genug.«

»Tja, meine waren auch arm wie die Kirchenmäuse, aber die Spielschule kostete damals nichts. Offenbar ist das in Brasilien anders.«

»Ja, dort Schulen längst nicht so gut wie hier, aber meine Tochter hat von Umzug nicht profitiert, sie wollte nicht mehr zur Schule.«

»Aber hier gibt es doch Schulpflicht … wie …«

»Hat mir keiner gesagt: Sie muss zur Schule. Ich selbst ihr lehren Rechnen und Schreiben, doch Niederländisch nicht, wollte sie nicht lernen, aber dennoch sie kann, gelernt beim Fernsehen. Besser als ich, aber sie weigern, Niederländisch zu sprechen … Vielleicht mit dir … du bist so geduldiger Mann, ach, du bist so geduldig.«

»Das kommt davon, dass ich so langweilig bin.«

Sie sah mich vollkommen verdutzt an, brach dann in Lachen aus, und mir wurde bewusst, dass ich sie gerade zum ersten Mal lachen hörte. Es ist doch erstaunlich, wie viele Informationen das Lachen eines Menschen über dessen Persönlichkeit preisgibt. Nach einem Lachen weiß man plötzlich viel besser, mit wem man es zu tun hat. Es gibt Menschen, die nur verächtlich lachen können – nun, so jemand war Gracinha ganz und gar nicht. Ihr Lachen klang offen, fröhlich, ausgelassen.

Nachdem sie aufgehört hatte, sagte sie mit Schalk in den Augen: »Du beleidigt, weil ich gesagt: du langweilig. O, wie lustig, du auf den Schwanz getreten, finde ich einen so schönen Ausdruck, so unglaublich schön, darf man natürlich nicht sagen, aber, o, o, du auf den Schwanz getreten – du auch doch nur ein ganz normaler Mensch, ach, ich jetzt schrecklich enttäuscht.«

»Immerhin ungewöhnlich, dass du einen solchen Ausdruck kennst und dich auch noch traust, ihn so unbekümmert zu benutzen.«

»Habe Ausdruck von meinem Mann gelernt. Sagte das oft. Machte einen Spaß daraus, Leute auf Schwanz treten.«

»Er machte sich einen Spaß daraus, Leuten auf den Schwanz zu treten, heißt es. Das Wörtchen ›sich‹ geht bei dir immer verloren, das lässt du immer weg. Und das Wort ›zu‹ auch.«

»Das Wort ›sich‹ schwierig, weiß nie, wo es hinmuss.«

»Meine Frau hatte auch ihre Mühe mit der niederländischen Sprache.«

»Deine Frau etwa nicht niederländisch?«

»Nein, sie kam aus Deutschland. Und wie war das für dich, als du in die Niederlande gekommen bist? Hast du dich hier bald zu Hause gefühlt?«

»O, überhaupt nicht, noch immer nicht, aber jetzt nicht mehr so todunglücklich wie an Anfang. Denn ich immer allein, mein Mann war nie da, fuhr auf Schlepper, immer weg, immer lange Reisen, Dock oder Schwimmkran von hier nach da schleppen, und dann wieder von da nach hier, von Island nach Feuerland, von Japan nach Kanada, ständig in der ganzen Welt unterwegs, zehn Tage zu Hause, zehn Monate fort, und ich mit Lanna allein. Zum Glück hier auch viele andere Frauen aus dem Ausland, wie ich verliebt in Mann von hier und dann nach Holland, aus *Inglaterra*, aus *América*, aus *Argentina*, aus Panama, von überallher. Wir haben einander gefunden, sind Freundinnen geworden, treffen einander oft, reden miteinander, gehen miteinander aus, passen auf die Kinder der anderen auf, und Männer nie zu Hause, alle immer auf See. Nein, hätte ich das gewusst … Aber zurück, nein, das auch nicht, in Brasilien so viel Gewalt gegen Frauen, daher kein Grund, anders entscheiden …«

»Da sind sie wieder, ›sich‹ und ›zu‹: sich anders zu entscheiden …«

»Lerne ich nie … Daher kein Grund, sich anders zu entscheiden, und jetzt hat man damit abgefunden.«

»Hat man sich damit abgefunden.«

»Zweimal ›sich‹ nacheinander?«

»Ja, das Wörtchen ›sich‹ steht im Niederländischen an vielen Stellen. Aber hast du hier nur ausländische Freundinnen?«

»Ja, Leute hier … unangenehme Leute … wollen einen ständig foppen … ständig auf die Schippe nehmen … ständig hinter die Fichte führen.«

»O, Himmel, ja, diesen Ausdruck habe ich hier zum ersten Mal gehört, und du weißt, wie man ihn benutzt, genauso wie diese schönen Ausdrücke ›foppen‹ und ›auf die Schippe nehmen‹, lauter Formulierungen, die man kaum noch hört.«

»Nun, hier tun die Leute nichts anderes, versuchen den ganzen Tag, dich foppen und auf die Schippe nehmen, sind immer darauf aus, dich am Narrenseil führen. Ist die Lust ihres Lebens.«

»Da haben wir es wieder: versuchen den ganzen Tag, dich

zu foppen, dich am Narrenseil zu führen. Aber wenn sie ständig darauf aus sind, dich zu foppen, dann foppt man doch einfach zurück?«

»Kann ich nicht, bin zu ernst, habe überhaupt kein Gefühl für Humor, kann eigentlich nichts, außer Essen kochen. Ich gehe, Nachtisch zu machen.«

»Nein, kein ›zu‹, wohl aber einen Artikel: Ich gehe den Nachtisch machen.«

»Ja, weiß ich doch, aber nicht schlimm, wenn man weglässt.«

»Das nicht, aber dann hört man sofort, dass du keine Niederländerin bist, sogar in deinem Fall, obwohl deine Aussprache des Niederländischen ganz vorbildlich ist. Du hast keinen komischen Akzent.«

»Nun, du aber schon, wenn du Portugiesisch sprechen. Aber erzähl mal, wie du Orgelstimmer geworden – ach, deine arme Frau, geht plötzlich durch meinen Kopf, war natürlich auch immer allein zu Hause, du immer unterwegs, um Orgeln stimmen.«

»Zu stimmen, heißt es. Und ja, ich war in der Tat oft unterwegs, aber nie zehn Monate am Stück, und sie hat sich nie beklagt.«

»Nein, sie froh, langweiliger Mann zum Glück unterwegs«, sagte sie mit einem wunderbaren Funkeln in den Augen.

Mir erschien es besser, darauf nichts zu erwidern. Daher tat ich so, als hätte ich ihre Bemerkung nicht gehört, und sagte: »Ich hatte nie vor, Orgelstimmer zu werden, ich wäre gern Organist geworden. Ich bekam auch Unterricht, hatte jedoch zu wenig Talent. Ich war auf dem Realgymnasium, und als ich damit fertig war, wusste ich nicht, was ich machen wollte. Nur, was ich nicht machen wollte, nämlich in einem Büro arbeiten so wie meine Klassenkameraden. Also habe ich einen Kurs für Holz- und Metallverarbeitung absolviert und mich anschließend bei einer Firma beworben, die Kirchenorgeln baute. Ich wollte gern etwas mit Kirchenorgeln machen. Da habe ich viel gelernt, und als sich herausstellte, dass ich ein gutes Gehör habe, ein absolutes Gehör, und dass ich Orgeln, die wir ausgeliefert haben, gut intonieren und stimmen konnte … Tja, so ist das gewesen, und inzwischen mache ich seit dreißig Jahren nichts anderes, während der letzten fünfzehn Jahre im Dienst der deutschen Firma Auerbach & Wüste.«

»Man kann also nicht zum Orgelstimmer ausbilden lassen?«

»Man kann sich also nicht, heißt es richtig. Nein, es gibt keine spezielle Ausbildung.«

»Wie Lanna dann Stimmer werden? Sie will gerne. Kannst du sie ausbilden?«

»Dann müsste sie mich auf all meinen Stimmreisen begleiten. Die Küster und Kirchenvorsteher werden komisch gucken, wenn ich überall mit einem jungen Mädchen wie deiner Tochter auftauche. Aber es wäre natürlich durchaus möglich, vor allem wenn …«

Ich hielt inne. Es erschien mir besser, wenn Gracinha den Satz beendete, und das tat sie auch. Sie sagte: »O, aber ich kann doch mitkommen, du sie ausbilden, und ich drücke Tasten, das kann ich gerade noch, das ist nicht so schwierig, dazu braucht man kein Gefühl für Humor haben.«

»Zu haben, sagt man. Und nein, schwierig ist das nicht, aber man hat Reise- und Übernachtungskosten, und die werden mir erstattet, aber für …«

»O, das macht nichts. Ich habe gute Witwenrente, ich kann bezahlen, sind dann eigentlich Kosten für Ausbildung von Lanna.«

Als ich später zum Seemannsheim ging, dachte ich: Großer Gott, worauf lasse ich mich da bloß ein? Wie soll das werden? Unterwegs mit einer Mutter und ihrer Tochter, während es doch immer so überaus angenehm war, allein auf Reisen zu sein und in einem noch unbekannten Städtchen anzukommen, um dort die nächste Schnitger-Orgel mit einem wechselnden Angebot an Tastendrückern zu stimmen, und dann anschließend allein die armseligen Mahlzeiten in sparsam beleuchteten Hotels oder Pensionen einzunehmen und nach dem Essen noch ein wenig durch die verlassenen Straßen deutscher Städtchen zu streifen. Ach, aus all dem wird nun bestimmt nichts werden.

Wie vorhin am Noordvliet, lief auch hier jemand auf der anderen Seite des Wassers gleichauf mit mir. Es war fast, als spazierte dort mein Schatten, immer im Gleichschritt mit mir. Unwillkürlich beschleunigte ich meine Schritte, und der Schatten tat es mir augenblicklich gleich. Es hatte etwas Unheimliches, doch im selben Moment kam es mir so vor, als ginge dort eine Art Zwillingsbruder, ein Doppelgänger, ein Alter Ego. Beim Hafenbecken musste er wohl oder übel Richtung Groote Kerk abbiegen, und ich war ihn los. Auf dem Wasser im Hafen glänzten überall sich träge wiegende Ölflecken, die selbst im Dunkeln noch erstaunlich gut zu sehen waren.

In dieser Nacht träumte ich, ich stünde am Rand eines Abgrunds. Um mich herum drängelten sich Scharen von Kirchgängern, die mich aufforderten, mithilfe von Tauen hinabzusteigen. Die Taue hingen an riesigen Taljen, doch ich traute diesen Taljen nicht. Was, wenn eine von ihnen brach, während ich mich hinabließ? Ich weigerte mich also hinunterzuklettern. Mir wurde daraufhin die Möglichkeit geboten, mich in einem Treppenhaus hinunterzubegeben. Doch auf den Treppenstufen lagen gewaltige Stapel Bibeln, die mir den Weg versperrten. Mit pochendem Herzen wachte ich auf. Es dauerte eine ganze Weile, bis ich mich wieder beruhigt hatte.

Ich lag wach da und wartete auf das desaströse Geräusch der Dampfpfeife, doch der schreckliche Pfiff blieb aus, es war ja schließlich Sonntag. Bis zum Gottesdienst in der Groote Kerk blieben mir noch ein paar Stunden, um mich um die Füllstimmen im Oberwerk zu kümmern. Die machen immer jede Menge Arbeit, diese Füllstimmen und die Mixturen. Mein Gott, wie man die Mixturen mit Pinseln und Pfeifenreinigern stimmt, das musste ich ihr, Lanna Edelenbos – wenn der Stiefvater sie denn legitimiert hatte und sie folglich seinen Nachnamen trug –, alles beibringen, während ihre Mutter uns wie eine Art Wachhund, ein Zerberus, im Auge behielt. Nun ja, die Ausbildung musste natürlich nicht jahrelang dauern. Wenn Lanna Stimmtalent hatte, würde sie sehr bald selbstständig arbeiten können. Aber wo und wie? Kirchenverwalter und Küster würden bestimmt komisch gucken, wenn plötzlich ein Stimmer mit pechschwarzen Haaren käme, die bis mitten auf den Rücken reichten. Weibliche Kollegen hatte ich, wie gesagt, meines Wissens nicht. Doch was hieß das schon? Pastorinnen gab es vor nicht allzu langer Zeit auch kaum, und jetzt wimmelte es von ihnen. Gab es denn Klavierstimmerinnen? Und wenn es sie gab, welche Ausbildung hatten sie absolviert? Auch Realgymnasium? Ach, das Realgymnasium, das gehörte ebenfalls längst der Vergangenheit an, ebenso wie die Spielschule, obwohl man dort doch unglaublich viel beigebracht bekam, meiner Ansicht nach sogar mehr als in einem Berufskolleg. Ich kann dies mit einem gewissen Recht behaupten, denn ich verfügte über Vergleichsmaterial: Einer meiner Brüder war auf einem Berufskolleg, und der andere ging aufs Gymnasium, während ich das Realgymnasium besuchte, und es fiel mir immer wieder auf, dass mein Berufskollegsbruder längst nicht so viel Hausaufgaben aufbekam wie ich, und was die Fremdsprachen anging, da ging es bei ihm auch viel langsamer voran. Mein Gymnasiumsbruder wiederum, tja, der spielte in einer anderen Liga, der war meinem Berufskollegsbruder und mir in allem überlegen und lernte obendrein (darauf war ich wahnsinnig neidisch) auch noch Latein und Griechisch. Nun ja, mein ältester Bruder, der Kinderpsychiater, ist ein brillanter, unheimlich intelligenter Kerl, dem kaum einer was vormacht. Deshalb ist er auch überaus eigensinnig und duldet keinen Widerspruch. Die Folge ist, dass keine Frau es lange mit ihm aushält.

Ein Velomobil

Frühstück gab es im Seemannsheim nicht, so früh am Sonntagmorgen. Also ging ich eben ohne in die Kirche. Dort traf ich, obwohl es noch vor sieben Uhr war, bereits den Organisten an. Und nicht nur das, er war auch zutiefst zufrieden darüber, dass ich alle Hänger aus der Orgel entfernt hatte. Das tat mir gut, denn der Mensch will ja Ehre mit seiner Arbeit einlegen. Der Organist war sofort bereit, die Tasten zu drücken, und so stürzte ich mich auf das Oberwerk. Nur leider musste ich schon um neun Uhr die Arbeiten einstellen.

»Jetzt gleich kommen die ersten Kirchenbesucher«, sagte der Organist, »und es sind wohl einige dabei, die wegen der Sonntagsheiligung Anstoß daran nehmen werden, dass wir an der Orgel herumschrauben. Aber wir sind gut vorwärtsgekommen, und um halb zwölf können wir weitermachen.«

»Da musst du nicht mehr antanzen, denn Lanna kommt, um mir zu helfen. Das Mädchen ist wirklich ein Wunder. Sie möchte gern Orgelstimmerin werden.«

»Ich bezweifle, dass daraus etwas wird, geistig behindert, wie sie ist.«

»Sie ist nicht geistig behindert, meiner Meinung nach ist sie autistisch.«

»Was es auch immer sein mag, dieses Mädchen eine Orgelstimmerin – ich glaube nicht, dass sie das schafft.«

»Ich wüsste nicht, warum sie es nicht schaffen sollte.«

»Schon jemals einen weiblichen Orgelstimmer gesehen?«

»Nein, aber das hat nichts zu bedeuten. Früher war ein

weiblicher Ministerpräsident vollkommen undenkbar, und jetzt gibt es Margaret Thatcher.«

»Wohl wahr, aber die ist keine Frau, sondern ein Monster.«

»Leider spielt sie nicht Orgel wie ihr Vorgänger Edward Heath, doch meiner Meinung nach ist sie wie gemacht für ihr Amt. Das einzige Problem mit Ministerpräsidentinnen ist doch, dass mit ihnen an der Macht früher oder später ein Krieg ausbricht. So war es bei Sirimavo Bandaranaike, bei Indira Gandhi und bei Golda Meir. Daher habe ich, als Thatcher Premier wurde, sofort gesagt: ›Jetzt gibt es Krieg‹, und alle erklärten mich für verrückt, denn England im Krieg, das sei unmöglich. Dann aber brach der Falklandkrieg aus, wie du weißt.«

»Und ob ich das weiß. Manchem hier haben die Nachwirkungen des Krieges noch ordentlich was eingebracht.«

»Wieso das?«

»Nun ja, von hier aus fuhren die Schiffe von Smit Tak aus, um die Wracks der Kriegsschiffe dort zu bergen.«

»Worin eine kleine Hafenstadt nicht überall groß sein kann«, bemerkte ich ironisch.

»So klein wir auch sind, hier steht dennoch eine der schönsten Orgeln der Niederlande«, sagte der Organist und begann mit einer Improvisation über Psalm 19. Leise mitsummend und mich darüber wundernd, dass der Organist ausgerechnet den Psalm wählte, den die Mitglieder der Männervereinigung im Seemannsheim gesungen hatten, stieg ich die Treppe der Orgelempore hinunter und stieß, als ich das Kirchenschiff betrat, auf Mutter und Tochter.

»Nicht stimmen heute?«, fragte Gracinha.

»Doch, ja, nachher um halb zwölf. Jetzt nicht mehr, denn bald beginnt der Gottesdienst.«

»Was wir machen bis halb zwölf? Draußen wunderbares Wetter. Wir ein wenig Rad fahren? Dir schöne Stellen hier zeigen.«

»O ja, das ist eine gute Idee«, erwiderte ich. »Allerdings habe ich kein Fahrrad.«

»Du Fahrrad von meinem Mann nehmen«, sagte Gracinha entschieden.

Also saß ich eine Weile später auf dem Rad ihres verstorbenen Ehemanns, und wir fuhren auf einem schmalen Weg entlang eines Vliet, der fast ganz mit Seerosen bedeckt war, aus der Stadt hinaus. An den Ufern wuchsen überall Schwanenblumen, und die mannshohen Blütenstände des Flussampfers ragten in die Höhe. Hier und da schauten die spitz zulaufenden Blätter von Pfeilkraut aus dem Wasser, die sich mit den stacheligen Früchten des Igelkolbens abwechselten. Es war beinahe windstill. Die Sonne schien durch einen sehr feinen Nebelschleier, und es war, als sei die ganze Welt in goldenen Dunst gehüllt. Mutter und Tochter fuhren vor mir her, und es kam mir so vor, als sei es völlig selbstverständlich, dass ich dort am Sonntagmorgen entlangradelte, obwohl ich doch ziemlich erstaunt gewesen wäre, wenn jemand eine Woche zuvor zu mir gesagt hätte: ›Am nächsten Sonntag wirst du während des Gottesdienstes mit einer bildschönen Mutter und ihrer Tochter auf einem unbefestigten Weg an einem Vliet entlangfahren, in dem es nicht nur die goldgelben Blüten der Europäischen Seekanne gibt, sondern sogar noch viel zu spät blühende Wasserfedern.‹ Die Wasserfeder kommt in Groningen und Friesland nicht vor, und ich erkannte sie nur deshalb, weil ich einst mit meinem Vater und meinen Brüdern an den Reeuwwijker Seen gewesen war, die voll davon waren.

Wir bogen ab auf einen kleinen Polderweg und gelangten in eine märchenhafte Traumwelt, mit niedrigen Häuschen auf der einen und einem auffallend breiten Vliet mit offensichtlich ziemlich sumpfigen Ufern auf der anderen Seite. Wie wundersam war es doch, dass ein so paradiesischer, in friedlicher Sonntagmorgenstille versunkener Feldweg aus dem Rauch des emsigen Hafenstädtchens mit seiner äußerst sparsamen Begrünung in eine vollkommen andere Welt führte. Doch wohin wir auch fuhren, von überall war der Turm der Groote Kerk gut zu sehen, und um uns daran zu erinnern, dass selbst dieses friedvolle Sonntagmorgenparadies unsanft durch böse Eindringlinge aufgeschreckt werden konnte, überholte uns ein Velomobil, indem es knapp an uns vorbeiraste. Vom Fahrer des Vehikels waren lediglich eine große Mütze und eine noch größere dunkle Schutzbrille zu erkennen gewesen. Das ockergelbe Fahrzeug war im Nu verschwunden, und wir hatten den Weg wieder für uns.

Wir bogen ab in Richtung des Dorfes, wo die andere, frühere Garrels-Orgel gestanden hatte. Das Dorf, das zwei unmittelbar neben dem Weg stehende Wassermühlen ankündigten, verfügte über nicht weniger als zwei sehr große Kirchen. Ich hätte es nett gefunden, mit meinen beiden Damen als besondere Sehenswürdigkeiten bei irgendeiner Gaststätte anzuhalten, um eine Erfrischung zu uns zu nehmen, doch nichts deutete darauf hin, dass es irgendwo eine Terrasse gab, und wenn es sie denn gegeben hätte, dann wäre sie am Sonntagmorgen sowieso geschlossen gewesen. Sonntagsruhe, alles dort atmete die selig machende Sonntagsruhe, auf dem Vlietweg war niemand zu sehen, und das Dorf wirkte wie ausgestorben. Offenbar hatten sich alle Einwohner in eine der beiden Kirchen zurückgezogen. Doch als wir das Dorf hinter uns gelassen hatten, erschien erneut, diesmal als Gegenverkehr, das ockergelbe Velomobil und knatterte mit erstaunlicher Geschwindigkeit an uns vorüber. Wieder war vom Fahrer nichts anderes zu sehen als Mütze und Brille. Was für ein Idiot, dachte ich.

Wir fuhren einen kleinen Bogen und steuerten dann zurück in Richtung Hafenstädtchen. Zunächst gab es links und rechts des Weges noch viel Grün und majestätische Seerosen im hier recht breiten Vliet. Doch nachdem wir unter einer Autobahnbrücke hindurchgefahren waren, konnte von laubreicher Verzauberung keine Rede mehr sein. Wie um dies noch einmal kräftig zu betonen, überholte uns das ockergelbe Velomobil, das erneut an uns vorbeiraste wie ein Geschoss. Mir war nun doch ein wenig seltsam zumute. Wieder schlug die Paranoia zu. Und wieder kam es mir so vor, als sei es kein Zufall gewesen, dass ich am Morgen auf der einen Seite des Noordvliet entlanggegangen war, während jemand auf der anderen Seite des Wassers mit mir Schritt hielt. Und der Eindringling in die Groote Kerk am Samstagmorgen? Was für ein Unsinn, sagte ich mir, du fängst an, dement zu werden, du tickst wohl nicht mehr ganz sauber. Was machte das schon, wenn zufällig jemand auf der anderen Seite des Vliet seiner Wege ging? Und was machte es schon, wenn ein Velomobil dreimal an uns vorbeiraste? Dahinter musste man doch wirklich nichts anderes vermuten, als dass ein Verrückter mit seinem Velomobil offenbar die Sonntagsheiligung lächerlich machen wollte. Oder etwa nicht? Sonntagsruhe, einverstanden, dafür sprach so einiges. Doch diese Totenstille, dieses Ausgestorbene? Wozu? Wofür?

Um Viertel vor zwölf waren wir zurück am Hafenbecken. Gracinha sagte: »Gleich stimmen gehen, oder doch zuerst etwas essen?«

Weil ich am Morgen das Seemannsheim ohne Frühstück verlassen hatte, verspürte ich einen unglaublichen Appetit, und daher sagte ich: »O, ich gäbe ein Königreich für einen leckeren Toast und so eine fantastische Suppe.«

»Ja, Mama, erst essen«, sagte Lanna. »Mir knurrt der Magen vor Hunger.«

Was nun, dachte ich total verdutzt, sie spricht plötzlich Niederländisch. Und kennt sogar einen Ausdruck wie »mir knurrt der Magen vor Hunger«? Dann schoss es mir durch den Kopf: Da seht ihr's, werte Mitglieder der Männervereinigung, wenn ein Mädchen immer nur einen einzigen Satz auf

Portugiesisch sagt, kippt man vor Überraschung aus den Pantinen, wenn sie mit einem Mal ein paar Wörter Niederländisch spricht. Wie wäre das erst bei einer sprechenden Eselin?

Der Toast verließ diesmal ohne Komplikationen das Waffeleisen, und darüber war ich sehr froh, denn ich hätte es nicht gewagt, Gracinha erneut auf die Möglichkeit des Verbrennens aufmerksam zu machen. Im Anschluss servierte sie eine Tintenfischsuppe. Bei deren Anblick zuckte ich kurz zusammen, denn ich kann nicht behaupten, dass Tintenfisch zu meinen Lieblingsspeisen gehört. Dennoch schmeckte die Suppe vortrefflich – so etwas hatte nicht einmal Lore, die ja doch ziemlich gut kochen konnte, jemals für mich zubereitet. Wie seltsam, dass man, wenn man dabei ist, sein Herz an eine Frau zu verlieren, diese immer mit der Frau vergleicht, an die man früher einmal sein Herz verloren hat. Das ist alles andere als sinnvoll. Man sollte einen Menschen aufgrund seiner oder ihrer Verdienste beurteilen. Aber so ist es nun einmal, Menschen, die sich einen neuen Hund anschaffen, vergleichen den auch immer mit seinem Vorgänger beziehungsweise seinen Vorgängern. Gleiches gilt beim Erwerb eines neuen Pferdes. Mein Gott, geht's noch banaler? Du denkst an deine tödlich verunglückte Ehefrau und an eine eventuelle Nachfolgerin, und dann vergleichst du diesen Gedankengang mit dem Sinnieren über einen neuen Hund oder ein neues Pferd? Und doch verbarg sich hinter dieser Banalität eine nicht recht zu ergründende Logik. Ebenso wie sich eine unergründliche Logik dahinter verbarg, dass Lanna mich immer wieder unweigerlich an Drieke erinnerte, Drieke, der es ein ums andere Mal gelungen war auszubrechen, um dann zu unserem Haus zu traben und dort so lange zu meckern, bis sie mich zu Gesicht bekam. Dann lachten meine beiden Brüder und meine beiden Schwestern mich aus, und ich musste die Ziege wieder zum Hof von Ai Kack zurückbringen, wobei ich sie – weil sie mir blindlings überallhin folgte – nicht einmal an einem Strick führen musste. Was habe ich nur an mir, hatte ich damals oft gedacht, dass eine Ziege sich hoffnungslos in mich verliebt? Und jetzt schien es so, als sei Lanna genauso verliebt in mich wie Drieke, während ich dabei war, mein Herz an Gracinha zu verlieren.

Nachdem mir all dies durch den Kopf gegangen war, fragte ich mich einigermaßen bestürzt: Bist du denn tatsächlich dabei, dich in Gracinha zu verlieben? Aber nicht doch, dachte ich, wie kommst du darauf? Gewiss, ich finde sie sehr attraktiv, und das ist noch schwach ausgedrückt. Auch ihre Kochkünste sind unwiderstehlich, und da die Liebe des Mannes nun einmal durch den Magen geht, ist es nicht sonderlich erstaunlich, dass ich mich – bewusst platt ausgedrückt, um es erneut zu relativieren – mehr und mehr in sie verknalle. Völlig ausgeschlossen aber, dass ich bei ihr einziehen wollte oder könnte. Dann müsste ich meine geliebten Schallplatten ganz bestimmt mit Kopfhörer hören, wie so viele meiner Freunde, oder sie würde, wenn ich denn meine Platten per Lautsprecher abspielen durfte, ständig dazwischenreden, denn das machten Frauen immer. Dann müsste ich mit zu Partys und zu den Geburtstagen ihrer Freundinnen, die so wie Gracinha in dieser Hafenstadt gestrandet waren, weil sie so dumm gewesen waren, einem Seemann in seinen Heimathafen zu folgen. Und was würde nicht sonst noch alles von mir verlangt und erwartet werden? Dinge, auf die ich jetzt gar nicht kam, denn was wusste ich schon über sie? Und worauf beruhte diese Verliebtheit – wenn es sie gab – überhaupt? Ein nicht unattraktives Äußeres, ein unbändiges Lachen, verbrannte Toasts und die Fähigkeit, hervorragende Suppen aufzutischen? Mehr nicht? Nun denn, worüber reden wir dann eigentlich? Mach dir doch bloß mal klar, wie entsetzlich launisch sie sein kann, auch wenn sich offenbar eine gewisse Änderung vollzogen hat, nachdem sie über deine Kränkung angesichts des Wörtchens »langweilig« in Gelächter ausgebrochen war. Bloß gut, dachte ich, dass ich in ein paar Tagen aus diesem misslichen, widerlich stinkenden Hafenstädtchen abreisen werde. Wenn ich erst einmal in einem anderen Dorf oder einer anderen Stadt wäre – wenn es nach mir ging, vorzugsweise in Deutschland –, dann würde ich bestimmt nie wieder an sie denken. Höchstens würde ich mich nach der Bequemlichkeit einer solchen Tasten drückenden Tochter sehnen. Was das angeht, hat ein Klavierstimmer es leichter, der drückt selbst die Tasten, deren Saiten er stimmt. Mein Traum war ein kleiner Roboter mit einer Fernsteuerung, der für mich die Tasten drückte. Wahrscheinlich wäre das recht leicht zu verwirklichen.

Doch über einen solchen Roboter verfügte ich nicht, als ich mir an jenem Sonntagnachmittag mit Mutter und Tochter erneut das Oberwerk vorknöpfte. Die Arbeit ging gut voran. Allerdings waren die Lingualpfeifen im Oberwerk immer noch nicht gestimmt, als die Turmuhr fünf schlug. Hätte ich bereits einen solchen Roboter zur Hand gehabt, hätte ich weitergearbeitet, denn draußen war es totenstill. Doch Mutter und Tochter wollten nach Hause, was ich ihnen nicht verdenken konnte, und als Gracinha mich wieder zum Essen einlud, da nahm ich das Angebot natürlich an, denn ein FGK im Seemannsheim am Sonntag – nach meiner Vorstellung konnte das nur eine Katastrophe sein. Ich ging dennoch kurz in meine Unterkunft, um mich ein wenig frisch zu machen und eine Weile aufs Bett zu legen, denn ich war ziemlich müde. Das war ja auch kein Wunder: früh aufgestanden, kein Frühstück, bis neun Uhr im Oberwerk gearbeitet, einen ungewohnten Fahrradausflug gemacht und dann den ganzen Nachmittag erneut gestimmt.

Ein Brief am Sonntag

Im Seemannsheim erwartete mich eine eigenartige Überraschung.

Sobald ich eingetreten war, sagte der mürrische Wirt: »Brief für Sie.«

»Ein Brief für mich? Am Sonntag?«

»Am Nachmittag im Briefkasten gelandet. Hier, fang!«

Und er warf den schmuddeligen braunen Umschlag in meine Richtung. Weil ich damit nicht gerechnet hatte, landete er auf dem Boden, und ich musste mich bücken, um ihn aufzuheben. Der Wirt stieß ein für seine Verhältnisse recht fröhliches Lachen aus, irgendetwas zwischen Wiehern und Kläffen.

Mit meinem Stimmeisen schlitzte ich den Umschlag in meinem Zimmer auf. Darin befand sich ein halbes A4-Blatt, ordentlich gefaltet. Kann kein langer Brief sein, dachte ich, vielleicht stammt er ja von der orthodox-reformierten Gemeinde und betrifft das weitere Stimmen in der Immanuëlkirche. Doch nein, der Inhalt war ein vollkommen anderer. Denn nachdem ich das Blatt auseinandergefaltet hatte, las ich:

> Sehr geehrter Herr,
> Bezug nehmend auf Ihre Gesundheit, der Sie, wie ich wohl annehmen darf, einen gewissen Wert beimessen werden, rate ich Ihnen dringend, von jedem weiteren Kontakt mit einer Ihnen inzwischen sehr gut bekann-

ten Witwe abzusehen, mit der Sie, obwohl nunmehr erst seit Jüngstem in der hiesigen Stadt, bereits allzu familiär umzugehen pflegen. Sollten Sie meinen wohlgemeinten Rat in den Wind schlagen, halte ich mich für berechtigt, die notwendigen Schritte zu unternehmen und Sie daran zu hindern, mit besagter Witwe noch weiteren Umgang zu haben.

Eine Unterschrift fehlte. Der Brief war mit einer alten Schreibmaschine getippt worden. Der Buchstabe e war kaum zu erkennen. Auch viele andere Buchstaben waren recht undeutlich, und das Farbband der Schreibmaschine hatte hier und da einen schwarzen Streifen auf dem Papier hinterlassen. Vorsichtig legte ich den Brief auf das Nachtschränkchen, so vollkommen verdutzt über den Inhalt, dass ich ihn sofort wieder in die Hand nahm und erneut las. Was war das? Was hatte es zu bedeuten? War das ein Drohbrief? Oder eher eine Art Warnung? Ja gut, in diesem verschrobenen Hafenstädtchen musste man auf alles gefasst sein, sogar eine weite Gasse, durch die einst eine Schmalspurbahn fuhr – aber auch auf einen solchen Brief? Mit derart archaischen Formulierungen? Hatte Gracinha einen stillen Verehrer, der es nicht ertragen konnte, dass ich mit Toast und Schmorgerichten verwöhnt wurde? Doch davon wusste der stille Verehrer garantiert nichts, ihm konnte nur bekannt sein, dass ich ein paarmal bei Gracinha zu Hause gewesen war und mit ihr und ihrer Tochter die Orgeln zweier Kirchen gestimmt hatte. Mein erster Impuls war, augenblicklich meine Stimmgerätschaften zusammenzupacken, zum Bahnhof zu sausen und mit dem erstbesten Zug abzureisen. Doch es war Sonntagabend, vielleicht würde ich noch bis Utrecht kommen, aber viel weiter bestimmt nicht. Die Geuzenstraat in Heiligerlee war um diese Zeit unerreichbar. Mein zweiter Impuls war, mit dem Brief zur Polizei zu gehen. Aber auch das schien mir am Sonntagabend keine realistische Option zu sein. Und überhaupt, mit wem sollte ich den Inhalt des Briefs denn besprechen? Mit Wachtmeister Hennenhals? Der würde über den Brief wahrscheinlich nur lachen und sagen: »Ach, Herr Pottjewijd, Sie wissen doch, wo Sie hier sind, in der hiesigen Stadt, um eine Formulierung des Briefs zu zitieren, in der hiesigen Stadt schicken die Bewohner einander fortwährend solche ulkigen Briefe. Machen Sie sich keine Sorgen, das hat nichts zu bedeuten, hier lässt man den Worten selten Taten folgen.«

Da dachte ich an das Velomobil. Und an die beiden Male, als jemand auf der anderen Seite des Wassers neben mir hergelaufen war. Und an den Eindringling am Samstagmorgen. Ich war also nicht zu Unrecht alarmiert gewesen. Von wegen Paranoia oder gar Demenz. Das erleichterte mich zumindest. Der Flaneur von gegenüber, der Heimlichtuer, der war garantiert auch der Autor dieses Briefs. Und der Fahrer des Velomobils war er ebenfalls. Nun, der Fahrer eines solchen Gefährts könnte, falls mir etwas zustieß, leicht ausfindig gemacht werden, denn in der hiesigen Stadt besaßen bestimmt nicht viele Leute ein Velomobil. Ob es wohl jemand war, den ich in der hiesigen Stadt bereits kennengelernt hatte? Grundgütiger, die Prosa des Briefs war offenbar ansteckend: »in der hiesigen Stadt«, »nunmehr erst seit Jüngstem«. Wer benutzte denn bitte noch den Ausdruck »nunmehr«? Der Schriftsteller J. van Oudshoorn seinerzeit, aber sonst doch niemand mehr, oder?

Ich legte mich aufs Bett, sank tief in die durchgelegene Matratze und versuchte mich zu erinnern, wen ich in der hiesigen Stadt nunmehr kennengelernt hatte. Am Montagabend war ich angekommen. Beim Wijde Slop hatte ich einen Burschen nach dem Weg gefragt. Der konnte nicht der stille Verehrer Gracinhas sein, der Altersunterschied war zu groß. Die zweite Person, die ich kennengelernt hatte, war der Wirt ebenjenes Etablissements, in dem ich jetzt auf dem Bett lag, Hotelinhaber Joop Boetekees. Steckte er dahinter? Hatte er den Brief geschrieben? Ich konnte es mir kaum vorstellen. Aber nach ihm war ich nahezu dreißig Mitgliedern der Männervereinigung begegnet, und unter ihnen konnte sich natürlich der stille Verehrer befinden. Dann war da noch der Organist der Groote Kerk, der auf keinen Fall infrage kam, denn Organisten begehren nicht Frauen, sondern königliche Instrumente mit vorzugsweise drei Manualen, einem freien Pedal und, wenn es irgendwie geht, einem Schwellkasten. Manche Organisten pflanzen sich dennoch fort, aber das tun manche Homosexuelle auch. Außerdem hatte ich den Küster der Groote Kerk kennengelernt, und der kam durchaus in Betracht, denn er war ein Schurke. Des Weiteren war da noch Pastor Berenschot. Der hatte mir schöne Geschichten über Gracinha erzählt, und er hatte so seltsam geschaut, als die Rede auf die portugiesische Bibel kam. Ja, der konnte es auf jeden Fall auch gewesen sein, obwohl es mir ziemlich unwahrscheinlich schien, dass er einen solchen Brief geschrieben hat. Ein Pastor muss schließlich aufpassen, was er tut, und hinzu kam: Ein Prediger am Sonntag auf einem Velomobil, das war nahezu undenkbar. Am Donnerstag war der Pastor in Begleitung dreier Herren gewesen. Einer von ihnen? Ja, das lag gewiss im Bereich des Möglichen. Und dann gab es noch den Küster der Immanuëlkirche. Das war ein freundlicher Mann, langweilig und unauffällig, um Gracinhas Worte zu gebrauchen. Aber mit ihm hatte sie, während ich stimmte, einige kurze Gespräche geführt. Schließlich war da noch der bibelsammelnde Irre in der Joubertstraat und, nicht zu vergessen, der Verrückte mit dem Körbchen auf dem Kopf, dieser IJzerhard Paalvast mit seinem Geschwätz von der ewigen Hochzeit.

Aber warum ging ich davon aus, dass es sich um einen stillen Verehrer handelte? Möglicherweise hatte er schon einmal oder wiederholt versucht, sich mit Gracinha zu verabreden. Vielleicht konnte sie ja, wenn ich ihr den Brief zeigte, sofort sagen: »Das hat der und der geschrieben.« Aber war es überhaupt klug, ihr den Brief zu zeigen? Ich tappte im Dunkeln, hatte noch nie mit so etwas zu tun gehabt und wusste daher nicht, was tun. Oder lassen. Erst einmal abwarten, bevor ich Gracinha den Brief zeigte. Zunächst würde ich sie äußerst vorsichtig aushorchen, ob sie Verehrer in der Stadt hätte. Nun ja, das musste fast so sein, denn wer sie sah, der begehrte sie, das stand so fest wie ein Pfahl im Wasser. »Steht wie ein Pfahl«, murmelte ich, auf meiner miserablen Matratze liegend, und war verwundert darüber, dass mein Gehirn eine so passende Metapher parat hatte. O, o, dachte ich, Gracinha, Gracinha, und mir kam das dämliche Lied »Marina, Marina« von Rocco Granata in den Sinn, das ich sogar einmal auf einer Kirchenorgel gehört hatte, gespielt von keinem Geringeren als Feike Asma. Eines der unangenehmsten Dinge, die einem widerfahren können, ist, dass eine Melodie, ein Lied sich in unserem Bewusstsein festsetzt und nicht mehr loszukriegen ist. Das kann einem sogar den Schlaf rauben. Es muss kein schlechtes oder banales Lied sein, es kann sich auch um eine Melodie aus einer Symphonie oder einem anderen klassischen Werk handeln. Wenn man *Les Barricades Mystérieuses* von Couperin hört, dann setzt sich das Hauptthema des Stücks auch im Gehirn fest. Allerdings kommt dieser Melodie ein großes Verdienst zu, denn man kann damit weniger schöne, nicht minder im Gedächtnis haftende Melodien vertreiben. Also summte ich hartnäckig die ersten Takte dieses nicht genug zu lobenden Meisterwerks von Couperin und vertrieb damit Rocco Granata.

Und dann musste ich den Entschluss fassen: Wollte ich die Bedrohung so ernst nehmen, dass ich darauf verzichten würde, bei Gracinha zu essen? Wenn ich dies tat, musste ich sie jedoch über mein Nichtkommen informieren und folglich zu ihr gehen. Denn sie anrufen, das wäre zwar auch denkbar gewesen – zumindest wenn ich im Seemannsheim ein Telefonbuch zurate ziehen und das dortige Telefon benutzen durfte –, aber was sollte ich ihr sagen? »Ich komme nicht, weil ich bedroht werde«? Tja, das war eigentlich undenkbar. Und ausgesprochen feige wäre es auch gewesen. Ignorieren musste ich diesen Brief, doch als ich die Wip hinaufging, den Deich überquerte und auf der Havenkade wieder hinabging, war ich trotz allem auf der Hut und spähte scheu um mich herum. Natürlich war niemand zu sehen, und auch auf der anderen Seite des Hafens lief niemand neben mir her.

Nach dem Essen – eine hervorragende Suppe, ein königliches Schmorgericht – fragte ich: »Fühlst du dich denn zu Hause in diesem wunderlichen Hafenstädtchen?«

»Einigermaßen. Viele liebe Freundinnen hier.«

»Und Freunde?«

»Nein, keine Freunde.«

»Aber du bist *encantadora*, wie du selbst gesagt hast. Die Männer müssten also …«

»O ja, sie laufen mir hinterher, sie wollen mit mir ausgehen, und manchmal sogar sie schreiben Briefe, aber das nicht so oft, nein. Sie mich auf der Straße ansprechen, man kann nicht vorstellen das, wahnsinnig ich werde davon …«

»Es heißt: Das kann man sich nicht vorstellen.«

»Gut, das kann man sich nicht vorstellen, vielen Dank.«

»Bestimmt ist manchmal auch ein netter Brief darunter?«

»Ich auf nichts aufgehen.«

»Eingehen, meinst du.«

»Ja, meine ich, ich auf nichts mehr eingehen, ich will keinen neuen Mann, denn ein Mann will Lanna los sein. Er zu mir sagen: ›Du musst sie in eine Anstalt geben.‹«

»O, das ist dir also schon ein paarmal passiert?«

»Einen ganzen Haufen oft schon. Wirklich nette Männer, und auch nicht langweilig …«

Sie musste selbst darüber lachen, und ich lachte fröhlich mit. Warum auch nicht? Sie hatte recht, ich war langweilig und würde immer langweilig bleiben, daran war nichts zu ändern, und das war gut so, denn auch ich wollte auf nichts mehr eingehen. Vor langer Zeit, ein paar Jahre nach Lores Tod, hatte ich mich in einem Anfall geistiger Verwirrung bei einem Eheanbahnungsinstitut angemeldet. Ich musste eine lange Liste mit Fragen ausfüllen und allerlei Tests absolvieren, einen Baum zeichnen, irgendwelche Flecken interpretieren, Sätze vervollständigen, Figuren bunt ausmalen und noch eine ganze Reihe anderer blödsinniger Dinge, und dabei war herausgekommen, dass ich, so stand es in dem mir anschließend ausgehändigten Schreiben, »besorgniserregend unsozial« sei, der Prototyp des Einzelgängers. Was eine Beziehung anging, praktisch nicht vermittelbar. Die einzige Kandidatin, die man mir anbieten konnte, war – mit einer Übereinstimmung von 61 Prozent – eine fünfzigjährige Zeichenlehrerin aus Zaanstad, die Musicals mochte. Und das in Anbetracht der Tatsache, dass ich das Phänomen Musical abgrundtief verabscheue und mich schon in der Spielschule geweigert habe zu zeichnen.

»Du sagtest, du hättest einige Briefe bekommen. Hast du die noch?«

»Warum ich diese Briefe aufbewahren? Nein, sofort weggeschmissen.«

Das war schade. Wenn sie die Briefe aufbewahrt hätte, hätte man im Ernstfall die Möglichkeit gehabt zu kontrollieren, ob einer der Briefe auch auf einer Maschine getippt worden war, deren e vollkommen verschlissen war und deren Farbband schwarze Streifen auf dem Papier hinterließ.

»Ich geh dann mal wieder zurück ins Seemannsheim«, sagte ich. »Morgen früh kann ich leider nicht in der Groote Kerk stimmen, weil nebenan auf der Werft wieder gearbeitet wird. Daher gehe ich gleich in die Immanuëlkirche.«

»Wir sind da, um neun Uhr, Lanna und ich.«

Von Gracinhas Etagenwohnung bis zum Seemannsheim war es nur ein kurzer Spaziergang, doch so kurz er auch war, er reichte dennoch für eine heftige Beklemmung, wie ich sie nie zuvor empfunden hatte. In meinem ganzen Leben war ich niemals bedroht worden, nun aber konnte ich zitieren, was Moses einst gesagt hatte: »Ich bin erschrocken und zittere.« Junge, Junge, was war ich doch nur für ein Angsthase, ich war ziemlich enttäuscht von mir selbst. Nicht nur langweilig und unauffällig, sondern auch noch ein Schisser. Selbst als ich in meinem Bett im Seemannsheim lag, fühlte ich mich alles andere als wohl. Liebend gern hätte ich den Brief vernichtet, zerrissen, verbrannt, zerschnipselt, aber das ging nicht. Schließlich musste ich damit, wenn mir etwas passierte, zur Polizei gehen, gesetzt den Fall, dass ich das noch konnte, weil der Flaneur von gegenüber mich nicht gleich umgebracht hatte. Aber das würde vermutlich nicht geschehen, und wenn es geschah, dann war dieser Brief natürlich ein umso wichtigerer Beweis.

Gleichsam zum Kontrast träumte ich, als ich am frühen Morgen endlich einschlief, dass ich Drieke nach einem ihrer Ausbrüche zum Hof von Ai Kack zurückbrachte. Es war Frühsommer, und es herrschte *rûzich waar*, wie die Friesen sagen. Die Kornfelder wogten, als strichen Engelshände darüber. Kibitze schossen durch den Himmel, Feldlerchen stiegen auf und bejubelten das Sonnenlicht, ein Schwarm Stieglitze ließ sich schon mal auf den Disteln nieder, obwohl sie doch wissen mussten, dass es noch nichts zu holen gab, Rauchschwalben segelten blitzschnell über den Boden, zwei Bussarde zogen in der Thermik ihre Kreise, und die Böschungen, geschmückt mit mannshohem Wiesenkerbel, dufteten berückend. Ach, es schien fast, als wäre ich im siebten Himmel.

Ich wachte auf und döste friedlich vor mich hin, darüber

nachsinnend, ob ich geträumt oder mich schlicht an ein tatsächliches Ereignis erinnert hatte. Doch dann, gleichsam als harscher Kontrapunkt, schoss mir durch den Kopf: Verdammt, irgendein Idiot hat dir einen Drohbrief geschickt. Mir, wohlgemerkt, Gabriel Pottjewijd, der, wohlgemerkt, noch nie in seinem Leben auch nur einer Fliege etwas zuleide getan hat.

Eine Grubenlampe

Nach dem kärglichen Seemannsheimfrühstück hatte ich am Montagmorgen noch genug Zeit, um dem legendären Laden von Smitje de Smit einen Besuch abzustatten. Dass ich gerade an diesem Morgen dorthin ging, um mich nach einer Grubenlampe zu erkundigen, folgte keiner bestimmten Logik, denn eine solche Lampe brauchte ich in der Immanuëlkirche mit ihrer Orgel in offener Aufstellung nicht unbedingt. Außerdem war sowieso noch die Frage, ob man mir in dem Laden zu einer solchen Lampe verhelfen konnte. Wie merkwürdig im Übrigen, dass ich in all den Jahren, die ich bereits stimmte, nie auf den Gedanken gekommen war, eine dieser Stirnlampen, wie sie in Bergwerken verwendet werden, anzuschaffen. Eine solche Lampe war natürlich eine prima Sache im Kampf gegen Dunkel und Finsternis und Ungewitter, wie sie in Hebräer 12 vorkamen. Nun denn, von Ungewitter kann man durchaus reden, wenn man die tiefsten Töne der Posaune in der 32'-Lage anschlägt, aber dagegen hilft eine Grubenlampe dann auch nicht. Mit so einer Lampe an der Stirn würde es sich dennoch viel leichter stimmen. Keine Scherereien mehr mit Handlampen. Und wenn es in der Kirche keine Handlampe gab, wie es üblicherweise der Fall war, würde ich nie wieder mehr schlecht als recht nach Gefühl arbeiten müssen. Trotzdem hatte ich noch nie von Kollegen gehört, die eine solche Stirnlampe benutzten, obwohl es doch so naheliegend war.

Nun gut, also auf zu Smitje de Smit, um eine Grubenlampe zu kaufen. Jedoch nicht nur deswegen, oder vielleicht nicht einmal in erster Linie deswegen, sondern auch, um etwas zu besorgen, womit ich im Ernstfall den Mistkerl abschrecken konnte, der mir mit seinem widerwärtigen Brief Angst eingejagt hatte, nämlich eine Schreckschusspistole. Immerhin hatte der Organist der Groote Kerk erwähnt, dass man so ein Ding dort im Angebot habe.

Über die Wip, die Hoogstraat, die Schansbrug und die Ankerstraat gelangte ich zu der Ecke, wo Letztere auf die Kerkstraat traf; dort befand sich der Laden von Smitje de Smit. Es war noch früh, die Turmuhr hatte noch nicht einmal acht geschlagen, doch ich war mir so gut wie sicher, dass der Laden bereits geöffnet hatte. Solche Eisenwarengeschäfte machten immer wahnsinnig früh auf, wie ich aus Erfahrung wusste. Meine Hoffnung war, der erste und vorerst auch einzige Kunde zu sein, denn dann konnte ich mich, ohne Aufsehen zu erregen, nicht nur nach einer Grubenlampe, sondern auch nach einer Schreckschusspistole erkundigen.

Als ich die Ladentür öffnete, kündigte eine lautstark klingelnde Schelle, die eine knarrende Wolfsquinte (B-fis) ertönen ließ, mein Eintreten nachdrücklich an, sodass ich von mindestens einem Dutzend Kerle begafft wurde, die sich bereits in dem halbdunklen Raum befanden. Hatten sie sich gerade noch angeregt unterhalten, so war es nun vom einen auf den anderen Moment still, und alle sahen mich an, als wäre ich das Tier aus dem Abgrund, von dem in Offenbarung 11 die Rede ist. Mir fuhr der Schreck in die Glieder angesichts dieser vielen überaus misstrauisch starrenden Augen, der xenophoben Blicke, die auf mich geworfen wurden, als wollte man mich sogleich wieder aus dem Laden vertreiben. Was war hier los? Was führten diese Leute im Schilde? War ich in genau dem Moment in den Laden gekommen, als dort über Schmuggelware gesprochen wurde? Oder über andere Dinge, die das Tageslicht scheuten? Denn warum sonst sollte mir eine solche Wand des Misstrauens entgegenschlagen? Ein so eisiges Schweigen?

»Joh«, flüsterte einer der ziemlich schäbig gekleideten, hochgewachsenen Kerle, »joh, das ist dieser Pottjewijd, der Orgelklempner, alles in Ordnung, es ist Pottjewijd.«

Flüsternd wurde der Befund weitergegeben: »Alles in Ordnung, es ist Pottjewijd«, und sie wichen vor mir zurück und bildeten beinahe so etwas wie ein Ehrenspalier hin zur Verkaufstheke.

»Gehen Sie ruhig vor, Herr Pottjewijd, wir warten gern, wir haben alle Zeit der Welt, gehen Sie ruhig vor.«

»Herr Pottjewijd«, sagte einer der Angestellten, »was kann ich zu so früher Stunde für Sie tun? Womit kann ich helfen?«

Hinter mir wurden die Gespräche zwar flüsternd, aber doch überaus lebhaft wieder aufgenommen. Verstehen konnte ich nichts. Es war, als sprächen die Männer eine mir unbekannte Sprache. Währenddessen beobachtete mich der Verkäufer, dessen Stimme mir direkt bekannt vorgekommen war. Dieses raspelnde Geräusch, ich war mir sicher, es schon früher gehört zu haben, und zwar in dieser Hafenstadt, auch dessen war ich mir gewiss. Aber wo und wann? Da ich offenbar nicht schnell genug auf seine Frage reagierte, blaffte er hinterher: »Sie wünschen?« Es klang nicht wie eine Frage, sondern wie ein Befehl.

O, diese hohe Stimme. Ich hatte sie auf jeden Fall schon einmal gehört, und der Mann auf der anderen Seite der Verkaufstheke sah mich an, als kennten wir uns seit Jahren. Sein Gesicht kam mir auch tatsächlich bekannt vor, aber ich wusste dennoch nicht, wen ich vor mir hatte. Und obwohl ich davon überzeugt war, dass ich dem Mann schon einmal begegnet war, so war ich mir doch ganz sicher, seine fettige Stoppelfeldfrisur noch nie gesehen zu haben. Auch der seltsame, weit unten auf seiner Nase sitzende Kneifer war mir neu. Hatte er bei unserem ersten Treffen möglicherweise einen Hut, eine Mütze oder eine Kappe aufgehabt und die Brille nicht getragen? Natürlich trug er seinen waldmausbraunen Kittel nur im Laden, und es war daher logisch, dass ich mit diesem nichts anfangen konnte. Hätte ich ihn doch bloß, ungeachtet der Frisur, der Brille und des Kittels, gleich erkannt! Dann wäre ich, sowieso schon ziemlich verunsichert angesichts der vielen starrenden Blicke, womöglich etwas weniger verwirrt gewesen. Jetzt konnte ich nur stammeln und stottern: »Eine merkwürdige Frage vielleicht, aber verkaufen Sie auch Grubenlampen?«

Hinter mir verstummten die Gespräche. Offenbar wollte man wissen, weswegen ich gekommen war. Der Mann mit dem tief sitzenden Kneifer sah mich über die Gläser seiner Sehhilfe hinweg an, als hätte ich mich nach pornografischer Lektüre erkundigt.

»So eine Lampe«, fuhr ich fast flehentlich fort, »wie sie Grubenarbeiter vorne auf dem Kopf tragen … Na ja, nicht dass es hier Bergwerke gäbe, aber nichtsdestotrotz … Ich dachte …«

»Ach, eine Stirnlampe meinen Sie, Herr Pottjewijd. Hätten Sie das mal gleich gesagt. Natürlich bekommen Sie bei uns eine Stirnlampe, ist doch selbstverständlich … Sie können sich doch an den Fingern einer Hand ausrechnen, dass viele unserer Kunden auf Frachtschiffen mit dunklen, finsteren, kalten, feuchten, zugigen, unwirtlichen Laderäumen unterwegs sind, regelrechten Eiskellern, dunkler, viel dunkler noch als Bergwerksstollen, düstere Spelunken … schaudererregende Spelunken … tief, sehr tief unter dem Meeresspiegel.«

Hinter mir flüsterten die schäbigen Kerle in ihren Moleskinhosen: »Spelunken, Spelunken«, und es war mit einem Mal, als flüsterten sie es nicht mehr, sondern sängen es, wobei sie scheinbar auf mich zukamen und mich an die Verkaufstheke drängten, als wären sie ein Spelunken-, nein, der

Halunkenchor aus einer Oper von Verdi, der aus voller Brust, die Daumen unter die Hosenträger gehakt, in vernichtendem es-Moll ein Lied über Eiskeller schmetterte. Es war nur eine wenige Sekunden währende Sinnestäuschung, und doch kam es mir für einen kurzen Moment so vor, als würde ich von unbändig singenden Seehafensängern umringt, und das war bestürzend, weil es so unbegreiflich war, so rätselhaft.

»Natürlich ... auf Frachtschiffen ... in Laderäumen trägt man natürlich solche Stirnlampen. Dumm, dass ich daran nicht gedacht habe«, murmelte ich halb zwischen den Zähnen.

»Wir haben eine Auswahl von rund zwanzig Modellen, ich hole schnell ein paar.«

Der Mann im braunen Kittel verschwand nach hinten, und wieder war mir, als drängten die elenden Kerle hinter meinem Rücken auf mich zu, jetzt nicht singend, sondern bedrohlich summend. Ein Summchor wie in Puccinis Oper *Madame Butterfly*.

Der braune Kittel kam zurück, einen Stapel Kartons schleppend, den er mit einem lauten Knall auf die Verkaufstheke fallen ließ.

»Bitte sehr, Stirnlampen in Hülle und Fülle. Sie funktionieren mit Batterien. Die müssen Sie dazukaufen. Ich empfehle Ihnen wiederaufladbare Batterien. Die sind um einiges teurer, aber Sie können sie immer wieder verwenden, jedes Mal, wenn Sie so einer Kirchenorgel eine große Inspektion verpassen. Sie halten nicht ewig, aber lange.«

Dank der ziemlich absurden Verwendung des Wörtchens »ewig« wurde mir plötzlich klar, wen ich vor mir hatte. Mit einem solchen Vornamen arbeitet man natürlich in einer Eisenwarenhandlung. Ein ebenso bizarres wie gewaltiges Gefühl der Erleichterung erfüllte mich, obwohl es mich anwiderte, dass die schweigsamen Seehafensänger hinter meinem Rücken weiterhin ganz Ohr zu sein schienen.

»Darf ich Ihnen eine Lampe empfehlen?«, fragte IJzerhard Paalvast.

»Bitte.«

»Hier, die Lupine Piko Smartcore. Spitzenprodukt, Herr Pottjewijd, das Beste vom Besten. Weltweit die meistgetragene Stirnlampe, bis runter zu den Kohlezechen in Tasmanien. Zwar etwas teurer als die meisten anderen Lampen, aber federleicht. Und die Lichtstärke bringt einen regelrecht ins Schwärmen. Was schert Sie da noch die Dunkelheit?« Er warf sich in Positur, und ich dachte: O, mein Gott, er fängt wieder an zu deklamieren. Wie halte ich ihn nur davon ab? Doch seine Stimme schallte bereits durch den Laden:

O, welch ein Fest, Herr Pottjewijd
Stimmt nun des Nachts, wenn's nicht radaut.
Zur Hand geht ihm die junge Maid,
Die schon mal nach der Pfeife schaut.

Applaus und schallendes Gelächter waren sein Lohn.

Um noch mehr Peinlichkeiten zu vermeiden, griff ich nach der Lupine Piko Smartcore und rief: »Die nehme ich.«

»Schau an, zagen, zögern, zaudern, das steht nicht in Eurem Brevier. Sie sind ein Mann nach meinem Geschmack, Herr Pottjewijd. Doch nun stellt sich die Frage: Wird die Lampe der Kirche in Rechnung gestellt? Bestimmt werden Sie die Pico auch bei anderen Orgeln benutzen.«

»Die Lampe bezahle ich selbst«, erwiderte ich.

»Ich sehe schon, Herr Pottjewijd, wir verstehen einander.«

Erst als ich mit meiner Lupine Pico Smartcore wieder draußen war und auf der Ankerstraat in Richtung Schansbrug lief, mich langsam erholend von dem Besuch im Geschäft von Smitje de Smit und mir selbst noch einmal versichernd, dass es natürlich mit all den Lauschern im Laden vollkommen undenkbar gewesen war, auch nach einer

Schreckschusspistole zu fragen, ging mir durch den Kopf: Sollte er vielleicht doch der Schreiber des Briefes sein, dieser IJzerhard Paalvast? Nein, es gab keinen Grund, speziell ihn zu verdächtigen, und zugleich schien es plötzlich ziemlich wahrscheinlich. Aber wieso? Weil er so ein merkwürdiger Kerl war, so ein Ekel, das immer wieder mit großem Behagen meinen ziemlich ungewöhnlichen und oft spöttisch kommentierten Nachnamen durch den Laden gerufen hatte? Tja, wenn ich ihn verdächtigte, dann konnte ich genauso gut jedes andere Scheusal, das mir begegnete, verdächtigen. Und so viel war inzwischen ja deutlich geworden: In diesem Hafenstädtchen wimmelte es von Scheusalen.

Mord im Schwellkasten

Ein schönes Instrument, diese Seifert-Orgel in der Immanuëlkirche, und dank der offenen Aufstellung hat man als Stimmer herrlich viel Platz, um seine Arbeit zu machen. Außer im Schwellkasten. Da kann man sich kaum drin bewegen, und die Lupine Piko Smartcore leistete mir gleich gute Dienste, nachdem ich sie mit den mitgelieferten Bändern mühsam an meinem Kopf befestigt hatte. Übrigens ist die Aufstellung der Pedalregister in Bezug auf das Hauptwerk meiner Ansicht nach wenig ideal. Das Pedal befindet sich nämlich unmittelbar hinter dem 16'-Burdon, und deshalb ist alles, was vom Pedal kommt, zu laut im Verhältnis zum Hauptwerk, das vor der Wand steht. Doch wer bin ich, dass ich ein so schönes, modernes deutsches Instrument kritisiere? Außerdem bin ich fest davon überzeugt, dass sich kein Besucher der Kirche an der Aufstellung der Pedalregister und des Hauptwerks stört. Ich erklärte Lanna trotzdem haargenau, was ich über die Orgel dachte, wobei ich im Hinterkopf behielt, dass sie wahrscheinlich nichts von alldem verstand. Aber das macht nichts. Es gibt in der Jugend so viele Dinge, über die man belehrt wird und von denen man nichts versteht. Und dennoch zeigt sich später, dass etwas hängen geblieben ist, wovon man manchmal sogar profitiert.

Während ich Lanna erklärte, was ich tat, und Gracinha ohne Murren die Tasten drückte, geisterte mir ständig dieser Brief durch den Kopf. Mir war inzwischen klar geworden, dass ich in Anbetracht der Tatsache, dass jeder etwa vierzigjährige Mann in diesem Städtchen der Drohbriefschreiber sein konnte, auch vor jedem dieser Männer auf der Hut sein musste. Und das war sehr unerfreulich, denn solche Männer liefen mir alle naslang über den Weg, sie waren allgegenwärtig, jedenfalls am Montagmorgen um halb neun. Auf dem Weg zur Immanuëlkirche waren mir mindestens fünfzehn von der Sorte begegnet.

Zum Glück kam ich in der Kirche einigermaßen zur Ruhe. Dort hielten sich, vom Küster abgesehen, keine Kerle auf. Außerdem erschien es mir ziemlich unwahrscheinlich, dass mein Gefährder in der Kirche zuschlägt. Gewalt im Hause Gottes, davon hörte man selten. Und von einem Mord schon gar nicht. Allerdings würde eine solche Bluttat einen schönen Titel für einen altmodischen Thriller liefern: *Mord auf der Kanzel* zum Beispiel, *Mord im Schwellkasten* oder *Mord am Taufbecken.*

Als der Morgen halb rum war, tranken wir im Konsistorialzimmer Kaffee. Eine gute Gelegenheit, den Küster ein wenig genauer zu studieren. Er war ein vollkommen anderer Mensch als der Küster der Groote Kerk. Freundlich, zuvorkommend und auch ein wenig farblos. Mir schien es höchst unwahrscheinlich, dass er der Briefschreiber war, obwohl er Gracinha ganz offensichtlich beeindruckend fand. Nun ja, wer fand das nicht? Eine solche Frau war in einer solchen Hafenstadt, mit ihrem haushohen Prozentsatz an abgearbeiteten Hausfrauen, die noch Kittelschürzen trugen und Plastikkopftücher, wenn es regnete, eine aufsehenerregende Erscheinung. Und wenn man dann noch die Geschichten hinzunahm, die über sie kursierten: von Kapitän Edelenbos aus der Mündung des Amazonas gefischt, splitterfasernackt im Vliet, um mit einem Speer Fische zu fangen! An ganz gewöhnlichen Wochentagen konnte man, wenn man in der Nähe des Zure Vissteeg und der Havenkade unterwegs war, einfach so einer Frau begegnen, die Martha Argerich ähnlich sah. Als Gracinha noch neu in der Stadt gewesen war, hat man bestimmt Polizisten zu Pferd herbeirufen müssen, um sie aus den Belagerungen zu befreien, sobald sie irgendwo auftauchte, dachte ich, dort im großen, hellen Konsistorialzimmer der Immanuëlkirche.

Nach der Kaffeepause machte ich mich ans Pedal. Nicht weniger als zwölf sprechende Stimmen, darunter eine Mixtur. Lanna verfügte bereits über einige Erfahrung als Tastendrückerin, sodass die Pedale für sie kein Problem gewesen wären. Ihre Mutter aber hatte große Mühe, mit ihren hochhackigen Schuhen die richtigen Pedale der Reihe nach zu treten. Man sollte doch meinen, ein Mensch müsse nach einem gewissen Maß an Erläuterung in der Lage sein, eine solche Aufgabe zu erfüllen. Aber Pustekuchen, dieser Job überforderte Gracinha augenscheinlich, sodass ich mich genötigt sah, Lanna als Pedaltreter einzusetzen, während ihre Mutter in einer der Bänke Platz nahm.

Um Viertel vor zwölf schlug sie wieder vor, dass ich mit zu ihnen nach Hause kommen könnte, um dort einen Toast und eine Suppe zu mir zu nehmen.

»Du heute ein wenig bedrückt. Was ist los?«

»Ach, nichts«, erwiderte ich. »Ziemlich schlecht geschlafen heute Nacht.«

»Bist du sicher? Du immer unbekümmert, aber jetzt nicht.«

»Das kommt, weil ich Gewissensbisse habe«, sagte ich. »Du verwöhnst mich mit allerlei Köstlichkeiten, und ich kann mich nicht revanchieren. So langsam ist die Reihe an mir, Lanna und dich einzuladen. Doch wohin kann man hier gehen? Um die Mittagszeit bekommt man hier nirgendwo etwas zu essen, außer im Lunchroom Strijbos auf dem Markt, und dieses Lokal sieht ziemlich heruntergekommen aus.«

»Warum außer Haus essen?«, fragte Gracinha. »Für Hälfte von Geld bereitet man selbst doppelt so leckeres Essen.«

»Du isst also nie auswärts?«

»Wo hier hingehen? Nirgendwo nichts hier.«

»Aber wenn du in einer großen Stadt wohntest, würdest du dann vielleicht ab und zu auswärts essen?«

»Nein, nicht, selbst kochen. Macht mir Freude kochen, das Einzige, was ich gut kann, und essen außer Haus ist sauteuer, nein, kommt nicht auf Tüte.«

»Es macht mir Freude zu kochen, heißt es. Du hast schon wieder das ›zu‹ vergessen. Wie wäre es, wenn du heute mal damit anfangen würdest, es an den richtigen Stellen zu verwenden?«

»Gut, es macht mir Freude zu kochen. Du aber auch ab und zu einen Satz Portugiesisch probieren.«

»Eu gosto de você«, sagte ich.

»O, nicht machen, du mich wieder ködern, nicht tun, bringt nur Probleme.«

»Ja, stimmt, ich habe einen Brief bekommen …«, rutschte es mir dummerweise heraus.

»Du Brief bekommen? Von wem? Worüber?«

»Es geht um dich.«

»Brief über mich? Du sicher wissen?«

»Leider ja. Ich wollte es dir eigentlich nicht erzählen, aber jetzt habe ich mich wohl verplappert. Wahrscheinlich weil der Brief mir doch aufs Gemüt drückt. Liebend gern würde ich wissen, wer ihn geschrieben hat, und wenn ich ihn dir zeige, erkennst du vielleicht, von wem er kommt.«

»Hast du Brief dabei?«

»Nein, ich habe ihn im Seemannsheim zwischen meinen Sachen versteckt, weil ich nicht will, dass man ihn dort liest.«

»Auf dem Weg nach Hause, wir gehen dort vorbei und holen Brief?«

»Einverstanden.«

Das Seemannsheim lag auf der Strecke zu ihrer Wohnung am Haven. Das Schreiben war schnell geholt, und im Anschluss gingen wir rasch zu ihr nach Hause, wobei ich mir sehr wohl bewusst war, dass ich, indem ich neben Lanna und Gracinha herspazierte, den wohlgemeinten Rat aus dem Brief augenscheinlich unbekümmert in den Wind schlug. Auf der Straße am Hafen war niemand zu sehen, ebenso wenig wie auf der anderen Seite des Wassers. Es war aber nicht undenkbar, dass wir von einem der Häuser am gegenüberliegenden Ufer aus beobachtet wurden. Pass bloß auf, sagte ich mir, beherrsche dich, die Paranoia kann jederzeit zuschlagen.

In ihrem Wohnzimmer gab ich Gracinha den Brief. Sie las ihn und sagte: »O, darum du nicht unbekümmert heute. Du sehr erschrocken. Nicht nötig. Stammt von jemandem, der dich auf Schippe nehmen will, das ist Lieblingsbeschäftigung hier. Idiot will dich nur veräppeln, wirklich wahr, du keine Sorgen machen. Albernes Benehmen hier, Männer immer damit beschäftigt, andere Männer zu piesacken, hinter Fichte zu führen, vor allem wenn er ein Fremder ist.«

»Du glaubst also nicht, dass der Brief von einem deiner stillen Verehrer stammt?«

»Hier keine stillen Verehrer, hier herum … wie sagt man gleich … hier herumscharwenzelnde Verehrer, pfeifenden Verehrer, aber keine briefschreibenden Verehrer. Männer hier schreiben keine Briefe, können sie überhaupt nicht, sie können alle schweißen, aber mit Stift sie nichts hinkriegen.«

»Bist du sicher? Neulich hast du mir erzählt, du hättest auch Briefe bekommen. Hast du nicht doch einmal einen bekommen, der genauso aussah wie dieser hier? Das e überall sehr undeutlich und mit solchen schwarzen Streifen wie auf diesem Blatt?«

»Kann mich nicht erinnern. Und ja, ich schon Briefe bekommen, manchmal, aber wirklich nicht viele.«

»Tja, schade.«

»Du dir keine Sorgen machen, alles in Ordnung, du keine Angst haben, hier nicht Brasil. Blöder Dämel. Will dich triezen.«

Wie kommt es, dachte ich, dass sie all diese Wörter kennt, piesacken, hinter die Fichte führen, triezen. Wie war sie zu diesem archaischen Wortschatz gekommen? Lügenbold? Foppen? Scharwenzeln? Und dann mit einem Mal auch noch das Wort »Dämel« – woher hatte sie das? Von ihrem Kapitän?

»Dein Mann, was war das für ein Mensch?«, fragte ich.

»O, nicht fragen, ich lieber nicht an ihn denken. Dann ich *triste.*«

»Desculpe«, sagte ich, wobei ich sogleich daran dachte, dass ich auch nicht gerne an Lore erinnert werden wollte.

Merkwürdigerweise ging sie, ihrer Bemerkung zum Trotz, doch auf meine Frage ein. Sie sagte: »Er groß. Größer als du, klein wenig größer. Ein *urso*. Du weißt, was *urso* ist? Ich nicht weiß auf Niederländisch. Lanna, du wissen, was *urso* ist?«

»Ein Bär«, erwiderte Lanna.

»Er schnell auf den Schwanz getreten, leider, aber auch *generoso* und immer *piadas*, den ganzen Tag, du wissen, was *piadas* sein?«

»Nein, das Wort habe ich noch nie gehört«, antwortete ich.

»Lanna, weißt du?«

»Witze, *mamãe.*«

»Aber lieber nicht über ihn reden. Du lieber nicht reden über deine Frau, oder? Auch noch *triste*?«

»Ja«, sagte ich, »und das wird wohl auch nie enden.«

»Dann wir im selben Schiff.«

»Das hast du schon einmal gesagt, ja, in der Tat, wir sitzen im selben Boot.«

»O, es heißt nicht Schiff, sondern Boot.«

Ich nickte. Es hatte etwas Merkwürdiges, die offenbar auch bei ihr noch anhaltende Trauer so beschrieben zu hören, als Aufenthalt im selben Boot. Dieses Boot, in meinem Fall nach wie vor mit jeder Menge Herzweh an Bord, steuerte immer weiter in unbekannte Gewässer hinaus. Regelmäßig stieß ich, oft vollkommen unerwartet, auf etwas, auf ein Ereignis, eine Geste, ein Wort, eine Stimme, einen Augenaufschlag und vor allem auf einen Geruch, der mich wie von Zauberhand an meine tödlich verunglückte Ehefrau erinnerte; dann war mir, als versetzte mir jemand einen dröhnenden Schlag auf den Kopf. Irgendwann würde das vielleicht weniger werden oder sogar aufhören, aber dafür fühlte ich mich bereits im Voraus schuldig. Und so war es also auch gut, dass die alten Wunden stets wieder aufgerissen wurden. Aufgrund dieser Erfahrung weiß ich eines ganz sicher: Es stimmt nicht, dass die Zeit alle Wunden heilt, und sei es auch nur deshalb, weil man nicht will, dass manche Wunden heilen.

Da saßen wir also, an Gracinhas Tisch in ihrem Wohnzimmer, mit einem Teller Eintopf vor uns, und saßen so sehr in einem Boot, dass zwischen uns drückendes Schweigen herrschte. In einer solchen Situation wird es mit jeder Sekunde schwerer, ein Wort zu sagen. Weil die Stille so beklemmend war, schienen die Geräusche von draußen viel nachdrücklicher ins Wohnzimmer zu dringen. Vor allem das beleidigte Kreischen der Mantelmöwen war ohrenbetäubend und übertönte alles, sogar das Rasseln der Ankerketten, das dumpfe Rufen der Nebelhörner, das laute Rauschen bei der Kiesverladung.

Ich muss etwas sagen, dachte ich, und deshalb fragte ich sie: »Hast du Geschwister?«

»Ich bin Einzelkind.«

»Und deine Eltern, leben die noch?«

»Beide tot. Fast niemand mehr übrig von meiner Familie in Brasil. Nur ein paar Cousins und Cousinen. Tanten alle früh gestorben, genau wie meine Mutter. *Avó* auch früh tot. Aber hier viele Verwandte … Schwager, Schwägerinnen, so viele, Überblick verloren, Lanna, wie viele Tanten und Onkel hast du?«

»Acht Tanten, Mama, und sieben Onkel.«

»Eine der drei Schwestern meines Mannes ist nicht verheiratet. Seine fünf Brüder alle verheiratet. Zusammen also fünfzehn Geburtstage. Jeden Monat mindestens einen, oft sogar zwei, manchmal noch mehr. Dann außerdem einen Haufen Kinder, die Geburtstag haben. *Terrível.* Ständig zu Geburtstagen. Hier in Holland nichts wichtiger als Geburtstag. Muss man immer feiern. Sind auf Schwanz getreten, wenn man nicht kommt. Wenn die Welt untergeht, Leute in Holland einfach kräftig weiter Geburtstag feiern. Und wenn jemand auf Sterbebett krepiert und Geburtstag, trotzdem feiern. Später im Himmel, Geburtstag, Geburtstag, Geburtstag. Wenn einer stirbt, Gott sei Dank, ein Geburtstag weniger. Aber im Himmel ein Geburtstag mehr, und da stirbt niemand, darum immer mehr Geburtstage. Ja, geht einfach weiter dort, viel öfter noch als hier, Aufgesetzter mit Saft, Kräuterbitter, Eierlikör in kleinen Gläsern auf langen Stielen, Löffelbiskuit, Erdnüsse, Zuckerwatte, Bittermandelplätzchen, Zigaretten und Zigarren, *terrível, terrível.* Du auch so verrückt auf Geburtstag?«

»Ich feiere meinen Geburtstag nie«, sagte ich.

»Jaja, du das sagen, um mich zu ködern, o, du so ausgekocht, aber du lügst, du Holländer, also feierst du Geburtstag.«

»Falsch, das habe ich nie gemacht, ich will nicht einmal daran denken, wann ich Geburtstag habe.«

»Du von mir auch nicht erfahren, wann ich Geburtstag habe. Denn ich habe nie Geburtstag, meine Mutter wusste nicht genau, wann ich geboren … Sie schwanger mit mir … noch nicht verheiratet … Ich heimlich geboren.«

»Aber wie machst du das dann mit all deinen Verwandten? Das sind Holländer, die wollen natürlich kommen und deinen Geburtstag feiern.«

»Ja, sie ganz wild darauf, meine Geburtstag feiern. Als ich

herkam, sie versuchen herauszukriegen, wann mein Geburtstag ist, doch ich niemals verraten, wann ich geboren. Sage zu ihnen: ›Weiß selbst nicht.‹ Sie schließlich damit haben abgefunden.«

»Es heißt, ›meinen Geburtstag zu feiern‹ und ›haben sich damit abgefunden‹. Aber das ist gut, das ist eine enorme Leistung.«

»Ja, aber sie sich nicht damit abgefunden, dass ich nicht zu ihrem Geburtstag komme. Sie immer wieder böse auf mich … Nichts so wichtig wie Geburtstag, überhaupt nichts.«

»Sicher, das stimmt, aber weil nichts so wichtig ist wie ein Geburtstag, kann man sich diese Tatsache zunutze machen. Wenn jemand etwas von dir will und dich nachmittags oder abends für irgendeinen Blödsinn einspannen will, dann brauchst du nur zu sagen: ›Tut mir leid, ich kann nicht, ich muss zu einer Geburtstagsfeier.‹ Und sofort bist du entschuldigt. Aber jetzt mal los, heute haben wir keine Geburtstagsfeier, wir gehen wieder stimmen. Vielleicht werde ich heute ja mit dem ganzen Hauptwerk und dem Schwellwerk fertig.«

Wir gingen also zurück zur Immanuëlkirche. Am frühen Nachmittag war es still auf den Straßen. Ich sah niemanden, von dem ich annehmen konnte, dass er mir nach dem Leben trachtete. Nachdem wir in der Kirche eingetroffen waren, kam ich mit der Arbeit gut voran. Am frühen Abend schaute der Organist vorbei und fragte, wie weit wir mit dem Stimmen waren.

»Das Hauptwerk und das Schwellwerk können wieder benutzt werden, und dazu die Hälfte der Pedalregister«, sagte ich.

»Schnell ein wenig spielen«, sagte er, nahm Platz und zauberte kurzerhand, ohne Noten vor der Nase (und das ist außergewöhnlich, denn im Gegensatz zu Pianisten spielen Organisten selten auswendig), den ersten Satz der ersten Triosonate von Bach aus der Orgel. Wenn dieses Stück gut gespielt wird, und es wurde erstaunlich gut gespielt, dann scheint es fast, als würden die drei umeinander herumtollenden Stimmen wie Grüne Mosaikjungfern und Gemeine Becherjungfern über einem schnell fließenden Bach in der Sommersonne hintereinander herjagen. Lanna hüpfte im Takt der Musik. *»O, música linda«*, sagte sie, *»mamãe, escutar, música linda«*, und ihre Mutter nickte. Die tief stehende Sonne erleuchtete so strahlend hell den obersten Teil der bunten Glasfenster mit der Himmelfahrt des Elias, dass man den Propheten gar nicht mehr sah. Der war inzwischen im Himmel angekommen.

Und ich dachte an Oosterhof und Bouwman, die in ihrem Buch über den Orgelbau so unverzagt eine offene Aufstellung schlechtgemacht hatten. Nun, das hier war ganz offensichtlich eine Orgel ohne Kasten, doch wie wunderschön sie klang.

Papiertüten

Nunmehr, um das schöne Wort jetzt noch einmal zu verwenden, konnte man von Routine sprechen. Um Viertel vor neun begab ich mich zur Immanuëlkirche, und um Punkt neun erschienen Mutter und Tochter, sodass wir uns wieder ans Nachstimmen machen konnten. Mit Lanna als Tastendrückerin wandte ich mich den Pedalregistern zu, um die ich mich noch nicht hatte kümmern können. Um Viertel vor elf tranken wir mit dem Küster im Konsistorialzimmer eine Tasse Kaffee, um Viertel nach zwölf gingen wir zu Gracinhas Wohnung am Havenkade, wo erneut eine kräftige Suppe das Mittagessen komplettierte, und um Viertel vor zwei waren wir dann wieder zurück in der Kirche. Der Küster entschuldigte sich und sagte, er sei am Nachmittag nie dort zugegen.

»Aber ich lasse die Seitentür auf, damit ihr rauskönnt, wenn ihr mit der Arbeit fertig seid. Ich nehme an, dass im Laufe des Nachmittags auch die letzte Pfeife gestimmt ist.«

»Vorbehaltlich unvorhergesehener Umstände«, sagte ich, »könnte das klappen. Allerdings habe ich noch das ganze Positiv vor mir.«

»Der Organist kommt bestimmt gegen Ende des Nachmittags kurz vorbei, und Pastor Berenschot wollte Sie, gleichsam zum Abschied, noch auf ein Gläschen auf der Noordvlietterrasse einladen.«

Ich war nicht sonderlich scharf darauf, hatte aber auch nichts dagegen. Weil man auf der Empore, wo das Positiv aufgestellt ist, fantastisch viel Platz zum Arbeiten hatte, verlief das Stimmen problemlos und schnell, jetzt wieder mit Lanna als Zuschauerin und ihrer Mutter als Tastendrückerin. Sehr verstimmt war das Positiv nicht, und daher machte es auch nicht viel Mühe.

Gegen vier Uhr hörte ich, wie jemand überaus behutsam die Tür unter der Empore öffnete, auf der das Hauptwerk und der Schwellkasten der Orgel standen. Von der Stelle aus, wo ich das Krummhorn stimmte, konnte ich nicht sehen, wer sich da so heimlich in die Kirche schlich. Aber ich war sogleich auf der Hut. Ich fühlte, wie ich verkrampfte. Dennoch stimmte ich mannhaft weiter, wobei ich ab und zu nach unten rief: »Die nächste Taste, bitte.« Derjenige, der reingekommen war, blieb offensichtlich in der geöffneten Tür stehen, denn ich hörte keine weiteren Geräusche. Dann aber dröhnte, mitten in das immer noch klingende, ziemlich jämmerliche Es hinein, an dem ich gerade arbeitete, ein lauter Knall durch die Kirche. Einen Moment lang war das Es gar nicht mehr zu hören, und auch nicht die kreischenden Mantelmöwen auf dem Kirchendach. Erschrak ich? Ich weiß es nicht. Wohl aber weiß ich, dass ich zusammenzuckte und kurz das Bedürfnis hatte, mich an Lanna zu klammern, die aufmerksam meine Handgriffe beim Stimmen des Zungenregisters verfolgte. Das kam, weil sie ganz ruhig blieb und völlig unaufgeregt sagte: »*Um estrondo.*«

Diesem Wort war ich in meinem Linguaphone-Kurs nie begegnet, aber ich nahm an, dass es »Knall« bedeutete. Das portugiesische Wort für »Schuss« kannte ich schon, es lautet *um tiro*. Nicht, dass dies auch nur irgendwas über die Bedeutung des Wortes *estrondo* ausgesagt hätte, denn dass es sich soeben um einen *tiro* gehandelt hatte, stand für mich außer Frage. Was sonst könnte einen so lauten Knall verursachen? Als er verklungen war, wurde es totenstill in der Kirche, denn Gracinha hatte, wahrscheinlich vor Schreck, den Finger vom

Es genommen. Draußen kreischten die Mantelmöwen, und ich hörte den unvermeidlichen Ruf eines Nebelhorns. Ich dachte, hört das denn nie auf, dieses blöde Getute der Nebelhörner? Und das Rasseln der Ankerketten? Und das Prasseln der Kiesladungen?

Was tun? Hinuntergehen und nachschauen, wer für den Knall verantwortlich war? Doch angenommen, dort unten, gleich neben dem Aufgang zur Kanzel stand jemand mit einer Pistole, der mich, sobald ich in sein Blickfeld geriet, niederschießen würde? Vielleicht war es feige, nein, es war ganz bestimmt feige, aber ich blieb dennoch lieber oben. Die Tür zur Orgelempore, auf der ich arbeitete, hatte ich selbst von innen abgeschlossen, einfach aus dem Grund, weil ich es regelmäßig erlebt habe, dass, wenn man stimmt, plötzlich Schaulustige in der Kirche auftauchen, die einen ablenken und stören und oft erbaulichen Unsinn über Gott & Sohn zum Besten geben. Wenn der dort unten also nach oben kommen wollte, um mich zu erschießen, würde er auf jeden Fall vor verschlossener Tür stehen. Er konnte natürlich auch zum Spieltisch gehen, wo Gracinha saß, doch warum sollte mein Gefährder ihr etwas antun wollen? Ich war schließlich derjenige, den er aus dem Weg räumen wollte, weil er es nicht ertragen konnte, dass Gracinha und ich Zeit miteinander verbrachten. Ihr drohte, so meine Einschätzung, keine Gefahr. Also fragte ich sie nach einer Weile, ob sie die nächste Taste drücken könne. Das tat sie, und ein schönes E, immer noch im Register Krummhorn, schallte durch die Kirche. Ich machte mich mit meinem Stimmeisen wieder an die Arbeit. Mir kam das E eine Winzigkeit zu hoch vor, also musste die Zunge ein wenig länger werden, um den Ton tiefer werden zu lassen. Vorsichtig klopfte ich auf die Ecke der Stimmkrücke. Jetzt veränderte sich das E, der Ton wurde ein wenig zu tief, und daher musste ich die Stimmkrücke wieder einige Millimeter nach unten klopfen. O, o, das Ganze ist Präzisionsarbeit, vor allem bei Zungenregistern, und die sind in null Komma nichts auch wieder verstimmt, sodass die Arbeit eigentlich für die Katz ist. Wenn er ein Konzert gibt, stimmt ein guter Organist die Zungenregister selbst, bevor er zu spielen beginnt.

Als ich mit dem E und dem F fertig war und mich ans Fis machen wollte, ging zum zweiten Mal ein dröhnender Knall durch die Kirche. Ich erstarrte. Auch Lanna war jetzt erschrocken. Ich machte mir Sorgen wegen Gracinha. Wie fühlte sie sich jetzt? Regungslos lauschte ich eine Weile, doch abgesehen vom abebbenden Geräusch des Knalls war nichts weiter zu hören als das leise Summen des Gebläsemotors. Nach etwa zwei Minuten Stille folgte jedoch ein dritter Knall. Ich bewegte mich nicht und horchte angestrengt auf das, was dort unten passierte. Wieder war, das Gebläse ausgenommen, lange Zeit absolut nichts zu hören, und ich bereitete mich mental auf einen vierten Knall vor. Der aber blieb aus; stattdessen hörte ich, wie die Tür zum Kirchenraum geschlossen wurde. Dann erklang eine Art leises, wegsterbendes Rummeln, das Geräusch sich entfernender Schritte.

Ich eilte hinunter und öffnete die Tür zu dem abgetrennten Raum, in dem der Spieltisch stand. Gracinha saß, scheinbar ganz ruhig, auf der Orgelbank.

»Alles in Ordnung mit dir?«, fragte ich.

»Ein wenig erschrocken. Aber nicht schlimm.«

»Nicht schlimm? Aber das war ein Schuss, *um tiro*, nein, sogar drei Schüsse.«

»Schüsse? O nein, sorry, keine Schüsse.«

»Meiner Ansicht nach waren das Schüsse.«

»Ich denke: Mann dort an der Tür, er bläst Papiertüte auf und schlägt dann kräftig drauf.«

»Bist du sicher? Hast du was gesehen?«

»Kann von hier nicht sehen, Mann hinter Kanzel, aber ich denke: Papiertüte. Du jemals Papiertüte aufgeblasen und kaputt knallen lassen? Macht ganz lauten Knall. Das war Geräusch hier.«

»Das glaube ich nicht.«

»Du Angst. Das war auch Sinn von Knall. Dich *intimidar* … weiß nicht auf Niederländisch.«

»Das Wort gibt es auch bei uns, intimidieren, einschüchtern. Glaubst du wirklich, der Mann wollte mich einschüchtern?«

»Bin sicher. Und hat gut funktioniert. Du ganz blass. Du wieder hinter die Fichte geführt, Mann will dich foppen, ganz bestimmt, Papiertüte reicht, dann du schneeweiß vor Schreck, du Hasenfuß, ach, du *tão fofo*.«

Was bedeutet bloß *tão fofo*, fragte ich mich. Nicht viel Gutes wahrscheinlich, doch das kam mir ungerecht vor. Selbst wenn die drei Knalle keine Schüsse waren, sondern drei kaputt geschlagene Papiertüten, änderte das nichts daran, dass mein Gefährder darauf aus war, mich aus dem Umfeld der Witwe zu entfernen. Aber warum? Fürchtete er, dass wir uns ineinander verlieben könnten? Oder glaubte er vielleicht sogar, das sei bereits geschehen? War es ein Rivale, der nicht duldete, dass ich als Freund mit ihr verkehrte? Nur noch wenige Tage, und ich würde, nachdem ich meine beiden Aufträge erledigt hatte, für immer aus diesem Hafenstädtchen verschwinden. Gewiss, ich hatte mit Gracinha vereinbart, dass ich ihre Tochter langsam zur Orgelstimmerin ausbilden würde, doch es war ausgeschlossen, dass dieser Kerl das wusste. Wobei noch hinzukam, dass erst einmal abgewartet werden musste, ob diese Ausbildung überhaupt zustande kam. Das musste ja doch wohl ein Irrer sein, dieser Knallmacher. Ein normaler Mensch würde so etwas doch nicht tun? Mir fiel jedoch ein, dass ich im Fernsehen einmal ein Gespräch von drei Fachleuten über Eifersucht gesehen hatte. »Sie ist die stärkste Emotion, die es beim Menschen gibt«, hatte einer der Psychiater gesagt, und eine Anwältin mit fürchterlich geschminkten Augen hatte dies bestätigt. Für Eifersucht gab es hier allerdings überhaupt keinen Grund. Könnte ich es ihm nur direkt ins Gesicht sagen, dachte ich, aber ich hatte nicht die blasseste Ahnung, wer er ist. Ob es vielleicht dieser bescheuerte Bibelsammler war? Das war mit Abstand der Bekloppteste, den ich in der Stadt kennengelernt hatte. Nun ja, abgesehen vielleicht von dem Mann, der sich an der Eselinnendebatte beteiligt und von einem Tier geträumt hatte, das schöner war als er. Doch der Bibelschlemihl … nein, der konnte es nicht sein. Aber wer dann? IJzerhard Paalvast vielleicht? Der war allerdings schon ein ziemlich altes, vertrocknetes Kerlchen.

Ich fasste mir ein Herz und stimmte weiter, machte mich an Schwegel und Sifflet.

Um Viertel vor fünf war ich fertig. In drei Tagen hatte ich die komplette Seifert-Orgel nachgestimmt. Worauf sich augenblicklich die Frage stellte: Wie ging es jetzt weiter? Morgen in der Groote Kerk zu arbeiten war wegen der Werft De Haas nicht möglich. Zurück nach Heiligerlee und dann am Wochenende wiederkommen, um die Orgel fertig zu stimmen? Oder mithilfe des Organisten versuchen, ein paar Tastendrücker aufzutreiben, die mir nachts halfen? Dann konnte ich tagsüber im Seemannsheim schlafen und wäre in, sagen wir, zwei Nächten fertig. Um schon am Donnerstag nach Hause zu fahren. Eine verlockende Aussicht, wäre es nicht so, dass auf diese Weise Lanna und ihre Mutter ersetzt worden wären. Aber vielleicht fanden sie das gar nicht so schlimm. Möglicherweise sagten sie auch, wenn ich ihnen meinen Plan vorlegte: »Nun, dann opfern wir eben zweimal unsere Nachtruhe.« Tja, ich schätze, das war doch keine gute Idee: Nachts mit einer Mutter und ihrer Tochter in einer leeren Kirche stimmen? Wer machte sich da nicht seine Gedanken? Mein Gefährder jedenfalls wäre garantiert außer sich, und was dann?

Das Ganze wurde nicht einfacher, als der Organist der Immanuëlkirche um fünf Uhr – Lanna und ihre Mutter waren bereits nach Hause gegangen – vorbeikam, um zu schauen, wie weit ich denn nun sei, und mir mitteilte, dass am darauffolgenden Wochenende, wie seit etlichen Jahren in dem Hafenstädtchen üblich, ein großes Spektakel stattfinden sollte: die Furieade.

»Die ist immer am ersten Wochenende im Oktober.«

»Und was ist das für ein Fest?«, fragte ich.

»Soweit ich weiß, geht es darauf zurück, dass im Jahr 1916 der Schlepper *Furie* hier vom Stapel gelassen wurde. Das Schiff ging nach Schweden und kam 1976 zurück in die Niederlande. Es diente dann als Kulisse in der Fernsehserie *Hollands Glorie*, und danach wurde es hier im Hafen vertäut. Die *Furie* wurde restauriert, und 1980 hat einer der Schauspieler sie wieder in Dienst gestellt. Aus diesem Anlass organisierte man ein kleines Fest, das Furieade genannt wurde. Und seitdem findet jedes Jahr am ersten Oktoberwochenende ebendiese Furieade statt. Dann sind rund um den Hafen jede Menge Leute unterwegs, und es herrscht ein so unglaublicher Lärm, so viel ›Sound und Fury‹, wie Shakespeare laut *De Schakel* gesagt haben soll, dass an Stimmen überhaupt nicht zu denken wäre.«

»Und ich hatte gehofft, ich könnte an diesem Wochenende weiter an der Orgel in der Groote Kerk arbeiten.«

»Schlag dir das mal lieber aus dem Kopf.«

»Was soll ich stattdessen tun? Hierbleiben und nachts stimmen? Wo bekomme ich dann einen Tastendrücker her?«

»Besprich das mit meinem Kollegen dort. Der weiß bestimmt Rat. Und wenn du keinen findest, bin ich bereit, ein paar Stunden Schlaf zu opfern. Zum Beispiel ab fünf Uhr morgens. Ein paarmal früh aufstehen finde ich nicht schlimm.«

»Das ist sehr nobel. Ich behalte es im Hinterkopf.«

Apostasie

An der Seite von Pastor Berenschot stieg ich die Breede Trappen hinunter. Ich sagte: »Vorhin kam mir zu Ohren, dass hier am Wochenende ein großes Volksfest stattfindet.«

»O ja, die Furieade. Das ist ein riesiges Spektakel, und es wird jedes Jahr ein wenig größer. Es dauert auch jedes zweite Jahr einen Tag länger, in dreihundert Jahren feiern wir das ganze Jahr über Furieade.«

»Aus dem Stimmen wird dann also nichts werden. Den ganzen lieben Tag lang das Tuten von Nebelhörnern, nehme ich an.«

»Worauf Sie sich verlassen können, großartige Hafenkonzerte geben diese Nebelhörner, eigentlich müssen Sie hierbleiben und sich ins Festgetümmel stürzen.«

»Ich würde lieber in Ruhe weiterstimmen.«

»Ach, kommen Sie, das ist nicht Ihr Ernst, Sie sind hier doch schon zum Hausfreund geworden, wie ich gehört habe, bei der Speerwitwe. Da können Sie sich auf dem Fest doch gemütlich die Beine vertreten und bei Mutter und Tochter verschnaufen.«

Hausfreund? War ich bereits der Hausfreund von Gracinha? Und hatte sich diese Information schon so weit verbreitet, dass selbst der Pastor Bescheid wusste? Dann war es nur gut, dass mich Gracinha vorhin nicht zum Essen eingeladen hatte. Wer wollte schon mit so einem Hasenfuß an einem Tisch sitzen? Mit so einer Bangbüchse? Nein, das Wort hatte sie nicht verwendet, aber vielleicht bedeutete *tão fofo* ja so etwas wie »Hosenscheißer«. Denn ich hätte natürlich schon nach dem ersten Knall nach unten rennen müssen, um nachzusehen, wer dafür verantwortlich war. Eigentlich doch absurd, auch nur einen Moment lang davon auszugehen, dass der Angreifer Warnschüsse abgeben würde.

Durchaus unheimlich jedenfalls, dass in der Stadt offenbar schon tüchtig über Gracinha und mich getratscht wurde. Wie anders sollte man sonst erklären, dass Berenschot, wie er es ausdrückte, von meinem Status als Gracinhas Hausfreund gehört hatte. Hatte man hier denn nichts anderes zu tun, als einander genau im Auge zu behalten?

Es schien, als erriete Berenschot meine Gedanken, denn er sagte: »Na ja, wissen Sie, die Speerwitwe ist nun mal eine unglaublich auffällige Erscheinung, und es regt die Fantasie der Leute hier enorm an, dass sie von Kapitän Edelenbos aus der Mündung des Amazonas gefischt wurde, weil ein Hammerhai es auf sie abgesehen hatte … nein, nein, ein Schwarzer Kaiman war's, und dass sie splitterfasernackt mit einem Speer hinter der Weverskade auf Fischfang war. Da wird natürlich alles, was sie tut, auf die Goldwaage gelegt. Es ist nicht meine Aufgabe, Sie zu warnen oder zu ermahnen, ein wenig Vorsicht walten zu lassen, aber behalten Sie auf jeden Fall im Hinterkopf, dass man sich dank Frau Edelenbos hier ordentlich das Maul über Sie zerreißt.«

Bevor ich etwas erwidern konnte, sagte er: »Ein anderes Thema: Ich schreibe an einer Doktorarbeit über den Abfall vom Glauben. Dafür mache ich kurze Interviews mit Menschen, die der orthodox-reformierten Kirche – auf die beschränke ich mich nämlich – bereits den Rücken gekehrt haben oder dabei sind, ihr den Rücken zu kehren, oder die noch mit einem Bein in der Kirche oder auf der Schwelle zum Austritt verweilen. Als wir uns das vorige Mal unterhielten, hatte ich den Eindruck, dass Sie auch so ein Kirchenverlasser sind. Ich würde Ihnen deswegen gern jetzt gleich, im

Tausch gegen ein großes Glas Bier auf der Noordvlietterrasse, ein paar Fragen stellen. Ginge das?«

»Meinetwegen«, erwiderte ich, »auch wenn man mich kaum als Kirchenverlasser bezeichnen kann. Mein ganzes Arbeitsleben habe ich in Kirchen verbracht.«

»Aber gehen Sie auch sonst noch in die Kirche?«

»Selten. Ich bin so schon oft genug in Kirchen.«

»Wenn es keine Gläubigen mehr gäbe, hätten Sie nichts mehr zu tun. Sie leben vom Glauben.«

»So sehe ich das nicht. Ich stimme Orgeln, das ist mein Beruf, und wenn es keine Gläubigen mehr gäbe, gäbe es immer noch Kirchen mit Instrumenten darin, die man in einem guten Zustand erhalten möchte.«

»Wohl wahr, aber dennoch … Wenn die Kirchen immer leerer werden und man sie in der Folge abreißt, und das kommt nunmehr immer häufiger vor, dann schrumpft Ihr Arbeitsgebiet doch deutlich.«

»Davon spüre ich bisher kaum etwas. Aber Sie haben natürlich recht: Ich stimme Orgeln, habe mich aber gelöst von der Botschaft, zu der man sich psalmensingend und unter Orgelbegleitung bekennt. Das berührt mich nicht mehr. Ich hege auch keine Abneigung gegen die Botschaft, ich kann nur nicht mehr daran glauben.«

Wir waren inzwischen bei der Noordvlietterrasse angekommen und nahmen an einem der Tischchen Platz.

»Wie hat sich der Abfall vom Glauben bei Ihnen denn vollzogen?«, fragte Berenschot.

»Bei einer Orgel beginnt der Verfall mit Hängern. Nun, so ist es bei mir auch gewesen, es fing mit einem Hänger an. Ich lauschte dem *Stabat Mater* von Pergolesi und dachte mit einem Mal: wie seltsam, Mutter Maria am Fuß des Kreuzes. Woher wusste sie denn, dass ihr Sohn gekreuzigt werden würde? Wenn sie noch in Nazareth wohnte, hätte sie es, wenn sie – aber von wem? – erfahren hätte, dass ihr Sohn gekreuzigt werden würde, niemals rechtzeitig nach Golgatha geschafft. Wenn sie inzwischen nach Jerusalem gezogen war, wer hatte sie dann dort informiert? Einer der Jünger? Die Ereignisse – Verrat, Gefangennahme, Verhör, Geißelung, vor Pilatus, vor Herodes – folgten doch so rasch aufeinander, und es stand erst sehr spät fest, dass Jesus ans Kreuz genagelt werden würde. Da ist es nahezu undenkbar, dass ein Jünger oder jemand anders Maria rechtzeitig über das Bevorstehende informiert hat. Seltsam eigentlich, dass es damit bei mir angefangen hat, aber der Gedanke summte mir ununterbrochen durch den Kopf, wie ein Hänger bei einer Kirchenorgel. Sehr bald schon kam ein zweiter Hänger dazu. Jesus betet im Garten von Gethsemane, während seine Jünger in der Nähe schlafen. Wer hat denn dann gesehen, dass Jesus gebetet hat, und wer hat gehört, worum er Gott bat? Im Johannesevangelium spricht Jesus sogar ein erstaunlich langes Gebet, das Hohepriesterliche Gebet. Wer hat es gehört und aufgeschrieben? Die Jünger nicht, die haben ja geschlafen.«

»Dazu gäbe es eine ganze Menge zu sagen«, erwiderte Pastor Berenschot, »aber hier geht es nicht darum, Sie auf andere Gedanken zu bringen. Ich möchte nur wissen, wie sich bei Ihnen der Abfall vom Glauben vollzogen hat.«

»Nun ja, es kamen immer mehr Hänger hinzu. Jesus wird, in eine reine Leinwand gewickelt, in ein Grab gelegt. Er ist also nackt vom Kreuz genommen worden. Dann ersteht er wieder auf und erscheint einigen Frauen und seinen Jüngern. Es ist undenkbar, dass er unbekleidet vor sie getreten ist. Aber woher hatte er so plötzlich sein Gewand?«

»Darüber habe ich noch nie nachgedacht«, sagte Pastor Berenschot, »aber ich finde es sehr erhellend, dass Sie Ihren Abfall vom Glauben mit Hängern in einer Kirchenorgel vergleichen. Nun ja, berufsbedingt betrachten Sie natürlich Ihr ganzes Leben in Bildern, die mit Kirchenorgeln zu tun haben. Das ist mir beim vorigen Mal auch schon aufgefallen. Eine schöne Metapher, Apostasie als Verfall einer Kirchenorgel. Verfall also, Niedergang – also Verlust, kein Gewinn.«

»Nein, kein Gewinn, denn Glaube bietet Trost, ist Stütze, ist ein Licht auf deinem Weg und eine Lampe für deine Schritte, wie die Bibel sagt, und was gibt es Schöneres als zum Beispiel die Arie ›Die Seele ruht in Jesu Händen‹ aus der Kantate 127 von Bach oder die dritte Strophe aus Psalm 3:

Ich lag und schlief ohn' Sorgen,
In Gottes Treu geborgen,
Bis ich erfrischt den Morgen sah.
Gott ließ mich nicht im Stich,
Er war bei mir und stützte mich.
Im Leid, das mir geschah.

Aber der Glaube wird zu einer Qual, wenn immer mehr Hänger hinzukommen.«

»Nennen Sie mir doch noch ein paar solcher Hänger.«

»O, wenn erst einmal einige wenige an einem nagen, dann tauchen immer mehr auf. Jesus sagt am Kreuz zu einem der Mörder an seiner Seite: ›Wahrlich ich sage dir: Heute wirst du mit mir im Paradiese sein.‹ Doch laut dem Apostolischen Glaubensbekenntnis steigt Jesus nach seinem Tod hinab in die Hölle und ersteht anschließend wieder auf. Wo auch immer er hingeht – ins Paradies jedenfalls nicht. Was soll das also bedeuten? Und Matthäus 27, die Verse 52 und 53 – über die Heiligen, die entschlafen sind und wieder lebendig werden, das ist doch vollkommener Unsinn. Und dann all die Wunder, die geben allerhand Stoff für Hänger: über das Wasser gehen, die Speisung von Tausenden von Menschen mit fünf Broten und zwei Fischen, Wasser in Wein verwandeln, die kleine Tochter des Jairus, der Jüngling von Nain und Lazarus, die beide vom Tode erweckt werden. Darüber hat Kuitert etwas Wunderbares gesagt: ›Das wird der Herrgott einem Menschen doch nicht antun, dass er zweimal sterben muss.‹«

»Ach, ach, dieser Kuitert, den lasse ich da lieber raus, das ist ein unglaublich feiner Mann, doch er ist vom Weg abgekommen, als seine Tochter plötzlich starb.«

»Meinetwegen, dann bemühen wir Kuitert nicht, aber das ändert nichts, Hänger im Überfluss. Es stehen so unglaublich viele überaus unwahrscheinliche Geschichten in der Bibel: die sprechende Eselin des Bileam, die sprechende Schlange im Paradies, die Himmelfahrt des Elia, Elisas schwimmendes Beil, die rückwärts laufende Zeit in der Geschichte von König Hiskia, die Wasserwand im Roten Meer, Jona drei Tage lang im Bauch eines Wals, der Krug der Witwe in Zarpath, Raben, die Elia Nahrung reichen – und so weiter und so fort, kaum ist ein Wunder geschehen, folgt bereits das nächste. Es ist vollkommen unmöglich, all das zu glauben, nein, ich muss es anders ausdrücken: Es ist vollkommen unmöglich, auch nur von einem einzigen dieser Wunder zu glauben, dass es wirklich stattgefunden hat. Darum ist bei mir schließlich das Gebläse ausgefallen, und die Orgel spielt seither nicht mehr. Eines Morgens wachte ich auf, und mein Glaube war verschwunden. Restlos.«

»Und was haben Sie in dem Moment empfunden?«

»Eine riesige, kolossale Erleichterung. Es war, als sei ich ernsthaft krank gewesen, todkrank, und dann mit einem Mal genesen.«

»Vorhin haben Sie aber noch gesagt, der Glaube sei ein Licht auf dem Weg …«

»Ja, aber nur wenn man auch wirklich glaubt. Sobald man anfängt zu grübeln und zu zweifeln und den ganzen Tag lang all die irrwitzigen, unsinnigen, vollkommen absurden Bibelgeschichten durch dein Hirn geistern, bringt einen das an den Rand der Neurose.«

»Aber Sie hätten sich doch sagen können, dass man diese

Geschichten nicht wörtlich nehmen darf, dass es sich um Metaphern im Dienst der Verkündigung handelt.«

»Dergleichen bekamen wir in unseren jungen Jahren nie zu hören! Wehe deiner Seele, wenn man es wagte, daran zu zweifeln, dass Jona, in aller Ruhe weiteratmend, drei Tage lang in einem Kabuff ohne Sauerstoff und von ätzenden, stinkenden Magensäften umspült im Bauch eines Wals biwakiert hat. Jesus selbst hat noch über diese Geschichte gesprochen und ebenfalls nicht daran gezweifelt – wie also könnte man es wagen, all das nicht zu glauben! Nein, meiner Ansicht nach ist dieses Nicht-wörtlich-Nehmen der Bibelgeschichten eine billige und bequeme Lösung für etwas, das einst ein riesengroßes Problem für mich war: Es gibt die Bibel, das sogenannte Wort Gottes, und die ist von Genesis bis Offenbarung gefüllt mit den aberwitzigsten Geschichten. Und wenn man jetzt sagt: Du darfst diese Erzählungen nicht wörtlich nehmen, und man auf diese Weise eigentlich Märchen daraus macht, dann muss man sich auch eingestehen, dass Gott den Menschen das Heil mittels total verrückter Märchen verkündigt.«

»Wie schon gesagt: Ich werde nicht versuchen, Sie auf andere Gedanken zu bringen, aber Sie sollten dennoch wissen, dass es immer einen Weg zurück gibt.«

»Den gibt es nicht«, sagte ich entschieden. »Im Brief an die Hebräer steht klar und deutlich, dass derjenige, der vom Glauben abgefallen ist, die Gnade endgültig verwirkt hat.«

»Wo genau? Daran kann ich mich so nicht erinnern.«

»Im Hebräerbrief Kapitel 6, Vers 4 bis 6. Diese Passage habe ich erst vor Kurzem wieder gelesen, in meiner schönen portugiesischen Bibel.«

»Das kann ich nicht glauben, aber Moment, ich habe eine Taschenbibel dabei.«

So wie ein Cowboy den Revolver blitzschnell aus dem Holster zieht, so zauberte Pastor Berenschot im Handumdrehen seine Bibel aus einer Tasche seines Sakkos. Er blätterte darin und las dann laut vor: »›Denn es ist unmöglich, die, so einmal erleuchtet sind und geschmeckt haben die himmlische Gnade und teilhaftig geworden sind des heiligen Geistes, und geschmeckt haben das gütige Wort Gottes und die Kräfte der zukünftigen Welt, wo sie abfallen, wiederum zu erneuern zur Buße.‹«

»Glauben Sie es jetzt? Einmal abgefallen – immer abgefallen. Einen Weg zurück gibt es nicht.«

»Aber das ist doch auch nur ein Text. Ganz sicher, es gibt einen Weg zurück, für Sie wie für alle anderen. Ach, was sage ich, für Sie ganz bestimmt, denn Sie lesen ja immerhin in Ihrer portugiesischen Bibel.«

»So ist es, und erst gestern die allergrausamste Geschichte, die in der Bibel überhaupt zu finden ist. 1. Samuel 15. Dort ruft Gott König Saul dazu auf, das Volk von Amalek zu vernichten, und er darf, um es kurzerhand so zu zitieren, wie es in der Bibel steht, ihrer nicht schonen, sondern soll Mann und Weib, Kinder und Säuglinge, Ochsen und Schafe, Kamele und Esel töten. Um es deutlich zu sagen: Was dort steht, ist ein regelrechter Aufruf zum Völkermord, und es ist nicht die einzige Stelle in der Bibel, an der Gott zum Genozid aufruft. So etwas Schreckliches findet man weder im Koran noch in irgendeinem anderen heiligen Buch, nein, das findet man nur in der Bibel, einen knallharten Befehl, Völkermord zu begehen. Und als Saul dann einige verschont, weil er eben doch ein wenig weniger mitleidlos ist als Gott, da hält Gott ihm eine Standpauke. Die Bibel ist achtmal so dick wie der Koran und achtzigmal so schlimm.«

Ich trank einen großen Schluck von meinem Bier. Das Gespräch hatte mich erhitzt, mich doch wieder wütend gemacht. Nun. So ein regelrechter Aufruf zum Völkermord ist auch keine Bagatelle. Wobei noch als Extra hinzukommt, dass König Saul zuvor schon das Kleinvieh töten musste.

Darunter waren ganz bestimmt auch sehr hübsche Ziegen. »Was für ein Gott«, sagte ich, »dieser Gott des Alten Testaments, was für ein überaus blutrünstiger, vollkommen verwerflicher Gott.«

»Na, na, na«, sagte Pastor Berenschot, »jetzt werden Sie aber zornig. Die Orgel schweigt nicht, die Windzufuhr ist nicht unterbrochen, nein, die Orgel spielt mit allem, was sie hat, mit voller Kraft, und alle Register sind geöffnet. Wir bekommen das ganze Repertoire zu hören. Aber ich möchte Ihnen Folgendes sagen: Mir macht er auch schwer zu schaffen, sehr schwer sogar, dieser Aufruf zum Völkermord, aber er muss dennoch im Kontext seiner Zeit gesehen und gelesen werden.«

»Das wird dann wohl so sein, und ich habe auch einmal einen pietistischen Prediger sagen hören, der Genozid sei in diesem Fall gerechtfertigt, denn das Volk von Amalek sei durch und durch schlecht gewesen und habe sogar Kinderopfer dargebracht. Als ob Kinderopfer das Töten von Säuglingen rechtfertigen würden.«

»Nochmals, seien Sie versichert, auch mir macht das sehr schwer zu schaffen.«

Soll der Pastor doch ruhig geschafft sein, dachte ich und schwieg. Berenschot bezahlte mein Bier, und wir standen auf. Der Pastor gab mir die Hand und sagte: »Vielen Dank, dass ich Sie interviewen durfte. Wieder eine schöne Seite mehr in meiner Doktorarbeit, Hänger in einer Kirchenorgel als Metapher für den Glaubensabfall, ist das nicht schön? Meistens kriegt man von den Apostaten nur zu hören, dass sie ›nichts mehr damit zu tun haben‹, ohne jedwede Erklärung, wie es dazu gekommen ist, und oft, sehr oft, sind es, wenn sie etwas mehr darüber zu berichten haben, triviale Gründe: Sie durften am Sonntag nicht mit dem Rad fahren oder kein Eis am Stiel kaufen oder nicht an den Strand gehen. Ich habe auch jemanden interviewt, dessen Vater beim Heiligen Abendmahl weggeschickt wurde, weil er betrunken war. Von da an hat die ganze Familie nie wieder einen Fuß in eine Kirche gesetzt. Und ein anderer hat mir erzählt, sein Vater habe sich einmal einen neuen Anzug gekauft und sei damit stolz zur Kirche gegangen. Unterwegs ist er dann aber gestürzt. Die Hose hatte am Knie ein großes Loch. Der Mann wurde wütend auf Gott, weil der ihn auf dem Weg zur Kirche hatte stürzen lassen, und wollte daraufhin nie wieder etwas mit ihm zu tun haben.«

»In den Mann kann ich mich bestens hineinversetzen. Der 10. Sonntag des Heidelberger Katechismus besagt, dass nichts zufällig geschieht, sondern alles uns durch Seine väterliche Hand gegeben wird. Also auch ein solches Loch in der neuen Hose, wenn man auf dem Weg zur Kirche ist. Warum tut Gott so etwas?«

»Natürlich tut Gott das nicht, das wissen Sie genauso gut wie ich, aber wissen Sie, was der Sohn dieses Mannes zu mir sagte, als er mir diese Geschichte erzählte? Er sagte: ›Ich wünschte, mein Vater wäre Jahre früher gefallen.‹«

Ich musste unfreiwillig lachen, doch das kam bei dem Pastor nicht besonders gut an.

»Jaja, Sie lachen darüber, aber so ein Loch in der Hose ist doch kein Grund, mit Gott zu brechen?«

»Nein, vielleicht nicht, aber so ein Aufruf zum Völkermord meiner Ansicht nach schon. Und lassen Sie mich Ihnen das noch sagen: Selbst wenn jemand mich davon überzeugen könnte, dass Gott existiert und sogar einen Sohn hat, so würde ich, vor allem wegen dieses Befehls zum Genozid, doch nichts mit ihm zu tun haben wollen, absolut gar nichts.«

»Na, na, da sagen Sie aber was. Bedenken Sie doch, was das Neue Testament über Gott sagt.«

»Gewiss, dort gibt es keinen Aufruf zum Völkermord, wohl aber die bescheuerten Briefe des Apostels Paulus. Dem steht nur gegenüber, dass der Hebräerbrief einfach wunderschön ist. Ebenso wie das Buch Jesaja und das Buch Prediger im Alten Testament.«

»Da schau her, Sie haben sich doch noch nicht ganz von Gott gelöst. Es gibt noch einen Funken Hoffnung. Eine letzte Frage zum Schluss – die stelle ich jedem: Was sind die schönsten drei Bücher, die Sie jemals gelesen haben?«

»*Jugenderinnerungen eines alten Mannes* von Wilhelm von Kügelgen, *Ut mine Stromtid* von Fritz Reuter und *Meine Kinderjahre* von Theodor Fontane«, erwiderte ich.

»Sie sind aber sehr auf Deutschland ausgerichtet. Stört es Sie nicht, was zwischen 1940 und 1945 geschehen ist?«

»Zwischen 1933 und 1945 meinen Sie bestimmt, denn Hitler kam bereits 1933 an die Macht.«

»Meinetwegen, zwischen 1933 und 1945.«

»Natürlich stört mich das, denn wenn man nach Deutschland kommt, dann ist man verwundert, wie zivilisiert die Menschen dort sind, wie zuvorkommend, wie herzlich und nett und einnehmend die meisten von ihnen sind, auf jeden Fall diejenigen, mit denen ich als Orgelstimmer zu tun habe. Vergleichen Sie das einmal mit der Grobheit der Menschen hier in Holland, und in diesem Wijde-Slop-Städtchen besonders. Da ist es doch ein unglaublich großes Rätsel, wie es so schiefgehen konnte, während jener zwölf Jahre. Denn wenn man genau darüber nachdenkt, was in diesen zwölf Jahren passiert ist, dann kann man nur zu dem Schluss kommen, dass diese niederschmetternde Schlechtigkeit ein unauslöschlicher Schandfleck für die gesamte Menschheit bleiben wird.«

»Viele Menschen sagen, nach Auschwitz könne man nicht mehr an Gott glauben. Aber der Ansicht sind Sie offenbar nicht.«

»Nein, denn für das, was passiert ist, kann man nicht Gott die Schuld geben. Schuld waren die Nazis.«

Im Hafen

Ziemlich missmutig und zugleich immer noch aufgebracht durch das Gespräch, ging ich nach der Diskussion mit Pastor Berenschot zum Seemannsheim. Für mich gab es an diesem Abend kein brasilianisches Essen, sondern nur ein schlichtes FGK. Vergeigt hatte ich es, endgültig vergeigt, Feigling, der ich war. Nun ja, ein so großer Angsthase konnte ich aber nun auch wieder nicht sein, immerhin hatte ich Pastor Berenschot nicht nach dem Mund geredet, sondern ihm unumwunden erzählt, wie und warum ich ungläubig geworden war. Doch konnte eine alles in allem recht humorlose Beichte wie diese verdienstvoll genannt werden? Es musste möglich sein, etwas mehr daraus zu machen, eine lustige, unterhaltsame Geschichte voller Selbstironie. Dazu diese Bibelpassage über den Genozid, die so bizarr war, dass man nicht einen Moment lang glauben konnte, die Dinge seien tatsächlich so geschehen. König Saul hatte schließlich, abgesehen von jeder Menge Vieh, auch König Agag verschont und mitgeschleppt. Woraufhin der uralte Prophet Samuel mit einem Schwert »den Agag in Stücke vor dem Herrn in Gilgal« schlug. Man versuche das einmal, einen Menschen mit einem Schwert in Stücke zu hauen. Das ist vollkommen unmöglich. Selbst der Henker, der 1619 dem Begründer der Republik der Vereinigten Niederlande, Johan van Oldenbarnevelt, den Kopf abschlug, hat das nicht hinbekommen.

Schade auch, dass ich die merkwürdigen Nebenwirkungen nicht erwähnt hatte, die der Glaubensabfall bei mir mit sich gebracht hatte. Zum Beispiel, dass ich die Bibel umso mehr lieb gewonnen habe (denn als Ungläubiger kann man in der Bibel lesen, ohne Angst zu haben, auf etwas zu stoßen, das einen Hänger verursachen könnte, ebenso wie man als Kahlkopf keine Angst mehr vor Haarausfall haben muss) und sie auch immer wieder studierte, vorzugsweise in einer anderen Sprache. Außerdem kamen mir nun bei manchen Psalmen und Gesängen die Tränen, seltsamerweise aber vor allem bei Liedern von Johannes de Heer. Und ich summte, dort auf dem Marktplatz der Hafenstadt, eines meiner Lieblingslieder:

Komm zum Heiland, zögre länger nicht,
komm zu ihm, zu ihm ins Licht,
der auf sein Gottsein tat Verzicht,
hör ihn doch rufen, komm.

Die Lieder von Johannes de Heer haben fast immer einen Refrain, so auch dieses Lied, und der Refrain lautet:

Herrlich, herrlich klingt der Freudenton
der Seel'gen, jubelnd dort bei Gottes Sohn,
wenn sie sich sammeln rund um seinen Thron,
da, wo die Engel stehen.

Und in den Liedern ging es fast immer um Gottes Thron und um den Himmel und die Engel, und stets durfte der Gläubige nah bei Jesus verweilen, etwa in dem herrlichen Lied:

Wenn einst hier auf Erden mein Werk ist getan,
und ich komme sicher an des Himmels Küste an,
o gewiss, meine Freude ist dann,
dass ich mich für ewig meinem Heiland darf nahn.

Das ist natürlich fantastisch, *so close* bei Jesus, doch wenn jeder Einzelne von Millionen von Gläubigen nach seinem Tod nah bei Jesus steht, dann drängt sich doch die Frage auf, welche Regelungen da getroffen werden, um Schieben und Drängeln zu verhindern. Schutzgitter?

Aber schön sind sie, die Lieder von Johannes de Heer. Prächtig finde ich auch:

Wenn auf dem Lebensmeer der Sturmwind dich umrast,
Und du verzweifelst, ob deines bangen Herzens Pein.
Bedenk, erfüllt von Dank, wie gut du es doch hast,
und du sagst verwundert: Er ließ mich nie allein.

Im Refrain wird die vorletzte Zeile ständig wiederholt, und die Schlussfolgerung lautet, dass man Gottes Liebe in allem erkennen kann. Merkwürdigerweise genießt das Lied auch außerhalb der Gruppe der Gläubigen Bekanntheit, jedenfalls diese eine Zeile: »Bedenk, erfüllt von Dank, wie gut du es doch hast.« Sie ist gleichsam zur Redensart geworden, und man hört sie oft genug aus dem Mund von Menschen, die noch nie ein Lied von Johannes de Heer gesungen haben.

Dass ich die Lieder jetzt, da ich ungläubig bin, nie mehr ohne Kloß in der Kehle anhören kann, liegt natürlich daran, dass wir sonntagabends immer etliche davon aus dem dicken Buch von de Heer sangen, wobei mein Vater uns auf dem Harmonium begleitete. Weil wir zu siebt waren und alle über durchaus ordentliche Stimmen verfügten, klang es recht gut, wenn ich so unbescheiden sein darf. Und mein Bruder, der Kinderpsychiater, heute der Prototyp eines Atheisten, sang zusammen mit meiner ebenfalls vom Glauben abgefallenen ältesten Schwester immer eine zweite Stimme – was das Ganze noch schöner machte. Kirchenorgeln kommen in den Liedern leider nie vor; das einzige Instrument, das dort offenbar im Himmel gespielt wird, ist die Harfe. Und diese Harfen scheinen immer aus Gold zu sein, so wie in Lied Nr. 800: »Goldene Harfen höre ich rauschen.« Nun ja, Harfen müssen auch gestimmt werden, Arbeit würde es für mich also bestimmt auch dort geben. Übrigens wurde das Lied über die Harfen von keinem Geringeren als Dimitri Bortnianski komponiert, einem der ganz großen ukrainischen Komponisten. Es finden sich also in diesem Buch mit über tausend Nummern bestimmt nicht nur simple Liedchen, es sind auch sehr anständige Kompositionen darunter, von vortrefflichen Musikern. Aber am schönsten sind immer noch die Lieder mit Refrain aus der Feder obskurer englischer Komponisten, wie zum Beispiel: »Begeh doch die Wege, die Gott dir bereitet« mit dem wunderschönen Refrain:

Nichts ist hier ewig,
alles, wie schön auch,
wird einmal verwehen,
doch was getan ward
aus Liebe zu Jesus,
dessen Wert bleibt bestehen
und wird niemals vergehen.

Zum Glück, Bachs Kantaten werden also niemals vergehen!

Nach meinem kurzen Spaziergang über den Markt und über die Wip gelangte ich nicht in den Himmel, sondern zum Seemannsheim. Und dort rauschten auch keine goldenen Harfen. Stattdessen warf der mürrische Wirt mir durch sein leeres Brillengestell einen Blick zu, als wollte er mich töten. Er sagte: »Soeben Anruf für Sie. Ob ich eine Nachricht weiterleiten könne.«

»Was für eine Nachricht?«, fragte ich mich, doch darüber gab mir der Wirt keine Auskunft. Und wer konnte mich im Seemannsheim angerufen haben? Außerhalb der Stadt wusste niemand, dass ich dort wohnte. Also hatte jemand aus dem

Hafenstädtchen selbst mich sprechen wollen. Aber wer? Und wieso? Der Wirt hatte mir nur den Rücken zugekehrt. Kurz warten, bis er sich wieder umdreht, dachte ich, denn ich hatte wenig Lust, gegen einen Rücken zu reden.

Doch als der Wirt sich tatsächlich wieder umwandte und mich dort noch stehen sah, fuhr er mich an: »Worauf warten Sie?«

»Auf die Nachricht.«

»Welche Nachricht?«

»Die Sie an mich weiterleiten sollen.«

»Ich glaub, mein Schwein pfeift. Habe ich mich nicht deutlich genug ausgedrückt? Da war vorhin ein Anruf für Sie, und dieser Mensch bat mich, die Nachricht an Sie weiterzuleiten. Das ist doch deutlich, oder etwa nicht?«

»Mir nicht, denn ich weiß jetzt noch immer nicht, welche Nachricht an mich weitergeleitet werden sollte.«

»Grundgütiger, Sie haben vielleicht 'ne lange Leitung. Die Nachricht, dass sie versucht hat, Sie zu erreichen. Verstanden, jetzt?«

»Es gab also keine Nachricht, sondern die Nachricht lautet, dass sie versucht hat, mich anzurufen, wenn ich das richtig verstehe.«

»Reicht das vielleicht nicht? Wollten Sie mehr hören?«

Er wandte sich wieder um, und ich wollte gerade zu meinem Zimmer gehen, als er seinen Kopf zur Seite warf und mir zuschnauzte: »Übrigens gut, dass Sie heute Abend nicht hier essen, Sjaan ist nämlich nicht da, die ist zu einem Geburtstag.« Offenbar fiel ihm danach noch etwas ein, denn er fügte hinzu: »Wir müssen auch noch darüber reden, wer was bezahlt. Krijn Lagrauw war hier und hat mir gesagt, du hättest ihm gesagt, du würdest vier Tage brauchen, um die Orgel zu stimmen. Die reformierte Kirche bezahlt also vier Übernachtungen und das, was du hier verzehrt hast, aber du bist inzwischen schon fast dreimal so lange hier.«

»Nicht dreimal so lange. Ich habe jetzt sechs Nächte hier geschlafen, also nicht einmal doppelt so lange. Tja, und der Grund dafür ist, dass ich meine Arbeit in der Groote Kerk wegen des Lärms von der Schiffswerft nicht erledigen konnte.«

»Das interessiert mich nicht die Bohne, das ist mir total egal. Davon weiß ich nichts, mich interessiert nur, wer die übrigen Nächte bezahlt.«

»Im Prinzip die orthodox-reformierte Gemeinde, aber das muss ich noch mit den Verantwortlichen besprechen. Und wenn die Gemeinde nicht zahlen will, dann übernehme ich die Kosten für die übrigen Nächte selbst. Machen Sie sich also keine Sorgen.«

»Und du bleibst noch eine Weile, nehme ich an.«

»Ja, denn ich bin in der Groote Kerk noch nicht fertig.«

»Ah, das ist der Grund«, sagte er höhnisch. »Tja, feine Sache, ich denke aber, dieses Ziehpflaster ist schuld, warum du noch ein bisschen bleibst. Na ja, es geht mich ja auch nichts an, Hauptsache, es wird geblecht.«

Was nun, dachte ich, als ich in meinem Zimmer angekommen war. Also kein FGK heute Abend. Wo kriege ich dann etwas zu essen her? Oder hatte Gracinha mich vielleicht angerufen, um zu sagen: »Ich habe vorhin vergessen, dich zu fragen, ob du zum Essen kommen möchtest«? Weshalb sollte sie sonst angerufen haben? Aber das konnte ich kaum glauben. Wegen meines Handelns am Nachmittag war ich sicherlich abgeschrieben. Nein, gerade weil ich nicht gehandelt hatte, hatte ich alles verdorben. Ob er vielleicht mein Gefährder war, der mürrische Wirt dieses merkwürdigen Seemannsheims, in dem seit meiner Ankunft weder ein Leichtmatrose noch ein Smutje Unterkunft gefunden hatten? Wie er mich angesehen hatte, als ich vorhin reingekommen war. Zu der Annahme, dass er der stille Verehrer war und mich aus dem Weg räumen wollte, passte aber nicht, dass er Gracinha »das Mensch« und »Ziehpflaster« genannt hatte. Oder hatte er diese Formulierungen absichtlich benutzt, um sein Interesse an Gracinha zu tarnen? So viel schien mir sicher: Dieser Mann würde, wenn er straflos bliebe, vor einem Mord nicht zurückschrecken.

Hatte sie mich angerufen, um mich doch noch einzuladen? Das war die Frage. Wie konnte ich es herausfinden? Zurückrufen? Dann musste ich den Wirt fragen, ob ich sein Telefon benutzen durfte. Das wollte ich auf keinen Fall. Zur Telefonzelle auf dem Markt gehen? Möglich, aber ich kannte ihre Nummer nicht. Wo bekam ich die her? Von der Telefonzelle aus zuerst die Auskunft anrufen? Ach, wie kompliziert war das alles, ich könnte doch ebenso gut zu ihrer Wohnung gehen, klingeln und sie fragen, warum sie angerufen hat? Ja, das könnte ich, das könnte ich sehr gut, und unter normalen Umständen wäre es auch ein Leichtes gewesen, doch ich war leider, wie man es auch drehte und wendete, schon so hin und weg von ihr, dass ich fürchtete, sie könnte sagen: »Wie kommst du darauf, dass ich dich angerufen habe, um dich zum Essen einzuladen? Ich habe angerufen, um dir zu sagen, dass man in der Stadt über uns tratscht und dass das aufhören muss. Was glaubst du wohl? Was bildest du dir ein? Hast du wirklich gedacht, ich würde jemals etwas mit so einem Schlemihl, mit so einem Feigling, mit so einem aus dem Groninger Marschboden gezogenen Bauernlümmel anfangen? Merk dir das, *tão fofo.*«

War ich fünfzehn oder fünfzig? Mit fünfzehn kann man sich vielleicht vor Zurückweisung fürchten, aber doch nicht mehr mit fünfzig? Von irgendeiner Beziehung zwischen ihr und mir konnte schließlich gar keine Rede sein. Wenn sie sich überhaupt für mich interessierte, dann doch nur wegen ihrer autistischen Tochter. Ja, die mochte mich sehr, ganz zweifellos, und das war auch der Grund, warum ich der Hausfreund der beiden war, wie »in der hiesigen Stadt« nunmehr getratscht wurde.

Nunmehr. Verdammt, das Wort hatte ich heute schon einmal jemanden sagen hören. Aber wer war das? Der Küster der Immanuëlkirche? Bestimmt nicht, der benutzte solche Wörter nicht. O ja, natürlich, der Pastor, der hatte es in den Mund genommen. Sollte er etwa doch …? Ach nein, ein Amtsträger, ausgeschlossen. Aber dennoch – das Wort »nunmehr« hatte er benutzt. Ebenso wie der Schreiber des Briefs. Ein Wort, das niemand mehr in den Mund nahm.

Ich verließ mein Zimmer wieder, durchquerte den Schankraum, trat ins Freie und lief die Wip hinauf. Langsam, als ginge ich zum Schafott, wandten meine Schritte sich in die Richtung von Gracinhas Wohnung. In der Ferne sah ich das Licht in ihrem Wohnzimmer brennen. Weil ich, so merkwürdig das auch klingen mag, trotz allem Bammel hatte, ging ich nicht schnurstracks auf ihr Haus zu, sondern schlich recht zaghaft am Haven entlang. Und ebendiese Zaghaftigkeit wurde mir zum Verhängnis, denn plötzlich packte mich jemand von hinten, und ehe ich mich umdrehen konnte, um zu schauen, wer der Angreifer war, hatte dieser mich bereits mit einem kräftigen Stoß – mehr brauchte es auch nicht, denn ich war dummerweise unmittelbar am Wasser entlanggegangen – von der Ufermauer entfernt. Ich fiel, und es schien fast, als würde der Sturz, wie im Bett des Seemannsheims, ewig dauern. Ich stürzte nicht auf das schmutzige Hafenwasser zu, nein, das Wasser mit seinen glänzenden, spiegelnden Ölflecken kam auf mich zu, und bevor ich darin verschwand, hatte ich noch Gelegenheit, meinen Kopf zu drehen, sodass ich doch einen kurzen Blick auf denjenigen werfen konnte, der mich gestoßen hatte. Was ich sah, war eine schwarze Sturmhaube, mehr nicht, lediglich diese schwarze Haube und darunter möglicherweise noch mehr Schwarz, eine schwarze Jacke, eine schwarze Hose, aber dessen bin ich mir nicht vollkommen sicher. Es war stark bewölkt und daher auch schon ziemlich dunkel, und todstill.

Die Mantelmöwen kreischten nicht, die Ankerketten rasselten nicht, kein Nebelhorn tutete. Ich fiel, bis mich kein Mensch mehr sehen konnte, so wie Ikarus auf dem berühmten Gemälde von Bruegel dem Älteren, hinein ins Hafenbecken, und bildete mir ein, dass die Ölflecken meinen Aufschlag dämpften. Großer Gott, jemand hatte mich kurzerhand ins Hafenbecken geschubst, an einem ganz normalen Dienstagabend. Erschrak ich darüber? Nein, das kann ich nicht behaupten. Hatte ich Angst? Nein, das auch nicht. Viel kann ich nicht, aber neben dem Orgelstimmen kann ich auch ganz passabel schwimmen und Schlittschuh laufen. Ja, das kann ich, und daher machte ich mir vorerst keine Sorgen. Ich musste nur zusehen, dass ich wieder aus dem Hafenbecken herauskam, und das stellte, wie sich zeigte, ein ziemlich großes Problem dar, denn das Wasser reichte höchstens bis anderthalb Meter unter die Hafenmauer. Doch überall lagen Binnenschiffe vertäut, und die führten am Heck kleine Boote mit sich, die an einem Schleppseil hingen. Ich konnte also in jedem Fall in eines dieser Boote klettern und dort dann weitersehen, welcher Ausweg sich mir aus dieser misslichen Lage böte.

Keinen Moment lang dachte ich daran, um Hilfe zu rufen. Und ich wurde auch nicht wütend. Es war zwar nicht besonders angenehm, mit Kleidern zu schwimmen, in die das Wasser immer tiefer eindrang, aber dennoch überwog ein eigenartiges Gefühl der Zufriedenheit. Heute Nachmittag war ich also doch kein so großer Angsthase gewesen. Dieser Gefährder mochte zwar Papiertüten aufgeblasen haben – und darüber konnte man eigentlich nur lachen –, aber er war sehr wohl auch in der Lage, einem wirklich etwas anzutun, und deshalb hatte ich allen Grund, vor ihm auf der Hut zu sein. Meinen Sturz ins Hafenbecken konnte Gracinha jetzt nicht mehr als Einschüchterung, als Foppen oder Hinter-die-Fichte-Führen abtun. Nein, das hier war echt, das war real.

Ich kam schwimmend schon fast nicht mehr vorwärts, weil die nassen Kleider mich massiv behinderten und in die Tiefe zogen. Brustschwimmen konnte ich kaum noch, es war schwer genug, überhaupt den Kopf über Wasser zu halten. Wie kalt das Wasser doch war, und es schien immer kälter zu werden.

Zuschauer

Obwohl es mir nicht in den Sinn kam, laut so etwas wie »Hilfe! Hilfe!« zu rufen – ich hätte mich dessen auch geschämt –, wurde meine Anwesenheit im Wasser schließlich bemerkt.

»Da ist einer in den Teich gefallen«, hörte ich jemanden sagen.

Schon bald darauf standen drei hochgewachsene Burschen am Rand der Hafenmauer und betrachteten mich amüsiert.

»He, Mann, das hier ist kein Schwimmbad«, rief einer von ihnen. »Das war früher in 't Hoofd, und jetzt ist es im Sluispolder.«

»Übst du gerade Schwimmen mit Kleidern für die Prüfung zum Rettungsschwimmer?«, fragte der Zweite.

Und der Dritte sagte: »He, Mann, das nenn ich Glück, die Bademütze hattest du schon auf.«

Es dauerte einen Moment, bis ich begriff, was er damit meinte. Regelmäßig werde ich auf der Straße von Jungen wie diesen beiläufig gefragt: »Na, Alter, hast du vergessen, deine Badekappe abzunehmen?«, was natürlich eine sonderbare Anspielung auf meinen spärlich behaarten Schädel ist, aber die Umkehrung dieses Spotts war für mich neu.

Eine weitere Person erschien an der Hafenmauer, ein etwas älterer Mann, der die Jungen anherrschte: »Haltet gefälligst eure große Klappe, da treibt ein alter Mann im Hafenbecken, der ganz leicht ertrinken kann. Wir müssen zusehen, dass wir ihn aus dem Wasser kriegen.«

»Er kann doch schwimmen«, sagte einer der Burschen. »Wenn er zur Stadhuiskade schwimmt, und das ist wirklich nicht weit, kann er dort am Delflandhuis rausklettern, denn dort gibt es eine Eisentreppe. Wenn er aber lieber bei der Schansbrug rauswill, kann er auch dorthin schwimmen, denn dort gibt es ebenfalls eine Eisentreppe. Allerdings muss er dann das Hafenbecken durchqueren, und das ist vielleicht ein Itzelchen zu viel verlangt, denn er ist schon jetzt ziemlich erschöpft, wenn ihr mich fragt.«

»Wie wäre es, wenn wir ihm einen Rettungsring zuwerfen?«, sagte der Mann.

»Wo willst du den herholen? Hier gibt es nirgends einen Rettungsring. Nein, keine Chance.«

»Es muss doch irgendwo einen Rettungsring geben! Bei der Schleuse vielleicht?«

»Ein Rettungsring? Dort?«, meinte einer der Jungs. »Wie kommst du darauf?«

»Tja, dann müssen wir ein Tau suchen«, sagte der Mann.

»Red nicht so einen Quatsch, hier gibt es nirgendwo ein Tau. He, schau, da kommt Hennenhals.«

Der besagte Polizist stieg von seinem Fahrrad und stellte es an der Hafenmauer ab. Er machte noch einen Schritt nach vorn und rief mir dann mit besorgter Miene zu: »Herr Pottjewijd, hier ist Schwimmen verboten.«

Ich hatte nicht das Bedürfnis, darauf etwas zu erwidern, und wenn ich etwas erwidert hätte, wären meine Worte sowieso nicht zu hören gewesen, weil sie vom schallenden Lachen der drei Burschen übertönt worden wären.

»Jan«, sagte der Mann zum Wachtmeister Hennenhals, »hat dir der Wahnsinn jetzt auch noch das letzte bisschen Verstand geraubt? Der Mann dort dümpelt nicht zu seinem Vergnügen im Hafenbecken, er ist da unfreiwillig reingestürzt und braucht dringend Hilfe, aber hier gibt es nirgendwo einen Rettungsring oder so etwas. Was sollen wir tun?«

»O, du glaubst also, wir haben es hier mit einem Ertrinkenden zu tun? Tja, dann ist das ein Fall für die Feuerwehr.«

»Bevor die Feuerwehr hier ist, ist der Kerl längst ertrunken.«

»Er muss zu der eisernen Treppe an der Stadhuiskade schwimmen«, sagte einer der Jungen. »Dort kann er ganz leicht rausklettern.«

»Schon, aber schafft er es bis dahin?«, erwiderte der Mann.

Ich wollte fragen: »Wo ist die Treppe?«, bekam aber einen Schwall Wasser in den Mund. Oder war es kein Wasser, sondern Öl?

Wie dem auch sein mochte, ich brachte jedenfalls kein Wort heraus. Aber zum Glück ging einem der Jungen auf, dass ich nicht wusste, wo sich die Treppe befand. Er sagte: »Ich laufe schnell hin, und dann winke ich.«

Er rannte den Haven entlang zur Treppe neben einer Schleuse, sprang hinunter und lief über eine beinahe in vollkommene Dunkelheit gehüllte Ufermauer bis zu einer Stelle irgendwo in der Mitte, wo offenbar eine Treppe angebracht war. Das jedenfalls nahm ich an, denn selbst der Junge war kaum zu sehen, weil dort weit und breit keine Straßenlaterne brannte – und weil mir ständig unglaublich schmutziges, öliges Wasser ins Gesicht und vor allem in die Augen schwappte.

Zum Glück kam der Junge auf die Idee, laut zu rufen: »Hierhin, Mister, hierhin!«

Also schwamm ich auf ihn zu, obwohl ich dachte: Das schaffe ich nie, die Treppe ist zu weit weg, ich bin jetzt schon vollkommen fertig, und ich sterbe vor Kälte. Außerdem sind meine Schuhe so elend schwer, sie ziehen mich in die Tiefe. Während ich dennoch so zügig wie möglich weiterschwamm, schüttelte ich die Treter von meinen Füßen und fragte mich besorgt: Was mache ich in Gottes Namen bloß, wenn ich hier rauskomme? Dann hab ich keine Schuhe mehr. Wie soll das werden? Doch dieser Gedanke wurde durch einen anderen verdrängt: Das schaffe ich nie. Denn auch wenn ich ein guter Schwimmer war, war ich doch noch nie mit Kleidern geschwommen, und noch nie in so schmutzigem Wasser. Als würde ich in dickflüssigem, schlammigem Heizöl schwimmen.

Und dann war es dort am Ufer offenbar doch jemandem, nicht dem älteren Mann, nicht einem der drei Burschen, nicht Wachtmeister Hennenhals, sondern einem anderen Passanten gelungen, irgendwoher einen Rettungsring zu besorgen, und der wurde mir so gekonnt zugeworfen, dass ich ihn, direkt als er die Wasseroberfläche berührte, ergreifen konnte. Wie sich zeigte, hing der Rettungsring an einer langen Leine, denn als ich mich festhielt, spürte ich auch schon, wie daran gezogen wurde. Ich konnte nicht sehen, wer zog, denn mein Retter stand auf der finsteren Ufermauer. Vielleicht waren es ja auch mehrere Hände, denn mit einem Mal schien es – jedenfalls im Vergleich zu der Geschwindigkeit, mit der ich geschwommen war –, als flöge ich durch das ölige Wasser.

Schließlich gelangte ich zu einer Leiter aus dünnen, rostigen Stangen, und als ich die Stangen umklammerte und hinaufkletterte, streckten sich mir etliche helfende Hände entgegen.

Kurz darauf stand ich dann triefend auf dem stockfinsteren Kai, zunächst einfach nur dankbar, dass ich dem Wasser entkommen war, dass ich es geschafft hatte und nicht ertrunken war. Doch sehr bald schon stellte sich wieder eine gewisse Verzweiflung ein. Was nun? In dieser schmutzigen, mit Öl getränkten Hose, in diesem Hemd und dieser Jacke zurück ins Seemannsheim? Selbst wenn ich mich dort meiner Sachen entledigen konnte, so hatte ich doch, von frischer Unterwäsche abgesehen, keine andere Kleidung dabei, die trocken war. Außerdem fürchtete ich, dass mir der Wirt gleich beim

Reinkommen entgegenrufen würde: »Sieh nur, was du machst! Du tropfst, du machst hier alles dreckig, verschwinde – und komm erst wieder, wenn du getrocknet bist.«

Auf Socken stolperte ich durch die lärmende und fröhliche Menge – wo waren all die Menschen nur so plötzlich hergekommen? – zu der breiten Treppe neben der Schleuse. Auf der Havenkade angekommen, blieb ich stehen, weil ich nicht wusste, was ich tun oder wo ich hingehen sollte. Am meisten störte mich, dass ich keine Schuhe mehr hatte. Als ich gerade versuchte, das Öl von meinen Lidern zu wischen, tauchte zu meiner großen Überraschung Gracinha aus der Dunkelheit auf.

»Was mit dir passiert?«, fragte sie.

»Jemand hat mich ins Hafenbecken geschubst«, erwiderte ich, und die Tränen schossen mir in die Augen.

Gracinha ignorierte sie und sagte recht munter: »Ich schaute aus Fenster. Sah viele Menschen. Dachte: Etwas ist passiert, ich geh und gucke.«

»Jemand hat mich ins Hafenbecken geschubst«, wiederholte ich, die Tränen unterdrückend und mich dafür schämend, dass ich plötzlich so aus der Fassung geriet.

»Du ganz nass und stinken und schrecklich schmutzig«, sagte Gracinha. »Komm mit, du Kleider ausziehen, unter die Dusche, saubere Kleider anziehen.«

»Ich habe keine anderen Sachen«, erklärte ich ihr.

»Ich welche besorgen«, sagte Gracinha, drehte sich um und ging in Richtung ihrer Wohnung, ohne zu schauen, ob ich ihr auch folgte. Eine wirkliche Wahl hatte ich nicht, und so folgte ich ihr, und eine ganze Reihe von Leuten schloss sich mir an.

Bei ihrem Haus angekommen, sagte sie, als ich zögerte, den kleinen Vorraum hinter der Haustür zu betreten: »Du warten draußen. Ich erst alte Zeitungen hinlegen. Dicke Schicht. Dann du rein. Alles ausziehen, du stinkst, o weh, du stinkst entsetzlich. Wenn alles aus, du rauf und *em linha reta* ins Badezimmer. Und dann unter die Dusche. Sehr lange.«

Sie ging die Treppe hinauf, kehrte mit einem großen Stapel Zeitungen zurück, breitete einige davon auf dem Fußboden des Vorraums aus und sagte: »Du jetzt rein.«

Ich ging hinein, Gracinha schloss rasch die Haustür und schimpfte: »Bah, *olhos curiosos*, sollen die Kurve kratzen.«

Die Kurve kratzen, dachte ich, wie ist es bloß möglich, dass sie einen solchen Ausdruck kennt? Von wem hat sie ihr Niederländisch gelernt? Sie kann kein Verb richtig konjugieren, aber einen solchen Ausdruck verwendet sie korrekt.

Ich entkleidete mich. Es war angenehm, meine schmutzige Jacke abzulegen, etwas weniger angenehm allerdings, mein Hemd aufzuknöpfen und auszuziehen, und ziemlich peinlich war es, mich meiner öligen Hose zu entledigen. Dann zog ich mein Unterhemd aus und stand in Unterhose und Socken vor Gracinha. Ich zögerte.

»Du alles aus«, befahl sie in entschiedenem Ton. »Alles.«

Ich zog meine Socken aus. Die hatten an den großen Zehen ein paar Löcher, und auch ihretwegen schämte ich mich. Tja, man hat eben nicht immer Zeit und Lust, seine Socken zu stopfen.

»Ich schon früher Männer nackt gesehen«, sagte Gracinha. »Aber du dich schämen. Kein Problem, kannst Unterhose auch anbehalten und unter Dusche ausziehen.«

Ich folgte ihr die Treppe hinauf, obwohl ein Mann eigentlich vor einer Frau hergehen soll. Sie führte mich ins Badezimmer, wo sie mich unter die Dusche dirigierte. Nachdem sie an einem Wasserhahn gedreht hatte, floss sehr bald lauwarmes Wasser auf mich herab. Gracinha schloss den Duschvorhang, und ich zog meine Unterhose aus. Ehrlich gesagt, bin ich normalerweise nicht sonderlich wild aufs Duschen, doch der lauwarme Strahl auf meinem unglaublich schmutzigen Körper war pure Gnade. Während das Wasser weiter über meinen Körper strömte, hörte ich, wie Gracinha wieder ins Badezimmer kam.

»Lege Kleider für dich auf Stuhl hier«, sagte sie. »Unterwäsche, Socken, ein paar Hosen, kannst du schauen, was am besten passt, Hemd, Schuhe.«

Wo hatte sie die Kleider so schnell her, fragte ich mich, und diese Frage beschäftigte mich eine Weile, während ununterbrochen das samtene Wasser des Lebens an mir herabfloss. Doch erst als ich schließlich den Wasserhahn zudrehte und anfing, mich mit dem Handtuch abzutrocknen, das Gracinha oben auf den Kleiderstapel gelegt hatte, fiel mir eine Erklärung ein. Hatte sie vielleicht die Kleider ihres Mannes nicht weggegeben, fragte ich mich. Und dann erinnerte ich mich daran, dass ich mich von Lores Sachen auch nie getrennt hatte. Die hingen noch immer in ihrem Kleiderschrank oder lagen in den Schubladen ihrer schönen deutschen Kommode.

Mir blieb, auch wenn mich ein Gefühl der Scham beschlich, nicht viel anderes übrig, als das anzuziehen, was Gracinha für mich bereitgelegt hatte. Die Unterwäsche passte gut, das Hemd ebenfalls, aber die erste Hose, die ich anprobierte, war ein wenig zu weit. Die zweite passte zum Glück besser und hatte zudem einen Gürtel, den ich kräftig festziehen konnte; mit den Socken gab es keine Probleme, doch die Schuhe waren ganz offensichtlich eine Nummer zu groß. Na ja, zu groß ist weniger schlimm als zu klein, sodass es alles in allem eine Lösung für mein Problem war, die Sachen ihres verstorbenen Ehemanns anziehen zu können – wenn es denn seine Sachen waren, was mir nun jedoch sehr naheliegend schien. Ich fragte mich, was ich empfinden würde, wenn eine Frau, die ich seit weniger als einer Woche kannte, mir in den Sachen von Lore entgegentreten würde, und mich ergriff das pure Entsetzen. Für Gracinha galt das offenbar nicht. Die sagte, als ich ins Wohnzimmer kam: »Du piekfein aussehen.«

»*Oh lindo, papai*«, sagte Lanna.

Sonderlich wohl fühlte ich mich nicht, aber es stimmte, und das hatte ich bereits im Badezimmerspiegel gesehen: Ich sah tatsächlich piekfein aus. Kleider machen Leute, dagegen lässt sich wenig sagen. Es war fast, als wäre ich ein anderer Mensch geworden. Kein langweiliger, unauffälliger Orgelstimmer mehr, sondern ein Immobilienmagnat oder ein erfolgreicher Werftbesitzer.

»Ich dich angerufen im Seemannsheim, um zu sagen, ich heute Nachmittag vergessen, dich nach Essen zu fragen. Man dir gesagt dort?«

»Man hat mir nur gesagt, dass du angerufen hast.«

»Und dann du hierhin?«

»Ja, ich bin losgegangen, um dich zu fragen, weshalb du angerufen hast. Doch dann wurde ich auf dem Weg hierher plötzlich ins Hafenbecken geschubst.«

»Du nicht gesehen, wer geschubst?«

»Ein Mann mit einer schwarzen Sturmhaube auf dem Kopf. Ich konnte nichts von seinem Gesicht erkennen.«

»Doch alles ein kleines bisschen schlimmer, als ich denken. Ich immer glauben: Leute dich ärgern, Leute dich triezen, aber das ... das ist kein Triezen mehr. Zum Glück alles gut gegangen. Ein Gläschen Quinta da Lixa für dich, um dich von Schreck zu erholen, und dann wir essen. Allerdings Essen ein wenig kalt jetzt.«

Beklemmung

Essen ein wenig kalt jetzt? Das hielt sich in Grenzen. Sie hatte erneut einen überaus köstlichen Auflauf gemacht, und der war in ihrem Backofen recht gut warm gehalten worden. Doch auch wenn das Essen hervorragend war und der Quinta da Lixa ein edler Tropfen, so fühlte ich mich doch nicht recht wohl in diesen etwas zu großen Kleidern und Schuhen.

»Morgen du Anzeige bei der Polizei machen«, sagte Gracinha. »Das ist kein Foppen mehr, das ist *ataque direto.*«

»Ja, das hier ist ganz sicher etwas anderes als Papiertüten oder die Behinderung mit einem Velomobil. Aber Anzeige erstatten, hier in dieser Stadt, bei Wachtmeister Hennenhals?«

»Hier bestimmt mehr *polícia* als nur Hennenhals. Du auf jeden Fall Anzeige gestatten, man herausfinden, wer dich in Hafenbecken gestoßen hat.«

»Ich habe wenig Hoffnung, dass das der Polizei gelingt.«

»Du den Brief zeigen.«

»Als ob die Beamten dann sofort wüssten, wer dahintersteckt. Nein, ich sollte so schnell wie möglich die Orgel in der Groote Kerk fertig stimmen. Am besten, bevor die Furieade am Freitag losbricht. Dann kann ich hier weg.«

»Und was mit mir? Du weg, ich vielleicht im Hafenbecken landen …«

»Nicht doch, dieser Kerl hat es auf mich abgesehen, weil er ein Auge auf dich geworfen hat. Dir wird er nichts antun.«

»Aber was mit Lanna, wenn du weg bist? Ich so froh über

dich. Sie ist richtig aufgelebt, sie nun ein anderer Mensch. So viele Männer schon hinter mir her, doch nicht ein einziger, der kümmert um sie, und du nicht hinter mir her, nun ja, ein kleines bisschen vielleicht, aber du viel Aufmerksamkeit für sie, sehr viel. Und du so froh über sie, weil sie dir so gut helfen kann. Und sie fühlt das, sie weiß das, sie also auch froh. Froh? Nein, mehr, *muito encantado, muito feliz.* Du nicht wissen, wie das ist, leben mit Kind so geschlossen, so … ich nicht weiß niederländisches Wort … Wir sagen: *inacessível* … Du wissen, was das bedeutet?«

»Unnahbar, vielleicht, oder unzugänglich. Wo ist sie eigentlich? Schon im Bett?«

»Ja, sie zu Bett, sie sagen: Morgen möglicherweise sehr, sehr früh stimmen, bevor Wahnsinnslärm beginnt. So viel sie bereit zu tun, aber danach Orgel fertig, *mais tarde*, du weg, und dann?«

»Wir hatten doch schon mehr oder weniger verabredet, dass wir zu dritt unterwegs sein werden, oder?«

»Ach, *miragem, sonho lindo.*«

»Was *miragem* bedeutet, weiß ich nicht, aber *sonho lindo*? Heißt das nicht ›schöner Traum‹? Ja, du hast recht, zwischen Traum und Tat, da stehen Gesetze im Weg und praktische Probleme, doch mir erscheint der Plan gar nicht so abwegig.«

»Ach, die in Kirchen denken: komische Sache, Stimmer mit Frau und Kind, aber nicht seine Frau und nicht sein Kind.«

»Tja«, sagte ich, »dann bleibt mir nichts anderes übrig, als dich zu heiraten und Lanna als Kind anzunehmen.«

»Heiraten? Ich? Dann meine Witwenrente weg, denke ich. Und wir heiraten? So wie du mich ansehen, ich wissen: Du mich finden sexy – das Wort wir auch auf Portugiesisch haben –, doch ich dich nicht sexy finden, du schrecklich nett, wirklich *muito meigo*, aber … nein, sexy, das nicht. Du dir auch keine Mühe geben, sexy zu sein, aber du auch nicht können, glaube ich. Du schon gut riechen, das okay, aber … Du jetzt auf den Schwanz getreten, weil ich zu dir sagen: Du für mich nicht sexy?«

»O, nein, keineswegs, das kann ich sehr gut verstehen. Nicht sexy ist weniger schlimm als langweilig.«

»O, langweilig ist gerade gut. Meine Mutter immer sagen: Du heiraten langweiligen Mann. Netter Mann nur eine Weile nett, dann er hinter anderen Frauen her. Mein Vater, sehr netter Mann und sehr sexy, aber hat meiner Mutter sehr viel Kummer gemacht.«

»Und dein Mann? Ein netter Mann?«

»O ja, sehr netter Mann, und verdammt sexy, aber er immer weg, und in anderen Häfen er vielleicht … Darüber ich lieber nicht nachdenken, und ich immer nur mit Lanna allein zu Hause … O, so schwer, so schwierig. Nichts für sie schön, außer Lieder und Musik. Sie auch Unterricht bekommen, ging gut, doch dann hingeschmissen, weil sie weigern, Niederländisch sprechen. Du kommen, Sonne geht auf. Doch bald du weg, und Sonne wieder untergehen. Und was mit ihr, wenn ich tot bin? Wer dann für sie sorgen, sich um sie kümmern? Sie ins Heim? Geht doch nicht, du für sie sorgen, wenn ich tot bin?«

»Die Wahrscheinlichkeit, dass ich früher sterbe als du, ist ziemlich groß. Selbst wenn es nur daran liegt, dass ich ab und zu bei dir esse und mit deiner Tochter in zwei Kirchen Orgeln stimme.«

»Ja, du leiden meinetwegen, ich kann nicht ertragen, du zur *polícia* gehen, sie finden diesen Mann.«

»Aber erst einmal ins Seemannsheim, mit einem Umweg zum Küster der Groote Kerk. Was meinst du, wie früh können wir morgen mit dem Stimmen anfangen?«

»Um fünf Uhr vielleicht?«

»So früh? Meinst du, ihr kommt so früh raus? Und wenn ihr das schafft, können wir dann in die Kirche? Vielleicht hat der Küster einen Schlüssel für einen der Seiteneingänge, den ich mir kurz ausleihen darf. Das werde ich ihn jetzt gleich fragen. Wenn es klappt und er mir einen gibt, komme ich nicht wieder, klappt es nicht, dann schaue ich noch kurz bei dir vorbei, um zu sagen, wann wir stattdessen beginnen.«

Also ging ich, wenn auch mit Blei in meinen zu großen Schuhen, zur Groote Kerk, immer darauf bedacht, dass ich plötzlich aus irgendeinem Hinterhalt angesprungen oder beschossen oder sonst wie angegriffen werden konnte. Wie seltsam es ist, so angsterfüllt durch die Straßen zu laufen. Trotz dieser Angst waren all meine Sinne aufs Äußerste geschärft. Ich nahm Gerüche wahr, die ich nie zuvor wahrgenommen hatte, ich hörte Geräusche, die mir fremd vorkamen, ich sah einen mit bleigrauen Wolken bedeckten Himmel, deren Ränder hell aufleuchteten, und selbst die sanfte Brise, die durch den Hafen, die Hoogstraat und auf der Schansbrug wehte, fühlte sich auf meinen Wangen anders an. Doch niemand kreuzte meinen Weg.

In der Wohnung des Küsters brannte kein Licht. Sollte er bereits zu Bett gegangen sein? Ich klingelte. Es dauerte eine Weile, bis sich die Tür einen Spaltbreit öffnete und ein Teil des mit einer altmodischen Schlafmütze ausgestatteten Küsters sichtbar wurde.

»Je später der Abend, umso schöner die Gäste«, sagte er verächtlich.

»Ich möchte mich morgen sehr früh an die Arbeit machen, noch bevor die Schicht auf der Schiffswerft beginnt.«

»Wie früh?«

»Um fünf.«

»Mensch, bist du von allen guten Geistern verlassen? Um die Zeit stehe ich noch nicht in den Startblöcken.«

»Das kann ich gut verstehen, und darum wollte ich fragen, ob ich den Schlüssel zu einem der Seiteneingänge bekommen könnte.«

»O, darum geht's, nun, damit kann ich dienen. Aber stehen dir um die Uhrzeit schon deine Hilfstruppen zur Verfügung?«

»Gewiss.«

»Wie hast du das nur geschafft? Die halbe Stadt ist schon seit Jahren hinter dieser Frau her und leckt sich unentwegt die Lippen nach ihr, und du bist hier kaum eine Woche und bist schon mehr oder weniger mit ihr verheiratet, obwohl du doch nicht mehr bist als ein falscher Prophet, als ein ganz normaler Mensch mit Trauerrändern unter den Fingernägeln. Nun ja, hier ist jedenfalls der Schlüssel. Finde selbst heraus, auf welche der Türen er passt, oder lass es deine Zukünftige machen.«

Der Küster warf die Tür zu.

Mich wie ein Strauchdieb umsehend, ging ich vorsichtig zum Seemannsheim, wo ich die ganze Nacht kein Auge zutat und immer wieder an einen Vers dachte, den ich einmal gelesen hatte:

Erwach vom Schlaf, der dich umflort,
Und aus den süßen Träumen,
Der Schlaf, mit dem dein Gott dich labt,
Den nahm er einem andern fort.

Warum bin ich nur derjenige, dem Gott ständig den Schlaf fortnimmt? Ließe sich die Inbeschlagnahme von Nachtruhe nicht etwas breiter streuen? Gut, ich war also nicht sexy, aber dafür immerhin sehr nett, *muito meigo* sogar, was dieses *meigo* auch immer bedeuten mochte. Warum also wurde dann immer mir der Schlaf genommen? Wenn man Rad fahren will, dann steigt man auf ein Fahrrad und fährt los. Wenn man schwimmen will, dann springt man ins Wasser und schwimmt. Wenn man Schlittschuh laufen will, dann schnallt man sich Schlittschuhe unter, geht aufs Eis und läuft los. Wenn man dagegen liebend gern schlafen möchte, kann man sich zwar ins Bett legen, doch es gibt keinerlei Garantie dafür, dass man auch wirklich schläft. Liest man Fachbücher über den Schlaf, dann erscheint alles ganz leicht. Man bekommt zahllose Tipps, wie man den Weg in Morpheus' Arme findet. Vor allem jedoch darf man nicht auf Schlaftabletten zurückgreifen. Aber, ach, wie schwierig war es für mich schon zeit meines Lebens, einzuschlafen und anschließend auch durchzuschlafen. Und je älter ich werde, umso schwieriger ist es. *»O, sleep, why dost thou leave me«*, singt Semele in dem gleichnamigen dramatischen Oratorium von Händel. Hat der Komponist, der diese Worte so unvergleichlich schön vertont hat, selbst auch an Schlaflosigkeit gelitten? Oder hat er immer geratzt wie ein Murmeltier? Ach, dieser Händel, der für dasselbe Oratorium auch die Arie »Wherever you walk« komponiert hat. So erschreckend schlicht und doch so unglaublich berührend.

Wie immer, wenn ich nicht schlafen kann, kamen am frühen Morgen die Visionen. Obwohl ich dann wach bin, erscheinen mir Traumbilder, die mein Gehirn ohne irgendeine Beteiligung des freien Willens nach eigenem Gutdünken produziert. Oft sind es Visionen, die ich mit Grauen verfolge. So auch diesmal. Da stürzte ich wieder, wieder und wieder ins Hafenbecken, jetzt jedoch ohne Aussicht auf Rettung. Denn bei der Treppe an der finsteren Hafenmauer warteten sie bereits auf mich, mit Haken, Ankern und Ketten. Grinsend, mit verzerrten Mienen lauerten dort die Schurken, die es auf mich abgesehen hatten. Es waren die misstrauischen Mistkerle aus dem Laden von Smitje de Smit. Im Halbschlaf setzte ich mich auf, um die Spukgestalten zu vertreiben, was mir nur mit Mühe gelang. Sobald ich mich aber wieder hinlegte, tauchten sie sofort wieder auf. Ein einziges Mal bin ich – am Blinddarm – operiert und dafür mit Morphium betäubt worden. Als ich wieder erwachte, quälten mich die grausamsten Visionen, die ich jemals gesehen habe. Gut, das gehörte zu den Nachwirkungen einer Operation, doch die Morphiumvisionen haben in meinem Gehirn insofern ihre Spuren hinterlassen, als dass ich seitdem in schlaflosen Nächten durch noch heftigere Visionen gequält werde als vor der Operation. Und dem muss ich nun auch noch das Erlebnis einer unfreiwilligen Schwimmpartie im Hafenbecken hinzufügen, dachte ich schicksalsergeben.

Um halb fünf stand ich auf. Welch eine Erleichterung war das, Gott sei Dank keine Visionen mehr. Ich machte mich auf den Weg zur Kirche, bedauerlicherweise ohne Frühstück. Draußen auf der Straße stellte ich fest, dass ich, anders als am Vorabend, nicht ängstlich war. Zu dieser frühen Stunde hatte ich, so schien mir, von meinem Gefährder nichts zu befürchten, und tatsächlich begegnete ich niemandem. Ich ging um die Kirche herum und probierte den Schlüssel an verschiedenen Türen. Keine einzige konnte ich mit ihm öffnen. Dieser elende Küster, dachte ich, wird mir doch nicht einen Schlüssel gegeben haben, der auf keine Tür passt? Oder war dies ein weiterer Fall des Hinter-die-Fichte-Führens, der Lieblingsbeschäftigung der Einwohner dieser Verarschstadt?

Im Zuge der Vorbereitungen auf meine Mission in diesem hintersten Winkel der Niederlande hatte ich einiges über die Stadt gelesen, unter anderem die Geschichte von der Flaggenparade im Frühling 1941. Allabendlich hatten die deutschen Kriegsschiffe im Hafen um Punkt acht Uhr eine Flaggenparade absolviert. Nach dem Pfeifsignal standen die deutschen Matrosen ruckartig stramm, und die Flaggen auf den Schiffen wurden gestrichen. Junge Burschen führten die Deutschen in jenem Frühling hinter die Fichte. Um fünf vor pfiff einer von ihnen am Hafen auf einer Signalpfeife. Sofort nahmen die deutschen Matrosen Haltung an, und die Flaggen wurden gestrichen. Wenig später kamen die Deutschen dann dahinter, dass sie gefoppt worden waren. Ihre Reaktion war ziemlich erschütternd. Dreizehn junge Männer, von denen 1942 sieben zurückkehrten, wurden verhaftet und nach Deutschland deportiert. Die Stadt musste ein Bußgeld von einhunderttausend Gulden zahlen, der Bürgermeister wurde geschasst und durch einen Regierungskommissar ersetzt. Außerdem wurde eine Ausgangssperre verhängt: Von acht Uhr abends bis vier Uhr morgens durfte sich bis auf Weiteres niemand auf der Straße blicken lassen.

Noch einmal umrundete ich im Dunkeln die Kirche und probierte den Schlüssel nun etwas sorgfältiger an allen Türschlössern. Und tatsächlich, jetzt gelang es mir, eine der Türen zu öffnen. Ich blieb dort stehen und wartete auf Mutter und Tochter. Kurz nach fünf sah ich sie auf der Kerkstraat näher kommen, die Mutter mit vor Müdigkeit geschwollenen Augen und ohne jedes Make-up (was jedoch nur von Vorteil war, denn ohne Mascara und Lippenstift sah sie für meinen Geschmack noch sehr viel besser aus als mit diesen Hilfsmitteln), die Tochter mit leuchtenden Augen und dem einen oder anderen fröhlichen Hüpfer in ihrem Gang.

»Du natürlich noch nichts gegessen im Seemannsheim, ich für dich zwei Butterbrote mitgebracht.«

»Du denkst wirklich an alles«, sagte ich. »Wie nett von dir, ein paar Butterbrote. Schade, dass ich nicht sexy bin, denn wie gern würde ich dich heiraten.«

»Du doch auf den Schwanz getreten, höre ich, ich hätte nicht sagen dürfen. Du Bart wachsen lassen, dann schon ein wenig sexy. Doch wenn du mit Bart sexy, ich dich dennoch nicht heiraten, weil dann Witwenrente weg.«

»Heiraten muss nicht unbedingt sein, wir können auch so zusammen wohnen.«

»Witwenrente trotzdem weg, denke ich. Nein, du woanders wohnen, aber in der Nähe, *uma possibilidade*, aber du dann weg von wo du jetzt wohnst, du dann hier wohnen.«

»In dieser Stadt? Zwischen all diesen Dumpfbacken, die ständig darauf aus sind, mich zu foppen?«

»Immer stört irgendwas. Du kannst von hier aus bequem durch ganzes Land reisen, um überall Orgeln stimmen.«

»Um überall Orgeln *zu* stimmen, sagt man.«

»Gut, ich mir Mühe geben, besser Niederländisch lernen, o … äh … zu lernen. Aber du Portugiesisch lernen, du sehr gut Portugiesisch lernen, denn wenn du gut Portugiesisch lernen, du von ganz allein auch mehr sexy.«

All das wurde sowohl von ihr als auch von mir im Spaß gesagt, in einem leichten, halb scherzenden Ton, weil wir beide wussten, dass es jeweils – davon ging ich zumindest aus – nicht so ganz ernst gemeint war. Dennoch ging mir dieses kurze Gespräch weiterhin durch den Kopf, als ich mich, natürlich unterstützt von Lanna, mit meinen Pinseln und Pfeifenreinigern an die Mixturen des Oberwerks machte.

Anzeige

Später am Tag begab ich mich, von Gracinha erneut dazu gedrängt, mit frischem Widerwillen zur Polizeiwache. Die befand sich in einem recht trostlosen Neubauviertel, was bedeutete, dass ich einen ordentlichen Fußmarsch zu absolvieren hatte, denn von Bussen hatte man in dieser Stadt wohl noch nichts gehört. Offenbar hatte man mein Kommen bereits erwartet, denn ich wurde sofort an einen Kriminalbeamten namens Mooiweer verwiesen. Der füllte, noch mit einer alten Schreibmaschine, ein Anzeigeformular aus, das er zuvor mit einem schwarzen Durchschlagpapier und einem zweiten A4-Blatt dahinter in die Maschine eingespannt hatte.

Als das geschehen war, sagte er: »Soso, ins Hafenbecken geschubst. Da sind Sie nicht der Erste, und Sie werden auch nicht der Letzte sein. Wenn ich richtig informiert bin, sind Sie in der Stadt, um Kirchenorgeln zu reanimieren. Man sollte doch meinen, dass daran im Prinzip niemand derart Anstoß nehmen kann, dass er Sie ins Hafenbecken befördern wollte. Allerdings habe ich auch sagen hören, die Witwe Edelenbos und ihre Tochter helfen Ihnen bei Ihrer Arbeit. Tja, diese Witwe, Mannomann, die kennt man hier. Kapitän Edelenbos hat sie in der Mündung des Amazonas aus dem Maul eines Walhais gerettet, und Wachtmeister Hennenhals hat sie im Vliet bei der Weverskade dabei erwischt, wie sie nackt mit einem Florett Fische fing. Das ist eine Frau, die hier bei allen Männern über, sagen wir, vierzig gewisse Begierden weckt. Bei einer Bevölkerung von rund neuntausend Einwohnern sind das also schnell eintausend Männer, und es muss sich nur bei einem von ihnen im Oberstübchen eine Schraube lockern, dann hat man den Salat.«

»Ich habe einen ordentlich getippten Drohbrief erhalten«, sagte ich.

»Haben Sie den dabei?«

»Ja, aber ich würde ihn gern behalten«, sagte ich und überreichte den Brief dem Kriminalbeamten.

Er las ihn und sagte nur: »Ein Beweisstück. Sind wahrscheinlich Fingerabdrücke drauf. Wäre dennoch schön, wenn Sie uns den hierlassen würden. Ich mache schnell eine Fotokopie, die Sie wieder mitnehmen können.«

»Lieber nehme ich das Original wieder mit.«

»Nein, nein, das ist ein Beweisstück, das machen wir mit einer Heftklammer am Anzeigeformular fest.«

Das tat er, und weg war der Brief. Ich hörte ein Schiff tuten, begleitet von noch allerlei anderen Geräuschen. Noch nie habe ich irgendwo eine Orgel gestimmt, wo es lauter war als hier, nicht einmal in Hamburg.

Der Beamte kam wieder. Ich berichtete von dem Velomobil am Sonntag. Er erwiderte: »Hier in der Stadt gibt es nicht einen Menschen, der ein solches überdachtes Liegerad besitzt, das weiß ich ganz bestimmt. Und es ist natürlich auch überhaupt nicht gesagt, dass derjenige, der mit diesem Rad unterwegs war, der Mann ist, den wir suchen. Wahrscheinlich war es schlicht jemand von auswärts, dem Sie zufällig dreimal begegnet sind.«

»Das ist möglich«, bestätigte ich.

»Irgendeine Idee oder Vermutung, wer das gewesen sein könnte, der Mann, der Sie geschubst hat? Haben Sie irgendwas von ihm gesehen?«

»Ich habe nicht die blasseste Ahnung, wer mich auf dem Kieker hat. Als ich ins Hafenbecken fiel, habe ich mich umgedreht, aber nur gesehen, dass es ein großer Kerl war. Und er hatte eine Sturmhaube auf.«

»Ein großer Kerl? Da wäre ich vorsichtig. Sie fallen ins Hafenbecken und drehen sich um, schauen also nach oben, hinauf zur Hafenmauer. Alles, was dort oben steht, erscheint dann größer, als es ist. Und eine Sturmhaube? Sind Sie sich da sicher? Damit fällt man unglaublich auf, so ein Mistding trägt normalerweise niemand. So wissen später allerlei Leute, dass Sie einen komischen Kerl mit Sturmhaube haben herumlaufen sehen.«

»Trotzdem trug er meiner Meinung nach eine Sturmhaube.«

»Ich bin so frei, dies zu bezweifeln. Sie fallen, Sie erschrecken sich zu Tode, schauen hinter sich und sehen einen Mann mit einer ganz normalen schwarzen Mütze auf dem Kopf. Ich wette zehn zu eins, dass Sie hinterher glauben, es sei eine Sturmhaube gewesen. Denn wenn man Mütze und Riesenschreck addiert, dann kommt am Ende Sturmhaube raus.«

Mir schien das eine recht bizarre Rechnung zu sein, aber ich hatte nicht das Bedürfnis, dem Kriminalbeamten Mooiweer zu widersprechen. Er hatte versucht, mir das Velomobil auszureden. Und jetzt auch noch die Sturmhaube. Es würde bestimmt nicht mehr lange dauern, bis er mir klarmachen würde, dass auch der Brief sehr gut von einem anderen geschrieben sein konnte als dem, der mich geschubst hatte.

»Um es kurz zu machen«, sagte Mooiweer, »es kommen rund tausend Männer in Betracht, die Sie geschubst haben könnten. Finden Sie unter all denen mal den Übeltäter. Und bedenken Sie, dass letztes Mal, als jemand im Hafenbecken gelandet ist, ein leicht dunkelhäutiger Spinner aus der Stationsstraat der Täter war. Der kam aus Kaps Gemüseladen, der zu einer Moschee umgebaut worden ist, an der Ecke von Piet Heinstraat und Fenacoliuslaan, und er war so erfreut darüber, soeben Allah gedient zu haben, dass er zum Spaß jemanden ins Hafenbecken stieß. Womit ich nur sagen will, dass der Schubser es vielleicht gar nicht auf Sie abgesehen hatte, sondern sich nur mal so richtig danebenbenehmen wollte – tja, und schon fliegen Sie, weil Sie dort zufällig unterwegs sind. Es war aber auch verdammt unvernünftig, so nah am Wasser entlangzuspazieren, Sie haben ja regelrecht darum gebettelt, was sage ich, Sie haben regelrecht um einen kräftigen Stoß gefleht, nein, der Brief stammt sicher nicht von diesem Schubser, wer einen so ordentlichen Brief schreibt, der sucht sich andere Wege, seinen Frust loszuwerden, der schubst nicht. Aber wir werden unser Bestes tun, den Täter zu finden. Wie lange sind Sie noch in der Stadt?«

»Ich hoffe, noch vor der Furieade mit dem Stimmen fertig zu werden. Und dann hau ich sofort ab.«

»Ja, ich würde nicht bleiben, wenn hier die Furieade ausbricht. Dann lässt man erst recht alle Hemmungen fallen, dann schlägt man zügellos über die Stränge, vor allem diejenigen, die aus Kaps ehemaligem Gemüseladen kommen. Dann könnte es, wenn hier tatsächlich jemand herumschleicht, der Ihnen eins auswischen will – was ich, ehrlich gesagt, bezweifle –, wirklich einmal ernst werden. Volksfest ist Volksfest, da wird durchaus mal ein Gläschen Schnaps zu viel getrunken, und anschließend gibt es dann kein Halten mehr. Tja, wenn ich hierzu vielleicht meine persönliche Meinung äußern dürfte, dann muss ich sagen, dass Sie den Ärger geradezu suchen, wenn Sie ausgerechnet mit dieser aufsehenerregenden Witwe Kirchenorgeln zu Leibe rücken. Gibt es denn sonst wirklich niemanden, den Sie dafür anheuern könnten?«

»Dort, wo ich stimme, steht immer eine Gruppe von Tastendrückern für mich bereit, meist Schüler des ortsansässigen Organisten. Hier erfuhr ich vom Organisten, es gebe in der Stadt ein seltsames Mädchen, das sehr gerne helfen würde. Nun, wie sich zeigte, ist das Mädchen gar nicht so seltsam, im Gegenteil, sie ist eine ausgezeichnete Assistentin, die selbst auch das Stimmen erlernen möchte, und ich bin auch durchaus bereit, es ihr beizubringen. Darum schaut sie nun zu, wenn ich stimme, und ihre Mutter drückt währenddessen die Tasten. Es ist ein etwas ungewöhnliches Vorgehen, aber tatsächlich ist diese Art des Arbeitens viel angenehmer als mit einer Handvoll Tastendrückern, die eigentlich alle keine Lust auf diese todlangweilige Beschäftigung haben. Sie ist auch wirklich sterbenslangweilig; man drückt eine Taste und muss sie so lange halten, bis der Stimmer ruft: »Die nächste Taste, bitte!« Das steht man nicht länger als eine Stunde durch, aber dieses Mädchen … unglaublich, ich habe noch nie zuvor einen so engagierten Helfer auf der Orgelbank gehabt.«

»Herr Pottjewijd, vielen Dank für diese deutliche Darlegung. Wir kümmern uns jetzt um Ihre Anzeige. Sie hören von uns, sobald wir etwas herausgefunden haben. Auf Wiedersehen.«

Ich stand auf und sagte ebenfalls: »Auf Wiedersehen.« Dann verließ ich die nagelneue Polizeiwache. Draußen war es wärmer als drinnen. Unbändig schickte die Oktobersonne ihre Strahlen herab. Überall gingen Frauen in blumigen Sommerkleidern und Männer in Poloshirts. Nichts deutete darauf hin, dass sich hier irgendwo ein Heer von Gefährdern aufhielt: Gefährder Nummer eins, der einen Drohbrief geschickt hat; Gefährder Nummer zwei, der in einem Velomobil unterwegs gewesen war; Gefährder Nummer drei, der mich ins Hafenbecken geschubst hat; und dann noch all die Gefährder, die mit mir auf der anderen Seite des Hafens beziehungsweise des Vliet Schritt gehalten hatten, sowie der Gefährder, der in aller Frühe in der Kirche herumgeschlichen war. Letztere hatte ich Mooiweer gegenüber bewusst nicht erwähnt. Er hätte sie als zufällige Passanten abgetan.

Ruhig im herzerwärmenden Sonnenlicht dahinspazierend,

merkte ich, dass ich von dem Gespräch mit Mooiweer ziemlich mitgenommen war. Tatsächlich hatte er alles bagatellisiert: ein Stoß ins Hafenbecken, ach, nichts Besonderes, das kam hier öfter vor, ein Zeitvertreib von Allochthonen, die aus der Moschee kamen. Ein Drohbrief? Ein schönes Beweisstück, ach, das heften wir an das Anzeigeformular. Ein Velomobil, ach, hier hat niemand ein solches überdachtes Liegerad, und deshalb braucht man nach dem Besitzer gar nicht erst zu fahnden. Und wenn man es genau betrachtete, dann war doch alles meine eigene Schuld: zu nah am Kai des Hafenbeckens entlanggegangen; zu leichtsinnig, was die Wahl meiner Tastendrücker betraf.

Ein Mann kam mir entgegen, und weil ich in die recht grelle Sonne sah, konnte ich ihn zunächst nicht erkennen. Doch als er mich im Vorbeigehen fragte: »Na, Herr Pottjewijd, gefällt Ihnen die Stirnlampe?«, dachte ich: O, Gott, der schon wieder.

»Das Ding ist wirklich fabelhaft, Herr Paalvast, unbegreiflich, dass ich mir nicht früher eine solche Lampe zugelegt habe.«

»Jetzt können Sie im Dunkeln nicht nur die Quinten, sondern auch die Koloquinten sauber stimmen.«

»Koloquinten? Wovon reden Sie?«

»Sie sind doch so bibelfest, Herr Pottjewijd, da kennen Sie doch bestimmt auch die Geschichte über die Koloquinten in der Heiligen Schrift, die giftigen Koloquinten im Buch der Könige.«

»Natürlich kenne ich die. Ein Knecht Elisas bereitet daraus eine Suppe zu, und die Tischgenossen rufen, als sie davon essen: ›O Mann Gottes, der Tod im Topf!‹ Aber was hat das mit meiner Arbeit zu tun?«

»Was hat eine Quint mit Ihrer Arbeit zu tun? Die Quint ist doch das wichtigste Intervall in der Musik, nicht? Sie stimmen doch Quinten? Also wilde, falsche Koloquinten …

und eine Witwe, die Suppe kocht … und der Tod, der im Topf lauert …«

»Weit hergeholt, Herr Paalvast, sehr weit hergeholt.« Ich ging schnell weiter, denn IJzerhard machte erneut Anstalten, etwas zu deklamieren.

Bedrückt eilte ich weiter, mich immer wieder umschauend und irgendwie fürchtend, dass mich Paalvast oder jemand anderes verfolgen könnte. Hatte Paalvast mich mit diesen Koloquinten, der Witwe und dem Tod im Topf erneut gewarnt? War er vielleicht doch der Verfasser des Briefs?

Vom Deich aus hatte ich eine wunderbare Sicht auf die Groote Kerk. Nicht mehr lange und ich würde mit meiner Arbeit fertig sein. Eigentlich fehlten nur noch Rückpositiv und Pedal. Das Rückpositiv wollte ich mir, obwohl das nicht üblich ist, bis zum Schluss aufheben, weil ich es eventuell allein erledigen konnte. Schließlich befindet es sich in der Groote Kerk gleich hinter dem Spieltisch, sodass man ein Stück Blei auf die Taste legen und sich dann zum Rückpositiv hinüberbeugen und die entsprechende Pfeife stimmen kann. Anschließend wendet man sich wieder dem Spieltisch zu, legt das Stück Blei auf die nächste Taste und stimmt wieder. Bei kleinen Instrumenten kann man immer auf diese Weise vorgehen. Dann braucht man keinen Tastendrücker und ist mutterseelenallein in der Kirche. Das Stimmen kostet so mehr Zeit, aber es ist angenehm, alles vollständig in der Hand zu haben.

»Wenn du die Anzeige gemacht, komm vorbei, Suppe und Toast essen«, hatte Gracinha gemeint, und so spazierte ich in Richtung Haven. Sei auf der Hut, sagte ich zu mir selbst. Nachher seid ihr noch ein Paar, auch wenn Gracinha dich nicht sexy findet. Dabei weißt du gar nichts über sie. Vielleicht prangt irgendwo auf ihrem Körper ja eine Tätowierung. Nichts in ihrem Wohnzimmer deutet darauf hin, dass sie klassische Musik mag. Und ob sie jemals ein Buch liest? Auch Bücher fehlen in ihrem Wohnzimmer gänzlich. Gewiss, sie sieht fantastisch aus, und sie kann hervorragend kochen. Aber reicht das für eine Beziehung? Hinzu kommt noch, dass sie mich nur deshalb mag, weil ich bei ihrer Tochter so gut ankomme. Wäre das nicht der Fall, dann wäre ich Luft für sie. Und während ich mir all dies durch den Kopf gehen ließ, schlich sich ein anderer Gedanke da hinein: Nehmen wir doch einmal an … nehmen wir doch einmal an … Ja, was denn? Nehmen wir doch einmal an … Herrgottsakrament, jetzt hör bloß auf, was für ein vollkommen absurder Gedanke, ein derart schofler Orgelstimmer mit weniger Sex-Appeal als ein Mistkäfer könnte ein Liebesverhältnis mit einem so bildschönen Wesen eingehen, das nur so strahlt vor Sex-Appeal. Undenkbar, völlig undenkbar. Und das war auch gut so, denn mein ganzes Leben würde sonst auf den Kopf gestellt, alle ungeschriebenen Normen und Werte hinsichtlich des Verkehrs zwischen den Geschlechtern wären geschändet. Nein, ich musste zusehen, dass ich hier wegkam. Notfalls allein noch das Rückpositiv stimmen und dann abreisen. Mit der Mausenase heraus aus dieser Stadt. Mit dem Hundekopf über die Veluwe und durch Drenthe hindurch. Mit dem Blauen Engel nach Scheemda und von dort zu Fuß nach Heiligerlee. Und dann Aufträge annehmen, die mich so weit wie möglich wegführten, weit nach Deutschland hinein, denn dort gab es noch einige Schnitger-Orgeln, die ich noch nie gestimmt hatte. Zum Beispiel die Orgel auf der Watteninsel Pellworm oder das Instrument in Lenzen in der Mark Brandenburg, über die mein Lieblingsschriftsteller Theodor Fontane ein berühmtes dreibändiges Werk geschrieben hat.

Noch einen Toast, noch einen Teller Suppe und dann Schluss aus. Meinen Auftrag allein beenden. Nicht mehr bei ihr zu Abend essen. Und weg von hier, bevor die Furieade ihren Anfang nahm. Was für eine Stadt, kein vernünftiger

Mensch wollte dort jemals wohnen, auch wenn ein Juwel von einer Orgel in der Groote Kerk stand, und als wäre das nicht schon genug, gab es kaum einen Steinwurf weit davon entfernt auch noch eine erstaunlich schöne Seifert-Orgel. Außerdem war das Hafenbecken mit der dahinter emporragenden Groote Kerk überaus malerisch und der Blick vom hohen Seedeich hinunter auf den Noordvliet regelrecht bezaubernd. Aber gut, jede Stadt und jedes Dorf kann sich mit zwei oder drei Orten wie diesen brüsten. Und wie spärlich war hier das Grün. Fast nirgendwo Bäume, nirgendwo ein ordentlicher Park. Zudem kein Konzertsaal, keine Straßenbahnen, kein Theater, nicht einmal ein anständiges Kino. Wohl aber ein zur Moschee umgebauter Gemüseladen und demnächst eine richtige Moschee mit Minaretten, errichtet von einem orthodox-reformierten Bauunternehmer. Dazu unzählige unaufhörlich kreischende Mantelmöwen.

Natürlich misslang auch diesmal der Toast. Sie hatte das Waffeleisen mit den Brotscheiben darin auf den Gasherd gestellt und danach offenbar sofort vergessen. Der Geruch von Verbranntem wallte aus der Küche ins Wohnzimmer, doch selbst da bemerkte sie noch nichts. Ängstlich hielt ich den Mund. Ich wollte mir nicht schon wieder so einen bösen Blick einfangen, begleitet von der Bemerkung, ich solle mich nicht in ihren Kram einmischen. Also wartete ich ruhig ab, und schließlich rief Lanna: »*Mamãe, o sanduíche.*«

Gracinha eilte in die Küche, nahm das Waffeleisen und versuchte, den Toast herauszuholen, der schließlich vollkommen verkohlt herausfiel.

»Warum du mich nicht warnen?«, fuhr sie mich an.

»Wenn ich etwas sage, wirfst du mir einen bösen Blick zu und fauchst, ich soll mich nicht in deinen Kram einmischen.«

»Du mich immer warnen, wenn schiefgeht.«

»Ja, aber ich soll mich doch nicht ...«

»Du dich daran nicht stören, du mich rechtzeitig warnen.«

»Wenn ich dich warne, wirst du wütend.«

»Dir egal sein. Wütend meine Sache, du immer warnen, du drauf pfeifen, wenn ich wütend, Wut bald vorbei, böser Blick auch, du mir sagen: ›Pass auf, der Toast!‹ Du meine Wut aushalten, du immer Pflicht, mich warnen.«

»Mich *zu* warnen.«

»Du aufhören mit Korrigieren, ich gerade genug davon.«

»Ich dachte, du willst besser Niederländisch lernen?«

»Ich immer noch besser Niederländisch als du Portugiesisch. Brot alle, für dich kein neuer Toast. Selber schuld.«

Mir lag schon eine Entgegnung auf der Zunge, doch ich beherrschte mich. Der Mensch ist ein Wesen, das permanent das letzte Wort haben will. Darauf zu verzichten bedeutet Weisheit.

Auflösung

Nach der Suppe ging ich zurück ins Seemannsheim. Die schlaflose Nacht forderte ihren Tribut. Ich war todmüde. Zeit also für einen Powernap.

In der Gaststätte war unerwartet viel los. Im Schankraum saßen laut redende und lachende Menschen. Was ist hier plötzlich los, dachte ich, bis mir einfiel: Das sind bestimmt Besucher der Furieade.

Ich fragte eine kugelrunde Frau: »Sind Sie wegen der Furieade hier?«

»Sie fragen etwas, das offensichtlich ist, schöner Mann.«

»Aber die Furieade fängt doch erst übermorgen an?«

»Dürfen wir nicht schon mal ein wenig die Vorfreude genießen? Ich bin hier geboren und aufgewachsen, und ab und zu finde ich es ganz herrlich, wieder in der Stadt zu sein, der Hafen, die Vliets, 't Hoofd, das Stort, die Bloemhofjes, die Weverskade, Boonersluis, die Wippersmühle, die Schans, in all den Jahren, die es die Furieade gibt, bin ich hier in der Stadt gewesen, und dann schlendere ich wieder durch den Zure Vissteeg und denke: Es gibt doch auf der ganzen Welt keine entzückendere Gasse als diese, vor allem wenn Hochwasser herrscht und Flutbretter eingeschoben wurden. Und ein Stück weiter gibt es den Wijde Slop, der auch ganz wunderbar ist.«

»Und wie findest du den Lijndraaierssteeg? Der ist doch auch ein kleines Juwel«, meinte eine andere Frau.

»Schon, aber dort kann man keine Flutbretter anbringen.«

»Da muss ich dir recht geben.«

»Und die Häuser im Lijndraaierssteeg sind, soweit ich weiß, inzwischen abgerissen.«

»O Mann, bist du da sicher? Wie schlimm.«

Ich schlängelte mich zwischen den Tischen hindurch und war schon an der Tür, die Zugang zu dem Flur mit der Treppe nach oben versprach, als ich, ziemlich weit hinter mir, im Stimmengewirr den archaischen Ausdruck »in der hiesigen Stadt« vernahm. Natürlich schaute ich mich sofort um, konnte aber nicht erkennen, wer das gesagt haben könnte. In dem Raum saßen so viele Menschen, und es herrschte eine derartige Kakophonie von Geräuschen und allerlei Gesprächsfetzen, dass ich den Sprecher dieser vier Worte nicht ausmachen konnte. Aber: Ich hatte sie gehört, und dennoch kam es mir zugleich so vor, als hörte ich Mooiweer väterlich flüstern: »Hast du jemanden ›in der hiesigen Stadt‹ sagen hören? Welchen Schluss willst du daraus ziehen? Dass sich irgendwo inmitten dieser Volksfestbesucher der Mann aufhält, der es nicht leiden will, dass du mit der Witwe Edelenbos umgehst? Ich bitte dich, das kann jeder gewesen sein.«

In meinem abscheulichen Zimmer sank ich in meinen neuen Kleidern aufs Bett. Was mir die ganze Nacht nicht gelungen war, vollzog sich jetzt im Handumdrehen. Ich schlief augenblicklich ein. Und es schien, als würde ich, um mit Psalm 3 zu sprechen, unmittelbar danach erfrischt wieder erwachen. Los, aufstehen, schnauzte ich mich selbst an, du sollst tagsüber nicht schlafen, sonst kannst du den Nachtschlaf erst recht vergessen. Ich schwang meine Beine aus dem Bett, stand auf und knallte unsanft aufs schmuddelige Linoleum. Ich war so verdattert, dass es einen Moment dauerte, bis ich begriff, warum es zu diesem seltsamen Sturz gekommen war. Meine Schnürsenkel hatten sich verheddert, sodass meine Füße aneinandergefesselt waren. Ich versuchte, die

Schnürsenkel zu entwirren, und sah erst jetzt, was der wirkliche Grund war: Die Schnürsenkel waren gelöst und miteinander verknotet worden, und zwar so gut, dass es mir nicht gleich gelang, sie wieder aufzuknoten. Während ich, zunächst erfolglos, versuchte, den Knoten aufzumachen, dämmerte mir allmählich, dass jemand in mein Zimmer eingedrungen sein musste, dieweil ich schlief. Er hatte die Schnürsenkel links und recht gelöst und dann miteinander verknotet. Für einen kurzen Moment geriet ich in Panik. Grundgütiger, es war jemand in mein Zimmer eingebrochen, während ich schlief. Er hätte mir wer weiß was antun können. Dass dies hatte geschehen können und ich davon nichts bemerkt hatte, war wahnsinnig beängstigend. So tief war mein Schlaf doch nicht gewesen? Ich schlafe nie tief, schon eine summende Mücke lässt mich hochfahren. Und jetzt? So ein Powernap konnte manchmal die Form einer Bewusstlosigkeit annehmen, das wusste ich nur allzu gut. Dennoch – die Schnürsenkel lösen, das war keine Kleinigkeit. Wie seltsam, dass ich davon nichts bemerkt hatte. Merkwürdig war auch, dass dieses kleine Attentat, dieses verspielte Lösen und Verknoten der Schnürsenkel mir so enorm an die Nerven ging. Es war beinahe so, als wäre dieser Streich schockierender als der Stoß ins Hafenbecken. Der war immerhin nicht so klammheimlich ausgeführt worden, den hatte ich sofort bemerkt und einigermaßen adäquat reagieren können. Aber dies – diese Hinterlist, diese klammheimliche Aktion, zudem in einem Zimmer, wo ich glaubte, auf jeden Fall sicher zu sein. Natürlich war es dämlich gewesen, die Zimmertür nicht abzuschließen, aber ich war hundemüde hereingetorkelt und hatte mich in einer einzigen fließenden Bewegung aufs Bett fallen lassen.

Ich merkte, dass ich zitterte, dass ich wirklich von der Rolle war. Groninger Nüchternheit, sagte ich mir, mobilisiere deine Groninger Nüchternheit. Schließlich ist ja nichts passiert. Die Schnürsenkel miteinander verknotet, worüber regst du dich auf? Der Eindringling hatte ausführlich Gelegenheit gehabt, mir etwas Schreckliches anzutun, aber er hatte, gleichsam um mich zu ärgern oder zu warnen, nur meine Schnürsenkel angerührt. Dennoch gefiel es mir nicht, dass etwas Derartiges hatte vorfallen können. War es jemand gewesen, der von außen kam, oder doch der mürrische Wirt, der mich vorhin mit der kugelrunden Frau hatte reden sehen? Und war es vielleicht derjenige gewesen, der den Ausdruck »in der hiesigen Stadt« benutzt hatte? Ach nein, das war unmöglich, das erschien mir ausgeschlossen. So eine hoffnungslos beleidigte und verbitterte Person konnte doch nicht heimlich verliebt sein in unsere Liebe-Frau-vom-Waffeleisen? Oder war er gerade deshalb so mürrisch und verbittert geworden, weil ihm klar war, dass er bei Gracinha keine Chance hatte? Ich traute ihm durchaus zu, mir einen Stoß zu versetzen, ins Hafenbecken hinein. Aber dies? Die Schnürsenkel verknoten? Das schien mir eher eine erneute Warnung zu sein, ein subtiles Äquivalent zum Drohbrief. Auf die Idee musste man erst einmal kommen. Wenn ich jemandem Ärger machen oder ihm Angst einjagen wollte, dann fiele es mir niemals ein, seine Schnürsenkel im Schlaf zu verknoten. Was ich stattdessen tun würde, wusste ich gerade auf die Schnelle nicht, aber so etwas – nein, völlig ausgeschlossen.

Schließlich gelang es mir, die verknoteten Schnürsenkel aufzudröseln. Ich band zwei zierliche Schleifen und konnte wieder stehen und gehen. Ich hörte die Turmuhr der Groote Kerk vier Uhr schlagen. So spät schon? Dann hatte ich ja doch recht lange geschlafen. Wenn ich jetzt sofort zum Bahnhof rannte, konnte ich den Zug um zwanzig nach vier nach Rotterdam noch erreichen und dort in den Zug nach Groningen umsteigen. Bis nach Heiligerlee würde ich es so vermutlich noch schaffen, und zur Not nähme ich mir für das letzte Stück ein Taxi. Anschließend würde ich ruhig schlafen in meinem eigenen Bett, frei von Sorgen, nein, mehr noch: frei von der lähmenden Angst vor demjenigen, der es auf mich abgesehen hatte.

Ich raffte meine Sachen zusammen, wobei mir meine Kleider einfielen, die noch irgendwo in Gracinhas Wohnung lagen. Was hatte sie damit gemacht? Sie gewaschen? Die mussten auf jeden Fall mit. Nun, ich konnte bei ihr vorbeigehen, das Haus lag auf meinem Weg, ich konnte um meine Sachen bitten und mich bei der Gelegenheit auch gleich von ihr verabschieden. Notfalls fuhr ich einen Zug später. Doch was war mit meiner Arbeit? Es ging mir doch bestimmt gegen die Ehre, mitten in einem Stimmauftrag das Weite zu suchen? So etwas hatte ich noch nie getan. Nein, aber man hatte mir auch noch nie nach dem Leben getrachtet. Trachtet man mir denn hier nach dem Leben? Die Schnürsenkel zu verknoten war bestimmt kein Mordanschlag. Ein Stoß ins Hafenbecken möglicherweise schon, oder war der auch nur als Aufforderung gemeint: »Hau ab«?

Weg musste ich, ich hielt es nicht länger aus. Das hier ging zu weit, sodass ich meine Arbeit im Stich lassen durfte, es galten mildernde Umstände. Und was war mit der fantastischen Garrels-Orgel? Einem solchen Instrument gegenüber stand ich doch in der Pflicht, meine Arbeit ordnungsgemäß abzuschließen? Schließlich hatte ich nur selten ein so überragendes Instrument stimmen dürfen, und wenn ich mich nun mitten in der Arbeit aus dem Staub machte, würde irgend so ein Pfuscher daherkommen und die restlichen Pfeifen stimmen. Mit Lanna auf der Orgelbank und ihrer Mutter in den Kulissen, um sie zu beschützen.

Nein, das Hasenpanier ergreifen, das ging nicht. Dann also doch bleiben? Ich sank wieder zurück aufs Bett. Wenn ich einfach abhaute, würde das Mutter und Tochter betrüben, dessen war ich mir sicher, obwohl Gracinha bestimmt auch Verständnis dafür hätte, dass ich Reißaus nahm. Bei

Lanna war ich mir nicht so sicher. Wie konnte ich erfahren, was in ihr vorging?

Nachher noch ein paar Stunden stimmen, morgen früh wieder und morgen Abend ebenfalls ein paar Stunden, dann Freitagmorgen in aller Frühe noch einmal, so wäre die Arbeit bestimmt erledigt. Und ich könnte am Freitagmittag, noch ehe die aufsehenerregende Furieade losging, nach Hause. Nun denn. Allerdings hatte mein Gefährder dann noch allerlei Gelegenheit zuzuschlagen. Dass man unter solchen Umständen stimmen musste – unerhört war das und beispiellos. Und jedweden Kontakt mit Gracinha und ihrer Tochter Knall auf Fall beenden, das schien mir ausgeschlossen. Jedoch musste ich dann in den zwei verbleibenden Tagen damit rechnen, noch ein paarmal attackiert zu werden. Was für miese Aussichten! Es entsprach nicht meinem Wesen, solchen Bedrohungen entschlossen entgegenzutreten. War ich also feige, ein Angsthase, ein Schisser? Oder wäre jeder fix und fertig, wenn ihm etwas Derartiges widerführe? Was würden Unerschrockene tun? Eine List ersinnen? Eine Falle stellen? Doch welche Falle konnte ich dem Gefährder stellen? Ich hatte keine Ahnung.

Ich erhob mich, verließ das Zimmer, stieg die Treppe hinunter, ging durch den Schankraum und stand im nächsten Moment auf der Straße. Wie von selbst, ohne dass ich eine bewusste Entscheidung getroffen hätte, machten sich meine Beine auf in Richtung Havenkade. Wo gehe ich hin, dachte ich. Waren meine Beine auf dem Weg zu Gracinha? Zu wem sonst? Sie war meine einzige Vertrauensperson, meine einzige Stütze in diesem Hafenstädtchen.

Offenbar hatte sie mich erwartet, denn sie war nicht verwundert, als sie mir die Tür öffnete. »Du wieder stimmen«, begrüßte sie mich, »wenn Wahnsinnslärm von Schiffswerft vorbei?«

»Ja, aber ich komme zur Not auch alleine klar.«

»O, nein, Lanna möchte so gerne helfen. Du mit ihr zur Kirche, ich einkaufen, später Essen machen, du und Lanna hierhin kommen.«

Sie vertraut mir ihre Tochter an, dachte ich, das ist ziemlich unglaublich. Also ging ich kurze Zeit später mit Lanna zur Kirche. Das goldene Licht der Oktobersonne, die bereits recht tief über dem Fluss stand, verwandelte den Hafen mit all seinen Schiffen in eine feenartige Opernkulisse. Unterwegs war ich auf der Hut, nur für den Fall, dass uns jemand begegnete, wobei ich zwischendurch auch dachte: »Und ob ich schon wanderte im finsteren Tal, fürchte ich kein Unglück; denn du bist bei mir, dein Stecken und dein Stab trösten mich. Du bereitest vor mir einen Tisch im Angesicht meiner Feinde«, und ich wunderte mich, dass die Worte aus Psalm 23 mich einigermaßen aufmunterten, weshalb ich dann auch ein paar Verse aus meinem anderen Lieblingspsalm, Psalm 91, murmelte: »Er wird dich mit seinen Fittichen decken, und deine Zuversicht wird sein unter seinen Flügeln.« Wenn man so viel Gottvertrauen hat, dass man dies wirklich glaubt, dachte ich, dann fährt man wie sein Vertreter auf Erden in einem kugelsicheren Papamobil herum. So viel Gottvertrauen bekam ich leider nicht zusammen, ein kugelsicheres Auto hätte mir also durchaus gefallen.

Doch auch ohne ein solches Fahrzeug kamen wir wohlbehalten in der Kirche an, und es gelang mir, wieder einen großen Teil meines Stimmprogramms abzuarbeiten. Auf dem Rückweg zu Gracinhas Wohnung wurde uns ebenfalls nicht der kleinste Stein in den Weg gelegt, obwohl bereits eine Menge Furieadebesucher durch die Hoogstraat und über die Havenkade flanierten. Ich fand das angenehm, so viele Menschen. Wenn tatsächlich etwas passieren sollte, wären sogleich Hilfstruppen zur Hand, um mich zu befreien.

Während des Essens – natürlich erneut ein kleines Wunder; was für ein Glückspilz war dieser Kapitän Edelenbos doch gewesen, mit einer Frau, die so gut kochen konnte – brachte ich es nicht über mich, Gracinha zu erzählen, dass mein Gefährder meine Schnürsenkel miteinander verknotet hatte, während ich schlief. Komischerweise fürchtete ich vor allem, in Tränen auszubrechen, während ich ihr von dem Vorfall berichtete. Und das, obwohl man das Ganze kaum als Anschlag bezeichnen konnte, allerhöchstens als Streich. Warum nahm ich dieses ganze Theater nicht etwas gelassener? Das Leben würde ich dabei wohl nicht verlieren, und sobald ich wieder zu Hause in Heiligerlee war, würde ich von ganz allein wieder zur Ruhe kommen und nach einiger Zeit vielleicht sogar denken: Es hat durchaus seinen Reiz, bedroht zu werden. Die Gefahr hat mein Leben dort in diesem schmierigen, ernsthaft verdreckten Winkel der Niederlande auf jeden Fall weniger eintönig und fad gemacht, als es sonst ist.

J. Worp

Diesmal vergaß ich nicht, die Tür zu meinem Zimmer abzuschließen. Ich dachte aber mittlerweile auch: Es ist sehr unwahrscheinlich, dass jemand von außerhalb meine Schnürsenkel verknotet hat. Eher muss es einer aus dem Seemannsheim gewesen sein. Und wer, wenn nicht der mürrische Inhaber dieses seltsamen Etablissements, kommt dafür infrage? Steckt er dahinter, so hat er natürlich auch einen Zweitschlüssel für meine Zimmertür und kann in der Nacht jederzeit hier eindringen. Nichts konnte ich dagegen tun, und so legte ich mich ins Bett, wo grässliche Vorahnungen mir den Schlaf raubten. Irgendwann schlummerte ich dennoch ein, doch der Schlummer verwandelte sich nicht in wirklichen Schlaf. Ich blieb in einem zwielichtigen Bereich zwischen Dösen und Wachen, der mit biblischen Nachtvisionen und unzusammenhängenden, wirren Träumen gefüllt war, in denen Koloquinten zwischen den Haferhalmen im Johannes Kerkhovenpolder hervorlugten.

Je weiter die Zeit fortschritt, umso furchterregender wurden diese Trugbilder. Ich lag also auf dieser stinkenden, durchhängenden Matratze, und schließlich kam der Punkt, an dem ich – noch im Halbschlaf und in meinem Traum nach einer Koloquinte tretend – zitternd aus dem Schlaf fuhr. Ich zog mich an. Hier kann ich nicht noch eine Nacht verbringen, ich muss mich nach einer neuen Unterkunft umsehen, dachte ich. Also verließ ich das Zimmer, schlich durch den Flur, stieg äußerst behutsam die Treppe hinunter, durchquerte den Schankraum und gelangte in den Eingangsbereich. Zum Glück konnte ich die Außentür von innen problemlos öffnen, und so trat ich hinaus auf die Wip und zog die Tür hinter mir so leise wie möglich zu. Draußen war es kühl, windstill und sehr dunkel. Kein Stern war zu sehen, und der kohlrabenschwarze Himmel gab mir das Gefühl, es könnte jeden Moment zu regnen beginnen. Ich durchquerte die Hoogstraat und ging zur Schansbrug hinunter. Es war kein Mensch auf der Straße. Ringsum herrschte Totenstille. Eine perfekte Nacht, um mit der Stirnlampe auf dem Kopf an die Arbeit zu gehen, dachte ich. Wenn ich jetzt mit dem Rückpositiv beginne, kann ich damit, auch wenn es etwas langsamer vorwärtsgeht als mit dem Fräulein Edelenbos auf der Orgelbank, schon recht weit sein, bevor nachher die Schiffswerft De Haas mit ihrem gewaltigen Lärm jede Möglichkeit zu stimmen zunichtemacht.

Als ich am Laden von Smitje de Smit vorbeikam, verfluchte ich leise IJzerhard Paalvast, der meine Stimmaktivitäten durch den Missbrauch von etwas derartig Unschuldigem wie einer Quinte mit den Koloquinten aus der Bibel verknüpft und damit, wie meine Träume zeigten, uralte Ängste in mir wachgerufen hatte. Als Kind hatte ich ständig in der Bibel gelesen und dabei die Aufzählungen der Tiere, die man nicht essen durfte, in mich aufgesogen; darunter waren bekannte Tiere wie der Hase und das Kaninchen, aber auch unbekannte wie die Rohrdommel. Schön und gut, dass man die nicht essen durfte, aber wenn man gar nicht wusste, wie eine Rohrdommel aussieht, dann konnte die auf dem eigenen Teller landen und man vergriff sich ahnungslos an einem verbotenen Vogel. Und dann? Dann wäre der Tod im Topf, und Mehl könnte einen nicht retten. Gut, tagsüber konnte man darüber lachen, doch nachts lieferte diese Geschichte besten Stoff für einen Albtraum. Um mich selbst ein wenig aufzumuntern, deklamierte ich leise die Fortsetzung des Textes, Levitikus 11, Vers 22, in dem die Tiere genannt werden, die man essen darf: »... und Solam mit seiner Art und Hargol mit seiner Art und Hagab mit seiner Art.«

Mit dem Schlüssel zum Seiteneingang, den mir der Küster geliehen hatte, verschaffte ich mir Zugang zur Kirche. Sorgfältig schloss ich die Tür hinter mir. Jemand aus dem Seemannsheim konnte mich jetzt auf jeden Fall nicht mehr bedrohen. Der Einzige, von dem ich nun möglicherweise noch etwas zu befürchten hatte, war der Küster der Groote Kerk, doch wenn er mein Gefährder war, konnte ich mir nicht erklären, wie er in der Lage gewesen sein sollte, meine Schnürsenkel zu verknoten. Dazu hätte er sehen müssen, wie ich ins Seemannsheim gegangen war. Und selbst dann stellte sich immer noch die Frage: Wie hatte er in Erfahrung bringen können, dass er unbemerkt ins Zimmer eindringen konnte, weil ich tief und fest schlief? Das galt im Übrigen auch für alle anderen Eindringlinge.

Mein Gott, wie dunkel es in der Kirche war. Ein wenig beleuchtet vom durch die Fenster fallenden schwachen Schein einiger Straßenlaternen draußen und der Lupine Piko Smartcore auf meinem Kopf durchschritt ich, halb auf Gefühl, das Kirchenschiff und begab mich, die Tür unter der Orgelempore benutzend, in den großen Raum, aus dem die Treppe hinauf zur Orgel führte. Auch dort war es fürchterlich dunkel. Von draußen fiel kaum Licht nach drinnen, und so stieg ich, mich mehr oder weniger vorwärtstastend und im Schein der nicht genug zu lobenden Piko, die Treppe zur Empore hinauf. Bei der Orgelbank angekommen, konnte ich dort zum Glück eine Lampe einschalten. Ich setzte den Motor des Gebläses in Gang, öffnete das Rückpositiv und machte mich an die Arbeit. Elf Register hatte das Rückpositiv, ich hatte also noch einiges vor mir. Ich fing mit dem Oktav 4' an, das, wie sich zeigte, kaum verstimmt war. So hatte ich nicht viel Arbeit damit, und auch die beiden Prästant (Prästant 16' und

Prästant 8') machten wenig Probleme. Hin und wieder hörte ich die Turmuhr schlagen: ein Uhr, halb zwei, zwei Uhr, halb drei, drei Uhr. Wie angenehm, dort in der tiefen nächtlichen Stille ohne jede Eile vor mich hin zu stimmen. Gewiss, es war um einiges unbequemer, wenn man allein war, man musste jedes Mal den Bleistab verschieben, und von den schwarzen Tasten rutscht das Ding lästigerweise oft herunter. Wenn man lange Arme und ein langes Stimmeisen hat, kann man eventuell auch mit einer Hand stimmen und mit einem Finger der anderen Hand gleichzeitig die Taste drücken, und vielleicht wäre mir das, wenn ich gewollt hätte, auch gelungen (denn mein Stimmeisen war lang genug), doch ich stehe nicht auf diese Art von Akrobatik, auch wenn ich manchmal bei schwarzen Tasten darauf zurückgreifen musste. Also pendelte ich zwischen Klaviatur und Rückpositiv hin und her, ein wenig umständlich, aber letztendlich doch einigermaßen machbar. Dass ich dabei meine Piko an der Stirn trug, war wahrlich ein Gottesgeschenk. Ich konnte mir schon fast nicht mehr vorstellen, dass ich all die Jahre ohne Stirnlampe gestimmt hatte.

Mitten in der 8'-Hohlpfeife – ich hob gerade den Bleistab von einem As – war mir, als hörte ich von unten ein kümmerliches Geräusch. Eine Art Flüstern, ein Atemzug, obwohl man einen Atemzug irgendwo dort unten auf der Orgelempore natürlich nicht gehört hätte. Schon mein ganzes Leben leide ich darunter, dass ich so ein schrecklich scharfes Gehör habe und deswegen alle Geräusche vernehme, selbst den geringsten Laut, bis hin zum Auffliegen eines Grauschnäppers. Die höchsten Töne registriere ich nicht mehr, und auch den Feldschwirl höre ich weniger gut, doch das beinahe lautlose Geräusch, das von unten kam, entging mir nicht. Es konnte sich um das Getrippel einer Maus handeln oder auch um etwas vollkommen anderes, den Flug einer kleinen Fledermaus zum Beispiel, obwohl man den angeblich nicht hören kann. Nein, das hörte sich anders an, und es war auch keine über den Steinboden huschende Ratte. Was aber hatte ich dann gehört?

Ich legte den Bleistab auf die tiefste Taste der Hohlpfeife. Ein dumpfes, leises Brummen erfüllte den Raum. Dann nahm ich ihn wieder herunter und legte ihn auf die tiefste Taste der Rohrflöte. Ein noch dünnerer tiefer Brummton klang wie der Basston einer kurzatmigen Rohrdommel durch die Kirche. Ein Brummton, der gerade eben noch Raum für andere Geräusche ließ, und die hörte ich auch: Da schlich jemand durch die Kirche, dessen war ich mir nun recht sicher. Ich erstarrte. Wer war dort unten? Wie war er überhaupt in die Kirche gekommen? Wer alles hatte einen Schlüssel? Aus Erfahrung weiß ich, dass in allen Gemeinden, vor allem in den Niederlanden (in Deutschland ist man bei der Schlüsselvergabe in der Regel sehr viel zurückhaltender), immer eine ganze Reihe von Gemeindemitgliedern über einen Schlüssel zum Kirchengebäude verfügen, in dem sie am Gottesdienst teilnehmen: die Vorsitzenden des Kirchenrats, Organisten, deren Schüler, Putzpersonal und zudem noch allerlei andere Personen mit vager Funktion, denen es im Laufe der Zeit gelungen ist, einen Schlüssel in ihren Besitz zu bringen. Auch hier konnte also irgendein willkürliches Mitglied der Gemeinde einfach die Groote Kerk betreten. Dennoch hielt ich es für äußerst unwahrscheinlich, dass dies in dem Moment der Fall war. Wahrscheinlicher schien doch, dass der Küster selbst dort unten durch die Kirche schlich. Wer sollte es sonst sein um diese Zeit? Undeutlich erinnerte ich mich daran, dass er gesagt hatte, auch die Putzfrau verfüge über einen Schlüssel. Na, die würde es wohl nicht sein, mitten in der Nacht. Die hatte vermutlich andere Arbeitszeiten. (Im Übrigen ist es oft genug vorgekommen, dass – während ich die Orgel stimmte – eine Putzfrau anfing staubzusaugen. Und jedes Mal war sie verwundert, wenn ich demütig bat: »Entschuldigung, aber könnten Sie das auf ein andermal verschieben?«)

Ich legte den Bleistab auf die nächste Taste, damit der Eindringling glaubte, ich führe mit meiner Arbeit fort. Es klang so, als sei er inzwischen an der Tür zur Orgelempore angekommen. Kein Zweifel, er war auf dem Weg zu mir. Ich fühlte, wie meine Hände klebrig wurden. Auch stand mir plötzlich der Schweiß auf dem Rücken. »Nicht ängstlich sein«, flüsterte ich, »Angst lähmt. Es gibt keinen Grund zur Panik. Wenn dieser Schleicher die Treppe heraufkommt, kann ich ihn immer noch hinunterschubsen, denn solange er nicht oben ist, stehe ich über ihm.« Ja, das konnte ich, es sei denn, der Eindringling, Infiltrant, Mistkerl, Schweinehund hatte eine Waffe. Dann könnte er mich, sobald ich oben an der Treppe auftauchte, niederschießen. Doch so einfach ist das nicht, fiel mir blitzartig ein, mit dem Zielen im Dunkeln. Dass ich es genossen habe, als Wehrpflichtiger sowohl mit einer einfachen Pistole als auch mit einer Uzi Schießübungen durchzuführen, kann ich nicht behaupten. Wohl aber habe ich gelernt, wie verdammt schwierig es ist, mit einer Pistole zu treffen – selbst dann, wenn man von dem anvisierten Ziel nur drei Meter entfernt steht. Eine Pistole muss man mit beiden Händen unglaublich gut festhalten, denn der Rückschlag im Moment des Abfeuerns ist ebenso unerwartet wie heftig – die Pistole schnellt nach oben (so wie ein Gartenschlauch, aus dem plötzlich das Wasser herausschießt), und die Kugel fliegt hoch über das Ziel hinweg, das man treffen wollte. Wenn also jemand mit einer Pistole vor einem steht und den Abzug betätigt, hat man gute Chancen zu überleben. Bei einer Uzi ist das anders, die liegt besser in der Hand. Schießt man damit, fliegt die Kugel auch über das Ziel hinweg, doch wenn man den Abzug gedrückt hält, dann kommt eine Kugel nach der anderen aus dem Lauf, und wie mit einem Gartenschlauch kann man immer tiefer zielen, bis man getroffen hat. Nun, so viel war sicher: Derjenige, der da in der gefährlichen Finsternis der Kirche auf mich zuschlich, besaß wohl keine Uzi. Selbst eine Pistole hielt ich für ziemlich unwahrscheinlich. Trotzdem machte ich mir fast in die Hosen.

Wenn der Kerl die Treppe heraufkommt, dachte ich, dann muss ich plötzlich und unerwartet zur Stelle sein und ihm einen bleischweren Gegenstand an den Kopf schleudern, sodass er das Gleichgewicht verliert und die enge Treppe direkt wieder hinunterstürzt. Doch welchen bleischweren Gegenstand hatte ich zur Verfügung, um ihn in die Flucht zu schlagen? Auf der Empore lagen ein paar Bände mit den Orgelwerken von Bach (es gibt sie im Verlag Peters in großem und weniger großem Format, und dort lagen die großen Peters-Bände). Allerdings hatte sich deren Bindung bereits gelöst, sodass sie sich auf dem Weg nach unten in lose Blätter verwandeln würden, die nach unten flattern würden, ohne nennenswerten Schaden anzurichten. Hinzu kommt natürlich noch, dass man mit den Werken Bachs nicht wirft. Außerdem lag da noch, so wie überall in den Niederlanden, wo ich gestimmt hatte, eine riesige schwarze Ausgabe der Psalmen von J. Worp. Erneut legte ich den Bleistab auf eine andere Taste, nahm das Psalmenbuch und schlich so leise wie möglich dorthin, wo die Treppe nach unten führte.

Dann fiel mir plötzlich ein: Was aber, wenn das überhaupt nicht mein Gefährder ist, sondern ein neugieriger Idiot oder der Küster oder seine Frau oder wer auch immer, der da die Treppe heraufkommt (denn das konnte ich hören, so weit war der Eindringling bereits vorgedrungen)? Was, wenn einer von ihnen nun dank eines gezielten Wurfs mit J. Worp das Gleichgewicht verlöre und die Treppe hinunterstürzte und sich dabei zum Beispiel einen Arm oder ein Bein bräche oder schlimmstenfalls zu Tode käme? Was dann? Dann wartet das Kittchen auf mich, wenn nicht wegen Totschlags, so doch wegen schwerer Körperverletzung. Oder würde der

Richter berücksichtigen, dass meine Nerven durch die Dinge, die ich in den letzten Tagen über mich hatte ergehen lassen müssen, aufs Äußerste gespannt waren? Unmöglich, das hier und jetzt zu sagen, aber die Angst, ich könnte mit J. Worp einen Unschuldigen treffen, verunsicherte mich. Bevor ich Worp werfen konnte, musste ich sicher wissen, dass es mein Gefährder war, der da die Treppe heraufkam. Wer konnte es anderes sein, mitten in der Nacht? Andererseits hatte ich mich sogar schon in Hamburg, gegen Mitternacht stimmend, mit einem neugierigen Deutschen herumschlagen müssen, der in die Kirche eingedrungen war, weil er den Klang einer Orgel gehört hatte. Ähnliches hört man auch ständig von Organisten. Wenn sie üben, und sei es mitten in der Nacht, dann ist es fast unvermeidlich, dass Neugierige in die Kirche kommen, oft sogar eifrige Zuhörer. Wo sie herkommen, bleibt ein Rätsel, aber sie tauchen auf. Und das, obwohl Hörer eine Orgel wegzappen, wenn sie im Radio spielt.

Mit J. Worp im Anschlag schlich ich zum Treppenabsatz. Als ich den Mann erblickte, der die Stufen so vorsichtig wie möglich hinaufkroch, verflogen sogleich all meine Zweifel. Die Gestalt auf der Treppe trug eine Sturmhaube. »Siehst du, Mooiweer, ich habe mich nicht geirrt!«, hätte ich da gerne gebrüllt, doch das wäre natürlich nicht sehr schlau gewesen.

Der Mann mit der Mütze sah mich im selben Moment, in dem ich ihn sah. Er erstarrte. Totenstill stand er da, und Himmelherrgottsakrament, er richtete tatsächlich eine Pistole auf mich. Ich konnte sie genau erkennen, weil das Licht einer Laterne von draußen auf die Orgelempore fiel und meine Augen inzwischen auch an die Dunkelheit gewöhnt waren. Wenn er schießt, dachte ich, dann muss er wahnsinnig viel Glück haben, um mich zu treffen. Trotzdem schien es, als hätte mich der Anblick der Pistole gelähmt. Dann aber dachte ich: Bestimmt ist es keine echte Pistole, sondern nur eine Schreckschusspistole, erworben beim legendären Smitje de Smit.

Jetzt war der Moment gekommen, um Worp zu werfen. Warum zögerte ich noch? Weil ich fürchtete, J. Worp könnte an meinem Gefährder vorbeifliegen? Obwohl ich erstaunlich gut treffen kann? Schon als kleines Kind war ich sehr gut darin, und diese vollkommen nutzlose Fertigkeit hatte ich im Laufe meines Lebens niemals verloren – jetzt endlich würde sie mir einmal zustattenkommen. Und dennoch zögerte ich.

Mein Gefährder zielte mit der Pistole. Er hielt sie – Anfängerfehler – mit nur einer Hand. Wenn er schoss, würde sich die Kugel wahrscheinlich über meinem Kopf in die Decke bohren. Trotzdem hatte ich Angst. Todesangst sogar. Mit einer einzigen Pistole, so hat Mark Twain geschrieben, könne ein Mann eine ganze Menschenmenge im Zaum halten. Und ich war keine Menschenmenge, sondern ein schwitzender Sterblicher, ein renommierter Angsthase, ein langweiliger Nachtstimmer ohne Sex-Appeal, der so etwas noch nie erlebt und noch nie eine Pistole auf sich gerichtet gesehen hatte. J. Worp zitterte immer heftiger in meiner Hand. Der Schurke, dachte ich, der wird doch wohl irgendwas sagen, bevor er schießt? Zum Beispiel: »Weg mit dem dicken Buch.« Darauf wartete ich also. Ein solcher Befehl kam aber nicht, und weil er nicht kam und weil doch irgendwas passieren musste, schleuderte ich J. Worp plötzlich in die Richtung meines Gegners. Der schoss im selben Moment. Was für ein unglaublicher Knall! Er hallte im klaustrophobischen Kirchenraum wider, es war fast, als kletterte er hinauf zu den Gewölben und wieder zurück, um denselben Weg dann noch einmal zurückzulegen. Er ging durch die gesamte Kirche, der Knall, und ich war sogleich ziemlich sicher, dass keine Kugel aus der Pistole gekommen war, denn dann hätte ich ja doch den Einschlag hören oder selbst getroffen werden müssen, was nicht der Fall war. Während der Knall sich ausbreitete, war J. Worp auf dem Weg nach unten, und der gewaltige Schinken mit den unglaublichen, sterbenslangweiligen Vorspielen zu den einhundertfünfzig gereimten Psalmen schlug ein wie eine Bombe. J. Worp traf den Eindringling mitten ins Gesicht, und weil der gerade geschossen hatte und deshalb offenbar nicht sicher auf den Beinen stand, verlor er das Gleichgewicht und stürzte die Treppe hinunter. Im Nachhinein bin ich froh, dass er sich noch recht weit unten auf der Treppe befunden hatte, denn dadurch landete er nicht ganz so hart auf dem Fußboden. Dennoch blieb er liegen. Was nun, dachte ich. Muss ich jetzt runter und schauen, wie es ihm geht? Und was, wenn das nur eine Falle ist? Wenn ihm nichts fehlt und er mich angreift, sobald ich mich über ihn beuge? Ich blieb also oben an der Treppe stehen und wartete ruhig ab, was passieren würde. Was ich unten hörte, war eine Art seltsames, recht leises, ziemliches elendes Stöhnen. Ich stand da, lauschte und dachte: Wie kann das sein? Man könnte fast meinen, dort liegt ein Kind und stöhnt. Ich ging zurück zur Orgelbank, entfernte den Bleistab von der Taste und stellte den Gebläsemotor ab.

Ein Krankenwagen

Noch immer auf dem Quivive, also äußerst behutsam und mich gut an dem schönen Geländer festhaltend, stieg ich die schmale, lange Treppe hinunter. Unten war noch immer das jämmerliche Stöhnen zu hören. Ich traute dem Braten nicht. So stöhnt kein Mann, dachte ich, so jammert ein Kind oder eine Frau. Dort angekommen, schob ich zunächst mit dem Stimmeisen die Pistole, die gleich neben meinem Gefährder auf dem Boden lag, so weit wie möglich von dem Verletzten weg. Anschließend beugte ich mich vorsichtig über das Opfer von J. Worp. Blut sah ich zum Glück nirgends, vielleicht war es also gar nicht so schlimm. Das hoffte ich jedenfalls.

»Sind Sie sehr verletzt?«, fragte ich.

Ich bekam keine Antwort. Das Stöhnen hörte nicht auf; ich stand da und fragte mich, was ich tun sollte. Hilfe holen? Dem Küster Bescheid sagen? Der schlief wahrscheinlich noch. Draußen herrschte nach wie vor Dunkelheit, es war also noch früh am Morgen und das grauenerregende Geräusch der Dampfpfeife vorläufig nicht zu erwarten. So früh es auch sein mochte, irgendwas musste passieren, Hilfe musste herbeigezaubert werden. Doch wie in Gottes Namen? Und woher?

Ich kniete mich neben meinen mit einer schwarzen Hose und einer ebensolchen Jacke bekleideten Gefährder und fragte noch einmal: »Sind Sie sehr verletzt?«

»Es tut sehr weh. Bein gebrochen, denke ich«, flüsterte er.

»Dann muss ein Krankenwagen kommen, aber die Frage ist, wo kriegen wir den her?«

»Geh in die Hoogstraat. Bäcker Don ist da schon bei der Arbeit. Du darfst bestimmt kurz telefonieren. Der Bäcker weiß auch, welche Nummer du anrufen musst, oder kann sie für dich raussuchen.«

»Gut«, sagte ich, »mach ich. Es tut mir schrecklich leid, dass ich dir dies angetan habe. Ich hätte es gern vermieden, aber ich hatte große Angst ...«

»Du musst dich nicht entschuldigen. Es ist alles meine Schuld und Blödheit. Ich hätte dir nicht folgen dürfen. Aber ... aber ... Geh jetzt und ruf an. Wenn du wiederkommst, erzähle ich dir alles.«

Gleichsam die letzten Worte begleitend, zog mein Gefährder an der Sturmmütze. Die ließ sich nicht einfach so entfernen, sodass mein Gefährder sagte: »Hilf mir, bitte.«

Obwohl mir das widerstrebte und ich es – was ich bis heute nicht verstehe – in dem Moment lieber im Ungewissen gelassen hätte, wer mein Gefährder war (während ich doch vorher unbedingt herausfinden wollte, wer es auf mich abgesehen hatte), packte ich die Sturmmütze und zog sie dem stöhnenden Häufchen Elend langsam vom Kopf. Zuerst kam ein kräftiger Hals zum Vorschein, dann ein Mund mit vollen, breiten Lippen, danach eine kräftige Nase und dann die Augen. Sobald ich die Augen sah, meinte ich zu wissen, wer dort lag. Aber es war noch dunkel, ungeachtet meiner immer noch leuchtenden Piko. Außerdem konnte ich nicht glauben, was doch, als die Mütze schließlich entfernt war, unwiderlegbar schien. Und so dauerte es eine Weile, bis ich mir, diverse Grade äußerster Verwunderung durchlebend, an diesem denkwürdigen Oktobermorgen die Schlussfolgerung erlaubte, dass die Person, die dort lag, niemand anderes war als Sjaan aus dem Seemannsheim.

»Sjaan, Sie?«, fragte ich. »Haben Sie mich ins Hafenbecken geschubst?«

Sjaan nickte. »Geh und ruf an«, sagte sie. »Dann komm wieder, und ich werde dir alles erzählen.«

Ich stand auf, durchquerte das Kirchenschiff und gelangte zu dem kleinen Seiteneingang, zu dem ich den Schlüssel hatte, um kurz darauf hinaus auf die Straße zu treten.

»Unglaublich«, murmelte ich auf dem Weg zum Bäcker immer wieder. »Unglaublich. Was für ein saublöder Idiot ich doch bin, dass ich ganz selbstverständlich davon ausgegangen bin, von einem Mann bedroht zu werden, obwohl Frauen – und das wusste ich doch – sich ganz leicht und sehr verzweifelt in andere Frauen verlieben können. Obendrein war allmählich klar gewesen: Mein Gefährder musste aus dem Seemannsheim kommen. Und ich habe immer nur an den Inhaber gedacht. Was bin ich doch nur für ein Esel, was für ein dämliches Schaf.« Ich hastete die Hoogstraat entlang. Sjaan, dachte ich, es ist Sjaan, und nun hat sie sich durch mein Zutun das Bein gebrochen. Was kann ich tun, um das wiedergutzumachen?

Die Tür zur Bäckerei stand offen. Ich ging hinein und fragte den Mann, der eine weiße Schürze trug: »Dürfte ich kurz Ihr Telefon benutzen? In der Groote Kerk hat es einen Unfall gegeben, und wir brauchen einen Krankenwagen.«

»Da rufst du am besten Koree an. Die haben so eine Art Krankenwagen. Warte kurz, ich ruf schnell an, mich kennen sie und wissen, dass es sich nicht um einen Telefonstreich handelt. Wo soll der Krankenwagen hinfahren?«

»Zuerst zur Groote Kerk natürlich. Und von dort ins Krankenhaus.«

»Ein Krankenhaus haben wir hier nicht. Dann müssen sie zum Holy – na ja, den Weg kennen sie ja. Ich ruf schnell an. Groote Kerk, sagst du. Da schick ich sie hin. Wird geregelt.«

Ich ging zurück, es war weiterhin dunkel und windstill. Im Hafen hingen die Schiffsflaggen schlaff an ihren Masten.

Sjaan lag noch immer in derselben verkrampften Haltung am Fuße der Treppe.

»Der Krankenwagen ist unterwegs. Das hoffe ich zumindest.«

»O, der ist bestimmt bald hier. Wir warten einfach in aller Ruhe.«

»Immer noch große Schmerzen?«, fragte ich besorgt.

»Nicht mehr ganz so schlimm. Es ist auszuhalten.«

»Ich wünschte …«

»Jetzt hör bloß auf damit«, sagte sie ziemlich verärgert. »Das habe ich mir selbst zuzuschreiben. Das Ganze verhält sich folgendermaßen: Gracinha, ich weiß nicht, ob du das weißt, ob sie dir das erzählt hat, aber das hat sie wohl nicht, denn sie schämt sich unseretwegen, Gracinha ist meine Schwägerin. Als sie mit meinem Bruder auf der *Schwarzmeer* aus Brasilien herkam, mochten wir alle, meine Brüder und Schwestern, sie von Anfang an. Doch sie mochte uns nicht, sie hat uns keines Blickes gewürdigt und wollte nichts mit uns zu tun haben. Keine Einladung zum Geburtstag nahm sie an, von wenigen Ausnahmen, wenn ihr Mann Urlaub hatte, einmal abgesehen; dann begleitete sie ihn sporadisch. Aber mein Bruder war meistens weg, auf der Piste, ab durch die Hafeneinfahrt, und wenn er auf See war, existierten wir für sie nicht. Mann, da bekommt man eine Schwägerin, eine bildhübsche, und dann will sie nichts von einem wissen. Das ist nicht schön, nein, und ich … Von dem Moment an, in dem ich sie zum ersten Mal sah, war ich verliebt in sie, wahnsinnig verliebt, bis über beide Ohren verliebt, das kannst du ruhig wissen, es war, als blühte die ganze Welt für mich auf, denn bis dahin gefiel mir das alles überhaupt nicht, hier, in diesem trostlosen Kaff, wo die Leute in die Kirche reinmarschieren und wieder raus … O, das war ein weiterer Punkt: Sie war nichts, sie ging in keine Kirche … Gott, davon hatte sie, glaube ich, noch nie gehört, und eine Bibel hatte sie im

Leben nicht aus der Nähe gesehen. Sie wusste nicht einmal, dass es diese Scharteke gibt, übrigens bis heute nicht, denke ich. Ach, das war so unvorstellbar, das war so großartig, jemand, der weder Gott noch seine Gebote kannte, davor wurde man, insbesondere in der Sonntagsschule, immer gewarnt, vor unwissenden Heiden aus dem Inland, und dann steht plötzlich so eine unwissende Heidin vor einem, ist plötzlich Mitglied deiner Familie, und dazu ist sie auch noch wahnsinnig hübsch, eine Granate, die wie eine ebensolche einschlägt. Und dann hatte mein Bruder diesen schrecklichen Unfall und wurde tot nach Hause gebracht, das war wirklich eine Katastrophe, weißt du, wir alle bewunderten unseren Bruder sehr, denn was sind wir schon, wir, die Edelenbos, nichts sind wir, gerade gut genug, um als Putzfrau oder, so wie ich, als Kellnerin zu arbeiten, oder bei der Stadtreinigung, wie einige meiner Brüder. Doch mein ältester Bruder … Kapitän der *Schwarzmeer*! In der ganzen Welt war er unterwegs, bis nach Japan.«

Sie schwieg und versuchte, ihre Position ein wenig zu verändern.

»Liegst du denn gut? Soll ich dir helfen, dich anders hinzulegen?«

»Nein, lass das lieber, es geht schon, eigentlich sind die Schmerzen gar nicht so schlimm.«

»Ich hätte den Worp nicht werfen dürfen«, sagte ich voller Reue. »Aber was sollte ich tun, du hattest eine Pistole dabei. Obwohl ich gesehen habe, dass es nur eine Schreckschusspistole war.«

»Bist du bescheuert, von wegen Schreckschusspistole. Die hat mein Bruder aus Panama mitgebracht! Niemand weiß davon, nicht einmal meine Schwägerin. Und weil er sie nicht im Haus haben wollte, hat er sie mir zur Aufbewahrung gegeben. Er sagte, seine Frau könne unglaublich wütend werden, und wenn sie so wütend sei, könne sie leicht einem andern etwas antun, vor allem, wenn sie eine Pistole in der Hand hätte. Also sollte ich darauf aufpassen, doch ich wurde auch unglaublich wütend. Ich wollte dich damit über den Haufen schießen.«

»O, dann müssen wir die Waffe schnell verschwinden lassen. Wenn die Polizei herausfindet, dass du mit einer echten Pistole herumgelaufen bist und auf mich geschossen hast, dann wollen sie dich für einen Mord drankriegen.«

»Was für ein schrecklich komischer Kerl bist du nur, was für ein Trottel. Findest du es denn gar nicht schlimm, dass ich dich über den Haufen schießen wollte? Kannst du mir das einfach so verzeihen? Übrigens, du bist ein unglaublicher Dummkopf. Kommst mit einer brennenden Lampe an der Stirn zum Vorschein. Darauf kann man gut zielen, wenn man jemanden treffen will, nur das mit dem Schießen, das muss ich noch lernen. Doch das konntest du nicht wissen. Da siehst du, was du für ein Trottel bist.«

»Ich dachte, ein Mann wolle mir an den Kragen. Doch du bist es, und das verändert alles. Du warst sehr nett zu mir, als ich vorige Woche ins Seemannsheim kam, während dieses grässliche Scheusal, dein Mann, mich wie Dreck behandelt hat.«

»Mein Mann? Wie kommst du darauf? Das ist mein Chef, Jopie Boetekees. Aber gut, das ist ein Kapitel für sich, dieser Widerling mit dem dämlichen Brillengestell auf der Nase, um den geht es jetzt nicht. Du glaubst doch nicht, dass ich verheiratet bin? Das ist das Letzte, woran du bei mir denken darfst. Wo war ich stehen geblieben? O ja, dass ich dich ums Verrecken nicht verstehe. Wie kannst du so vergebungsbereit sein? Ich war vorhin nicht bei Sinnen, ich hatte mir fest vorgenommen, dich zu erschießen, und wenn die Kugel ein paar Zentimeter tiefer eingeschlagen wäre, dann wärst du jetzt mausetot. Gottverdammt.«

»Das kannst du ruhig laut sagen, gottverdammt, aber so ist

es nicht gekommen. Und es wird bestimmt auch nicht so kommen, denn vorläufig bist du aus dem Verkehr gezogen. Und außerdem kann ich dir versichern, dass du vollkommen schiefliegst. Deine Schwägerin findet mich todlangweilig, sie sagt, ich sei nicht sexy. Ich entspreche also ganz und gar nicht ihrem Geschmack. Sie ist nur wegen ihrer Tochter nett zu mir.«

»Und das soll ich glauben? Wieso bist du dann sozusagen ihr Hausfreund?«

»Das habe ich doch gerade gesagt, weil ich mich außergewöhnlich gut mit deiner Nichte verstehe. Ich denke, das Mädchen ist autistisch, sie ist auf eine seltsame Weise verrückt nach Musik, nach jedem noch so schlichten Ton. Sie hilft mir hervorragend bei meiner Arbeit und möchte selbst auch Stimmerin werden. Nun, dabei will ich ihr gerne helfen, und wer weiß, vielleicht lässt sich dafür ein Weg finden, und darüber ist ihre Mutter wahnsinnig froh, und deshalb bin ich, wie du es ausdrückst, ihr Hausfreund.«

»Ja, das stimmt, das Kind ... O Mann, es ist nicht einmal das Kind meines Bruders ... Dieses entsetzlich hässliche Scheißkind ist ihr Augapfel, dafür tut sie alles.«

»Sag das nicht, Scheißkind, denn damit machst du dich wirklich nicht beliebt bei seiner Mutter. Außerdem ist es nicht wahr, Lanna ist ein überaus liebenswertes Mädchen. Und hässlich ist sie auch nicht. Höchstens ein wenig plump.«

»Bist du vielleicht ein wenig vernarrt in das Schaf? Ist es das? Und ich denke die ganze Zeit ... O Mann, dann ist es nur gut, dass es jetzt so gelaufen ist, doch was hast du vorhin gesagt ... Du sagtest irgendwas, ach ja, du sprachst davon, dass meine Schwägerin dich todlangweilig findet ... Das passt wiederum zu der Tatsache, dass sie alle Männer langweilig findet, dass kein einziger Mann hier – und es haben ihr etliche den Hof gemacht und auf beiden Knien flehend vor ihr gelegen –, dass es hier also keinem Kerl gelungen ist, sie rumzukriegen. Sie hätte an jedem Finger einen haben können, und nicht etwa irgendwelche Burschen aus der Sandelijnstraat oder vom Stronikaadje, nein, echte Herren mit teuren Zigarren, Dirkzwagers von der Schiffsagentur und Direktoren von Smit Tak und noch andere Großkopferten, doch alle waren ihr nicht gut genug, und darum denke ich schon seit Langem … Ich denke schon sehr lange: Sie ist genauso wie ich, sie weiß es nur noch nicht, aber irgendwann kommt der Moment, in dem ihr die Augen aufgehen, und dann fange ich sie auf in meinen Armen … Ja, das denke ich schon seit langer Zeit, doch dann kamst plötzlich du ins Seemannsheim … Mann, wie du ausgesehen hast am ersten Abend, so abgerackert, so erschöpft, du hast mir leidgetan, und darum hab ich für dich noch eine Portion FGK organisiert, obwohl Joop das partout nicht wollte, und an den darauffolgenden Tagen auch, bis du mit einem Mal verschwunden warst und jeden Abend bei ihr am Tisch gesessen hast. Tja, welchen anderen Schluss konnte ich daraus ziehen, als dass dir gelungen war, was all die anderen nicht geschafft haben … Da wurde ich furchtbar wütend, und währenddessen machst du einfach immer weiter, wieder kein FGK, wieder bei ihr essen … Also bin ich rein in diese verdammte Immanuëlkirche, während du dort an der Orgel rumgebastelt hast. Drei Warnschüsse mit Platzpatronen hab ich abgegeben, doch du hast dich nicht beirren lassen und bist am Abend wieder hin … Ich hab dich unterwegs gesehen, ich wollte zu einer Geburtstagsfeier, und dann hab ich dich …«

»Mit einer Sturmhaube zu einer Geburtstagsfeier?«

»Die hab ich immer dabei. Die steckt jeden Tag in meiner Tasche, denn man weiß ja nie, wofür sie gut ist. Im Zure Vissteeg hab ich sie mir zum Beispiel fix aufgezogen und dich dann geschubst.«

Sie machte eine kurze Pause und bewegte das Bein, das offensichtlich gebrochen war. Dann sagte sie: »Es tut mir leid, das war eigentlich Wahnsinn, als du im Wasser lagst, war ich zu Tode erschrocken, ich bin zur Koepaardbrug gelaufen und hab dort einen Rettungsring geholt. Mit dem bin ich zurückgerannt und hab ihn einem hochgewachsenen Burschen gegeben, und der hat ihn dir zugeworfen. Zum Glück ist dir nichts passiert ... Als ich aber am nächsten Tag gesehen hab, dass du in einem Anzug meines Bruders und in seinen Schuhen rumliefst, tja, da war mir natürlich sofort klar, wo die Sachen herkamen, und ich wurde erst so richtig wütend, stinkwütend, da sind endgültig alle Sicherungen durchgebrannt. Da wollte ich dich ermorden, ja wirklich, das ist ja schließlich nicht normal, du einfach in einem Anzug meines Bruders und mit seinen Schuhen, es fühlte sich an, als hättest du mir nicht nur meine Schwägerin genommen, sondern auch noch ihn. Du trugst einfach seine Sonntagsschuhe, und darum hab ich dir die Schnürsenkel gelöst ... O Mann, das war ziemlich nervenaufreibend, du hättest jeden Moment aufwachen können, doch dann hätte ich gesagt, ich sei gekommen, um dein Zimmer aufzuräumen. Eigentlich wollte ich dir die Schuhe ausziehen und sie mitnehmen, die Schuhe meines ältesten Bruders, begreifst du das, hinter der komischen Lampe an deiner Stirn? Na, das traute ich mich schließlich doch nicht, und darum habe ich dann die Schnürsenkel verknotet, was mich aber nur noch wütender machte, und als ich dich heute Nacht aus dem Seemannsheim schleichen hörte, da bin ich dir ein Stück gefolgt und hab gesehen, dass du zur Groote Kerk gingst. Also bin ich zurück, um die Pistole meines Bruders zu holen, und weil ich ab und zu die Kirche putze, hab ich einen Schlüssel ... Und so ist es dann passiert.«

»Die Pistole muss verschwinden, du kriegst Riesenärger, wenn die Polizei sie findet.«

»Wirf sie ins Hafenbecken.«

»Das ist gut, das mache ich. Und ich werde neue Schuhe

kaufen, die von deinem Bruder sind mir im Übrigen auch zu groß. Neue Kleider kaufe ich mir gleich mit, und Gracinha überlasse ich dir … Merk dir aber, dass du Lanna, das liebe Kind, auf Händen tragen musst, denn sonst hast du bei ihrer Mutter keine Chance.«

Ich nahm die Pistole und steckte sie in die Innentasche meines Sakkos. Wenn ich nach oben gehe, nahm ich mir vor, dann lege ich sie in meine Tasche zu den Stimmeisen.

»Wenn es nach mir geht, braucht niemand zu erfahren, was hier passiert ist«, sagte ich. »Und wenn niemand etwas weiß oder vermutet, musst du auch keine Angst vor unbequemen Fragen haben.«

»Vielleicht will jemand wissen, warum ich so früh schon in der Kirche war.«

»Und was sagst du dann?«

»Dass ich nicht schlafen konnte und darum schon mal angefangen habe, die Treppe zu bohnern. Und dabei bin ich dann gestürzt.«

»Dabei bleiben wir, sollte Hennenhals oder Mooiweer uns befragen.«

Doch weder an diesem Morgen noch irgendwann später erschien Hennenhals, um sich zu erkundigen, was genau dort im Vorraum mit der Treppe hinauf zur Orgelempore passiert sei, von Mooiweer ganz zu schweigen. Sjaan wurde von zwei schweigsamen Männern auf einer Tragbahre abtransportiert, und das Letzte, was ich von ihr sah, war, dass sie grüßend die Hand hob, woraufhin auch ich grüßend die Hand hob. Und diese Hand brauchte ich bald danach dringend, um ein paar Tränen aus meinen Augen zu wischen.

»Sentimentaler Idiot«, sagte ich zu mir selbst.

Krijn Lagrauw

Ich machte mich auf die Suche nach J. Worp. Wie sich herausstellte, war das große Buch in mehrere Teile gerissen. Der schwarze Einband lag unter der Treppe. Die einzelnen Bogen lagen überall verstreut im Vorraum. Schließlich hatte ich – so dachte ich jedenfalls – den ganzen Worp wieder beisammen, doch als ich die Bogen in der richtigen Reihenfolge vor mir ausbreitete, konnte ich einen von ihnen nicht entdecken. Die Psalmen 42 bis 63 fehlten. Außerdem war das Titelblatt herausgerissen, doch das legte ich einfach an der entsprechenden Stelle ein. Was ich in der Hand hatte, war die sechzehnte Auflage aus dem Jahr 1927, durchgesehen von H. P. Steenhuis und erschienen bei J. B. Wolters. Schön war und ist der Titel: *Die Melodien der Psalmen sowie Lob- und Bittgesänge, vierstimmig gesetzt mit Vor- und Zwischenspiel, für Orgel mit und ohne Pedal, Harmonium oder gemischten Chor*.

Wo aber war der verdammte Bogen mit den Psalmen 42 bis 63? Wirklich nirgends zu finden. Das war doch nicht möglich? Wenn J. Worp auf dem Weg nach unten auseinandergebrochen war, dann müsste man doch alle losen Bogen wiederfinden können? Oder hatte dieser eine Bogen bereits gefehlt, bevor ich Worp als Waffe verwendet hatte? Ich suchte den ganzen Vorraum ab, konnte den Bogen aber nirgends finden. Ich wurde nicht schlau aus der Sache, und schließlich stieg ich mit dem unvollständigen J. Worp die Treppe zur Orgelempore hinauf und stellte das Buch ordentlich in den Schrank, in dem auch die übrigen Notenbücher lagen. Dann nahm ich die Pistole aus meiner Innentasche und packte sie zu den Stimmeisen.

Ich war todmüde. Neben der Orgel gab es einen Ruheraum, der mit einer Chaiselongue mit blassgrünen Kissen ausgestattet war. Für den Organisten, so vermutete ich, damit der während der Predigt ein Nickerchen machen kann. Sehr frisch rochen die Kissen nicht, doch was blieb mir anderes übrig? Ich machte es mir also auf der Chaiselongue bequem, dachte an Sjaan und fragte mich, ob ich, wenn ihr gebrochenes Bein erst einmal verheilt wäre, nichts mehr von ihr zu befürchten hätte. Und ich beruhigte mich mit der Überlegung, dass ich der Hafenstadt, wenn sie aus dem Krankenhaus käme, schon längst den Rücken gekehrt hätte.

Dann fragte ich mich, ob Gracinha mit ihrer Tochter vielleicht bald in die Kirche kommen würde, um mir beim Stimmen zu assistieren. Am Abend zuvor hatten wir nichts verabredet. Das wird sich zeigen, dachte ich und streckte mich auf der Chaiselongue aus. Ob ich augenblicklich eingeschlafen bin oder später, weiß ich nicht mehr, aber ich weiß sehr wohl noch, dass ich, als ich nach abermals düsteren Träumen von Koloquinten allmählich erwachte und langsam die Augen öffnete, am Fußende meiner Liege einen unbekannten Herrn erblickte.

»Guten Morgen«, sagte er. »Gut geschlafen?«

»Ich habe die ganze Nacht gestimmt und mich vorhin ein wenig hingelegt«, stotterte ich.

»Sie müssen sich nicht entschuldigen. Ich habe schon vor einiger Zeit erfahren, was so alles vorgefallen ist. Aber zunächst möchte ich mich vorstellen: Ich bin Krijn Lagrauw. Wir haben uns sowohl schriftlich als auch telefonisch wegen des Stimmens der Orgel ausgetauscht, und wie mir nunmehr zu Ohren gekommen ist, gab es allerlei Hindernisse und Fallgruben während Ihrer Arbeit in der hiesigen Stadt. Auch konnten Sie in diesem Gotteshaus ob des von der Schiffswerft herrührenden Lärms tagsüber nichts ausrichten, und Sie haben sich nebenbei auch noch der Orgel in der Immanuëlkirche angenommen. Um mit Ihnen dies und jenes hinsichtlich Ihrer Unterbringung in der hiesigen Stadt zu besprechen, bin ich heute Morgen, auf dem Weg in mein Büro, kurz beim Seemannsheim reingeschneit, habe Sie dort jedoch nicht mehr angetroffen. Der Herr Boetekees teilte mir mit, dass Sie sich wahrscheinlich bereits in der Kirche aufhalten würden, und tatsächlich, da waren Sie und schliefen den Schlaf der Gerechten. Was ich Ihnen mitteilen wollte: Die Kosten für Ihre Unterbringung übernehmen natürlich wir, doch Sie haben auch drei Tage in der Immanuëlkirche verbracht, wodurch sich Ihr Aufenthalt länger gestaltet hat als ursprünglich kalkuliert. Die dadurch anfallenden Kosten gehen auf Rechnung der orthodox-reformierten Gemeinde, und ich bin in dieser Sache nunmehr mit deren Rendanten, dem Herrn Tuitel, übereingekommen. Wie sieht es aus? Ist das Ende allmählich in Sicht?«

»Die Pedalregister müssen noch gestimmt werden. Damit bin ich auf jeden Fall noch einen Tag beschäftigt. Ich könnte heute also fertig werden, doch sehr bald ist man auf der Werft wieder mit Vorschlaghämmern zugange, und dann ist es mit dem Stimmen vorbei.«

»Meinen Quellen zufolge ist auf der Schiffswerft De Haas mit Blick auf die bevorstehende Furieade heute und morgen arbeitsfrei.«

»Das wäre überaus erfreulich. Dann kann ich heute in aller Ruhe stimmen und die Arbeit abschließen. Jetzt muss ich nur noch zusehen, ob ich meine Hilfstruppen mobilisieren kann.«

»Die Witwe Edelenbos und ihre Tochter, wie ich hörte. Solche außergewöhnlichen Hilfstruppen werden Sie anderenorts selten oder nie angetroffen haben, nehme ich an.«

»Das stimmt.«

»Möge es Ihnen fürderhin wohl ergehen. Ich nehme nun in der Hoffnung von Ihnen Abschied, dass wir uns in Zukunft, wenn wieder einmal gestimmt werden muss und unser fester Stimmer nicht zur Verfügung steht, erneut an Sie wenden dürfen. Denn wie ich von Jaap gehört habe, ist er von Ihrem Wirken überaus angetan, und auch Koos, der Organist der Immanuëlkirche, scheint sehr zufrieden zu sein.«

»Das freut mich zu hören.«

»Seien Sie gegrüßt und auf Wiedersehen.«

»Auf Wiedersehen«, sagte ich.

Da ging er, mich vollkommen verblüfft zurücklassend. Wenn ich es nicht besser gewusst hätte, hätte ich, dessen bin ich mir sicher, angesichts seiner altmodisch zu nennenden Sprechweise sofort gedacht: Das ist der Schreiber des Briefs. Zweimal hatte er »in der hiesigen Stadt« gesagt und ebenso oft das Wort »nunmehr« benutzt. Hatte Sjaan den Drohbrief überhaupt erwähnt? Ich konnte mich daran nicht erinnern. War er möglicherweise … Hatte er vielleicht … War dieser Mann etwa auch ein Verehrer Gracinhas? War er der Schreiber des Drohbriefs? Aber das konnte nicht sein, er musste doch wissen, musste doch gehört haben, dass die Witwe und ihre Tochter mir halfen und dass es weiter nichts zu bedeuten hatte, wenn ich sie manchmal zu Hause besuchte? O, mein Gott, dachte ich, noch bin ich nicht erlöst, noch liegt Gefahr in der Luft, noch kann ich nicht mit ruhigem Herzen bei Gracinha eine Suppe löffeln und einen halb verbrannten Toast aus ihrem Waffeleisen essen.

Einigermaßen nervös verließ ich die Kirche und ging zu Gracinhas Wohnung, in der Hoffnung, sie dort anzutreffen und fragen zu können, ob ihre Tochter, in Begleitung der Mutter oder nicht, bereit wäre, mir ein letztes Mal zu assistieren. Denn das Pedal allein, das war nahezu unmöglich. Nein, ich brauchte Hilfe.

Während ich recht ängstlich unterwegs war, kam mir der Gedanke, dass wirkliche Erlösung niemals zu erreichen war. Nicht einmal einfache Gemütsruhe. Erst wenn man tot war, konnte einem nichts mehr passieren. Und dann schoss mir durch den Kopf: Sollte dir jetzt jemand an den Kragen wollen, hast du eine Pistole dabei. Ich lachte laut auf. Ein Passant sah mich irritiert an und dachte zweifellos: Der Kerl ist verrückt geworden. Nun, verrückt war ich noch nicht, doch die Sache mit dem Brief ging mir nicht aus dem Sinn. Sjaan musste ihn doch geschrieben haben, das konnte nicht anders sein. Wenn ich den Brief nicht bekommen hätte, wäre mir schließlich schleierhaft geblieben, warum kurz darauf in der Immanuëlkirche drei Warnschüsse abgefeuert wurden. Sie waren eine logische Folge dieser Drohung. Zunächst ein Brief von Lagrauw, und dann, unabhängig davon, ein paar Tage später die Schüsse – einen solchen Zufall konnte es nicht geben. Nein, der Brief stammte von ihr. Doch was war mit dem »in der hiesigen Stadt«? Und dazu noch mit diesem Wörtchen »nunmehr«? Ein bizarrer Zufall, sonst nichts. Oder hatte Sjaan, die diesen Lagrauw ja schließlich auch kannte, möglicherweise seinen Wortgebrauch übernommen? Oder vielleicht sogar absichtlich imitiert, um eine falsche Fährte zu legen?

Gracinha war zu Hause, und als ich ihr erzählte, dass auf der Schiffswerft De Haas nicht gearbeitet werde und ich daher stimmen könne, erlaubte sie ohne Zögern, dass ihre Tochter mich begleitete. Nachdem Lanna schließlich auf der Orgelbank Platz genommen hatte, deutete sie auf die Pedale und sagte in fehlerlosem Niederländisch: »Jetzt sind die an der Reihe.«

»Das sind sie«, erwiderte ich und dachte: Und da wagt man hier zu behaupten, das Mädchen sei geistig behindert.

Ich stimmte die schwierigen Bassregister, bei denen es zwei Überraschungen gab. Als ich bei der 32'-Posaune angekommen war, zog Lanna, als sei das völlig selbstverständlich, auch die 8'-Trompete im Hauptwerk. Ich wollte zunächst etwas sagen, dachte dann aber: Das Mädchen hat ein erstaunliches Gedächtnis für das, was sie hier früher schon gemacht hat. Sie weiß noch, dass der feste Stimmer beim Stimmen der 32'-Posaune stets die 8'-Trompete im Hauptwerk als Referenz benutzt hat, weil sie viel näher dran ist als die 4'-Oktave und sich überhaupt sehr gut dafür eignet. Und das war tatsächlich der Fall, auch wenn es immer noch ein ziemliches Stück Arbeit war, die 32'-Posaune ordentlich zu stimmen. Vor allem die letzten Töne – mein Gott, welch eine heikle Angelegenheit. Man hört ein dumpfes Grollen, wie bei einem Gewitter. Und dann soll man heraushören, ob der Ton sauber ist? Man kann nicht viel mehr machen als hoffen, dass man den richtigen Ton erwischt, wenn man die Stimmkrücke mit dem Stimmeisen ein wenig nach oben oder nach unten klopft.

»Ein solches Register gibt es nicht einmal in der Immanuëlkirche«, sagte ich zu Lanna. »Ein 32-Fuß, das findet man nicht oft, das sind riesige Pfeifen, die wie hier oft am oberen Ende gebogen sind, weil sie sonst nicht in den Orgelkasten passen würden. Im Kölner Dom gibt es sogar ein 64-Fuß-Register. Die Pfeifen sehen aus wie Schiffsmasten, und die Töne aus den größten von ihnen hört man kaum. Dafür spürt man sie umso besser, als gäbe es gerade ein Erdbeben.«

Ob sie verstand, was ich gesagt hatte – ich weiß es nicht. Mehr vielleicht, als man annehmen würde.

Noch schwieriger als die 32'-Posaune gestaltete sich der Offene Subbass 16'. Er war hinter der Posaune 32' an der Rückwand des Orgelkastens aufgestellt. Zuerst dachte ich, ich könnte an der Posaune vorbei zu ihm hinklettern, doch das erwies sich als völlig unmöglich. Wie kam ich sonst an ihn ran? Von oben vielleicht, über das Oberwerk? Dies schien mir der einzige Weg zu sein, doch als ich von dort hinabstieg, blieb ich auf halber Strecke mehr oder weniger stecken. Ich war schlicht ein wenig zu breit. Und das, obwohl ich doch eigentlich recht schlank bin. Was tun? Jacke, Hose und Pullover ausziehen, um so noch ein wenig schlanker zu werden? Mich zu entkleiden, während Lanna auf der Orgelbank saß, erschien mir kaum passend. Und sollte ich dann in Unterwäsche den Subbass stimmen? Die größte Pfeife dieses Registers ist sechzehn Fuß hoch. Ein Fuß sind bekanntlich etwa dreißig Zentimeter, dreißig Zentimeter mal sechzehn macht damit vier Meter achtzig, und eine solche Pfeife steht zudem noch auf einem Sockel. Die ganze Pfeife misst also über fünf Meter. An die kommt man, wenn man davorsteht, auch deswegen nicht ran, weil man sie – anders als die Posaune, deren Stimmkrücken sich wie bei allen Zungenregistern am Fuß der Pfeife befinden – am oberen Ende stimmen muss. In einem solchen Fall bleibt einem nichts anderes übrig, als die Reihe der Pfeifen von tief nach hoch als schmale Treppe zu benutzen, auch wenn das oft gruselig ist. Einen Moment lang dachte ich darüber nach, Lanna den Subbass stimmen zu lassen, aber ein solcher Subbass besteht aus großen rechteckigen Pfeifen, auf deren Rückseite sich ein Schieber befindet, der herunterrutschen kann. Diesen Schieber schraubt man los, drückt ihn vorsichtig nach oben und schraubt ihn wieder ordentlich fest. Wie sollte ich Lanna das erklären? Und war sie kräftig genug, um den Schieber wieder festzuschrauben? Lanna das Stimmen zu überlassen schien mir also keine Option zu sein. Den Subbass einfach lassen, wie er war? Dieses Register verstimmt sich in der Regel kaum. Also warum nicht? Das brachte ich am Ende aber nicht über mich; es wäre eine Art Pflichtverletzung gewesen, wenn ich diese Pfeifen ausgelassen hätte. Ich zog schließlich doch Jacke, Hose und Pullover aus und stieg über das Oberwerk in den Offenen Subbass 16' hinab, kletterte zur längsten Pfeife und arbeitete mich Pfeife für Pfeife nach unten, versetzte hier und da einen Schieber etwas nach oben und schraubte ihn wieder fest, wobei ich die ganze Zeit zitterte wie Espenlaub, denn es war ziemlich kalt in der Groote Kerk. Ob Lanna bemerkt hatte, dass ich mich meiner Oberbekleidung hatte entledigen müssen, um an den Subbass 16' heranzukommen, weiß ich nicht – hoffentlich nicht, aber natürlich machte sie auch keine dahin gehende Bemerkung.

Nach dieser kühnen Stimmarbeit gingen wir hinunter ins Kirchenschiff und begaben uns zu Gracinhas Wohnung am Haven, wo ich erneut mit einem halb verbrannten Toast und einer königlichen Suppe verköstigt wurde.

Am Nachmittag stimmten wir weiter, und dann kam schließlich der große Moment, den ich so lange sehnsüchtig herbeigesehnt hatte, der Moment, in dem ich sagen konnte: »Die Arbeit ist erledigt, der Auftrag ist ausgeführt, die Ziellinie wurde erreicht.« Wir stiegen von der Empore hinab. Ich ging zum Büro des Küsters und fand ihn dort, wie ein Besessener an seiner Zigarre ziehend und dabei Rauchwolken ausstoßend, als wäre er ein mit Kohlen betriebenes Elektrizitätswerk. Ich gab ihm den Reserveschlüssel.

»Soso«, sagte er, »der Drops ist gelutscht, nehme ich an.«

»Das ist er«, sagte ich und wappnete mich für den Fall, dass er Fragen wegen des Krankenwagens stellen würde. Doch anscheinend hatte er den gar nicht bemerkt und auch den Schuss nicht gehört, denn Fragen blieben aus, und ich sagte natürlich nichts. Kurz darauf gingen wir, Lanna und ich, in der bereits tief stehenden Oktobersonne. Mich überkam, so erleichtert und zufrieden ich auch war, ein Gefühl großer Traurigkeit. Noch einmal eine so köstliche Mahlzeit bei Gracinha, und dann würde es vorbei sein. Am nächsten Morgen würde ich in der Frühe abreisen und dieses Hafenstädtchen mit seinem großen Hafenbecken, das mir als Schwimmbad gedient hatte, und seiner majestätischen

Groote Kerk vielleicht nie wiedersehen. Denn noch einmal in einer Kirche zu stimmen, die in unmittelbarer Nähe zu einer Schiffswerft liegt, dazu war ich nicht auserkoren, zumal ich ja nur ein Ersatz für den festen Stimmer der Firma Pels & Van Leeuwen gewesen war. Und mit Mutter und Tochter zu anderen Kirchen in anderen Städten zu reisen, das würde natürlich durchaus eine logistische Herausforderung darstellen, und wie das in der Praxis aussehen sollte, war mir noch nicht klar. Erst einmal schauen, wohin mich mein nächster Auftrag führen würde. Bestimmt befanden sich zu Hause in der Post Anfragen anderer Gemeinden – wenn es nach mir ging, vorzugsweise in Deutschland, und am liebsten, um ein Instrument von Arp Schnitger höchstpersönlich zu stimmen. Drüben in Deutschland konnte man immer in aller Ruhe stimmen. Benachbarte Werften gab es dort nicht, soweit ich wusste, ebenso wenig wie mürrische Betreiber irgendeines Seemannsheims. Tja, Gracinhas und Lannas würden dort leider auch fehlen – mal sehen, vielleicht konnte ich sie ja tatsächlich mitnehmen. Was würden die Menschen in Ostfriesland komisch schauen, wenn ich dort mit so einer exotischen Schönheit wie Gracinha und mit ihrer schweigsamen Tochter auftauchte. Würde man mich mit solcher Begleitung überhaupt in die uralten Kirchen mit ihren jahrhundertealten Schnitger-Orgeln hineinlassen?

O, es war so angenehm, im Licht der untergehenden Sonne über die Havenkade zu spazieren. Das Wasser kräuselte sich friedlich in der Tiefe, und überall sah ich Ölflecken glänzen. Wie es war, im Hafenbecken durch solche Flecken zu schwimmen, war mir offenbart worden – ein einzigartiges Wissen, das ich nur mit wenigen teilen musste. Jetzt konnte ich die Eisentreppe nicht einmal mehr sehen, die ich hinaufgestiegen war, um aus dem Wasser zu kommen. Obwohl der Nachmittag schon fast in den Abend überging, herrschte wieder große Betriebsamkeit. Kiesverladung, Sandverladung,

Binnenschiffe, die beladen wurden, und auf dem Deck mancher Binnenschiffe Wäscheleinen, an denen weiße Laken hingen, die, wenn man mich fragt, zwar trockneten, aber anschließend wegen der verschmutzten Luft gleich wieder in die Wäsche konnten. Auf dem Fluss tuteten unsichtbare Schiffe, alles ging einfach weiter, und nichts wies darauf hin, dass all das irgendwann ein Ende finden könnte, obwohl in den dortigen Kirchen ganz bestimmt gepredigt wurde, dass die Wiederkunft des Herrn kurz bevorstand. Je pietistischer ein Pastor ist, umso überzeugter ist er davon, dass es höchstens noch dreißig Jahre dauern wird, bis der Herr der Heerscharen auf den Wolken des Himmels zurückkehrt. Doch, hey, ich will Ihnen mal was verraten: Jesus kommt nicht wieder, mehr noch, es hat ihn nie gegeben, und die vier Evangelien sind ziemlich stümperhafte Fantasieprodukte von mit mäßiger Vorstellungskraft gesegneten, voneinander abschreibenden Federfuchsern.

Es herrschte also nach wie vor viel Betrieb auf der Havenkade. Überall flanierten zukünftige Furieade-Besucher. Am nächsten Tag würde die Gewalt mit aller Macht ausbrechen. Dann würden die Einwohner, wenn der Tag sich dem Ende zuneigt, in der ganzen Stadt brennende Kerzen auf die Fensterbänke stellen, und bestimmt würde es infolgedessen den einen oder anderen Brand geben. Die Stadt blickte glanzvollen, mit echtem Geschehen gefüllten Stunden entgegen, während ich dann schon wieder in Heiligerlee sein würde, einerseits erleichtert, andererseits betrübt, weil Gracinha für mich nicht mehr den Tisch bereiten würde »im Angesicht meiner Feinde«. Ach, wie mochte es ihr gehen, ihr, die mein Feind gewesen war? Und war sie mein einziger Feind gewesen, oder war der Herr Krijn Lagrauw »in der hiesigen Stadt« ebenfalls ein Feind? Wie dem auch sein mochte, diesen einen Abend, den letzten Abend mit Gracinha, konnte er mir nicht streitig machen.

Ich brachte Lanna bis zur Haustür und sagte ihr, ich würde mich im Seemannsheim ein wenig ausruhen und dann um sieben zum Abendessen kommen.

Furieade

Obwohl das Volksfest erst am nächsten Tag offiziell eröffnet werden sollte, war die Furieade am Donnerstagabend, dem 4. Oktober, bereits in vollem Gange. Überall hell erleuchtete Stände mit überflüssigen, glitzernden Nichtigkeiten, herumschlendernde Furieade-Besucher, der Hafen voller mit Wimpeln geschmückter und ebenso wie die Jahrmarktsbuden verschwenderisch mit Lämpchen versehener Schiffe, der Turm der Groote Kerk von Scheinwerfern angestrahlt, die mit brennenden Kerzen bestückten Fensterbänke der Häuser und in der Ferne der kaum hörbare Klang einer Blaskapelle. Zwischen all den vor lauter Vorfreude glühenden Gesichtern der Volksfestbesucher bahnte ich mir mürrisch meinen Weg zu Gracinhas Wohnung. Wie ist zu erklären, dachte ich beim Anblick der leuchtenden Augen meiner Mitmenschen, dass ich jeden Trubel aus tiefster Seele verabscheue? Im Seemannsheim hatte man mir ein Faltblatt mit dem Programm der Furieade in die Hand gedrückt, und darin hatte ich gelesen, dass auch Seniorennachmittage veranstaltet wurden. Schon bei dem Wort wurde mir übel. Welch eine Horrorvorstellung, dass man alt wird – und alt werden wir alle, wenn nichts Unvorhergesehenes passiert – und dann an solchen Seniorennachmittagen teilnehmen muss!

Bei dem Gedanken drehte sich mir augenblicklich der Magen um. Wieder stellte sich die Erinnerung an die Feste in meiner Kindheit ein, an meine zwei Brüder und Schwestern, die tagelang mit großer Erwartung dem Moment entgegenfieberten, wenn sie aufbleiben und im Laternenumzug in Delfzijl mitlaufen durften. Sie hatten Mitleid mit mir, weil ich dafür noch zu jung war. Wie fehl am Platz dieses Mitleid doch war, denn als der große Tag anbrach, an dem auch ich, ausgestattet mit einem brennbaren Ungetüm samt flackernder Kerzenflamme, antreten musste, um mit meinen Geschwistern loszugehen, da hatte ich mich schreiend auf mein Bett geworfen, mit den Fäustchen auf die Decke getrommelt und zwischen zwei Schluchzern gebrüllt: »Ich will nicht bei dem Laternenumzug mitmarschieren!« Verständnislos hatten meine Geschwister mich angesehen, auch meine Eltern waren ratlos. Möglicherweise verstand ich mich selbst damals ebenfalls nicht, und das hat sich bis heute nicht geändert. Denn wie nur kann man freiwillig auf einen Laternenumzug verzichten? Wie kommt es, dass ich alles vollkommen anders empfinde als meine Mitmenschen? Irgendwann hatte mein Bruder mir dann aus Schopenhauer vorgelesen: »Bewimpelte und bekränzte Schiffe, Kanonenschüsse, Illuminationen, Pauken und Trompeten, Jauchzen und Schreien usw., dies Alles ist das Aushängeschild, die Andeutung, die Hieroglyphe der FREUDE. Aber die Freude ist daselbst meistens nicht zu finden: sie allein hat beim Feste abgesagt.«

»Dieser Schopenhauer«, sagte mein Bruder damals, »war genau wie du.« War es bei ihm und ist es bei mir eine Form von Autismus? Oder handelt es sich um eine merkwürdige Art von Hochmut? Bildest du dir ein, über die banalen Freuden deiner Mitmenschen erhaben zu sein? Glaubst du, du seist ein edlerer Mensch, weil du dir viel lieber in einer Mansarde die herrliche erste Symphonie in E-Dur von Josef Suk anhörst, als an einer Festlichkeit teilzunehmen, ganz gleich, um welche es sich handelt? Darin verbirgt sich etwas überaus Eigenartiges. Einmal angenommen, man legt nach der Symphonie von Suk die Kantate Nr. 153 von Bach auf. Da ist im Eröffnungschoral, in den Arien und Rezitativen zunächst die

Rede von Elend, von Kummer und Qual, von Löwen und Drachen, die einen bedrohen, und natürlich vom Teufel, der einen würgen will – denn der Satan ist in Bachs Kantaten leider nie weit weg –, dann aber folgt, gleichsam als Kontrast, eine Altarie mit dem Text: »Soll ich meinen Lebenslauf unter Kreuz und Trübsal führen, hört es doch im Himmel auf. Da ist lauter Jubilieren. Daselbsten verwechselt mein Jesus das Leiden mit seliger Wonne, mit ewigen Freuden.« Die Musik, die Bach zu diesem Text komponiert hat, ist wunderschön. Hat man sie gehört, dann summt man sie den ganzen Tag vor sich hin, und man ist gegen alles gewappnet, sogar gegen Laternenumzüge.

Doch wer will einzig und allein »jubilieren«? Wer will schon ewige Glückseligkeit und immerfort andauernde Freude? Davon hat man doch schon nach zehn Minuten die Nase voll, nicht? O, diese Festfreude, ich hasse sie bis in die hintersten Winkel meines Nervensystems. Höre ich aber »Le matin d'un jour de fête« aus *Ibéria* von Claude Debussy, dann hüpft mein Herz himmelhoch. Solch beispiellose Musik, aber dennoch sehr wohl und unüberhörbar inspiriert von denselben Empfindungen, die sich dort auf der Havenkade in Form all dieser fröhlich flanierenden Menschen manifestierten.

Es ist, kurzum, nicht zu begreifen, und ich suchte, wieder einmal über mich selbst verwundert, verzweifelt und voller Angst vor einem wie auch immer gearteten Angriff eines Verehrers von Gracinha, meinen Weg zwischen den Volksfestbesuchern hindurch. Ich dachte dabei vor allem an Herrn Lagrauw, aber vielleicht gab es »in der hiesigen Stadt« noch jemanden, der mir ans Leder wollte. Denn wenn ich den Worten des Küsters der Groote Kerk oder Pastor Berenschots glauben durfte, wimmelte es hier ja vor Bewunderern der südamerikanischen Schönheit. Und was war einfacher zu verstehen als das? Sobald man sie zu Gesicht bekam, vergaß man auf der Stelle, sich zu fragen, ob sie möglicherweise eine Xanthippe war, ob sie wohl jemals ein Buch las oder echte Musik liebte. Und unter echter Musik verstehe ich das, was andere als klassische Musik bezeichnen.

All dies war schließlich unwichtig, und ja, meine Lore war auch keine große Leserin gewesen, insgeheim mochte sie blöde deutsche Schlager und freute sich auf Partys. Am 25. Juli 1980 war sie in aller Frühe zu der Hochzeit einer Freundin in Sauwerd aufgebrochen, um dort das Mittagessen vorzubereiten. Dass ich mich einfach geweigert hatte mitzufahren, hatte zwischen uns zu einem kleinen Streit geführt. Doch nachdem sie mir die Zusage abgeschwatzt hatte, dass ich später am Tag zum Empfang nachkäme, hatte sie schrecklich früh das Haus verlassen. Nein, nicht an diesen Tag zurückdenken, besser nicht, sagte ich zu mir selbst und summte, gleichsam zur Beschwörung, wieder die Altarie aus der Kantate Nr. 153, wobei mir dennoch der Gedanke kam: Zu dem Empfang bin ich nicht erschienen, aber ich würde alles darum geben, wenn ich hätte hingehen können, wenn das Zugunglück dies nicht verhindert hätte. Gut, das war lange her, darüber konnte man inzwischen vielleicht einigermaßen hinweg sein, und sicher durfte man dann auch, so einzelgängerisch man auch sein mochte, Ausschau nach einem anderen Menschen halten, um mit ihm sein Leben zu teilen. Doch wenn ein solcher Mensch überhaupt jemals meinen Lebensweg kreuzen sollte, dann doch keine Schwimmerin, die aus der Amazonasmündung gefischt worden war? Und was bildete ich mir überhaupt ein? Dass ich sie für mich würde gewinnen können? Welch eine Hybris!

Was ich zu tun hatte, schien auf der Hand zu liegen. In aller Ruhe eine Weile warten, bis Lanna etwas älter war, und dann um die Hand des Mädchens anhalten. Das würde ihre Mutter, die ich so mit dazubekäme, bestimmt gutheißen. Anschließend konnte ich mit Mutter und Tochter durchs ganze Land und durch Deutschland reisen und mir überall sicher sein, über zwei gute Tastendrücker zu verfügen. Und obendrein wäre ich mit einer Frau zusammen, die nie den Mund aufmachen und deshalb auch nicht dazwischenreden würde, wenn ich Musik hörte.

Ich klingelte. Gracinha öffnete die Tür, und ich stieg die Treppe zu den oberen Stockwerken hinauf. Sie begrüßte mich nicht, sondern fragte sofort: »Was mit Sjaan in Kirche passiert?«

»Sie hat die Treppe zur Orgelempore geputzt und ist hinuntergestürzt. Dabei hat sie sich ein Bein gebrochen.«

»Treppe putzen? *Muito estranho*. Warum sie dort so früh, Treppe putzen? Ich nicht verstehen.«

»Woher weißt du eigentlich, dass Sjaan einen Unfall gehabt hat?«, fragte ich, um sie abzulenken.

»Anruf bekommen. Von Schwager. Sagte, Sjaan im Krankenhaus, Bein gebrochen. Sjaan meine Schwägerin, musst du wissen.«

»Ja, ich weiß, Sjaan hat es mir erzählt, als wir auf den Krankenwagen gewartet haben. Darüber war ich recht erstaunt. Wieso hast du mir das nie erzählt?«

»Warum ich dir sagen, dass Sjaan im Seemannsheim meine Schwägerin? Warum musst du das so unbedingt wissen?«

»Das stimmt, da hast du recht, das geht mich nichts an. Aber ich habe sie nun mal jeden Tag gesehen, und daher war ich erstaunt zu hören, dass ihr verschwägert seid.«

»Welt immer kleiner, als man denkt. Aber ich verstehe nicht: So früh schon in der Kirche putzen?«

»Um *zu* putzen«, verbesserte ich sie.

»Hör auf, jetzt mich nicht verbessern, andere Dinge im Kopf. Ich will wissen: Warum sie dort, so früh?«

»Keine Ahnung.«

»Sie unterwegs zu dir, ich denke.«

»Wieso?«

»Sie mir netten Mann abspenstig machen wollen.«

»Wie kommst du darauf? Sjaan soll ein Auge auf mich geworfen haben? Das ist doch undenkbar.«

»Sie schon älter, sie noch ohne Mann, sie auf der Suche, möchte noch Kinder, du gut mit Kindern, sehr gut.«

»Ob das stimmt, weiß ich nicht, und wenn es stimmt, dann weiß sie das doch nicht, oder?«

»O, sie bestimmt wissen, du gut. Du *muito, muito bom* mit Lanna.«

»Wie sollte Sjaan davon erfahren haben?«

»Von ihren Brüdern und ihrer Schwester, von Leuten hier aus Stadt, vom Pastor, der dir erzählt, ich mit Speer im Vliet, vom Polizisten – alles hier sofort herumerzählt. Du doch gemerkt, nicht wahr?«

»Ja, das stimmt, der Küster wusste auch bereits am nächsten Tag, dass ich nach einer portugiesischen Bibel gesucht habe.«

»Du für Sjaan keine Bibel brauchen.«

»Also, sag mal, du bist doch nicht etwa eifersüchtig? Wie kannst du glauben, dass ich mit Sjaan … Ja, sie ist durchaus nett und sieht mit ihren roten Locken auch sehr gut aus, *muito bom*, aber ich … mit ihr, ich versteh's nicht, wie kannst du bloß glauben, ich hätte …«

»Sie früh in Kirche, du früh in Kirche, du dort stimmen ohne uns, du vielleicht mit ihr stimmen wollen.«

»Oho, was für ein Argwohn, das ist ja bizarr. Ich und Sjaan Edelenbos, ach, hör doch auf, red keinen Unsinn.«

»Nicht bizarr, sie wirklich etwas schön, mit rote Locken, Männer wild darauf. Sie noch frei, sie früh in Kirche, du früh in Kirche, Treppe putzen stimmt nicht, gar nicht wahr, sie auf dem Weg zu dir.«

Wir standen uns gegenüber, noch oben an der Treppe, noch nicht in ihrem Wohnzimmer, und ich überlegte: Wie in Gottes Namen rede ich ihr das aus? Gewiss, ich könnte ihr verraten, warum Sjaan in aller Frühe die Treppe hinaufgeschlichen war, doch das war gegen die Vereinbarung, die ich mit ihr getroffen hatte. Außerdem hatte Gracinha offenbar nie bemerkt, welche Gefühle sie in ihrer Schwägerin weckte, was mich übrigens sehr verwunderte. Wenn ihr aber nie etwas aufgefallen war, dann würde sie mir auch bestimmt nicht glauben, wenn ich ihr im Vertrauen sagte, dass Sjaan diejenige gewesen war, die die Schüsse abgefeuert und mich ins Hafenbecken gestoßen hatte. Das Ganze war überaus verwirrend, und ich war nicht dafür gerüstet, einen solchen gordischen Knoten aufzudröseln. Ich war nur ein todlangweiliger Orgelstimmer ohne Sex-Appeal, der sich fragte, wie er in einen derart sonderbaren Irrgarten hatte geraten können. Und was wäre schlimm daran, wenn Sjaan tatsächlich ein Auge auf mich geworfen hätte, so wie Gracinha glaubte? Warum war sie deswegen so aus dem Häuschen? Doch nicht etwa, weil sie selbst …? Sie hatte mich langweilig genannt und angemerkt, ich sei nicht sexy. Hatten diese Worte denn überhaupt keine Bedeutung? Oder versuchte sie damit, ihre Gefühle zu unterdrücken? Ich wurde nicht schlau aus dem Ganzen.

So stand ich da, und Gracinha stand einen halben Meter vor mir, und schließlich überbrückte ich die Distanz, indem ich einen Arm um sie legte, und zitierte einen Satz aus dem Linguaphone-Kurs: *»Eu gosto de você«*, und fügte noch hinzu: *»Não Sjaan.«*

Es war nur eine etwas merkwürdige Verzweiflungstat, diese ungeschickte Umarmung. Ich wollte den gordischen Knoten mit einem Schlag durchtrennen und war daher nicht darauf vorbereitet, dass meine plumpe, halbe, nein, viertel Umarmung von ihr mit einer ebenso vollständigen wie stürmischen Umarmung erwidert werden würde. O, mein Gott, dachte ich, jetzt ist es passiert. Wie soll das alles enden? Morgen nach Hause, daraus wird bestimmt nichts. Und wie soll das werden? Das kann doch nicht gut gehen, es liegen Welten zwischen uns, Amazonas versus Dollart, brasilianischer Regenwald versus Johannes Kerkhovenpolder – zwei Kulturen unter einem Plumeau machen nur den Teufel froh. Schon mit Lore war das oft unheimlich schwierig gewesen, und dabei sind sich Deutschland und die Niederlande viel ähnlicher als Brasilien und die Niederlande. Aber, ach, wie herrlich Gracinha roch, und ich fiel beinahe in Ohnmacht, als ihre Lippen die meinen berührten.

Zum Glück tauchte Lanna plötzlich auf und kam höchst verwundert auf uns zu, woraufhin ihre Mutter mich, übrigens nur widerwillig, losließ. Ich hörte, wie Lanna auf Portugiesisch etwas zu ihrer Mutter sagte, und bekam auch noch mit, dass Gracinha darüber lachte, so ein volles, herzliches Lachen wie damals, als sie laut auflachte, nachdem sie bemerkt hatte, dass ich mich, wie sie es ausdrückte, auf den Schwanz getreten fühlte. Aber wenn ich so unglaublich langweilig war, wie sie zu Recht gemeint hatte, und keinerlei Sex-Appeal besaß … wieso dann das? Diese überschwängliche Umarmung und die warmen Lippen? O, mein Gott, es war um mich geschehen, hiergegen war ich vollkommen wehrlos. Hiergegen halfen nicht einmal die Kantaten von Bach oder die frühen Werke Suks, hiergegen war kein Kraut gewachsen, und doch wäre es, wie man es auch drehte und wendete, überaus klug von mir, wenn ich morgen früh in die Halbländlichkeit der Geuzenstraat in Heiligerlee zurückführe. Dort konnte ich Atem schöpfen, konnte Abstand gewinnen von meinem aufregenden Aufenthalt in diesem stinkenden, lauten Hafenstädtchen, in dem es jetzt, im Laufe der Furieade, garantiert einen Laternenumzug geben würde. In Heiligerlee konnte ich sachliche Musik auflegen, nicht Mozart, den auf keinen Fall, der hat das Patent auf echte Leidenschaft, eher den keuschen Ravel etwa oder besser noch den großen Bach selbst, und dann nicht eine seiner Kantaten, denn auch darin bekennt man sich zu vielerlei Leidenschaften, sondern eine der Cellosuiten oder die *Kunst der Fuge*, und ich konnte auch zu Schostakowitsch greifen, denn ihm fehlt jede Sinnlichkeit, oder zu Strawinsky, dann jedoch nicht zum »Pas de deux« aus *Apollon musagète*, sondern zu der niederschmetternden *Symphonie de Psaumes*.

Das Essen war, wie üblich, eine Klasse für sich – jedenfalls in meiner Welt, in der die Latte für leckeres Essen nie sonderlich hoch gelegen hatte. Diesmal wohlgemerkt mit Kürbissuppe als Vorspeise. Und das, obwohl die Koloquinte ebenfalls ein Kürbis ist, wenn auch ein äußerst giftiger. Lanna saß mit uns am Tisch und passte auf, dass ihre Mutter und ich uns nicht wieder umarmten. Zugegeben, »aufpassen« ist nicht der richtige Ausdruck, doch ihre Anwesenheit verhinderte auf jeden Fall ein erneutes Umhalsen.

Nach dem Ende der Mahlzeit, deren Abschluss ein köstliches Dessert bildete (Birnen in Rotwein aus dem Backofen, mit Honig und saurer Sahne und was weiß ich sonst noch), sagte ich, als sei es das Allerselbstverständlichste der Welt und niemand dürfe wagen, dagegen etwas einzuwenden: »Morgen früh fahre ich zurück nach Hause.«

Woraufhin Gracinha erwiderte, als sei es ebenfalls ganz selbstverständlich und ich dürfe meinerseits nichts dagegen einwenden: »Wir mit dir fahren. Am Furieade-Wochenende wir immer hier weg. Viel zu viel Höllenlärm, nur Betrunkene im Hafen, die ganze Stadt voller lauter Menschen, wir nachts nicht schlafen, darum wir immer auf der Flucht, schon viele Jahre.«

Sie schwieg und sah mich triumphierend an. Um dann hinzuzufügen: »Wo du hinfährst, bestimmt auch ein *Bed and Breakfast*, wir dort wohnen, wir dort Fotos anschauen von dir in Mariana, du versprochen, wir lange spazieren gehen zu dritt, gut für uns, und bestimmt still dort.«

»Völlig windstill«, sagte ich etwas ironisch, wobei ich mich darüber wunderte, dass auch der Ausdruck »Höllenlärm« zu ihrem Wortschatz gehörte, und dachte: Sie nimmt das Heft in die Hand. So wird es immer sein, sie wird immer das Heft in die Hand nehmen, und deshalb habe ich in Zukunft nichts mehr zu sagen und muss nach ihrer Pfeife tanzen.

»Du etwas kennen, wo wir wohnen können?«

»Kloosterholt am Trekweg«, sagte ich, mich in Gedanken an das Wort »Kloster« klammernd.

»Du da in der Nähe wohnen?«

»Ein paar Straßen weiter. In der Nähe des Glockengießereimuseums.«

»O, wir dorthin. Findet Lanna schön. Ist verrückt nach Glocken.«

Sie machte eine kurze Pause, sah mich an, als hätte ich mich bereits vollkommen gefügt in meine Rolle als Familienvater, und sagte: »Wir jetzt gewöhnt an schrecklich früh aufstehen. Morgen wir nehmen ganz früh den Zug. Niemand uns abreisen sieht. Niemand tratschen über uns.«

Mir kam eine Zeile aus einem Gedicht von keinem Geringeren als Mandelstam in den Sinn: »Und dann nehmen wir den ersten Zug zu einem Ort, an dem wir unauffindbar sind.«

Und ich dachte: Dann soll es eben so sein. Warum auch nicht? Selbst wenn Lanna und Gracinha mit mir zurückfahren, weil sie auf der Flucht vor der Furieade sind, muss das doch nicht gleich heißen, dass da was ist zwischen Gracinha und mir. Aber ach, hör auf, dachte ich im nächsten Moment, mach dir nichts vor. Und auch das ging mir durch den Kopf: Wie kann ich Sjaan noch unter die Augen treten, wenn sich herausstellt, dass zwischen Gracinha und mir doch etwas erblüht ist, obwohl ich ihr gesagt habe, da sei nichts zwischen uns? Woraufhin mir einfiel: Sjaan werde ich ja ganz bestimmt nicht wiedersehen. Meinen hochgelehrten Bruder allerdings schon, und was sollte ich ihm sagen?

Mir fiel der Psalm ein, den wir im Seemannsheim gesungen hatten: »Doch, Herr, nie kommt der Tag, an dem man es vermag, sein Irren zu ergründen.« Anstatt es zu ergründen, sollte man es lieber verhindern, dachte ich. Und wie lauteten noch mal die ersten Zeilen dieses Psalms? »Du gibst von meiner Pflicht, o Gott, mir klar Bericht.« War es … das? War es meine Pflicht, für Lanna zu sorgen, und als großzügige Dreingabe erhielt ich die Mutter dazu? Wieder dachte ich: Dann soll es eben so sein. Wir schauen einfach, wo das Schiff strandet. Nur so viel stand fest: Begibt man sich an Bord, besteht immer die Gefahr eines Schiffbruchs. Aber welcher Dichter hatte noch mal gesagt: »Ein Schiffbruch ist mir lieb in diesen Wogen«? So musste ich es eben sehen. Ein Schiffbruch war unvermeidlich, unausweichlich, das stand für mich fest in Anbetracht des völlig unterschiedlichen Hintergrunds, den Gracinha und ich hatten. Es würde nicht gut gehen, es konnte einfach nicht gut gehen, doch bis es so weit war, konnten wir dennoch versuchen, das Beste daraus zu machen. Und außerdem: Sie bekam eine Witwenrente und nahm, vermutlich fälschlicherweise, an, sie würde diese verlieren, wenn sie erneut heiratete. Es galt also, sie in diesem Irrglauben zu belassen. Außerdem durfte ich nicht den Fehler machen, mit ihr zusammenzuziehen. Eine LAT-Beziehung, das war vielleicht eine Möglichkeit. Doch halt, jetzt mal langsam, was bildete ich mir ein? So schnell würde das alles schon nicht gehen, wir waren schließlich keine zwanzig mehr und inzwischen wohl auch klug genug, uns nicht Hals über Kopf in eine neue Beziehung zu stürzen.

Zurück nach Groningen

Es herrschte leichter Frost, als ich um zwanzig vor sechs das Seemannsheim verließ. Angenehm kühl eigentlich, doch über das Hafenbecken schlich ein schneidend kalter Nordostwind. Wenn Gracinha ihre Haustür öffnete, würde er ihr direkt ins Gesicht schlagen. Vielleicht würde sie dann von der Reise in den Hohen Norden absehen. Von dort kam schließlich der Wind, ein Wind, den man in Brasilien nicht kannte, ein Wind, der sich zu dem grimmigen Nordoststurm im Titel des friesischen Epos von T. Geertsma-Allema verstärken konnte.

Hoffte ich, dass sie ihre Reise doch nicht antreten würde? Ich wäre erleichtert, dessen war ich mir fast vollkommen sicher, so wie ich mir auch fast vollkommen sicher war, dass ich es bedauern würde, wenn Mutter und Tochter zu Hause blieben. Wäre das Leben doch bloß etwas übersichtlicher und einfacher, dachte ich.

Ungeachtet des kalten Windes musste ich, wie sich zeigte, nicht klingeln. Gestiefelt und gespornt warteten die beiden bereits auf mich. Und wir machten uns auch sogleich schnellen Schrittes auf den Weg, denn der erste Zug um drei nach sechs musste erreicht werden. Wir eilten am Haven entlang, bogen am Ende links ab und folgten der Platanenallee. Unter den Bäumen war es stockfinster, denn auch dort wurde an der Straßenbeleuchtung gespart. Während wir die Straße hinuntersausten, hörte ich plötzlich hinter uns etwas, das wie ein anschwellendes Donnergrollen klang. Doch alles, was passierte, war, dass uns ein ockergelbes Velomobil überholte, das mit rasender Geschwindigkeit Richtung Bahnhof fuhr. In der Dunkelheit war vom Fahrer nichts zu erkennen, und das Fahrzeug selbst war auch in einem Nu vorbei. Dennoch war ich vor Schreck gelähmt. Ich konnte meine Befürchtungen jedoch nicht mit meinen Begleiterinnen teilen, denn die marschierten weiter, als wäre nichts geschehen. Trotzdem – es konnte doch kein Zufall sein, dasselbe Velomobil wie damals, um diese Zeit auf der Stationslaan. Aber wer wusste überhaupt, dass wir auf dem Weg zum ersten Zug waren? Ich hatte mit keiner Menschenseele über unser Vorhaben gesprochen, und das galt ganz bestimmt auch für Gracinha. Also war es doch Zufall, ein bizarrer Zufall, dass dieses elende Velomobil just in dem Moment vorbeiflitzte, als wir die Allee entlanggingen.

In wenigen Augenblicken, davon war ich überzeugt, würde das verdammte Mistding, nachdem es irgendwo gewendet hatte, wieder in unserem Blickfeld erscheinen. So viel stand fest: Wenn hier Absicht vorlag, dann würde der Fahrer zweifellos den Schluss ziehen, dass wir auf dem Weg zum Bahnhof waren, und am Bahnhof konnte er sich dann erkundigen, welches Ziel auf den Fahrkarten stand, die wir gekauft hatten.

Und tatsächlich, als hätten wir es verabredet, kam dieses abscheuliche Vehikel wieder mit Höchstgeschwindigkeit auf uns zugedonnert, fuhr an uns vorüber, und die Stille kehrte wieder in die finstere Allee zurück.

»Zeitungsausträger«, sagte Gracinha.

»Meinst du?«, fragte ich erstaunt.

»*Certeza*, hat die Morgenzeitungen am Bahnhof geholt. Bringt sie dorthin, wo andere Boten bereitstehen. Dann Zeitungen überallhin.«

Am Bahnhof waren noch alle Schalter geschlossen, was mir überaus recht war. Nun konnten wir unsere Fahrkarten im Zug beim Schaffner kaufen, und das bedeutete, dass am Bahnhof niemand das Ziel unserer Reise kennen, der Velomobilfahrer darüber also auch keine Auskunft erhalten würde. Nun ja, wenn der Fahrer tatsächlich die Morgenzeitungen geholt hatte, dann drohte auch keine Gefahr. Dennoch wollte das vage Gefühl der Beunruhigung nicht weichen, und erst als der Drei-nach-sechs-Zug auf die Minute pünktlich am Bahnsteig hielt, verlangsamte sich mein Puls.

»Wir fahren erste Klasse«, sagte Gracinha, »sonst wir ständig belästigt von Mistkerlen. Du fährst sicher immer zweite Klasse. Ich bezahle Mehrpreis.«

»O, das muss nicht sein«, erwiderte ich. »So viel habe ich schon noch über'm Durst.«

»Über'm Durst? Was meinst du?«

»O, ja, das ist so ein Ausdruck … den kennst du natürlich nicht. Ich wollte damit sagen, ich kann die Differenz durchaus bezahlen. Und vielleicht können wir ja eine Gruppenfahrkarte kaufen, dann wäre es viel billiger. Wir fragen mal den Schaffner.«

Als der Schaffner kam, konnte dieser uns bestätigen, dass es tatsächlich eine Gruppenfahrkarte gab. Und obwohl der noch recht junge Mann mit seinem Prophetenbart nicht recht glauben konnte, dass wir wirklich zusammengehörten, stellte er uns einen entsprechenden Fahrschein aus. So saßen wir also wie Graf Koks in der ersten Klasse, zunächst im Nahverkehrszug nach Rotterdam und anschließend im durchgehenden Intercity nach Groningen, in einem bequemen Abteil mit Schiebetür, das wir ganz für uns allein hatten.

Kurz hinter Nijkerk schlief Lanna ein, und ihre Mutter sagte: »Sie jetzt erst mal nicht mehr aufwachen. Jetzt wir können offen reden. Ich dir etwas erzählen. Meine Mutter tot mit fünfzig. Ihre ältere Schwester auch gestorben, als sie fünfzig Jahre alt war, ihre jüngste Schwester schon mit achtundvierzig tot, ihre Mutter gerade mal dreiundfünfzig geworden, und Mutter meiner Mutter schon mit zweiundvierzig – weg. Alle Frauen in meiner Familie früh tot, alle dieselbe Krankheit, Glioblastom, das heißt Tumor im Gehirn, steckt in den Genen unserer Familie, nichts daran zu machen.«

»Kann man denn den Tumor nicht aus dem Hirn herausoperieren?«

»Nein, wächst wie wild in alle Richtungen.«

»Von so einem Tumor, der in alle Richtungen wächst … davon habe ich noch nie gehört.«

»Kannst froh sein, hier vielleicht selten, keine Ahnung, aber in Brasilien nicht.«

Sie schaute mich an, als habe sie mir soeben erzählt, dass Brasilien etwas Schönes vorzuweisen habe, etwas, das es in den Niederlanden nicht gebe, und fuhr dann fort: »Ich nun fünfundvierzig. In fünf Jahren ich auch tot, ganz bestimmt. Ist nicht schlimm. Weiß ich schon, solange ich lebe. Sterben gar nicht so schlimm, man muss dafür nicht aus dem Bett aufstehen, und vom Totsein spürt man nichts. Ich nicht alt, *é bom*, nicht im Rollstuhl, keine *demência*, nicht ins Pflegeheim, alles gut, sehr gut, und ich … unmöglicher Mensch, *xântipe*, schrecklich. Fünfzig, weg, gut so.«

»He, stopp, das meinst du doch nicht ernst.«

»Ich meine ernst, sehr ernst sogar, du nicht begreifen, meinetwegen, *eu não importo*, aber was du begreifen musst … ich *colossal* sehr besorgt um Lanna. Was geschieht mit ihr, wenn ich tot? Sie dann in Anstalt? Wer für sie sorgen? Ich deswegen nicht schlafen. Deshalb ich so froh … mit dir. Wenn ich sterbe, du für sie sorgen, doch wie ich jetzt dafür sorgen, dass du dann für sie sorgst? Ich denke: Wir heiraten, du dann *padrastro*, du sie nicht im Stich lassen, denn du *querido homem.*«

»Wenn du wieder heiratest, verlierst du deine Witwenrente.«

»Ich nachgesehen, stimmt nicht, ich die behalten. Du dann Frau mit hübscher Witwenrente, du sicher *muito econó-*

mico, du ein wenig schäbig aussehen, alles *muito* alt, Schuhe, Hose, Socken mit großen Löchern, nicht schlimm, dass du mit Kleidern ins Hafenbecken, kein Verlust. Du bist ein Pfennigfuchser, du froh über extra Geld von mir, willst du … du und ich heiraten?«

Vielleicht belügt sie mich ja, dachte ich, diese Geschichte über all die frühen Todesfälle kann von A bis Z erfunden sein, und sie tischt sie mir nur auf, um mich weich zu stimmen. Aber diesen Gedanken verwarf ich sogleich wieder, denn welchen Vorteil hatte sie davon, mich zu belügen? Wenn ich ein vermögender, attraktiver, brillanter, alle Herzen erobernder Mann gewesen wäre, ja, dann wäre es für sie vielleicht der Mühe wert gewesen, sich mit mir einzulassen. Aber was war ich? Ein armer Orgelstimmer in fortgeschrittenem Alter, ein Kerl, für den sich, von Lore einmal abgesehen, nie auch nur eine einzige Frau interessiert hat. Nicht, dass mich das jemals gestört hätte, o nein, es war angenehm, wie all die hoffnungslose Mühsal meiner wenigen Freunde und entfernten Bekannten, und vor allem meines ältesten Bruders, auf dem ach so schwierigen Terrain der Liebe vollständig an mir vorüberging. Doch jetzt, verflixt und zugenäht, steckte ich bis zum Hals in Problemen und wusste nicht, wie ich da wieder rauskommen sollte. Oder wollte ich das vielleicht gar nicht? Und warum ging mir dieser verdammte Psalm nicht mehr aus dem Kopf? »Du gibst von meiner Pflicht, o Gott, mir klar Bericht.« So weit, so gut, aber trafen dann auch die folgenden Zeilen zu? »Ich kenn das Endziel schon: Wer dir vertraut, Herr dieser Welt, und an dein Gebot sich hält, der findet großen Lohn.«

»Du so still«, sagte Gracinha. »Was denkst du?«

»Gibt es denn in Brasilien keinen Vater, der für Lanna sorgen kann, falls du sterben solltest?«, fragte ich, um Zeit zu gewinnen.

»Ich nicht wissen, wer Vater ist. Ich zügellos, ich *fizera amor* mit drei Jungen gleichzeitig, ich nicht wissen, wer von drei Vater ist. Und wenn ich wüsste, sie nicht zurück nach Brasilien, *absolutamente impossível.*«

»Das verstehe ich, aber heiraten, wir? Ist das nicht ein wenig verrückt, schon jetzt daran zu denken? Wir kennen uns ja gerade mal zehn Tage, wir wissen noch nicht sehr viel voneinander. Und auch wenn wir nichts wissen, ist es doch naheliegend, davon auszugehen, dass wir wahrscheinlich überhaupt nicht zueinander passen.«

»Macht nichts, bin sowieso bald tot.«

»Ja, das sagst du, aber vielleicht bist du eine Ausnahme in deiner Familie und wirst hundert Jahre alt. O, was für eine irre Diskussion, als würde ich es dir nicht gönnen, hundert Jahre alt zu werden.«

»Ich hundert? Dann wir können immer noch uns scheiden.«

»Wenn Lanna nicht wäre, würdest du …«

»Dann wir uns nie begegnet. Lanna gibt es. Lanna ganz verrückt nach dir, und darum ich verrückt nach dir, und du auch verrückt nach mir, ich weiß ganz sicher. Du mich anschauen, du schmelzen.«

»Ja, schon, aber wer täte das nicht, wenn er dich sieht?«

»All die Kerle mich anders ansehen, als du mich ansehen. All die Kerle … sie mich nur bespringen wollen, du … ich weiß nicht, wie sagen, du … du …«

»Dann sag es auf Portugiesisch.«

»Auch dann ich nicht wissen, ich nie zuvor einem Mann begegnet, der mich so ansieht.«

Ich wollte etwas erwidern, doch da näherte sich ihre rechte Hand, sehr zögerlich, sehr vorsichtig, sehr langsam, und diese Hand, diese wunderschöne Hand wurde mir entgegengestreckt, und dagegen konnte ich mich schlicht nicht wehren, zumal sie plötzlich Tränen in den Augen hatte. Es war um mich geschehen, ich wusste es, und es gab keinen Weg zurück. Aussicht auf großen Lohn bestand nicht, und dass es sich um einen Bericht hinsichtlich meiner Pflicht handelte – was für ein Bullshit. Als diese Hand schließlich die unendliche Distanz zwischen zwei gegenüberliegenden Sitzen in der ersten Klasse des Zuges nach Groningen überwunden hatte, griff ich kräftig zu, und verflucht noch mal, ich brachte kein Wort mehr über die Lippen, während auf der anderen Seite der Fensterscheibe die Veluwe vorüberraste, Kiefern und noch mehr Kiefern, und weiter weg ein paar Fichten und wieder Kiefern und dazwischen, hier und da, fast wie verirrt, ein einzelner Laubbaum. Und plötzlich ein Bahnhof, Hulshorst, las ich auf einem blauen Schild mit weißen Buchstaben, und dann wieder Kiefern und Fichten und ab und zu eine Lichtung mit ganz hellem Sand, fast so weiß wie Dünensand, und auf einer dieser Lichtungen stand eine weiße Ziege – wie kam die dorthin, was machte sie da? Natürlich dachte ich sogleich an Drieke, die immer wieder ausgebrochen und dann, so schnell ihre schneeweißen kleinen Hufe sie trugen, zu unserem Haus gelaufen war, einzig und allein, um mich zu sehen. Und nachdem ich mein Elternhaus verlassen hatte und sie nun jedes Mal umsonst ausgebüxt und vergeblich zu unserem Haus gelaufen war, da ist sie dahingesiecht. Konnte mir das zur Last gelegt werden? Wäre es damals meine Pflicht gewesen, mich um sie zu kümmern? Nie hatte ich darüber nachgedacht, bis mein seinerzeit noch nicht hochgelehrter Bruder zu mir sagte, sie sei vor Trauer um mich gestorben. Ich hatte ihn ausgelacht und ihm nicht glauben wollen, und eigentlich kann ich bis heute nicht glauben, dass eine Ziege so verrückt nach mir gewesen ist, dass sie vor Kummer starb, als sie mich nicht mehr sah. Solche Geschichten – die hört man doch nie, oder? Nun ja, vielleicht wenn es um Hunde und ihre Herrchen geht, aber eine große, kräftige, stolze Ziege? Mein Vater hatte Ai Kack vorgeschlagen, die Ziege zu kaufen, doch Ai wollte sich auf gar keinen

Fall von ihr trennen, und inzwischen weiß ich auch verdammt gut, wieso.

Als der Zug über die IJsselbrücke ratterte und wir Zwolle erreichten, saßen wir einander noch immer schweigend gegenüber. Wir ließen los, und dann fuhr der Zug wieder, quer durch Drenthe und an Wijster vorbei, wo 1975 ein Lokomotivführer und zwei Fahrgäste eines entführten Nahverkehrszugs erschossen worden waren, ein Ereignis, das mich immer, wenn ich an Wijster vorbeikam, mit großer Wut erfüllte.

In Assen hielten wir an. Dann ging es weiter, jetzt vorbei an De Punt, wo 1977 ebenfalls ein Zug gekapert worden war. Den hatte man schließlich gestürmt, und dabei waren zwei Geiseln und sechs Entführer ums Leben gekommen. Dann erreichten wir den Bahnhof von Groningen. Dort stiegen wir aus. Und wer ging da ganz zufällig auch den Bahnsteig entlang, offenbar auf dem Weg zu einem Zug Richtung Zwolle? Mein hochgelehrter Bruder! Nie werde ich vergessen, wie er, als er uns erblickte, mit einem Mal erstarrte, während er einen Moment zuvor noch wie ein Geher über den Bahnsteig geeilt war. O, diese Verwunderung, diese vollkommene, komplette, allumfassende Verwunderung.

Er sah seinen kleinen Bruder, den Bruder, auf den er zeit seines Lebens ein wenig (sehr) herabsah, ein Bürschlein, das immer in seinem brillanten Schatten gestanden hatte, ein Realschüler, während er selbst mühelos und mit erstaunlich guten Noten das Gymnasium absolviert und danach Medizin studiert hatte – was ihm auch nicht schwergefallen war –, um sich schließlich auf Kinderpsychiatrie zu spezialisieren. Ja, mein superschlauer Bruder erblickte sein Brüderchen und sah, dass dieses Brüderchen sich in Begleitung einer wahnsinnig attraktiven Frau und eines normal aussehenden Mädchens befand, und das konnte er nicht begreifen, das überstieg seine enormen Verstandeskräfte. Das konnte einfach nicht wahr sein, es musste sich um einen Irrtum handeln, die

Frau und das Mädchen standen bestimmt zufällig an der Seite des kleinen Bruders und hatten nichts mit ihm zu tun.

Ich ging auf ihn zu und sagte: »Darf ich dir meine Freundin vorstellen, Gracinha Edelenbos, und das ist ihre Tochter, Lanna Edelenbos. Ich habe dir von ihr am Telefon erzählt.« Und zu Gracinha sagte ich: »Das ist mein ältester Bruder, Hugo Pottjewijd.«

Mein Bruder glotzte mich an, er wollte etwas sagen, brachte aber kein Wort heraus, obwohl er doch sonst nie um eine Erwiderung verlegen war. Schließlich reichte er Gracinha doch die Hand und flüsterte heiser: »Angenehm, Sie kennenzulernen.«

»Ist dein Bruder?«, fragte Gracinha.

»Ja, er ist mein Bruder.«

»Sieht schon sehr alt aus«, sagte Gracinha.

»Ich bin auf dem Weg nach …«, sagte mein Bruder, und dann wusste er offenbar nicht mehr weiter, und er wird auch nie wissen, welch unglaubliches Vergnügen mir seine Verdatterung bereitete. Es war, als würden all seine kleinen Erniedrigungen, all seine Sticheleien, all das klammheimliche Getrieze in der Vergangenheit ausgelöscht, nein, nicht wirklich ausgelöscht, aber zumindest zugedeckt. Er war mein ältester Bruder, und ich liebte ihn durchaus (ein wenig), doch er hatte mir immer das Gefühl gegeben, im Vergleich zu ihm nur ein zweitrangiger Stümper, ein nicht ernst zu nehmender Nachkömmling, ein Versager zu sein. Und jetzt hatte ich ihn, auch wenn seine Verwirrung rasch verflogen sein würde, doch ein Mal übertroffen, hatte ihn ein Mal sprachlos gemacht.

Er gewann seine Fassung wieder und begann erneut: »Ich bin auf dem Weg nach …« Und fuhr dann fort: »… Utrecht. Aber ich bin früh dran und kann auch einen Zug später nehmen. Darf ich euch auf einen Kaffee einladen? Ins Restaurant der ersten Klasse, dort ist es angenehm ruhig.«

Als wir dort saßen, führte er bereits wieder das große Wort, und natürlich begann er sogleich zu balzen.

»Frau Edelenbos«, sagte er, »Ihre Schönheit verblüfft mich, ich bin sprachlos. Gabriel hat mir bereits von Ihnen und Ihrer Tochter berichtet, doch dass Sie beide mit ihm kommen würden, das hatte ich nicht erwartet. Denn wenn meinem Bruder eine Frau gefällt, dann versucht er, sich eine Bibel in ihrer Sprache zu besorgen, doch eine Bibel habe er in Ihrem Wohnort nicht finden können, hat er mir am Telefon erzählt …«

»Er Bibel gefunden«, sagte Gracinha, »eine portugiesische Bibel.«

Mein Bruder sah mich strafend an und sagte: »Du hast mich also belogen.«

»Ich habe nicht gelogen«, erwiderte ich, »ich habe nur gesagt, dass ich nicht wisse, wo man in diesem Hafenstädtchen eine portugiesische Bibel auftreiben solle. Und daraufhin meintest du, in Groningen sei es auch nicht einfach, sich eine portugiesische Bibel zu beschaffen. Wenn du weitergefragt hättest … wenn du gesagt hättest: ›Aber offenbar ist es dir doch gelungen‹, dann hätte ich ehrlich geantwortet, dass es mir tatsächlich gelungen ist.«

Mein Bruder wollte etwas entgegnen, doch Gracinha kam ihm zuvor: »Lanna und ich gehen schnell mal für Ladys, dann ihr könnt allein katzbalgen über Bibel.«

Mutter und Tochter standen auf, entfernten sich, und mein Bruder sagte: »Katzbalgen! Dass sie dieses Wort kennt und richtig anwenden kann, obwohl ihr Niederländisch ansonsten nicht gerade makellos ist.«

»O, sie hat sehr viele altmodische Ausdrücke in ihrem Wortschatz, aber wie sie das Wörtchen ›sich‹ verwenden muss, das entzieht sich ihr vollkommen.«

»Und was sind, wenn ich fragen darf, deine Absichten im Hinblick auf diesen exotischen, unglaublichen Feger?«

»Darf ich dich zuerst was fragen?«

»Nur zu.«

»Welchen Eindruck hattest du von der Tochter?«

»Dieses ihrer Mutter wie aus dem Gesicht geschnittene, aber dennoch unauffällige Mädchen wirkt vollkommen normal. Auf den ersten Blick scheint mit ihr alles in Ordnung zu sein.«

»Dennoch sagt sie kein Wort.«

»Das kann eine psychische Störung sein oder einfach nur selektiver Mutismus, wie ich bereits sagte, oder eben doch Autismus … Ich kann sie für eine Weile in der Klinik aufnehmen, dann finde ich schon heraus, was es ist, denke ich.«

»Dann bekommst du die Mutter dazu.«

»Als ob das ein Problem wäre. Das ist wirklich unfassbar, eine so wunderschöne, hinreißende Erscheinung. Und, was sind deine Pläne?«

»Ich habe vor, sie zu heiraten«, sagte ich, mich darüber wundernd, dass all meine Zweifel dank der zufälligen Begegnung mit meinem Bruder mit einem Mal verschwunden zu sein schienen.

»Dass du sie heiraten willst, wundert mich gar nicht, doch mir kommt der Wunsch ziemlich gewagt vor. Bist du dir sicher, dass sie auch dich heiraten will?«

»Unterwegs, im Zug, irgendwo auf der Höhe von Hulshorst, hat sie mir einen Antrag gemacht.«

»Was du nicht sagst. Kaum zu fassen. Doch wie willst du mit deinem schmalen Einkommen eine solche Frau unterhalten? Eine solche Frau, dafür braucht man wahnsinnig viel Geld. Nimm nur mal ihre Kleider, die haben doch ein Vermögen gekostet.«

»Sie hat eine Witwenrente.«

»Wie kann sich so jemand in dich verlieben?«

»O ja, in einen Schlemihl wie mich, wie kann das sein?«

»Das Wort ›Schlemihl‹ hast du mich nicht sagen hören.

Du denkst immer nur, ich würde dich für einen Verlierer halten. Falsch, du hältst dich selbst für einen Verlierer, und das projizierst du dann auf mich. Ich kenne und schätze deine Qualitäten sehr wohl, du bist ein absoluter Fachmann, auch wenn du früher nicht einmal einen Stecker auseinandernehmen konntest, du bist einer der besten Orgelstimmer in den Niederlanden, wenn nicht gar der beste. Aber so gut du auch sein magst, solch eine Frau, solch eine Frau, das ist *High Society*, das ist eine Welt, von der wir Bauernlümmel nicht mal träumen können. Wie also kann sich so jemand in dich verlieben?«

»*High Society?* Mann, wovon redest du? Sie stammt aus den Elendsvierteln von Belém, wir lebten damals im Kerkhovenpolder im Überfluss, verglichen mit ihrer Jugend.«

»Kann schon sein, doch jetzt ist sie eine *Grande Dame.*«

»Wohl wahr, und ob es gut gehen wird? Ich weiß es nicht, hoffentlich besser jedenfalls als bei dir.«

»Was meinst du damit? Meine Scheidung? Das ist schon zehn Jahre her. Oder meine Beziehung zu Annet?«

»Annet? Davon weiß ich nichts, diesen Namen höre ich gerade zum ersten Mal.«

»Wenn du es wirklich wissen willst ... Die ist schreiend weggelaufen, sie meinte, ich sei verdammt rechthaberisch.«

»Offenbar jemand mit Menschenkenntnis.«

Einen Moment lang dachte ich, ich sei zu weit gegangen, denn er zog die Augenbrauen zusammen. Dann aber erklang sein herzliches Lachen, und er sagte: »Plackerei ist es, seit zehn Jahren nur Plackerei. Ich packe es offenbar vollkommen falsch an, vermutlich sollte ich einfach deinem Beispiel folgen. Ich werde mir auch mal eine ausländische Bibel kaufen.«

Inhalt